Dr. Gülseren Budayıcıoğlu, Ankara'da doğdu. TED Ankara Koleji'nden mezun olduktan sonra eğitimine Ankara Üniversitesi Tıp Fakültesi'nde devam etti. Öğrenciliği sırasında, TRT televizyonlarında spikerlik ve sunuculuk yaptı. İhtisasını yaptığı Hacettepe Üniversitesi Psikiyatri bölümünde, on yıl da öğretim görevlisi olarak hizmet verdi. Yıllarca muayene hekimliği yaptıktan sonra, 2005'te Türkiye'nin ilk psikiyatri merkezi olan ve halen Ankara ve İstanbul'da hizmet veren Madalyon Psikiyatri Merkezi-Madalyon Klinik'i kurdu. *Madalyonun İçi*, *Günahın Üç Rengi*, *Hayata Dön* ve *Kral Kaybederse* kitaplarının yazarı Budayıcıoğlu, televizyon dizisi *İstanbullu Gelin*'in de eser sahibidir. Psikiyatri bilimini hikâye ve romanlar yoluyla insanlara ulaştırmaya devam eden Madalyon Klinik'in başkanı Gülseren Budayıcıoğlu iki çocuk annesidir.

www.facebook.com/drgbudayicioglu
www.twitter.com/drgbudayicioglu
drgbudayicioglu@madalyonklinik.com

Camdaki Kız

CAMDAKİ KIZ

Yazan: Gülseren Budayıcıoğlu
Editör: Neclâ Feroğlu

1. baskı / Mart 2019
149. baskı / Ekim 2020 / ISBN 978-605-09-5962-8
Her 2000 adet bir baskı olarak kabul edilmektedir.
Sertifika no: 11940

Kapak tasarımı: Feyza Filiz
Baskı: Yıkılmazlar Basın Yayın Prom. ve Kağıt San. Tic. Ltd. Şti.
15 Temmuz Mah. Gülbahar Cad. No: 62 / B Güneşli - Bağcılar - İSTANBUL
Tel: (212) 515 49 47
Sertifika no: 45464

Doğan Egmont Yayıncılık ve Yapımcılık Tic. A.Ş.
19 Mayıs Cad. Golden Plaza No. 3, Kat 10, 34360 Şişli - İSTANBUL
Tel. (212) 373 77 00 / Faks (212) 355 83 16
www.dogankitap.com.tr / editor@dogankitap.com.tr / satis@dogankitap.com.tr

Camdaki Kız

Gülseren Budayıcıoğlu

Doğan Kitap

Dünya Kadınlar Günü'nde çıkan bu kitabı;
anne olup evlat yetiştiren, eş olup etrafa mutluluk saçan,
işçi olup memur olup çalışan, sağlığa, bilime, tekniğe katkı
yapan, sanata, edebiyata, müziğe bambaşka bir renk katan,
var olduğu günden beri dünyayı olduğundan
daha güzel yapan sevgili, şefkatli, merhametli tüm
dünya kadınlarına armağan ediyorum.

Teşekkür

Bu kitabın yazılmasında bana her zaman olduğu gibi sevgiyle, şefkatle destek veren sevgili çocuklarım Yağmur ve Hasan'a, sevgili kardeşlerim Yükselen ve Mustafa'ya, yazdığım her kitabı okuyup beni yönlendiren sevgili dostum M.K.D'ye, beni her konuda destekleyen sevgili Madalyon Psikiyatri Merkezi psikiyatrist ve psikologlarına, titiz çalışmaları ve sevgi dolu yaklaşımıyla sevgili editörüm Neclâ Feroğlu'na ve kitabı en güzel şekilde çıkarmak için hiçbir fedakârlıktan kaçınmayan sevgili Doğan Kitap ailesine teşekkürlerimi sunarım.

Giriş

Sevgili okurlarım,

Bu kitapları yazmaya başladığım ilk zamanlarda, acaba bunlar okunacak mı, okuyanlar beni anlayacak mı, vermek istediğim mesajları alacak mı diye çok endişe etmiştim. Şimdi ise ben nasıl onları anladımsa, onlar da beni okudular ve anladılar diyorum.

Televizyonda yayınlanan ve benim yazdığım ve *Hayata Dön* adlı kitaptan uyarlanan *İstanbullu Gelin* dizisinden aldığınız huzuru ve terapi sahnelerine gösterdiğiniz ilgiyi gördükçe, daha çok yazmam gerektiğini düşünüyorum.

Anlaşılmak, herkes gibi benim için de işte bu kadar güzel, bu kadar önemli ve değerli.

Belki de bu yüzden siz sevgili okurlarımla bir araya gelince kendimi en yakın dostlarımın arasındaymış gibi hissediyorum. Aramızda tarifi zor bir bağ oluştu. O enerjiyi siz benden alıyorsunuz, ben de sizden. Çok güzel, çok pozitif bir enerji bu... İki tarafa da çok iyi geliyor.

Özellikle KADER MOTİFİ kavramı, her birinizin çok ilgisini çekti. İnsanın kendi kaderi ve geleceğiyle ilgili bir şeyleri merak etmesi tabii ki çok doğal. Buna psikolojik fal da diyebiliriz. Özellikle biz kadınlar fala meraklıyızdır. Sevgili annem ben her kahve içtiğimde kahve falıma bakar ve çok güzel şeyler söylerdi bana.

Falda hep güzel şeyler çıkmaz, dediğinizi duyar gibiyim ama ben o güzel olmayan şeyleri de nasıl güzel yapacağımızın peşine düştüm. Ancak size bunları öyle iyi anlatmalıyım ki, sizler de hayatınızı daha da güzelleştirebilin.

İşte bu son romandaki kahramanlarımız Nalan, Hayri, Türkân ve Laz kızının aşklarını, hayatlarını, başlarına gelenleri, daha doğrusu kader motiflerini okudukça, anladıkça, onların fallarında neler çıktığını, bunları değiştirip değiştiremediklerini gördükçe belki sizler de dönüp kendinize, kendi kader motifinize bakacak, o motifte beğenmediklerinizi değiştirmeye çalışacaksınız.

Bizim toplumumuz, çok farklı sosyokültürel seviyelerdeki insanlardan oluşuyor ve biz hep birlikte yaşıyoruz. İşçisi köylüsü, zengini fakiri, okumuşu okumamışı... Aynı ülkenin birbirine hem çok benzeyen, hem de birbirinden çok farklı doğruları, farklı alışkanlıkları, farklı dünya görüşleri olan insanlar bunlar... ve bu insanlar da bazen birbirine âşık olabiliyor.

Bir varoş çocuğu ile konaklarda, köşklerde yaşamış prenses gibi bir kadın birbirine âşık olursa ne olur? Bu aşk o insanlara daha sonra hangi bedelleri ödetir? Hiç düşündünüz mü?

Benim kitaplarım hüzün yüklüdür. Bunu biliyorsunuz artık ama ne yapalım, hüzün zaten hayatın her yerinde var ve aslında hepimizin iyi tanıdığı ama aşk gibi, kelimelerle anlatılması zor bir duygudur. Bu ölümlü dünyada biraz da hüzün olsun artık, değil mi?

Bu kitapta muhteşem bir aşkı anlatacağım size. İnsanın yüreğini yakıp kavuran, hem sevgiliyi, hem kendini kor ateşe çeviren aşkı ve bu aşkın bedelini anlatacağım. Ayrılığı anlatacağım, şairlerin ölümle eş tuttuğu ayrılığı. "Ölüm mü yoksa ayrılık mı daha acı?" sorusunun cevabını arayacağız birlikte.

İnsanın ayrılık kadar canını yakan bir başka şey daha var; aldatılmak... Aldatılmayı, aldatılmanın insan ruhunda açtığı yaraları da anlatacağım bu romanda.

Biliyorsunuz, benim kitaplarımda sizlere hep gerçek, yaşanmış hikâyeler anlatıyorum, yani aslında hayatın, kaderin yazdığı hikâyeler bunlar. Doğal olarak da hayal gücünden çıkan hikâyelerden çok farklılar ve onların sonunu da doğal olarak ben değil, hayat belirliyor.

Ben her gün klinikte akşama kadar birbirinden çok farklı insanların hayat hikâyelerini dinlerken gördüm ki, hayatın kendine göre bir adaleti var. İlahi adalet... Bunu hayatın içinde yaşarken, oradan oraya koştururken göremiyoruz. Adaleti hemen, o anda görmek istiyoruz ama hayat bizim kadar aceleci değil. O, neyi, ne zaman yapacağını çok daha iyi biliyor.

Ödül de ceza da duygularımız aracılılığıyla geliyor bize. Zaten insanoğlu hayatı duyguları üzerinden yaşıyor. Sevinç de mutluluk da, acı da, hüzün de, aşk da hep bu duygular aracılığıyla ulaşıyor bize. Her ne kadar tüm kararlarımızı düşüne taşına, aklımızı kullanarak aldığımızı sansak da, bu kararları bile çoğu zaman duygularımız aldırıyor bize.

Aslında bizim kaderimiz biz daha dünyaya gelmeden yazılmaya başlıyor. Bizi kucağına almaya hazırlanan ya da hazırlanmayan, bizi dört gözle bekleyen ya da beklemeyen evlerde açıyoruz gözlerimizi. O evde büyüyor, şekilleniyor ve bize doğru diye tanıtılan şeylere inanıyoruz. Sonradan bir türlü değiştiremediğimiz, kaderimize yön veren katı çocukluk inançlarımız, yine o evlerde kazınıyor zihinlerimize. Duygularımız ise doğduğumuz evlerde şekilleniyor, güçleniyor ve yaralanıyor.

Ah bu yaralar... Kaderimizi de o evlerde aldığımız bu yaralar yazmıyor mu?

Bizi diktatör, lider, kahraman yapan da; kâşif, mucit, dünyaca ünlü edebiyatçı, besteci, ressam yapan da; bir cani, bir katile dönüştüren de; ezilen, reddedilen, sevilmeyen, dışlanan, hep terk edilen, ayaklar altında çiğnenen yapan da; merhametli, şefkatli yapan da işte bu yaralar...

Kaderimiz işte o evlerde yazılıyor.

Küçükken çekilen acıların ateşi kolay sönmüyor, kolay unutulmuyor ve izlerini hayatımız boyunca üstümüzde taşıyoruz. O ilk çocukluk yıllarında üzerimize yapışan olumlu ya da olumsuz enerjiyi, daha sonra biz etrafımıza yaymaya başlıyoruz.

Duygularımız tıpkı bir virüs gibi salgın yapar. Eğer çevreye yaydığımız duygu şiddetse, o dönem şiddet kol gezer dünyada, sevgiyse yumuşacık sarar her birimizi.

Bir bebek istenmediği, sevilmediği, değer verilmediği, güvenebileceği bir sahibinin olmadığı bir dünyaya gözlerini açarsa, sonradan bu dünyaya güvenmesi, huzurla, keyifle, mutlu mesut yaşaması zordur. O zavallı çocuğun bu işte hiç suçu yoksa da hayat daha ilk günden ona açılan güzel yolların önünü keser. O çocuklar da sonradan ortaya çıkan duygusal açlıklarını bazen gerekli gereksiz alışverişler yaparak, bazen durmadan yemek yiyerek, bazen de madde kullanarak doyurmaya çalışırlar.

Mutluluk bir karardır sevgili dostlarım. Eğer bir insan mutsuzsa, onu bu dünyada hiçbir şeyle mutlu edemeyiz. "Kim ister ki mutsuz olmayı?" dediğinizi duyar gibiyim. Kimse istemez tabii ama ona zamanında mutlu olmayı kimse öğretmediyse, ruhu hep bir şeylere isyan ediyorsa, adalet duygusu incinmişse artık onu başkaları mutlu edemez ki... İnsanları huysuz ve geçimsiz yapan da sevgisizliktir zaten. O mutsuzluğuyla, huysuzluğuyla barışıktır. Ancak bunu kendisi çok ister ve çok gayret ederse değiştirebilir.

Her birimiz bu hayatın içinde pek çok kez yıkıla yıkıla yaşarken hayatın bizi yıkamadığı günlerimiz de olduğunu nasıl da çabuk unutuyoruz değil mi?

Doğduğumuz günden itibaren milyonlarca birbirinden farklı duygu biriktiririz içimizde. Bu duygular, her ne yaşadıysak, onlardan tüten dumanlar gibidir ve her birinin başka bir rengi, farklı bir kokusu vardır. O duyguları koca bir kavanoza doldursak, sonra da iyice çalkalasak, ortaya hangi renk çıkarsa, kaderimizin rengi de odur işte. Sonra da ömrümüzün sonuna kadar kendimize, geçmişte en sık yaşadığımız duygularla örülü bir hayat yaşatmanın yollarını arar ve buluruz. Yani çocukluk acılarımızı kendimize tekrar tekrar yaşatırız. Olaylar, kişiler farklı da olsa, duygular hep aynıdır.

Bize çocukluk acılarımızın bir benzerini yaşatacak kişileri gözünden tanır, bir de üstelik ona âşık oluruz. Sanki bir şey bizi ona doğru mıknatıs gibi çeker. Sonradan bir şeyleri anlar gibi olur, buna şans deriz, tesadüf deriz. Oysa tesadüf deyip geçtiğimiz pek çok şey aslında tesadüf değildir. Hayat onu kendi ellerimizle buldurur bize.

Eğer insan parayla mutlu olabilseydi, bu dünyada sadece zenginler mutlu olurdu. Para insanı rahat ettirir, konfor sağlar ama duygularımız konforu başka yerlerde arar.

Gerçi yoksulluk kendi başına bir mutsuzluk kaynağıdır ama zengin olmasanız da şöyle böyle idare edebiliyorsanız, mutlu olmaya en yakın kişiler arasındasınız demektir.

Aslında hepimizin içinde bir aslan yatar, yani hep olmak istediğimiz ama bir türlü olamadığımız bir ideal insandır o. Ona benzemediğimiz sürece horgörür, aşağılarız kendimizi. Bu, bizi sürekli ısıran, dürtükleyen, huzursuz eden huysuz aslan sadece âşık olduğumuz zaman bir süreliğine bizimle uğraşmaktan vazgeçer. Çünkü aşk o kadar büyüktür ki, aslanın yattığı yeri bile alır elinden ama o da genelde vefasızdır, çabuk tüketir kendini.

Düşünüyorum da, ailelerinin gururu, umudu olabilen, duygusal destekten mahrum edilmeyen şanslı çocukların sayısı artsa, bu ülke bambaşka bir yer olurdu. Umarım bizden sonraki kuşaklar, çocuklarını bu bilinçle yetiştirir.

Hayatı iyi yaşamak, mutlu ve başarılı olmak, her zaman bir umut, bir ışık arar kendine. İnsanların kendine olan güvenini artırmak, onlara umut vermek ise dünyanın en kolay işidir. Biz insanlar birbirimize bunları her an yapabiliriz. Sıcak bir gülümseme, sevgi dolu bir dokunuş, onu beğendiğimizi, ona değer verdiğimizi gösteren ufak tefek jestler bile, karşımızdaki insana kendini iyi hissettirir.

Bir insanın kendini iyi hissetmesi bütün güzelliklerin başlangıcıdır. Huzur da, mutluluk da, sağlık da, başarı da işte bu küçük, küçücük şeylerle yaşanır.

Sevgi ise her derdin dermanıdır. Son yapılan araştırmalar ölümcül hastalıkların çoğunun sevgisizlikten kaynaklandığını gösteriyor. Sevgi, bazen ölüme bile dur diyebiliyor demek ki...

Bizim insanlarımız yeryüzünde yaşayan diğer insanlara pek benzemez. Bizler, duyguyu dibine kadar yaşamaya meraklı bir milletiz. Ben de tam olarak öyle biriyim zaten ve bundan çok memnunum çünkü insan hissettiği sürece vardır, yaşıyordur. Arada kara günler, bazen de pırıl pırıl ak günlerde...

Sevgili dostlarım,

Bu kitabı tamamen gerçeklerden yola çıkarak yazdım ve kişilerin tanınmaması için gerekli özeni gösterdim.

Eğer bu kitaplar, ömrünüzün tek bir anını bile daha mutlu, daha sevgi dolu yaşamanıza vesile olabiliyorsa, ne mutlu bana.

Her birinize ayrı ayrı sevgi ve saygılarımı gönderiyorum.

Dr. Gülseren Budayıcıoğlu, Psikiyatrist

Ankara, 2019

1

Kliniğe girdiğimde hafif bir müzik sesi geliyor kulağıma. Çok eskilerden, bizim gençlik zamanlarımızdan kalma ama insanların hâlâ çok severek dinlediği bir müzik bu.

"You mean every thing to me..."

Hüzünle karışık bir heyecan kaplıyor içimi. Kendimi tıpkı o zamanlardaki gibi hissediyorum. Yani genç, diri ve enerji dolu. Sonra asansörün aynasında şöyle bir kendime bakıyorum. Genç değilim ama hâlâ yüksek bir enerjim var. İşte bu enerjiyi bana bu klinik ve biraz sonra odama girip çıkmaya başlayacak olan hastalarım veriyor.

Bana genelde çoğu hüzünlü hikâyeler anlatsalar da, benim odamdan çıkarken onların gözlerinde gördüğüm pırıltı, yorgunluk filan bırakmıyor bende. Masalarında oturan ve beni görünce gülümseyerek hafifçe ayağa kalkan sekreterlere ben de gülümseyerek odama geçiyorum.

Bakalım bugün odama kimler girip kimler çıkacak, kimlerin kaderlerinin onlara ne tür cilveler yaptığını görecek, kimlerin dertlerini, acılarını paylaşacağım.

Masama oturunca yeni bir dosya açmak üzere sol yanımdaki dolaba doğru uzanırken Tuna fırtına gibi giriyor içeri. Sürekli okurlarım bilir, Tuna benim ofisteki yardımcım, elim kolum, neredeyse her şeyimdir. Elinde, soğuğundan camı terlemiş kocaman bir bardak su var. Bu kadar kiloyla insan nasıl bu kadar çevik olabiliyor acaba? Ben hiçbir zaman böyle çevik, bu kadar hareketli olamadım. Kolejde beden eğitimi derslerinde öğretmenimiz bize sırayla uzun, üzeri deri kaplı bir masanın üzerinden takla attırırdı. Ne kadar zor gelirdi böyle şeyler bana. Tuna'ya şimdi şu halının üzerinde takla at desem, saniyede atar. Hem de bu yaşta ve bu kiloyla...

Kafamı kaldırsam Tuna hemen başlayacak konuşmaya ama kaldırmıyorum. Elinden bardağı alıp yaz kış hep buz gibi içtiğim suyu bir dikişte bitiriyorum. Bardağı masama koyarken Tuna karşımda heyecanla bekliyor. Yerinde duramıyor, bana anlatacağı heyecanlı bir şeyler var demek ki. Kafamı kaldırmadan soruyorum.

"Tuna, şu halının üzerinde bir takla atsana!"

Çok kısa bir sessizlikten sonra ikimiz birden gülmeye başlıyoruz.

"Sizin canınız sıkıldı galiba, benimle uğraşmaya başladığınıza göre!"

"İstersen bunu hemen yaparsın değil mi?"

"Yaparım tabii, ne var bunda!"

"Tamam, tamam. Şimdi söyle bakalım söyleyeceklerini."

"Şimdi içeri girecek olan hanımın adı Nalan. Ayol çok değişik bir kadın! Gençliğimizin sinema artistlerine benziyor. En çok da Filiz Akın'a... Ama çok garip giyinmiş. Yeni moda böyle de bizim mi haberimiz yok. Yerlere kadar inen siyah, dantelli bir etek, üzerinde de kat kat yine siyah bir şeyler var. Bir elinde koca bir yelpaze, öbür elinde çanta. Saçları bile eski model. Tahtından inmiş de biri onu zorla buraya getirmiş gibi... Arkasında nedimeleri eksik."

"Neler söylüyorsun sen Tuna? Masal filan mı yazacaksın? Nereden uydurdun bunları?"

"Ne uydurması! Şimdi görünce siz de anlayacaksınız. Tuhaf işte... Neye kızdıysa, yanındaki adamı elindeki yelpazeyle az kalsın dövecekti. Kadıncağız sinir krizi geçiriyor. Sonunda ben girdim araya. Görseniz, öyle bir kadından bu tür hareketleri hiç beklemezsiniz. Diğer hastalar da şaştı kaldı duruma; televizyonda dizi seyreder gibi bakıyorlardı. Tabii ben onlar kadar rahat seyredemedim. Araya girmesem, koca adamla başa çıkacaktı. Pes doğrusu!"

Bu bilgileri Tuna'dan ben isterim. İçeri girmeden önce hastalarımız önce onun göz muayenesinden geçer. Hastalara şöyle bir bakar, onlarla konuşur, sonra da fark ettiği önemli bir şey varsa mutlaka bana söyler. Çünkü benim hastalarım, bu odada kendilerini hayatın içinde hissetmezler. Benimle birlikte başka diyarlarda gezinirler. Tuna ise onların hayatın içindeki hallerini görür. Bu bilgiler genelde çok işime yarar ama bugün biraz abarttı galiba...

"Yanındaki adam hem genç, hem de yakışıklı. O da İbrahim Tatlıses'e benziyor. Maço filan ama hoş adam. İnsan onları birbirine hiç yakıştıramıyor. Ben yönetmen olsam, o kadının yanına böyle bir adam koymazdım. Birinden birini değiştirmek gerek."

"Tuna sen dün gece eski filmlerden birini seyretmiş olmayasın? Filiz Akınlar, İbrahim Tatlısesler filan... Son olarak da yönetmen oldun."

"Yok Gülseren Hanım, şimdi görünce siz de bana hak vereceksiniz. Adam, tıpkı İbrahim Tatlıses gibi kırmızı bir mont giymiş üstüne. Hani bir seferinde beraber Kıbrıs'a gitmiştik. Biz otururken İbo gelmişti yanımıza. Hani kırmızı bir mont vardı üzerinde. İşte tam da öyle... Uzun boylu, kara kaşlı, kara gözlü, iriyarı bir adam. Bir tek bıyığı eksik, onun yerine de kirli sakalı var. Kadın o koca adamla nasıl başa çıktı anlayamadım. Oysa kendi ufak tefek biri ama durmadan ağlıyor. Hiçbirimiz onu sakinleştiremedik. Ben yönetmen olsam, o kadını kraliçe rolünde oynatırdım. Zaten kılığı kıyafeti de uygun!"

"Tuna yeter!"

"Ama asıl söyleyeceğimi daha söylemedim. Adam kadını buraya zorla getirmiş. Zaten sizinle önce kendisi görüşmek istiyor. Kadına bol bol ilaç vermenizi isteyecekmiş. Başka türlü zapt edemiyorum diyor. Şimdi içeri nasıl alacağız bilmem ki..."

"Bol bol ilaç verecekmişim! Sen şu adamı al bakalım içeri."

"Tamam. Ben de bu arada kadıncağızı sakinleştiririm."

Tuna yine fırtına gibi çıkıyor dışarı. Bıraksam sabaha kadar konuşacak.

Biraz sonra kapı kuvvetlice bir iki kez vurulduktan sonra, uzun boylu, esmer, kirli sakallı, üzerine kırmızı bir mont giymiş genç bir erkek giriyor içeri. Tam da Tuna'nın anlattığı gibi... Gerçekten de benziyor İbrahim Tatlıses'e. Elini biraz kaba ve geniş bir hareketle uzatıp bana kendini tanıtıyor ve hemen karşımdaki koltuğa, bacaklarını iki yana açarak oturuyor. Cep telefonunu ve araba anahtarını önündeki sehpaya gürültülü bir biçimde koyduktan sonra başını bana doğru çeviriyor.

Koyu kahverengi gözlerinde hem sert, hem de düzmece bir gülümseme var. Bulunduğu yeri yalnızca kendi hacmiyle kaplamaya çalışan, kendini gereğinden fazla önemseyen, insana pek de güven vermeyen bir havası var. Dimdik ve gururla bakıyor bana. İşini bir an önce bitirip gitmek istiyor galiba.

Benim bakışlarımsa hiç de onunkiler gibi değil.

Kolunu hafifçe masama dayayarak konuşmaya başlıyor.

"Doktor Hanım, Nalan'ı buraya çok zor getirdim. Gitmem Allah gitmem diye tutturdu ama böyle devam edemeyiz. Kaç gündür canımdan bezdirdi beni. Sekreteriniz de gördü ya, durup durup kedi gibi üstüme atlıyor. Bıraksam beni öldürecek. Ben böyle şeylere izin vermem ama acıyorum haline. İşin kötüsü bir gün benim de ters tarafıma gelir diye korkuyorum. Bir vursam neye uğradığını şaşırır da... Bir de ölür kalır, sonra da suçlu ben olurum. Hani derler ya, ölen mi, öldüren mi diye..."

Ağzının kıyısında sevimsiz bir çizgi oluşuyor ama benim bakışlarım, onun daha fazla bir şey söylemesine mani oluyor. Kadını nasıl da aşağılıyor. Sorun ne acaba?

"Nedir sorun, size neden bu kadar çok kızdı?"

"Hiç canım işte... Beni tapulu malı sanıyor. Biz Nalan'la yedi yıldır birlikte yaşıyoruz. Baştan ben buna deli gibi âşıktım. Gözüm ondan başkasını görmüyordu. Zaten onu elde etmek o zamanlar benim için çok uzak bir hayaldi. Çok uğraştım ama yine de pek ümidim yoktu. Nalan pek normal biri sayılmaz. Biraz garip bir kadındır. Biz onunla aynı şirkette çalışıyorduk. Kedinin ciğere baktığı gibi uzaktan bakar dururdum ona. Sadece ben mi, şirketteki erkeklerin çoğunun aklı Nalan'daydı. Neyse uzatmayalım, bizim patronun başına taş mı düştü nedir, sen bu kızın şoförlüğünü yap, her işinde ona yardım et dedi. Severdi beni patron!"

Bunu söylerken gururlu bir ifade yayılıyor yüzüne. Patronun onu sevmesi demek ki onu çok gururlandırmış.

"Hani derler ya, kul istemiş bir göz, Allah vermiş iki göz... Ben sevinçten uçuyorum. İşte o zaman bildim zaten, ben bu kadına ne yapar eder, kendimi sevdiririm."

"O zamandan göz koydunuz yani!"

"Yok canım, çok önce gözüme kestirmiştim de, yanına yaklaşmak ne mümkün! Derken ateşle barut yan yana gelirse ne olur? Gerçi tahminimden uzun sürdü ama sonunda kuş kafese girdi."

"O kadar planlı yani?"

"Yok canım, siz anlamazsınız bu işlerden."

"Hangi işlerden?"
"Aşktan yani..."

Aşkı ben de anlamazsam kim anlar acaba? Demek aşktan anlayan bir tek o var ve aşkından deli olduğu kadını bugün buraya terk etmek için getirmiş!

"Neden öyle düşündünüz?"
"Ha?"
"Aşktan anlamazsınız dediniz ya..."
"Ha, o mu? Damdan düşmeyen, damdan düşenin halinden anlamaz derler. Siz hiç damdan düşmüşe benzemiyorsunuz. Hele bizim gibileri hiç anlamazsınız."

Bizim gibiler ha! Sen, ben ayrı gruplardan mıyız? Ne kadar yanılıyor. Ben, o biz dediği şeyin ta kendisiyim aslında ama sanki ne ben onu anlamak istiyorum, ne de o beni. İşte bunda haklı.
Sen gel, önce hiç tanımadığım bir kadını aşağıla, yerin dibine batır, sonra da bana ona olan aşkını anlat. Ben seni şimdilik hiç anlamak istemiyorum arkadaş. Ne söyleyeceksen söyle ve bir an önce çık bu odadan. Benim kafamı da daha fazla karıştırma.
Düşündüklerim az da olsa yüzüme yansımış olmalı ki, bana bakarken hafif bir endişe bulutu yüzünü yalayıp geçiyor.

"Siz yine de şimdilik anladığımı farz edin öyleyse. Dinliyorum sizi" diyorum.
"Şimdi böyle atıp tutsam da, o zamanlar ben buna nasıl âşıktım, onun uğruna nasıl deli divane oluyordum bilseniz... Biri bana deseydi ki, ulan sen bu karıyı kendi elinle bırakıp gideceksin diye, vallaha billaha inanmazdım. Mecnun oldum da kendime çıkacak dağ bulamadım. Aman ne diller döktüm. Sadece dil mi, çok da gözyaşı döktüm uğrunda. Nalan bile bilmez bunları. Kadın ne de olsa, aşağı tarafını göstermeyeceksin."

Güzel... Anlamasam da yeni bir şeyler söylüyor bu adam. Demek öyle... "Kadına aşağı tarafını göstermeyeceksin!" Hem de bunu bir erkek söylüyor. Oysa ben bu sözleri daha çok kadınlardan duymuştum.

"İşte en sonunda Nalan'ı kafaya aldım. O da bana âşık oldu. Siz beni o zamanlar görseydiniz, yolda yürüyüşüm bile değişmişti. Vay be, dedim kendime, ulan sen neymişsin de haberin yokmuş. Kraliçeye diz çöktürdün... Kolay işler değil bunlar doktor hanım. Hele bizim gibiler için büyük iş bunlar, büyük iş..."

Yine, "Bizim gibiler" diyor. Kendini benden ayırıyor. O ve ben başka dünyaların insanlarıyız. Buraya özel olarak beni kızdırmaya gelseydi, beni bundan daha fazla kızdıracak bir şey söyleyemezdi. Ben hep her dünyanın insanı oldum ya da öyle olmak için çok gayret ettim. Hele ki bu insan bizim topraklarımızdansa, o benim için çok değerlidir zaten. O bendendir. Ama bu adam beni kendinden saymıyor.

"Ama hiçbir şey durduğu yerde durmuyor. Aşk bile. İşte şimdi buraya bu kadından beni bir an önce kurtarasınız diye geldim. Niye? Çünkü bu sefer de başka birine âşık oldum."

Gözlerinde çılgın bir pırıltı beliriyor. Bir yandan da nasıl gamsız, tasasız bir adam. Ben karşımdaki insanları anlamak, kendimi onların yerine koyarak dinlemek isterim ama bu adamda bunu yapamıyorum. Karşımda oturanın gerçek bir insan olduğunu bile hissedemiyorum. Neyse, o benim hastam değil zaten. Bu işe fazla takılmamalıyım. Onu anlamasam da olur.

"Tam yedi yıl sürdü bu beraberlik. Yedi yılın sonunda yavaş yavaş bendeki heyecan azaldı. Kanıksadım galiba kadını. Derken geçenlerde bir barda Karadenizli bir kadın çıktı karşıma. Ama ne kadın! Aklım başımdan gitti. Fena tutuldum kadına."

"Nalan Hanım'la beraberken bu tür kaçamaklarınız hep olur muydu?"

"Pek olmazdı..."

"Pek olmazdı" diyor!

"Nalan o zamanlar benim kraliçem, prensesimdi. Hem âşık hem de hayrandım ona. Ne günlerdi ya!"

O günleri düşünürken hüzünlü bir mutluluk yapışıp kalıyor yüzüne. Bu adam, bu haliyle Nalan denen bu kadından nasıl ayrılacak? Aşk bitti diyor ama ben hiç öyle hissetmiyorum.

"Ben aşk adamıyım doktor hanım, aşk... Âşıksam gözüm dünyayı görmez. Laz kızını görünce, kadın kalbimin ortasına bıçak gibi saplandı. Çıkar çıkarabilirsen. Belli ki beni havalara uçuracak, bazen de çok süründürecek. Bu sefer de ona tutuldum Nasıl da kıskanç! Bir yere kımıldayamıyorum. Baktım olmayacak, en iyisi Nalan'dan bir an önce ayrılmak dedim. Dürüst oldum ona. Dedim ki, ben başkasına âşık oldum. Bu iş burada bitsin. Sen misin dürüst olan? Evi başıma yıktı. Telefonlarım derseniz hiç susmuyor. Bana bunu nasıl yaparsın diye yeri göğü inletiyor. Yahu hayatın bile bir sonu var. Bir gün hepimiz tahtalı köyü boylayacağız. Aşkın sonu olmaz mı? Ama anlatamadım ki... Kaç kere intihar etmeye kalktı. Güya bunlarla beni kandıracak."

Dürüst olmak ne zaman utanmazlıkla, ihanetle, acımasızlıkla, küstahlıkla aynı şey olmuş ki! Nasıl bir adam bu? Onun için her şey ne kadar basit!

“Evdeki hanımın sesi soluğu çıkmazken, sana ne oluyor be kadın? Sen kendini ne sanıyorsun?”

Yok artık! Üstelik evli ha?

“Bir de... Üstelik evli misiniz?”

“Allah bağışlarsa üç de kızım var. Bizim Türkân, hanım hanım oturur evinde ama bu Laz kızının niyeti kötü. Beni bizim hanımdan bile kıskanıyor. Bir de Nalan’ı bilse, kim bilir ne işler açar başıma.”

Evde hanım, bir tarafta ondan ayrılmamak uğruna intihara kalkışan sevgili, son olarak da yepyeni bir sevgili daha... Ohh, keyifler gıcır adamda. Bütün bunları ne kadar da doğal anlatıyor. Karısı evden burnunu çıkarsa vurmaya kalkar ama kendine her şey serbest.

Hay Allah, ben kızıyorum bu adama. Aslında bu odada bana anlatılan her şeyi son derece tarafsız bir şekilde dinlerim. Hiçbir şey için, hiç kimseyi kafamdan bile olsa yargılamam. Sadece, "Neden!" diye sorarım, "Neden böyle yapıyor?"

Bu adamdan hoşlanmadım. Deve misali, her yanı eğri bunun. Bir an önce onunla işimi bitirmeliyim.

“Pardon, adınız neydi?”

“Hayri.”

“Hayri Bey, anlaşılan kadınlarla başınız dertte ama yine de siz bu dertleri seviyorsunuz.”

“Seviyorum da, şu Nalan’dan beni bir an önce kurtarın doktor hanım. Yetti canıma. Artık ilaç mı veriyorsunuz, uyuşturucu mu, bilmem. Düşsün yakamdan. İntihar filan edip de benim başımı belaya sokmasın.”

“Tamam Hayri Bey, siz Nalan Hanım’ı merak etmeyin. Ben onu sakinleştirmenin bir yolunu bulurum.”

İnanmayan gözlerle bakıyor bana. Bu sefer ben de ona bakıyorum. Bu odaya gireli belki de ilk kez dikkatle bakıyorum ona. Sahte bir şeyler var onda. Beni rahatsız eden de bu sahtelik zaten.

"İnşallah bulursunuz ama ne de olsa siz de kadınsınız. Beni değil, onu anlayacaksınız."

"Onu buraya anlamam için siz getirmediniz mi?"

"Keşke bir gün Laz kızını da getirebilsem."

"Onu neden getirecekmişsiniz?"

"Şimdi Nalan'ı görünce içinizden bana lanet okuyacaksınız ama Laz kızını görünce belki fikriniz değişir. Bu ötekilere benzemiyor. Bu, Nalan'ın tam zıddı. Nalan beyazsa Laz kızı siyah. Açıyoruz rakıları, sabaha kadar bir muhabbet, bir muhabbet... Çok külhanbeyi bir kadın. Hele bir de garsona seslenişi var ki, işte bunlara deli oluyorum. Nalan beni kötü alıştırmış."

"Ne diyor garsonlara?"

"Aloo, diye bağırıyor. Garsonların bile ondan ödü kopuyor."

"Aloo..." Aman Allahım! Bu adam hâlâ neden bu odada!

"Demek alo diyor. Aslında henüz Nalan Hanım'la tanışmadık ama sanırım bu Laz kızı size daha uygun."

Bir anda kıpkırmızı oluyor yüzü, gözlerinden ateş çıkarken ağzımdan çıkan bu sözlere ben bile inanamıyorum. Bir kavga etmediğim kaldı adamla.

Hay Allah!

"Siz çıkabilirsiniz Hayri Bey. Bana Nalan Hanım'ı gönderin."

Bir şey söyleyip söylememekte bir an tereddüt ederken gözlerindeki öfkeyi görmemek için kör olmak lazım. Küçümsenen erkeğin kadına duyduğu nefret bu... Sonra hızla ayağa kalkıp sehpaya saçtığı ıvır zıvırı hızla topluyor, öfkeli bir sesle, "Nalan'a bol ilaç verin bol" diye talimat vermeyi de ihmal etmiyor.

Oh, çok şükür daha kötü şeyler olmadan çıktı odadan. Ancak kafamda dönüp duran düşüncelere bir türlü engel olamıyorum. O düşüncelerden biri var ki, en ön sırada kırmızı ışık gibi yanıp sönüp duruyor. Şöyle diyor bana: "Ey Hayri Beyefendi! Bunları sen değil de o kadınlardan biri yapsaydı ne olurdu acaba?"

Hemen masamda duran sürahiden bir bardak su içip kendimi toplamaya çalışıyorum. Bakalım Nalan nasıl bir kadın, yıllarca bu adama nasıl katlanmış acaba?

Açık duran kapıdan gelen gürültüyle başımı kaldırınca Tuna'nın kolunda, sinirden adeta tepinen, çocuk gibi başını sağa sola sallayarak, ayaklarını yerde sürüyerek ve çok canı acıyan birinin imdat çığlıklarına benzer sesler çıkararak bana doğru gelen kadını görüyorum.

Tüm bu hareketler çaresizlik sinyalleri... Küçük çocuklar yapar bunu. Annesine sesini duyuramayan, hiç tanımadığı bu dünyada yapayalnız kaldığını sanıp ölümden kaçmaya çalışırken çırpınan çaresiz çocuklar... Bunlar yetişkin insanlara has davranışlar değil. Neden bu kadar korkuyor acaba? Bu panik neden? Ayrıca bu nasıl bir panik, nasıl bir çaresizlik!

Tıpkı o çaresiz çocuğa yaklaşır gibi usulca kalkıyorum yerimden. Hiç konuşmadan, sadece dikkatle, özenle, sevgiyle bakıyorum gözlerinin içine. Bu dünyada her derdin dermanının sevgi olduğunu biliyorum çünkü.

Öyle çaresiz, öyle panik içinde ki, söylediklerimi duyacak halde değil. O şimdi bütün hücreleriyle korkuya teslim olmuş bir çocuk gibi. Onunla şu an sözlü değil, sözsüz iletişim kurabilirim ancak.

Ona sevgiyle baktığımı, hareket etmediğimi, kendini bir şeylerden koruması gerekmediğini gördükçe, o da gözlerini gözlerime dikiyor. Hafif ama çok hafifçe gülümsüyorum ona. O zaman daha dikkatle bakıyor yüzüme. Çığlıkları, çırpınışları azalıyor. Ben ona değil, Tuna'nın kolunda o bana doğru yaklaşıyor. Gözlerini açıp kapatıyor, dudaklarıyla birlikte tüm vücudu yaprak gibi titriyor.

Çok korkmuş bu kadın çok. Ama bu korku yeni değil, ezelden beri var içinde, ona yabancı değil yani... Bir şeyler onun eski korkularını tetiklemiş... Yıllardır içinde hapsetmeye çalıştığı korkularını, çaresizliklerini, ölümü...

Şimdi artık karşı karşıyayız. Ben yine hiç kımıldamadan, usulca uzatıyorum elimi. Ne kadar yavaş hareket etsem de, korkuyor. Gülümsememi biraz daha arttırıyorum. Onunla konuşmaya hazırlanıyorum ama şu anda ne söylediğim değil, nasıl söylediğim önemli. Sesimin tonu, konuşmamın ritmi ninni kadar yumuşak olmalı.

Konuşmaya başlamadan önce mımmm diye, hafif, yumuşak bir ses çıkıyor benden. Tuna da şaşkın. Kadının kolunu sıkıca tutarken yüzü gözü ter içinde kalmış. Ona gözümle, "Bırak", Hayri'ye de "Çık" diye işaret ediyorum. Hayri arkasına bakarak koridorda uzaklaşırken Tuna da kadını yavaşça bırakıyor. Kolları usul usul aşağı inerken titremesi azalıyor genç kadının. Çığlıklar zaten çoktan sustu. Ona doğru uzanan elim çok yavaş hareket ediyor. Gözü elimde. Tutmamdan korkuyor. Tutmuyorum. Elimle koluna yavaşça dokunuyor, o kolu elimle seviyorum. Sonra aynı şeyi öteki elimle yapmaya başlıyorum. Bakışlarındaki dehşet yumuşuyor, gözleri kısılıyor, kasları ufak ufak gevşemeye başlıyor.

Ağlamaktan kızarmış gözlerindeki derin, keskin ve korku dolu bakışlardan etkileniyorum. Yemyeşil gözleri var. İnsanların hüznü en çok gözlerinin içindedir ve o hüznü onun yemyeşil gözlerinde görüyorum ben. Yumuşacık bir sesle şöyle diyorum:

"Gözleriniz ne güzelmiş sizin ama çok hüzünlü bakıyorlar."

Ninni söyler gibi. Nihayet ona söylediklerimi duyacak, anlayacak hale geldi. Şimdi de onu nasıl bir yere getirdiklerini, benim nasıl biri olduğumu keşfetmeye çalışıyor. Bilmiyor ki bu oda, aslında onun çok önceden gelmesi gereken bir yer ve ben onu dinlemeye, anlamaya çoktan hazırım. Hayri'yi anlamasam da onu anlayacağım.

Yavaşça ellerimi yukarı doğru kaldırıyor, gülerek konuşuyorum:

"Tamam, teslim oluyorum, ben suçsuzum, kötü bir niyetim yok Nalan Hanım."

O yine soran gözlerle bana bakmaya devam ediyor. Ne kadar güzel olduğunu acaba biliyor mu? Bir kadının ne kadar güzel olduğunu bilmesi iyi mi, yoksa kötü mü? Ben küçükken anneannem hep, "Güzelin kaderi olmaz, Allah çirkin kaderi versin" derdi. Yaşadıkça, bu atasözünün de ne kadar doğru olduğunu gördüm. İnsanın kaderini değiştiren güzelliği değil, güzelliğin artırdığı beklentileridir. Hayattan ve insanlardan ne kadar çok şey beklersek, hayal kırıklıklarımız da o kadar çok ve derin oluyor. Güzellik bazen çok bencilleştiriyor insanları. Bazen de başkalarını daha kolay küçümseyebiliyor güzel insanlar. Ve bu büyük avantaj böylece bir dezavantaja dönebiliyor ve mutluluğu, adam yerine koymadıkları o çirkinler kadar bile tadamıyorlar.

Şimdi artık bana mahzun gözlerle bakan bu dünya güzeli kadın da, inşallah güzelliğinin kurbanı olmamıştır.

Sonra da ona yine gülerek elimi uzatıyorum. Elleri küçük, düzgün ve bakımlı. Pembe ojeler var tırnaklarında. Yüzük yok. O da bana gülümsemeye çalışıyor ama bunu istese de beceremiyor. Öyle kederli ki... Yer gösteriyorum.

"Buyurun, oturun."

Giydiği siyah, bol ve uzun pardösünün etekleri koltuğa doğru adım atarken arkaya doğru havalanıyor. Pardösüyü üzerinden yavaşça sıyırınca yine siyah, incecik bir bluz, onun üstünde yerlere kadar uzanan bir yelek, altında da uzun dantel eteği görüyorum. Ayağında siyah, deri çizmeler var. Teni bembeyaz. Açık kumral saçlarını hafifçe arkadan toplamış. Boynuna bağladığı beyaz ipek fular da dalga dalga yere kadar uzanıyor.

Tuna haklı. Bu kadına ben de kraliçe rolü verirdim.

Gözünü benden hiç ayırmadan yavaşça oturuyor koltuğa. Ne söyleyeceğini, nereden başlayacağını bilemeden, ellerini çantasının üzerinde birleştirmiş, öylece duruyor. Küçük ve düzgün bir burnu ve biçimli dudakları var. Alnı hafif kavisli. Parlak, pembe ruju, yeşil göz kalemi ve açık yeşil göz farı ile makyajı bile sanki başka bir dönemden kalma. Dudağının sol üst köşesindeki siyah ben, bu nostaljik havayı iyice artırıyor. Bu güzel yüzün hatları, sanki ağır bir yorgunlukla sabitlenmiş.

Kendini ortaya koymadan önce karşı tarafı tartmaya çalışıyor. Garip ama daha ilk görüşte güven veriyor insana.

Masama geçerken boynundaki küçük kolyeye bakıyorum. Bu kadın sanırım otuz beş yaşlarında ama ruhunun çok daha genç kaldığından eminim. Ancak bu kendine iyi bakmak, yaşlanmamak gibi bir şey değil, sanki büyüyememek gibi bir şey. Çocukluğunda bir yerlere takılmış olmalı. Ama onu bu kadar korkutan ne? Sanki onu korkutan şey dışarıda değil de bu odada gibi.

Cildi bir bebeğinki kadar ince ve beyaz. Sanki yıllarını bir cam fanusun içinde geçirmiş. Güzel olan her şey, insanlarda hafiften bir saygı uyandırır. Ben de ona biraz saygı, biraz da hayranlıkla bakıyorum. O da bana karşı nazik olmaya çalışıyor ama nezaketinde bile bir huzursuzluk gizli. Saf, çok saf bir pırıltı var gözlerinde. Dudakları hafifçe titriyor.

Artık işe başlama zamanı...

"Hoş geldiniz Nalan Hanım."

Onun adı ağzımdan çıkarken buruk bir tat yayılıyor ağzıma. Nalan... İnsanlar adıyla doğar ve onun adı Nalan. Yani ağlayan, inleyen anlamına gelen bir kelime bu. O da öyle yapıyor zaten. Adına uygun davranıyor.

Hemen ardından ona ne kadar güzel bir kadın olduğunu söylüyorum. Benim bu övgü dolu sözlerim onu biraz rahatlatıyor ama gözlerindeki korkuyu silmiyor ve aniden ağlamaya başlıyor.

"Uğrunda bu kadar gözyaşı döktüğünüz kişi, bunu hak ediyor mu bari?"

Cevap vermek yerine ağlamaya, daha çok ağlamaya devam ediyor. Gözlerini sildiği mendil küçük ve ipek. Acaba üzerine isminin baş harfleri de işlenmiş mi? Düş kırıklıklarını, umudu, umutsuzluğu, korkuyu anlatmak o kadar kolay mı? Ne kadar da narin! Hayatı boyunca böyle bir acı hiç çekmemiş sanki. Acıya bile yabancı mı bu kadın?

İpek mendil gözyaşlarını silmeye yetmedi. Ona önümdeki kutudan birkaç kâğıt mendil uzatıyorum. Titreyen elleriyle alıyor mendilleri. Tanrım ne kadar çok ağlıyor bu kadın! Nasıl acı bir feryat bu! Yüreği nasıl da alev alev yanıyor. Hani şarkılarda hep söylenir ya, "ölüm mü, ayrılık mı?" diye, demek Hayri'den ayrılmak ona ölümden bile zor geliyor. Nasıl da bağlanmış ona. Sanki biri gelmiş, yüreğini yerinden koparıyor.

Bu kadar yoğun bir acıya tanıklık etmek, bu mesleğin en zor yanı galiba. Diğer duygular da kişiden kişiye bulaşır ama böylesine acı ve kedere tanıklık etmek, ortak olmak, paylaşmak zor...

Masa lambalarının ışığında, onun derin derin hıçkırık seslerini dinleyerek, hüzünlenerek bakıyorum ona. Aslında bu kadar çok ağladığı için bir yandan da utanıyor benden. Utanmak? Ne garip bir duygu utanmak ama ne kadar insanca. Sanırım insandan başka hiçbir canlı utanmayı bilmiyor. İnsanların da hepsi değil, yalnızca bir kısmı, yani utanacak kadar insan kalanlar başarabiliyor bunu. Şimdi ona, "Utanma, rahat rahat ağla" desem, daha çok utanacak. En iyisi sessiz kalarak bu acıya saygı göstermek.

Benim onu anladığımı, onunla birlikte hüzünlendiğimi, ona yardım etmeye çalıştığımı hissetti galiba. Artık bir şey sormama gerek yok. Yaşadıklarını benimle paylaşmaya hazır. Ona masamda duran sürahiden bir bardak su alıp ikram ediyorum. Uzanıp alıyor, birkaç yudum içtikten sonra yanındaki sehpaya bırakıp başını kaldırıyor. Derin derin bakıyor gözlerime. Sonra bir iki kere yutkunduktan sonra başlıyor anlatmaya.

"Hayri'yle bir süredir beraberiz. Çok sevdim onu, o da beni. Eşimden ayrıldım. Hayri hâlâ evli ve üç kızı var. Çocukları yüzünden eşinden ayrılamadı, ben de üstelemedim zaten. Çocukları babasız kalsın istemedim."

Dudaklarını iki tarafa gerdikçe yanaklarındaki gamzeler daha belirgin oluyor. Demek Hayri'nin çocuklarının babasız kalmasını istemiyor.

Her zaman seçme şansımız olmayabilir. Bazen en iyi çözüm sadece rıza göstermektir. O da öyle yapmış galiba.

"Bana çok düşkündü. Onunla birlikte hayatımın en güzel zamanlarını yaşadım. Bu ilişkinin ömür boyu süreceğinden öyle emindim ki... Ancak on gün önce, 'Hayatımda başka bir kadın var. Onu seviyorum' dedi. Bir gün aniden böyle söyledi işte... Aklımı kaybedeceğimi sandım. Delirdim galiba... Sonra böyle oldum işte. Hayatımda yüksek sesle bile konuşmazken, saçma sapan şeyler yapmaya başladım. Ağladım, bağırdım, sokaklara attım kendimi. Sabahlara kadar ne ben uyudum ne de onu uyuttum. Ben bunu hak etmedim Gülseren Hanım, inanın hiç hak etmedim."

Bunları söylerken yüzü, bir yerleri çok ağrıyormuş gibi buruluyor. Sesi de kendi gibi ağır, çekingen, zarif, dokunaklı ve kırılgan. İnsan onu dinlerken sözcüklerin ne kadar cılız ve çelimsiz kaldığını, gerçek denilen şeyin doğasının ne kadar ele avuca sığmaz ve kaypak olduğunu, duygular karşısında tanımların, terimlerin nasıl da yetmediğini daha iyi anlıyor.

Uzun süredir, evli ve üç çocuklu bir adamla beraber yaşıyor. Kendisi dul. Belki de kocasından Hayri uğruna ayrıldı. Ve bir gün, bir başka kadın var, artık onu seviyorum, diyor adam.

Eyvah...

"Bana ihanet eden bu adamdan nefret etmem gerekir ama olmuyor. Onu görmeden, onun sesini duymadan yapamıyorum. Ben onsuz yaşayamam, ölürüm. Ölürüm. Bunu bana yapamaz..."

Yine başlıyor ağlamaya. Adeta isyan ediyor hayata. Ve bu ağlamalar yine çok içten. O ağlarken çektiği acıyı bana da fena halde duyuruyor. Karşınızda ağrıdan ıstıraptan kıvrım kıvranan biri olduğunu düşünün. Siz de ona bakıyorsunuz ama elinizden bir şey gelmiyor. Güya bunca yıldır acıya alışkınım. Pöh!

Çok aşk acısı gördüm, dinledim ama hiçbiri beni bu kadar etkilememişti çünkü hiçbiri bu genç kadın kadar ıstırap çekmiyordu. Aşk dediğin insanı havalara uçurduğu kadar da acıtır zaten. Bunu biliyorum. Bu kadınınki sanki başka türlü bir şey! Bu nasıl bir aşk acaba?

Bazı kadınlar kolay ele geçiremeyeceklerini sandıkları, davranışları önceden kestirilemeyen, güven vermeyen, ihanete ve karanlığa açık erkeklere ilgi duyarlar. Bu tür kadınların sorunları erkeklerle değil, bu karanlığı arzulayan kendi iç dünyalarıyla ilgilidir. Yani asıl sorun kendilerindedir. Nalan da böyle biri mi acaba?

Gerçi biraz önce Hayri'yi gördüm. Hiç de zor elde edilen birine benzemiyordu. Zaten yıllarca Nalan'ın peşinden koştuğunu kendi anlattı. Ayrıca aralarında her bakımdan çok fark var. Nalan eğitimli, kültürlü, iyi bir ailede yetişmiş birine benziyor. Hayri ise başka dünyaların adamı. Başka dünyaların adamı ha? Bu sefer de onu ayrı bir yere koyan benim. Yakaladım kendimi.

Bu işte bir terslik var ama şimdilik bunun ne olduğunu anlamıyorum.

"İçime bir sıkıntı geliyor, onu günde yüz kere arıyorum. Artık onun da dayanacak hali kalmadı ama yine de buraya beni o getirdi. Güya sakinleşirsem benden daha kolay kurtulacak.

"Şimdi anladım. Onun için bol ilaç verin deyip duruyor. Acelesi var yani."

"Size de söyledi değil mi? Ne yapacağımı şaşırdım. Bunu bana yapamaz. Yıllar sonra beni böyle terk edemez. Hakkı yok buna. Hiç adalet yok mu bu dünyada! Ben ona bütün hayatımı verdim. Onun uğruna neleri göze aldım. Beni nasıl terk eder? Ben buna dayanamam. İntihar ederim. Yeter artık bu hayatın bana ettiği. Böyle bir hayat istemiyorum ben. Ölür kurtulurum her şeyden."

Hayri de söz etmişti... İçimi acımayla karışık bir öfke duygusu yalayıp geçiyor. İntihar düşüncesi bana hep böyle hissettirir. Bu sözlerde ben de dahil bütün dünyaya bir tehdit var sanki... Demek ona bu kadar çok güvendi.

"Bana deli gibi âşıktı. Bir zamanlar bunu günde yüz kere söylüyor, bensiz nefes bile alamıyordu. İnandım ona. Hâlâ da inanıyorum. O bensiz yapamaz. Belki de beni üzmek, denemek için böyle yapıyor. O benden ayrılamaz."

Biz hayatımızla ilgili planlar yaparken hayat genelde kendi yaptığı planlarla meşguldür. Bu hikâyede de öyle olmuş galiba. Hayatın planları her zaman gerçek, bizimkiler ise çoğu zaman sadece hayaldir. Bu hayallerin hangisi hayatınkilerle uyuşacak, işte biz bunu bilmeyiz.

Demek Nalan'da da öyle olmuş.

Gerçekleri görmeye ne cesareti var, ne de gücü. Ruhu ne kadar kırılgan. İçinde bulunduğu sorunlarla baş etmeye çalışmak yerine ölüp kurtulmak istiyor. Mücadele etmek yerine, kaçmayı yeğliyor. Sadece güzel olmak insana yetmez be Nalan. Şimdi eline kılıcı alıp savaşma zamanı. Ama senin ellerin hiç kılıç tutmamış galiba. Savaşmanın da acemisisin sen. Şimdi sana kılıcı uzatacağım, bakalım tutabilecek misin?

"Nalan Hanım, sanırım hiç beklemediğiniz anda, ağır bir darbe almışsınız. Şaşırmakta, üzülmekte haklısınız. Hayri Bey'i çok sevdiğinizi görüyorum. Hayri Bey sizi buraya biraz daha sakin olasınız ve intihar etmeyesiniz diye getirmiş ama psikiyatri insanları sakinleştirmekten başka işler de yapar."

Gözlerinden belli belirsiz bir pırıltının geçtiğini fark ediyorum. Ağlama ve feryat sesleri bir anda duruyor. Odadaki hüzün bir anda dağılıyor sanki. Şimdi ağrının kesildiğini, acının bir anlık bile olsa durduğunu görüyorum. Dikkat kesilmiş beni dinliyor. Bir umut ışığı var benim sözlerimde ve o bu umuda bütün gücüyle tutunuyor.

Demek o kadar da acemi değil.

"Evet, kendi rahatı için getirdi beni. Sanırım benden bir an önce kurtulmak istiyor."

"Yıllar süren bir ilişki aniden bitiyorsa ve bu karar tek taraflı olarak alınıyorsa, kararı alan da, en az sizin kadar etkilenecektir. Ama siz böyle yaparak onun işini kolaylaştırıyorsunuz. Çünkü siz bu karara şiddetle itiraz ettikçe, karşı taraf sizinle uğraşmaktan kendi duygularını gözden geçirmeye fırsat bulamaz ve sizden kurtulmak tek ve kesin hedef haline gelir."

Gözlerini dikmiş bana bakıyor. Onun düşündüklerinden çok farklı şeyler söyledim. Bana inanmakta ve güvenmekte zorlanıyor. O buraya zorla getirilmiş. Düzelmek, rahatlamak istemiyor çünkü Hayri'yi böyle bağırıp çağırarak, olay çıkararak elinde tutuyor. Onu kaybetmek istemediği kesin ama sanki bunun altında daha büyük bir korku gizli.

"Öyle galiba."

Uzattığım kılıcı tuttu. Onun, her şeyden önce hayattan bu kadar korkmaması gerekiyor. Kendine güvenebilmeyi, biraz dik durmayı öğrenirse her şey daha kolay olacak. Ancak aklım bir yandan da Hayri'ye gidiyor. O evli ve üç çocuk sahibi bir adam. Karısını Nalan'la aldattığı yetmezmiş gibi şimdi de bir üçüncü kadın giriyor hayatına. Bu adam ne yapmaya çalışıyor acaba? Hayatı bu kadar hafife alırken asıl hedefte kendisinin olduğunu hiç görmüyor mu?

"Biraz Hayri Bey'den bahsedin bana."

Hayri deyince gözleri parlıyor. Ne kadar çok seviyor bu adamı. Laz kızı da çok sevmiş onu.

Hay Allah!

"Hayri benden yedi yaş küçük. Ben kırk beş yaşındayım, o otuz sekiz."

Hayret, demek kırk beş yaşında. Yaşını hiç göstermiyor. Ben onu Hayri'den küçük sandım.

"Hayri'yle aynı şirkette çalışıyorduk. Ben içmimarım. Evden işe, işten eve yetişen, hep başı önünde gezen, evlilikte aradığını bulamamış, mutsuz bir kadındım."

"Ne aramıştınız evlilikte?"

"Herkesin aradığını. Aşkı, sevgiyi, ilgiyi... Kocam beni çok sevsin istedim. En çok bunu istedim ama sevmedi."

Kocası tarafından sevilmemek bir kadın için ne kadar acı verici. Bunu hissedip de mutlu olabilen kadın var mı acaba bu dünyada. Aydın yani eşim beni sevmeseydi, ben bugünkü ben olabilir miydim? Hiç sanmıyorum. Düşünmek bile acı veriyor insana.

Ağır, çok ağır bir ceza bu.

"Kocam beni sevsin istedim dediniz. Siz kocanızı sever miydiniz?"

"O beni sevse, belki ben de onu severdim."

"Bu net bir cevap olmadı. Evlenmeden önce eşinizi seviyor muydunuz?"

"Beni sever sandım. Seviyor gibiydi o zamanlar..."

"Yani ne onun sevgisinden emindiniz, ne de kendinizinkinden."

"Bilmem! Çok heyecanlı günlerdi. Hayatımda ilk kez bir erkekle çıkıyordum. Bana ilgi gösteriyor, sık sık arıyor, hediyeler alıyordu. Üstelik bütün bunları yaparken ben kendimi suçlu hissetmiyordum. Ailem buna izin veriyordu."

İlginç sözler bunlar! Nasıl bir geçmişten geliyor bu kadın! Gençliğinde hiç mi kaçamak yapmamış, hiç mi birilerine âşık olmasa bile hayranlık duymamış. Dağ başında mı yaşamış?

"Daha önce buna benzer şeyler yaşamadınız mı hiç?"

"Yaşamadım, hiç yaşamadım. Biraz içe dönük bir kişiliğim var ama toplum içinde çok farklıyım. Eğer işin içinde bir pislik yoksa herkese çok yakın ve sevecen davranırım."

"Pislik?"

"Yani aşk meşk filan."

Aşka pislik diyor ama biraz önce aşkından öleceğini söylüyordu. Aşk için pislik tabirini kullanan birini ilk kez tanıyorum. Öyleyse şimdi boğazına kadar pisliğe batmış bu kadın.

Bunu ben söylemiyorum, kendisi söylüyor. Ne garip!

"Tam anlayamadım galiba. Âşık olmak kötü bir şey mi sizce?"

"Kafam karışık galiba, ben de ne dediğimi bilmiyorum. Evlenmeden önce böyle şeyler bana yasaklandığı için o zamanlar bunu çok ayıp sayardım. Ailemin kurallarına uymak, onlara ihanet etmemek için ben de elimden geleni yaptım."

Aşkı aileye ihanet olarak görüyor. Öyleyse şimdi yaptığına ne diyor? Yedi yıldır evli ve üç çocuklu bir adamla beraber yaşıyor. Sanırım kocasından bile bu aşk yüzünden ayrıldı. Toplum asıl ihaneti burada görür. Onun doğruları da çok farklı.

Böyle bir kadın, Hayri gibi bir adama böylesine âşık oluyorsa, bunun altında eminim benim şimdilik bilmediğim pek çok şey var. Farklı bir hikâye bu. Bütün bunların mutlaka bir nedeni olmalı ve ben o nedenleri bulmadan, görmeden, anlamadan bu bilmeceyi çözemem.

Heyecanlanıyorum.

"Yani evliliğiniz aşk ve sevgi üzerine kurulmadı. Hayatın önünüze çıkardığı ilk yola sapıverdiniz."

"Aynen öyle oldu ama yine de mutlu ve heyecanlıydım. Eskiden beri bir erkek tarafından çok sevilmek, kendimi değerli hissetmek gibi hayallerim vardı. Hem bir erkeğin beni çok seveceğine inanmaz, hem de deli gibi isterdim bunu. Sedat da yani evlendiğim adam bu hayallerimi artırıyordu. Kalabalık bir aileye gelin gidiyordum. Bundan da çok memnundum çünkü çok yalnız bir aileden geldim ben."

"Nasıl yani?"

"Şimdi oralara girmek istemiyorum."

Demek ki problemi çözecek cevaplar oralarda bir yerlerde gizli. Şimdi olmasa da bir gün mutlaka...

"Tamam, sonra ne oldu?"

"Hayal bile bir dayanak arıyor kendine, bir umut, birazcık ışık. Bu ışığı hiç göstermedi bana Sedat. Sanki aynı evi paylaşan iki yabancı gibiydik. Ailesi de olmasa kendimi o evde çok yalnız hissedecektim."

"Nasıl tanıştınız Sedat'la?"

"Çalıştığım şirketin sahibi Rafet Bey'di. Rafet Koroğlu. Sonradan kayınpederim oldu..."

"Rafet Koroğlu'nun gelini miydiniz?"

"Evet, tanıyor musunuz onu?"

"Onu kim tanımaz ki? Gazetelerde, televizyonlarda sık sık görüyoruz. Demek siz onun geliniydiniz."

"Öyleydim bir zamanlar."

Kafam fena halde karışıyor. Eminim ünlü işadamı Rafet Koroğlu'nun gelini olmak için can atan pek çok genç kız vardır. Şimdi ise Hayri gibi biri için ölmeye bile razı. Sen öyle bir yerden kalk gel, Hayri'ye âşık ol. Bu kadın bir özgürlük kahramanı mı, yoksa ne yaptığını kendi de mi bilmiyor?

Önce o düğünü, sonra da ayrılığı aylarca gazeteler yazmış, televizyondaki magazin programları uzun uzun bu ayrılıktan söz etmişti. Demek Nalan, o hikâyenin başkahramanı.

"Zaten Sedat'la da işyerinde tanıştık. Babasının şirketinin dekorasyon bölümünden sorumluydu Sedat. Kısa bir süre arkadaşlık ettik. Zaten bu arkadaşlığın asıl mimarı da Sedat değil, Rafet Bey'miş. Beni oğluna o tavsiye etmiş. Benim ailem de çok destekledi bu evliliği. Derken evlendik işte."

"Dillere destan bir düğünle evlendiğinizi biliyorum."

"Aile meraklı bu işlere."

"Sizin hoşunuza gitmedi mi yani?"

"Doğru söylemek gerekirse çok hoşuma gitti. O zamanlar kendimi bir masal prensesi gibi hissediyordum. Gazeteciler, televizyoncular bir an bırakmıyorlardı peşimi. Ne yapsam olay oluyor, bir hata yapacağım diye ödüm kopuyordu. Bir yandan da sevinçten içim içime sığmıyordu. Ev kalabalıktı. Kayınvalidem Gülümser Hanım, bana hep Sarı Gelinim diyen kayınpederim Rafet Bey, kayınbiraderlerim Suat ve ikizi Muzaffer'le hep birlikte yaşıyorduk."

"Neden hep birlikte? Size neden ayrı bir ev açmadılar?"

"Aslında evlerimiz ayrıydı. Adamlar zaten inşaat yapıyorlar. Öyle bir ev yapmışlar ki kendilerine, hem her daire ayrı, hem de ortak alanlar var. Ve akşam yemekleri mutlaka o ortak alanlarda hep birlikte yeniyor. Evde yaşayan herkesin farklı bir kişiliği ve farklı sorunları vardı. Hepsi zor insanlardı ama onlarla hiçbir sorun yaşamadım. Ancak aynı yakınlığı kocamdan hiç göremedim. Onu nasıl yola getireceğimi, benimle ilgilenmesini nasıl sağlayacağımı bilemedim. Çok uğraştım ama inanın yapamadım. Onu hep kapıda karşılar, hep bakımlı olmaya özen gösterir, ona güler yüzlü davranırdım. Hizmetçiler dururken ona ben hizmet eder, bir dediğini iki etmez, hangi yemeği severse onu yaptırır, arada bir kızsa bile ona cevap vermezdim. Bunların hiçbiri ona yetmedi."

Yetmez zaten. Erkekler hem bu hizmetlerin hepsini ister, hem de karşılarında muhabbet edebilecekleri, muhatap alabilecekleri, neşeli, enerjik, arada bir onlarla kavga eden, küsen, onları hayata sıkı sıkı bağlayan, güçlü kadınları sever.

Bu erkekler de ne çok şey istiyor bizden!

"Çocuğunuz yok değil mi?"

"Yok! Aslında bir çocuğumuz oldu ama erken doğdu. Kayınpederim bütün doktorları seferber etti ama yine de olmadı. Oğlumuzu üç gün sonra kaybettik."

"Üzüldüm. Bir anne için zor iş bunlar."

"Bir anne için, değil mi?"

Nasıl bir cevap bu? "Anne"nin altını çiziyor. Neden acaba?

"Çok zor günlerdi onlar. Zaten biraz da o doğumdan sonra bozuldu ilişkimiz."

"Neden?"

"Onlar hemen yeniden hamile kalmamı, bir an önce sağlıklı bir çocuk doğurmamı istediler. Hatta bu konuda çok ısrarcı oldular ama ben o ara bunu göze alacak durumda değildim. Korktum."

"Korktunuz. Yine kaybetmekten mi?"

"Bilmiyorum. Çocuğu kaybettikten sonra çok zor bir altı ay geçirdim. Odamdan çıkmak istemiyordum zaten."

"Doğum sonrası depresyonu geçirmiş olmayasınız."

"Öyle dedi zaten gittiğim psikiyatrist. Sonra tedaviler filan derken düzeldim ama yaşadığım gerçekler düzelmedi. Sedat yine aynı Sedat'tı. O zamanlar acı çektiğimi sanıyordum. Meğer onlar bir şey değilmiş. Asıl şimdi anladım acı çekmek neymiş. Hayri'siz yaşamaya dayanamam ben Gülseren Hanım."

Konuyu tekrar bugüne, Hayri'ye getiriyor. Ondan başka bir şey konuşmaya bile tahammülü yok. Aşk işte tam olarak böyle bir şey... İnsanın aklını başından almakla yetinmiyor, başka bir düşünceye bile izin vermiyor. Beyni de, gönlü de aşkın istilası altında. Hatta aşkın tiryakisi olmuş.

"Yağmurlu bir akşamdı..."

"Yağmurlu bir akşamdı" deyip susuyor. Yine aşkı anlatacak. Aşkı dinlemek bile öyle güzel ki...

Demek yağmurlu bir akşamdı! Bizimki de öyleydi. Yağmurlu bir akşamdı ve biz Aydın'la Bahçelievler sokaklarında geziniyorduk. Yine havadan sudan bir şeyler konuşurken tıp tıp diye başımıza düşen yağmur damlaları bizi birbirimize iyice yaklaştırmıştı. Aydın yağmurdan korumak ister gibi üstündeki siyah pardösüyle beni sarmış, yeşil gözlerini gözlerime dikmiş, bir şey söylemiyor ama gözlerini de benden ayırmıyordu.

Ne güzeldi Aydın'ın gözleri...

"O gün çarşıları dolaşmış, alışveriş yapan, birbirleriyle konuşurken kıkırdayan, neşeli, hayat dolu kadınlara baktıkça kendimi çok kötü hissetmiştim. Çünkü bir gün önce doğum günümdü ve eşim çoğu zaman yaptığı gibi yine doğum günümü unutmuş, beni yine yok saymıştı."

Yok sayılmak, hem de kocası tarafından... Aslında yok sayılmak çocuklukta tehlikeli bir duygudur. Ebeveyni, özellikle annesi tarafından ihmal edilen, yeteri kadar özen ve şefkat gösterilmeyen çocuklara anne tarafından verilen mesaj tam da budur: "Sen yoksun!"

İşte anneleri tarafından bu mesajı alan çocuklar büyüdükleri zaman bu tür mesajlara karşı çok hassas olurlar. Dikkatler hep onların üzerinde olsun ister, olmayınca da çok kırılırlar. Bir kısmı da hepten küser dünyaya.

Nalan'ın çocukluğunda da böyle bir mesaj var mı acaba?

"İşte o akşam Hayri her zamanki gibi beni oradan almış, eve götürüyordu. Benim gözlerim dolmuş, kendi halime ağlıyordum. Ne kadar yalnızdım ben bu dünyada. Çevrem, beni çok mutlu sanan insanlarla doluydu. Ben hep böyle yalnız mı yaşayacaktım. Hiç mi bir sevenim, bir sahibim olmayacaktı. Bu ceza ne zaman bitecek, ben ölmeden bu dünya bana hiç mi kucak açmayacaktı. Derken, işte o gün yüzümdeki maske düşüverdi. Hıçkırarak ağlamaya başlayınca Hayri çok üzüldü halime. Önce ne yapacağını bilemedi. Sonra bu halde beni eve götürmek istemedi. Bilmediğim, uzak bir yerlerde durdurdu arabayı. Beni göl kenarında bir yerde indirdi arabadan. Birkaç masası olan, ortada sıcacık sobası yanan bir yerde birlikte çay içtik. Bir şey söylemedi. Sadece bakışlarıyla sakinleştirdi beni. 'Yağmura bakın, ne güzel yağıyor' dedi sadece ama gözlerindeki ateş benim yüreğime iyi geldi."

"Ah bu yağmur..." diyorum içimden yine. "Ben de ne çok severim yağmuru. Onda her zaman büyülü bir şeyler bulurum. Yağmur bir yandan, gözlerdeki ateş bir yandan... Daha ne olsun."

"O günden sonra Hayri'nin gözlerindeki ateş yüreğime çakıldı kaldı. Ama o nasıl ateşse, yakmadı, ısıttı beni. Ertesi gün sabah yataktan kalktığımda daha iyi hissediyordum kendimi. Hayri hiç yoktu aklımda. Kaldığım yerden hayata devam ettim. Ailede zaten sorun hiç bitmiyordu. Sedat yine aynı Sedat'tı ama sanki ben değişmiştim. Hayri yine hep yanımdaydı. Bana her zamanki gibi çok saygılı ve ilgili davranıyor, bir şeye üzüldüm mü, sıkıldım mı diye gözünü benden ayırmıyor ama bir yandan da beni rahatsız etmemeye çok özen gösteriyordu. O bizim çalışanımızdı. Ne o bana, ne de ben ona yan gözle bakabilirdik zaten. Bu durum beni rahatlatıyordu. Benim gibi biri için bunlar çok hassas konulardır. Evli bir kadının bir başka erkekle beraber olması değil, böyle bir şeyi aklından geçirmesi bile büyük suçtur, günahtır benim için. Bütün bunlardan sonra kim bilir içinizden neler geçiriyorsunuz?"

O böyle sorunca, hemen durup düşünüyorum. Sahi kafamdan neler geçiyor benim. Hiç! Saf, temiz, heyecanlı bir aşkı dinliyorum sadece. Bir de Aydın'ın ışıklı gözleri...

"Şimdilik sadece sizi dinliyor ve sizi anlamaya çalışıyorum Nalan Hanım. Sedat Bey nasıl biriydi?"

"Değişik biriydi. Evde, bizim yanımızda dut yemiş bülbül gibi susar, oturur. Biraz da babasından korkar, ondan galiba."

"Babasından neden korkuyor?"

"Kayınpederim zor adamdı. Gürlemeye başladı mı, ev başımıza yıkılacak sanırdık. En çok da Sedat'a kızardı."

"Neden, başka birine değil de ona?"

"Sedat ailenin ilk erkek çocuğu. O doğunca bütün aile ayağa kalkmış. Çok sevinmişler, kurbanlar kesilmiş. Gülümser Hanım da çok düşkündür Sedat'a. Ama sonra ondan beklediklerini bulamamışlar ki yerine Suat yani kayınbiraderim sağ kolu olmuş Koroğlu'nun. Sedat da böylece küme düşmüş. Sevmeyi bile unutmuş."

"Sevmeyi bile unutmuş ha?"

"Öyle işte... Kibar, zarif biriydi Sedat. Özellikle evde değil de arkadaşlarının yanında bambaşka biri olurdu. Nasıl da bülbül kesildiğini, kahkahalarla güldüğünü, espri yaptığını bir tek oralarda görürdüm. İşyerinde de sakin, az konuşan, insanlara mesafeli davranan biri olurdu. İşi hiçbir zaman ciddiye almaz, aklı hep dışarda, arkadaşlarında kalırdı. Bir de giyim kuşam, marka giysiler, lüks arabalara düşkündü. Bol yalan söyler, hayatı Koroğlu'nu nasıl kandıracağını düşünmekle geçerdi çünkü kayınpederim bunca servetine rağmen çok cimri biriydi. Bu durum bana da çok komik gelirdi. Para her yerde su gibi akardı ama o evde fazladan yanan lambaların, mutfakta dökülen yemeklerin filan peşine düşerdi. Çocukları en lüks biçimde yaşar ama bunu babalarından hep saklardı. Sedat zaten üzüntüyü, sıkıntıyı hiç sevmez, kimseye bir faydası dokunmaz, her konuda kaytarmanın bir yolunu arardı. Bu konuda sık sık beni de kullanır, babam seni sever, şu işi hallediver diye bana yüklenirdi. Sadece beni değil, galiba kimseyi sevmezdi o. Ben onun dikkatini çekmeyi, ona kendimi sevdirmeyi bir türlü başaramadım."

Bu kadın sevilmek istiyor. Hepimiz isteriz sevilmeyi, bu çok doğal ama onunki bizimkilerden farklı galiba; açlık gibi...

Gözlerini yere indirmiş yine utanır gibi bir hali var. Kendisiyle ilgili konuşmaktan utanıyor bu kadın. Neden acaba?

"Sizce Hayri beni bırakacak mı? Başka kadınlara gidecek mi?"

Aklı fikri Hayri'de.

"Siz ne düşünüyorsunuz bu konuda Nalan Hanım?"
"Bana, bırakamaz gibi geliyor ama ya bırakırsa?"

Ya bırakırsa! Ölüm gibi yani... Hayri onun için hayatı temsil ediyor galiba. Ah Hayri Ah...

Sanki ben susuversem hemen gidecek ve bir daha hiç gelmeyecek.

"Evet, kendisi de öyle söylüyor ama bazen ne yapacağımızı kendimiz bile bilmeyiz."

"O biliyor. Ben bilmiyorum ama o biliyor. Ben bugüne kadar neyi bilmişim ki bunu bileceğim."

"Neden öyle söylediniz? Siz eğitimli, meslek sahibi ve üstelik çok güzel bir kadınsınız."

"Sevilmedikten sonra bunların ne önemi var ki? Bu dünya beni sevmedi Gülseren Hanım, sevmedi."

Bunları söylerken ağlamıyor ama keşke ağlasa çünkü bazen ağlamak bile onun gözlerinde gördüğüm bu derin kederden daha az acıtır insanı. Neden bu kadar yalnız, neden sanki bu dünyada hiç var olamamış gibi konuşuyor. Bu nasıl bir aşk, nasıl bir acı!

Sonra gözlerini yan duvarda duran ve hastalarımın özellikle iç dünyalarını anlatırken bakmayı çok sevdikleri Mona Lisa tablosuna dikiyor ve kendi kendine anlatmaya devam ediyor.

"Hayri'nin aşkındaki şiddet ve bana olan tutkusu öyle derin, öyle gerçekti ki... Adeta önümde diz çöküp yalvaran bir şövalye vardı karşımda. Benden yedi yaş küçük olduğunu biliyor, bana sanki bir prenses, bir kraliçeymişim gibi davranıyor ve adeta tapıyordu. Bütün bunlar beni çok heyecanlandırmıştı. O güne kadar eşimden ayrılmak, bir başka erkekle beraber olmak aklımdan bile geçmemişti. Zaten bu dünyada böyle bir şeyi bırakın yapmayı, sadece aklından geçirecek son kadındım ben. Bunları düşünmek bile benim için hem ayıp, hem günah ve hem de çok büyük bir suçtu. Ama onun bakışlarını gördükçe, oradan yayılan ateş bütün vücudumu adeta yakıyor, bir şeyler düşünmeme bile mani oluyordu. Bu ateşin ne olduğunu uzun süre anlayamadım. Benim gibi bir kadın bunu anlayamaz zaten ama ateş giderek daha çok yakıyordu beni. Aylardır çölde gezip susuzluktan yanıp kavrulan birinin çağlayan gibi fışkıran suyu görmesi gibi bir şeydi bu. Bu ateşin adı her neyse, o beni değiştirmişti. Aynada kendime bakarken görüyordum bunu. Benim de gözlerime bir ışık gelmişti. Acaba o ışığı sadece ben mi görüyorum diyerek sık sık Sedat'ın gözlerinin içine bakıyor, o ışığı acaba kocam da görüyor mu diye soruyordum kendime."

Aşkı bundan daha güzel tarif eden biri var mıdır acaba? Ama o ışığı tanıyorum ben. Aydın'ın gözlerinde görmüştüm o ışığı.

"İlk zamanlar içimdeki bu ateş fırtınasından Hayri'nin bile haberi yoktu. Yine sık sık aynı ortamlarda bulunuyor, aynı arabada bir yerlere gidip geliyorduk ama ben ser verip sır vermiyor, her zamanki gibi başımı hiç kaldırmıyordum. Bu kadarı yetmişti bana. Eşimin ailesiyle de, işyerindeki arkadaşlarımla da ilişkilerim eskiye göre çok daha iyi gidiyor, katıldığım dernek toplantılarından artık sıkılmıyor, hayata biraz daha sıkı tutunuyordum. Değişmeyen tek şey Sedat'la olan ilişkilerimizdi. Yatakta ona sokuluyor, gülüyor, konuşuyor ama ondan hiç cevap alamıyordum. Onun aklı, babasından gizli alacağı lüks arabalarda, henüz Türkiye'ye gelmemiş, kimsenin üstünde olmayan giysilerde, ayakkabılarda, babasından yiyeceği fırçalardaydı. Bir an önce çocuk sahibi olabilmek gibi de yoğun bir beklentisi vardı. Aslında çocuk onun umurunda bile değildi. Onun tek derdi Koroğlu'na bir erkek torun hediye edebilmekti. Bugüne dek hiçbir işe yaramamış, babasının gözüne girememişti. Eğer bir çocuk sahibi olabilirse belki de babası ona eskisi gibi ters davranmayacak, ailedeki itibarı artacaktı. Ama o yine akşamlarının çoğunu arkadaşlarıyla kulüplerde geçiriyor, bol bol içki içiyor, kumar oynuyordu."

"Nasıl bir kumar?"

"Bilmem, beni o kulübe hiç götürmedi. Sanırım orası sadece belli insanların girebildiği, illegal bir yerdi. Babasından saklardı oraya gittiğini. Tabii oralarda kaybettiği paraları da. Başı sıkıştıkça annesi Gülümser Hanım girerdi devreye. Bir şekilde o borçları kapatırlardı."

"Aile, Sedat'la ilişkinizin iyi gitmediğinin farkında mıydı?"

"Evet, farkındaydı. Bu yüzden başta kayınpederim olmak üzere ilişkiyi düzeltmek için çok çaba harcadılar."

"Nasıl?"

"Kayınpederimin tek bildiği şey insanlara bağırıp çağırmaktı. Sık sık, 'Karını, Sarı Gelin'i ihmal ediyorsun, bunun cezası ağır olur' diyerek Sedat'ı tehdit ederdi. Aslında o, böyle yaparak beni korumaya çalışırdı. Zaten o araya girmese, ben Sedat'tan ayrılamazdım."

"Nasıl yani?"

"Uzun hikâye bunlar Gülseren Hanım. Siz bana Hayri'yi söyleyin. O ne yapacak? Çekip giderse ben ne yapacağım, bunu söyleyin."

Yine geldik Hayri'ye. Ona ne söyleyeceğimi bilmiyorum. Onu teselli etmemi, merak etme, bir yere gitmez dememi, onu çocuk gibi oyalamamı bekliyor. Ben bunu yapamam ki... Bir psikiyatrist bunu yapmaz ki...

"Nalan Hanım, acele etmeyelim isterseniz. Ben sizlerle yeniden görüşmek isterim ama bu sıralar Hayri Bey'i pek sıkıştırmayın. Onu günde yüz kere aramaktan vazgeçin. Biraz zaman verin ona, düşünmek için, ne yaptığını fark etmesi için zamana ihtiyacı var.

"Hayri'yle de mi görüşeceksiniz?"

Nasıl da seviniyor. Benim Hayri'yle görüşmem bile demek ki onun için bir umut ışığı. Bense Hayri'yle yeniden görüşmeye pek de hevesli sayılmam ama galiba görüşmem gerekiyor.

"Neden olmasın? Onu da tanısam, anlasam daha iyi olmaz mı?"

"Olur, olur, çok iyi olur. Çok teşekkür ederim."

"Sonra da oturup ne yapacağımızı birlikte düşünelim. Böyle uzun ve aşk dolu ilişkiler iyice ölçülüp biçilmeden bitirilmemeli. Ama siz her şeyden önce biraz sakin olun. Öyle intiharlara filan kalkışmak yok. Hem sizin gibi cesur bir kadının hiç yapacağı şeyler değil bunlar. Ben size olabildiğince destek olmaya devam edeceğim. Anlaştık mı?"

"Tamam, siz ne derseniz öyle olsun."

"Öyleyse şimdi soruyorum size, bu ara kullanmak için ilaç istiyor musunuz?"

"Hayır, hayır, ilaç filan istemem ben."

"Siz bilirsiniz. Hani bu ara çok gerginsiniz, kafanız karışık. Hiç olmazsa geceleri rahat uyursunuz diye sordum ama siz istemezseniz benim size ilaç vermek gibi bir niyetim yok."

Kısa bir tereddütten sonra, yine ağzını büzerek soruyor.

“Bu ilaç beni çok uyutur mu?”

Asıl derdim ona ilaç vermek değil, güven tazelemek. Demek bana güvendi. İşte bu iyi. Bu işlerin altından kalkabilmek için en çok ihtiyaç duyduğum şey işte bu güven.

“Zaten bu ilacı sadece akşam yatarken yarım olarak alın ki geceyi rahat geçirebilesiniz. En kısa zamanda sizi yine bekliyorum. Söylediklerimi sakın unutmayın. Yapamadım, kendimi tutamadım filan yok. Ne dedimse o olacak. Ben size güveniyorum. Bu işlerin altından kalkmak için bana biraz zaman verin.”

Bir üniversite öğrencisi, utangaç bir genç kız gibi yerinden kalkıp zarif bir hareketle elimi sıkarak yine yavaş hareketlerle odadan çıkıyor. Çıkarken sanki gözleri bana yalvarıyor, yardım et, kurtar beni diyor. Beşiğinde elleriyle kollarıyla çırpınarak ağlayan bir bebeğin yardım çağrısına benziyor. İmdat diyen birine yardım edilmez mi?

Düşünüyorum da, Nalan âşık olmak için neden Hayri gibi birini seçti acaba? Aslında o seçmemiş, karşısına çıkan ve onu çok sevdiğini söyleyen ilk erkeğe âşık olmuş. Ancak yanlış anlamadıysam Hayri kadınlar arasında her zaman talep gören, beğenilen bir erkek. Ne var onda, başka erkeklerde olmayan ne var?

Biraz düşününce buluyorum. Uygarlıkla birlikte erkekler genelde daha yumuşak, sevecen, saygılı ve duyarlı hale geldiler. Kadınlarsa daha istekli ve cesurlar. Bu kadın Hayri'nin duygularındaki yontulmamışlığı, vahşiliği seviyor galiba.

Nalan çıkar çıkmaz, elinde bir bardak çayla Tuna giriyor içeri. Çayı özenle masamın kenarına yerleştirdikten sonra gülerek bakıyor yüzüme.

"Ayol Nalan Hanım ne çok kaldı içeride! Girmesiyle çıkması bir olur sanmıştık. En çok da Hayri Bey şaştı bu işe. Salonda söylendi durdu."

"Ne dedi?"

"Gelmem diyenden korkacaksın. Beni beş dakika bile dinlemedi doktor, Nalan ona galiba tüm hayatını anlatıyor. Madem doktorla konuşmaya bu kadar hevesliydin, beni niye o kadar uğraştırıyorsun be kadın! İşim gücüm var benim. Bir an önce doktor ona ne ilaç verecekse, verse de gitsek filan diye söylendi durdu. Ayrıca Nalan'ın, sizin yanınızda da bağırıp çağıracağını, hadise çıkaracağını sanıyormuş. Her neyse... Nalan içerden uslu uslu çıkınca onun da hoşuna gitti. Önce randevu aldılar, sonra da kırk kere teşekkür ederek gittiler. Yeni bir hastamız var ama o da çok suratsız. Genç bir delikanlı. Onu da ailesi zorla getirmiş buraya. Eniştesi yanında olmasa, hemen kaçıp gidecek."

"Bugün şansımız zorla getirilenlerden açıldı Tuna."

"Öyle galiba. Biraz dinlenmek ister misiniz, konuğumuzu hemen alalım mı?"

"Zaten kaydırdık randevuları, hemen al."

Bayram 22 yaşında, esmer, yağız bir delikanlı. Doğulu bir ailenin oğlu. Liseyi bitirince askere gitmiş. Dönünce aile bir işe yerleştirmiş onu. Kısa bir süre sonra, aynı işyerinde çalışan bir kıza âşık olmuş. İlk aşkı... Daha önce kızlarla ilişki kurabileceği bir ortama hiç girmediğinden, her delikanlı gibi o da, karşısına çıkan ilk güzel kıza vurulmuş. Kız ailesinin tabiriyle "İstanbul kızı". Bayram kadar acemi değil.

Bayram'ın ailesi tutucu... Kapalı... Geleneklerine uyacak bir gelin istiyorlar. Bu kız onlara uymaz. Zaten Bayram'ın bulduğu kız alınmaz. Kim bilir neyin nesidir? "Hayır" diyorlar Bayram'a, "o kız sana göre değil." "Nereden biliyorsunuz bana göre olmadığını? Henüz tanımıyorsunuz bile onu. Hem ben onu seviyorum" diyor Bayram. Ama derdini kimselere anlatamıyor. Bu sefer kıza gidiyor, "Benim ailem muhafazakâr. Lütfen benim hatırım için kapan. Sonra bir çaresine bakarız." "Hayır, asla kapanmam. Sen beni böyle gördün, böyle beğendin ve sevdin. Beni böyle kabul ederseniz ne âlâ, yoksa ben yokum bu işte" diyor.

Ailesi ile sevgilisi arasında sıkışıp kalan Bayram ne yapacağını şaşırıyor. İçki içiyor, kavga ediyor, kimi zaman ağlıyor ama ne kızı ne de ailesini ikna edebiliyor. Sonunda sevgilisi terk ediyor onu. Aynı işyerinde çalışmalarına rağmen bir daha hiç konuşmuyorlar, yüzüne bile bakmıyor Bayram'ın.

Durumdan aile memnun ama Bayram perişan. Onun bu halini gördükçe aile konuşmaya, tanımadıkları bu kızı sürekli kötülemeye devam ediyor. "Sana yaramaz o kız. Sana gelene kadar kim bilir kimlerle gezdi" diyorlar. Buna daha da içerliyor Bayram. Böylece berbat iki yıl geçiyor.

İki yılın sonunda aile Bayram'a kız bakmaya başlıyor. Ve kısa sürede kendi geleneklerine uygun, zengin bir ailenin kızını almaya karar veriyorlar. Bayram'a gösteriyorlar kızı. Bayram'ın gönlü hâlâ eski sevgilide ama çaresiz boyun eğiyor ailesine. Eğiyor eğmesine de, bir yandan da için için onlara olan öfkesi büyüyor.

Üstelik eski sevgilisiyle aynı işyerinde çalışıyor olmak moralini çok bozduğundan, hiç olmazsa "gözden ırak olan, gönülden de ırak olur belki" diyerek işten ayrılmaya karar veriyor.

Bu kararını patrona bildirdiği gün, eski aşkından ona bir yakınlık başlıyor. İki yıldır yüzüne bile bakmayan kız, "Hadi birlikte yemeğe çıkalım" diyor. Şaşırsa mı, sevinse mi bilemeden bu teklifi hemen kabul ediyor ve son kez birlikte yemeğe çıkıyorlar.

Bayram'ın heyecandan ayakları yerden kesilmiş, kalbi dışarı çıkacak gibi oluyor. Ona artık evleneceğini, hiç istemediği yeni bir hayata başlayacağını ama onu hiç unutmadığını söylüyor. Ancak hiç beklemediği bir cevap alıyor kızdan, "Ben de seni unutmadım, üstelik artık her şeye razıyım, yeter ki sen aileni ikna et" diyor.

Çok geç gelen bu "evet" Bayram'ın hayatını altüst ediyor. Bu arada aile öbür kızı resmen istiyor ve nişan takılıyor. Bayram ne nişanlısını üzmek istiyor ne de sevgilisinden vazgeçebiliyor. Ailesiyle ilişkileri giderek bozuluyor. Olayı haber alan anne ve baba üzüntüden yataklara düşüyor. Aile öteki kızın Bayram'ı mahvedeceğinden, aileyi rezil edeceğinden o kadar emin ki... Ama bunu bir türlü oğullarına anlatamıyorlar. Oysa nişanlısıyla çok mutlu olacağından eminler.

Araya Bayram'ın sevdiği, saydığı aile büyükleri giriyor. Uzun uzun nasihat ediyorlar ona ama kimsenin aklına bir kere de Bayram'ı dinlemek gelmiyor. Sonunda bütün çabalar boşa gidiyor. Bayram aileye direniyor ve böyle inat etmeye devam ederlerse intihar edeceğini söylüyor. Bunun üzerine Bayram'ı bir ruh doktoruna götürmeye karar veriyorlar. Çünkü aileye göre oğulları hasta. Öteki kız hasta etti onu!

Daha önceden gelip durumu bana anlatan teyze getiriyor Bayram'ı. Demek Bayram'ı ikna etme sırası şimdi de bende.

Bayram'la yalnız konuşuyoruz. Odaya girince karşımdaki koltuğun hemen ucuna oturup başını önüne eğiyor ve hiç yüzüme bakmıyor.

"Çok mu seviyorsun o kızı?"

"Evet, çok..."

"Ne güzel!"

"Ne?"

"Sevmek diyorum. Sevmek çok güzel!"

"Ama ailem izin vermiyor."

"Sevgi ve aşk izinle filan olmaz. Madem seviyorsun, evlen o zaman. Psikiyatristler sevenleri ayırmak istemez."

"Beni buraya neden getirdiklerini söylemediler mi size?"

"Söylediler. Seni ikna edecekmişim. Nasıl edeceksem?"

"Etmeyecek misiniz?"

"Böyle bir şey mümkün mü? Aşkı konuşuyorsak eğer, bana mümkün değil gibi geliyor. Üstelik ben insanlardan aşkı dinlemeyi çok severim. Anlatsana biraz!"

Heyecanlanıyor. Koltuğuna iyice yerleşip hafifçe gülümseyerek anlatmaya başlıyor. Uzun uzun dinliyorum onu. Çünkü buna çok ihtiyacı var. Kimse onu dinlememiş, sadece nasihat edilmiş çocuğa. Nasihatler sadece edeni rahatlatır, karşı tarafı ise daha da kızdırır.

Sonra hayatındaki bu iki kızı soruyorum ona. Önce sevgilisini anlatıyor. Her şeyini çok beğeniyor onun. Güzelliğini, aklını, kişiliğini... Sonra nişanlısına geliyor sıra.

"Çok iyi bir kız, bütün bunları ona da anlattım, sabırla dinledi beni. Bana kızmadı, 'Sen nasıl istersen öyle yap. Ben senin kararına saygılıyım' dedi."

Kendisini büyük bir çıkmazın içinde görüyor. Henüz yaşı genç! Bu işler yüzünden işinden de ayrılmış, yani ailesine muhtaç. Ailesinin korumasına ve güvenine bu kadar muhtaçken onlara ters düşmek iyice köşeye sıkıştırmış Bayram'ı.

Aileyi terk edip sevgilisini tercih etse nasıl ayakta duracağını, bu işlerin altından nasıl kalkacağını bilemiyor. Kızı terk edip ailesinin dediğini yapsa, bu sefer de yüreği bunu kaldırmıyor. Zayıf, çaresiz, teslim olan bir Bayram'dan nefret ediyor ve bu nefreti olduğu gibi ailesine yansıtıyor. Evde vuruyor, kırıyor, avazı çıktığı kadar bağırıyor, dünyayı dar ediyor hepsine. Aile Bayram'a düşkün ama onlar da Nuh diyor peygamber demiyor.

Üzülüyorum çocuğun haline. Hayatın henüz çok başında. Nişanlısıyla evlenirse daha baştan önyargılı başlayacak bu evlilik. Ailesi nasıl sevgilisiyle mutlu olamayacağından eminse, Bayram da nişanlısıyla mutlu olamayacağından emin.

Bense bunların hiçbirinden emin değilim. Bayram'ı ikna etmek gibi bir niyetim yok. Bunu ona da söylüyorum. Şaşırıyor.

"Siz doktorsunuz, bir şey söyleyin" diyor. "Söylesem yapacak mısın?" diye soruyorum, muzip bir gülümseme yayılıyor yüzüne. "O zaman birlikte düşünelim bakalım, ama yüksek sesle" deyince, biraz rahatlıyor. Sonra yine başlıyoruz konuşmaya.

"Ailen hiç itiraz etmese, sevdiğin kızla nasıl bir ilişkiniz olurdu?"

"Hemen evlenir ve çok mutlu olurduk. Onu çok seviyorum."

"İlişkiniz ne kadar sürdü?"

"Tam bir yıl."

"İyi anlaşıyor muydunuz?"

"Yok, pek anlaşamazdık. Sürekli kavga eder, sonra barışırdık."

"Neden kavga ederdiniz?"

"O, açık saçık giyinirdi, ben de kızardım. En çok bu yüzden kavga ederdik."

"Evlenince de böyle giyinmeye devam eder miydi sence?"

"O eder, beni dinlemez. Şimdi bile mini etek giyiyor. Ben kızıyorum ama laf anlamıyor ki..."

"Sen kıskanç bir erkeksin galiba."

"Biz öyle yetiştik doktor hanım, erkek dediğin kıskanç olur."

"Peki, evlenirseniz ne olacak?"

"Zaten bu gidişle evleneceğimiz filan da yok."

Eliyle başını kaşıyarak bir süre susuyor. Kafası karıştı.

"İki yıl boyunca aynı işyerinde çalıştığınız halde birbirinizle hiç konuşmadınız mı?"

"O konuşsa ben konuşurdum ama o konuşmadı."

"Neden?"

"Çünkü o zaman başka bir erkek arkadaşı vardı. Sonra ondan ayrıldı. O zaman benimle konuşur sandım ama yine konuşmadı. Sonradan yeni biriyle çıktığını öğrendim."

"Sonra ne oldu da seninle barışmaya karar verdi?"

"Bilmem! Beni sevdiğini o zaman anlamış."

"O zaman dediğin?"

"Yani ben başkasıyla nişanlanıp işten ayrılmaya karar verdiğim gün."

"Nasıl yani?"

"Ne bileyim ben. Öyle diyor işte."

"Sen bu kıza güveniyor musun?"

"Pek sayılmaz. Siz olsanız böyle birine güvenir miydiniz?"

Hafifçe gülümsemekle yetiniyorum. Şu anda Bayram belki de ilk kez kendi duygu ve düşünceleriyle baş başa kaldı. Kendi iç sesini şimdi başladı duymaya.

"Elin kızına hemen bir kulp takılmaz ki... Ne tanıyorsunuz, ne biliyorsunuz onu. Bir kere dinleyin, anlayın, öyle konuşun. Bir de Müslümanız diyorlar."

"Seninle hiç konuşmadılar mı?"

"Konuşmadılar tabii, sadece akılları sıra beni köşeye sıkıştıracaklar."

"Neden öyle yapıyorlar?"

"Onlar ne istiyorsa o olacak. Sen de adam mısın, senin de bildiğin bir şey var mı diyen yok. Gelmişiz kaç yaşımıza. Gençsek aptal, geri zekâlı da değiliz. Askere gitmişiz. Orada bin bir zorlukla baş etmişiz. Bunlardan kimsenin haberi yok. Onlar beni hâlâ dünkü çocuk sanıyor."

"Aslında hâlâ çok genç, çok deneyimsizsin be çocuk" diyorum içimden. Nasıl da sevimli!

"Anne babalar için çocukları her yaşta çocuktur ama söylediklerin doğru. Artık kendi kararlarını kendin alabilecek çağa gelmişsin."

Bu sözlerim hoşuna gidiyor. Sevinçli bir gülümseme yayılıyor yüzüne.

"Biraz da ailenden bahsetsene! Nasıl insanlar sizinkiler?"

"Ailem aslında iyidir. Bana çok düşkünler. Bu kız işi çıkana kadar aramızda hiçbir sorun olmadı. Şimdi Allah için, ne dediysem yaptılar ama işte bu kıza taktılar. Beni adam yerine koyup dinlemediler bile. Eskiden severdim onları, şimdi hepsinden nefret ediyorum. Onların her dediğini yaparsam, benden iyisi yok ama yok öyle yağma. Benim de bir kişiliğim var, kendime göre düşüncelerim var. Bu sefer bu savaşı maalesef kazanamayacaklar. Ölürüm de yine pes etmem."

"Demek ciddi bir savaş çıktı aranızda?"

"Öyle sayılır. Şimdi de son çare olarak beni size getirdiler. Ben deli miyim de psikiyatriste getiriyorlar ama ben onların ne düşündüğünü biliyorum."

"Ne düşünüyorlar, bana da söyle."

"Akılları sıra kendi yapamadıklarını size yaptıracaklar. Beni, bunları anlamayacak kadar aptal sanıyorlar. İnsanın anası babası bile kendi yetiştirdiği çocuğu hiç tanımıyor."

"Bak, işte bunda çok haklısın."

Yine şaşırıyor. Ne dediğimi anlamaz gibi bakıyor yüzüme.

"Allah aşkına siz kimden yanasınız?"

"Tabii ki senden yanayım."

"Ama beni buraya onlar getirdi, parayı da onlar verdi."

Gülüyorum.

"Parayı onlar da verse, benim hastam sensin. Doktorlar hep hastalarından yanadır."

"Yani ben hasta mıyım sizce?"

"Biz doktorlar öyle deriz ama buraya genellikle hastalar değil, asıl hastaların hasta ettikleri gelir. Biz o gelenlere yardımcı olmaya çalışırız. Sana gelince, bence hasta masta değilsin ama hayat bu ara seni çok sıkıştırmış. Sen de bunalmışsın. Senin yerinde ben olsam, sanırım tıpkı senin gibi davranırdım."

"Oh be, bakalım şimdi ne diyecekler?"

Bembeyaz dişlerini göstererek keyifle gülüyor.

"Eğer böyle devam ederlerse intihar edecektim."

"İntihar mı edecektin? Sahi mi?"

"Edecektim tabii... Biraz da bunu anladıkları için beni buraya getirdiler."

"Yani sen benim sandığım kadar akıllı değilsin."

"İnsanda akıl mı bırakıyorlar. Ben ölünce işte o zaman görürlerdi."

"Neyi görürlerdi?"

"Yani yaptıklarına çok pişman olurlardı ama o saatten sonra, pişmanlığın kimseye faydası yok. Onlar dövünürken sevgilim de hemen birini daha bulur, keyfine bakardı."

Aslında gerçekleri çok iyi görüyor bu çocuk. Sadece baskıdan bunalmış.

"İnsan baskı altındayken gerçeği göremez. Görse de görmek istemez ama bakıyorum sen her şeyi gayet iyi teşhis etmişsin."

"Güya beni bu bataktan kurtarmak için buldular o kızı."

"O kız dediğin, nişanlın mı?"

"Hı, hı."

"Sahi ondan hiç söz etmedin. Nasıl biri nişanlın?"

"Nasıl olsun, bizimkiler bayılıyor ona."

"Bırak onları, sence nasıl bir kız? Güzel mi?"

"Bilmem, pek bakmadım."

"Ailenle inatlaşma uğruna yazık oldu kıza desene."

"Yazık oldu tabii..."

"Şu senin öteki kız da senin gibi yapıyor olmasın?"

"Nasıl yani?"

"Ne bileyim, o da senin gibi ailene inat, seni istiyor olabilir mi?"

"Hadi ya? Bilmem, olabilir mi acaba?"

"İşin kötüsü tıpkı senin gibi benim de kafam karıştı. İstersen acele etme. Hemen birini seçmek zorunda değilsin. Hayat senin değil mi, ne istersen öyle yaparsın."

"Yaparım tabii..."

Susup uzun uzun düşünüyor. Bu sefer bana hüzünlü gözlerle bakarak tekrar gelmek üzere çıkıyor odadan. O çıkınca anne baba ve teyze giriyor içeri.

"Baskıyı hemen kesin. 'Doktor bize çok kızdı. Yanlış yapmışız. Sen ne dersen o olsun' diyeceksiniz" diyorum. Aile şaşırıyor. "Aman doktor hanım..." filan diyecek oluyorlar. Hepsini susturuyorum: "Madem getirdiniz, ben ne dersem öyle olacak" diyorum.

Bayram bir süre daha gelmeye devam etti. Uzun uzun konuştuk onunla. İçinde kalmış ne varsa hepsini anlattı. Sevgilisine önce kızdı, sonra onu da anlamaya başladı. "Yazık" dedi, "evlenecek birini arıyor. Benden iyisini bulsa, bana gelmezdi. Bulur inşallah" diyerek kapattı o konuyu.

Kendini anlayınca, aşk zannettiği duyguyu yakından görünce, o duygu ona yabancı geldi. Hatta, "Aşk sandığım bir duygu yüzünden intihar bile edecektim!" diye çok hayıflandı. "Çocuğum olursa, ben onu hep dinleyeceğim" diyerek hayaller bile kurdu.

Son gelişinde nişanlısını da getirdi bana. Yan yana koltuklara oturup sık sık birbirlerine bakarak, utanarak, gülüşerek birlikte konuştular. Sonra da el ele çıktılar odadan. Tam çıkarken nişanlısının bana bakışındaki güzelliği unutamıyorum. İçindeki minnet ve teşekkür duygusu sanki gözlerine yerleşmişti.

Düğün davetiyeleri çok hoştu. Sanırım mutlu ve çocuklu bir aile oldular.

Düşünüyorum da, Bayram'ın kendi gerçeklerini görmesi için ben büyü de yapmadım, sihir de. Sadece onu dinledim. Yargılamadım, suçlamadım, ayıplamadım. O da kendi sesini duydu ve yanlıştan döndü. Aile onu bana getirmeseydi, ben onu dinlemeseydim, bir inat uğruna neler olacaktı kim bilir!

Aslında doğruyu bulmak zor değil de, bazen küçük ayrıntıları atlayıveriyoruz. Özellikle genç çocuğu olan aileler keşke daha dikkatli olsalar.

Onları mutlu görmek, beni de çok mutlu ediyor.

2

Sabah öyle acele çıktım ki evden, camın önüne oturup kahve keyfi bile yapamadım. Sabah kahvesi, yıllardır vazgeçemediğim, kök salmış bir alışkanlığımdır. Onu içmeden sanki aklım başıma gelmiyor. Klinikten içeri girer girmez Nalan'ı görüyorum bekleme salonunda. Demek benden önce gelmiş.

Masama oturduğumda Tuna'ya, "Aman çabuk, hemen yap kahvemi" diyorum.

İşte şimdi yine Nalan'ı görecek, onu dinleyeceğim. Bakalım bugün neler anlatacak bana.

Nalan içeri girerken hemen arkasında iki orta kahveyle gelen Tuna var. Demek birlikte içeceğiz kahvelerimizi.

Nalan tıpkı bir kuğu gibi süzülerek içeri giriyor. Üzerinde yine aynı kıyafet var. Beyaz ipek fuları bile boynunda. Elimi sıkarken mahzun gözlerle bakıyor bana. Birbirimize hal hatır sorduktan sonra Nalan hemen soruyor.

"Hayri'yi de görecektiniz, öyle demiştiniz bana."

"Merak etmeyin Nalan Hanım, yarın da Hayri gelecek. Ben yine de sizi biraz daha yakından tanımak istedim. Nasıl geçti bu hafta?"

"Geçti işte! Bana bir yıl kadar uzun geldi ama yine de akşamları aldığım o yarım ilaç beni rahat uyutuyor. Hiç olmazsa sabaha kadar evin içinde gezinip durmuyorum."

"Hayri ne âlemde?"

"Yine sık sık uğruyor ama fazla oturmuyor, hemen gidiyor. Nasıl olduğumu soruyor, ben de iyiyim diyorum ama iyi olmadığımı biliyorsunuz değil mi?"

"Biliyorum ama bir yandan da bu acının hep böyle devam etmeyeceğine inanıyorum. Bugün bana ne anlatmak istersiniz."

"Kafamda Hayri'den başka bir şey yok ki... Aslında bu durum yeni sayılmaz. Yedi yıldır beraberiz, daha önce de bir iki yıl var yani ben yıllardır Hayri'den başka hiçbir şey düşünmedim."

Bu durum bana hiç de normal gelmiyor. İnsan sevdiğini düşünür ama bir yandan da hayatına devam eder. Bu kadın bana yine farklı bir şey söylüyor. Benim biraz da hayretle ona baktığımı görünce anlatmaya devam ediyor.

"Benim hayatımdaki tek güzellik oydu. Dıştan bakıldığında her şey çok farklıydı ama benim için onlar sadece yapılması gereken şeylerdi. Hayri ise içimi aydınlatıyor, sanki içimdeki karanlığa ışık tutuyordu. Zaten eşimle ilişkimiz iyi gitmiyordu ama benim kaderim buymuş diyordum. Zaten Hayri karşıma çıkmasa, bu evlilik sonsuza kadar devam ederdi."

"Sedat da mutsuz muydu?"

"Sedat mı? Bence o da hayatında hiç mutlu olmamış. Bir şeylerin peşine düşerek mutsuzluğunu görmemeye çalışıyordu. Aslında o evde yaşayan kimse mutlu değildi. Belki onlar mutlu olsalar, ben de kenarından köşesinden o mutluluktan payımı alırdım."

"Hayri mutlu muydu?"

"Çok garip ama evet, o mutluydu. Hayri her şeye çabuk sevinen, çabuk mutlu olan, çabucak da kızan biri. Daha önce duygularını bu kadar açık ifade eden, onlardan utanmayan birini hiç görmemiştim. Ne kendi ailemde, ne de Sedat'ın ailesinde böyle biri vardı. Doğal olarak ben de öyleydim. İçim kan ağlasa da çevreye hiçbir şey belli etmem, ne yapmam gerekiyorsa onu yapardım. Belki de kayınpederim bu anlamda Hayri'ye az da olsa benziyordu ama Sedat Hayri'nin tam tersi bir karaktere sahipti. Sadece arkadaşlarıyla beraberken espri yapar, güler, oradan çıkar çıkmaz yine eski ifade yüzüne çakılır kalırdı."

"Nasıl bir ifade?"

"Nasıl anlatsam ki? Belki de ifadesiz desem daha doğru olur. Onun yüzüne bakınca ne hissettiğini hiç anlamazsınız. Sedat bir gün olsun arkadaşlarına gösterdiği yakınlığı ve sevecenliği bana göstermedi. Bir gün olsun yüzüme sevgiyle bakmadı. Kendi benim yanımda da olsa onun aklı hep başka yerlerdeydi. Oysa Hayri'nin gözlerindeki ateş, bana bakarken duyduğu heyecan, sesinden dışarı süzülen yüksek voltajlı elektrik yan yana geldiğimiz her an beni heyecanlandırıyordu. Onu düşündükçe bir yandan acayip suçluluk hissediyordum, bir yandan da işlediğim bu suç beni heyecanlandırıyordu. Keşke evlenmeden önce yaşasaydım bunları diyordum, bu dediklerim bile bana çok ters geliyordu. Demek başkaları yani arkadaşlık ettiğim diğer kadınların çoğu böyle şeyler yaşamıştı. Bense bunların hiçbirini yaşamadan ölüp gidecektim. Kaderime lanet ediyor, geceleri yatakta ağladıkça daha çok ağlayasım geliyordu."

"Sedat da o anda yanınızda değil mi?"

"Evet, tabii ki yanımda. O çoktan uyumuş olurdu. Öyle de güzel uyurdu ki, çoğu gece kitap okumak üzere açık olan gece lambasının ışığında ona bakardım. Öyle masum bir yüzü vardı ki, ona kızamazdım."

"Onun yerine kendinize mi kızardınız?"

"Maalesef evet. Onu mutlu edemedim derdim. Sevdiremedim kendimi."

"Ama o sevdirmiş galiba!"

"Sedat'ı sevmemek mümkün değildir. Onu sadece ben değil, herkes sever. O tanıdığı herkesin kardeşidir. Küçük kardeşleri. Ona insanlar tuhaf bir şefkat duyar. O da bunu hiç reddetmez. Sanki onu sevenlere hafiften sığınır. Biraz çocuk gibi galiba!"

Hep çocuk kadınları konuşur insanlar, oysa bizim toplumumuzda çocuk ruhlu erkek de çoktur. Güzeldir, temizdir, sıcaktır, cana yakındır bu tür erkekler. Öfkeleri bile bir çocuğunki gibidir. Hep sitem doludur. Özellikle kadınlardan istekleri, beklentileri hiç bitmez. Bu hayatın içinde yaşayan yetişkinlerin hemen hepsi onların ağabeyi, babasıdır. Yetişkin erkekler ve anaç kadınlar çok sever bu tipleri. Onlara yakınlık göstermekten hiç korkmazlar. Karşılık beklemek de hiç akıllarına gelmez. Yetişkin erkekler böyle tipleri yanlarında taşımaya bayılır. Onların yanında biraz ağabey ama daha çok da erkek olurlar.

Kadınlara gelince; en çok kendine güvenen, içlerinde bir erkeğin güçlü ruhunu taşıyanlar bayılır bu çocuk ruhlu erkeklere. Saftır, dürüsttür, yalan dolanı pek bilmez bunlar. Bilseler bile kadınlar her zaman onlardan bir adım öndedir zaten. Aslında tam da o kadınların dişine göredir bu tür erkekler.

Gerçi zamanla onlar bile sıkılır bu bir türlü büyümeyen, hep çocuk kalan koca adamlardan. Kimi kaldırır atar, kimi çocuk gibi büyütmeye çalışır onları.

Ama Nalan hiç anaç bir kadına benzemiyor. Onun içinde güçlü bir ruh yok. Onun gerçek bir aşka, gerçek bir erkeğe, bir efendiye ihtiyacı var.

Hayri gibi...

"Hayri ise Sedat'ın tam tersiydi. O benim gözümde hep güçlü bir erkeği temsil ediyordu. Zaten sonraki günler Hayri hiç bırakmadı peşimi. Hemen her gün beni görmenin, kapı aralığında bile olsa bana bir şeyler söylemenin, bir demet çiçek, bir kutu çikolata, bir ipek mendil gibi ufak tefek hediyeler vermenin bir yolunu buluyordu. Onun için dünya bir yana, ben bir yanaydım. Gece yarısı bile yataktan kalktığımda ağaçların arasında onu gördüğüm olurdu. Zaten bizim şirkette çalıştığı için bahçede kendine yapacak bir iş bulur, gözünü benim odamın penceresinden hiç ayırmazdı. Beni bir an olsun görebilmek için yağmur, kar demez, oralarda dolaşırdı. Telefonuma gelen mesajları sanki özel olarak aşk şiirleri yazan birine yazdırıyor gibi gelirdi bana. Bir insan bu kadar derin, bu kadar ateşli sözleri nereden bulabilirdi?"

"Hayri'ye bak" diyorum içimden. Demek o iyi bir âşık!

"O sıralar yavaş yavaş benim de ayaklarım yerden kesilmeye başladı. Belki de hayatımda ilk kez kadın olduğumu, sevildiğimi hissettim. Hem genç, hem de yakışıklı bir erkek benim için deli divane oluyordu. Üniversite sıralarında da benimle ilgilenen pek çok erkek vardı çevremde. Ben onlarla ilgilenmeyince çekip gidiyorlardı. Onlara yaptığımın on katını yapıyordum Hayri'ye. Onu sürekli kovuyor, telefonlarını açmıyor, mesajlarına cevap vermiyordum ama o benden vazgeçmiyordu. İşte bunu bir türlü anlayamıyordum. Ben bu kadar değerli miydim?"

Çok tehlikeli bir yorum bu. Bir kadın değerini kendi vermeli. Bu işi erkeklere bırakmamalı. Çünkü o erkek bir gün çekip giderse, kadının değerini de beraberinde götürüverir. "Sende de böyle mi oldu be Nalan?" diyorum içimden, "onun için mi terk edilmek seni bu kadar korkuttu?"

"İşin kötüsü Hayri de evliydi, onun da çocukları vardı, hem de üç çocuk ama ona her şey vız geliyordu. Çocukları bile. Kocamdan böyle bir ilgi hiç görmedim ben. O sadece benden ilgi ister, en küçük bir hatamda da bana küser ve günlerce konuşmazdı. Neye kızdığını bile söylemezdi bana."

Yorulmuş gibi arkasına yaslanıyor. Sanki masal anlatır gibi yumuşak, hafif bir ses tonuyla konuşuyor Nalan. Evet, sadece bir masal bu... Hayri'yi tanımasam belki böyle düşünmezdim ama onu gördüm. Hay Allah... Yazık olmuş bu kadına.

Hayri için erken mi karar veriyorum acaba? Onu daha doğru dürüst tanımadım. Nalan'ı anlayabilmem için onu da tanımam ve anlamam gerekiyor ama onun o üstten tavırları, yedi yıldır beraber olduğu kadını, yenisini bulunca bir an önce başından atma telaşı ve bütün bunları yapmak onun en doğal hakkıymış gibi düşünmesi beni kızdırdı. Kadınlık damarım tutuverdi.

Nalan gözlerini dikmiş bana bakıyor. Uzun uzun konuşmaya alışkın biri değil. Sıkılıp sıkılmadığımı kontrol ediyor. Benim onu dikkatle dinlediğimi görünce yeniden başlıyor anlatmaya.

"Genç kızlığımda hayal ettiğim aşka benziyordu. Ben genç kızken çok severdim hayal kurmayı. Ve ne garip bir tesadüf, hep onun gibi bir erkekti hayal ettiğim."

"Nasıl yani?"

"Âşık olduğu kadını deli gibi seven, ondan başkasını gözü görmeyen biri işte! Hayri tam da böyleydi. Telefonda benim alo deyişimi duymak için çoğu zaman tanımadığım numaralardan beni arar, ben alo deyince de benim kapatmama fırsat vermeden o tek kelimenin onu nasıl mutlu ettiğini, nasıl heyecanlandığını, bir çırpıda anlatıverirdi bana. Onun adını görürsem açmazdım zaten. Ama sesindeki ateş, iliklerime kadar işler, kalbim yerinden çıkacak gibi olur, aniden yüzüme ateş basardı. Beni heyecanlandırmayı daha ilk günden başarmıştı. Bizim bahçeye her gün birbirinden güzel çiçekler dikilir, o çiçeklere bağlanan incileri, boncukları, kırmızı kalpleri bir tek ben görürdüm. Doğum günümde patlayan birbirinden güzel havai fişeklerin benim için atıldığını bir tek ben bilirdim."

"Sedat Bey hatırlamaz mıydı doğum günlerinizi?"

"Bazen hatırlar, bazen de tümden unuturdu. Hatırladığı zaman en güzel restoranda, en güzel masayı ayırtır, bana kuyumcudan en özel pırlantaları alır, şampanyalar açtırır, doğum günün kutlu olsun diyerek kadehler kaldırır ama bir kez bile gözümün içine bakmaz, herkes gibi o da yanağımdan öper ve işini yapmış olmanın huzuruyla bütün gece somurtup otururdu. Biliyorum, o gecenin bir an önce bitmesini, eve gidip bilgisayarının başına çökmeyi hayal ederdi. Ben, verdiği bunca emeğin hatırına onunla konuşmaya, gülmeye çalışırdım ama karşılığı olmadığı için sohbet hemen biter, o sıkılmış gözlerle etrafına bakınmaya başlardı. Daha önce başka bir erkek tanımadığım için, Hayri'yi görünce aslında erkeklerin de sohbetine doyum olmadığını, saatlerce devam etse bile sevenler arasında muhabbetin hiç bitmediğini öğrendim. Meğer ben de bilirmişim konuşmayı, gülmeyi, kahkaha atmayı, bir erkeğin gözlerine aşkla, sevgiyle bakmayı..."

Hayri meğer neymiş de, ben anlamamışım!

"Artık tüm hayatımı kaplamıştı Hayri. Onunla konuşmasam da, görüşmesem de, içime bir neşe, bir heyecan oturmuştu. Geceleri yatağa yatıp da gözlerimi kapatınca, ne kadar kovsam da hemen gözümün önüne Hayri geliyor, keşke böyle bir kocam olsaydı diye hayıflanıp duruyordum. Bir erkek tarafından böylesine sevilmek beni çok etkilemişti. Hayat bu, yaşamak bu, mutlu olmak demek ki böyle bir şey diyordum içimden. Yatakta o yana, bu yana dönüp duruyor, bir türlü uyuyamıyordum ama bir taraftan da uyumayı hiç istemiyordum. Bu duygu bütün bedenimi ateş gibi yakıyordu. Sabah kalktığımda, sanki gerçekler bütün ağırlığıyla omuzlarıma biniyor, evli olduğum aklıma gelince ateş sönüyor ve buz gibi oluyordum."

Ne güzel anlatıyor aşkı. Ne kadar doğal ve içten. Demek bu kadın aşkı Hayri'yle tanımış. Belki de Hayri'ye değil, yeni tanıdığı bu duyguya âşık olmuş.

"Bu arada eşim yine kendi hayatıyla meşguldü. İçime düşen ateş arttıkça, Sedat'a daha yakın olmaya, onunla ilişkimizi bir an önce düzeltmeye çalışıyordum çünkü bu ateş bir gün beni uçuruma sürükleyecek, olmadık şeyler yaptıracaktı. Bunu anlamıştım. O gelmeden saçımı başımı düzeltiyor, onu güler yüzle karşılıyor, kapıdan girer girmez sarılıyordum ona. O da şaşırmıştı benim bu hallerime. Hemen kollarımı boynundan çözüyor, bir şey demeden hafifçe gülümseyerek beni kendinden uzaklaştırıyordu. Kafası hep meşguldü. Yorgun olduğu yüzünden belliydi ama telefon elinden hiç düşmüyor, sürekli bir şeylere bakıyor, mesajlar yazıyor, onları okurken hafiften gülüyordu. Belki de onun da bir sevgilisi vardı da bana söyleyemiyordu."

"Böyle bir şüpheniz oldu yani!"

"Aklımdan geçti ama bir kez olsun telefonlarını kurcalamak, ceplerini karıştırmak aklıma gelmedi. Beni sevmediğini biliyordum zaten. Kocası insanı sevmezse, aldatılmanın bir önemi yok ki..."

Ne kadar ilginç şeyler söylüyor bu kadın! Sevilen kadın aldatılırsa üzülür, o zaman çok değerli bir şeyi kaybetmiş olur, yani sevgiyi, aşkı... Hayri onu aldatınca ne kadar üzülmüş, adeta yaşamaktan vazgeçmiş ama kocası onu aldatsa da olur. Zaten sevilmediğini biliyor.

"O zamanlar, beni bu dünyada kimse sevmez sanıyordum. Kocam bile sevmediğine göre... Ama Hayri bana aylarca aşkını haykırınca buna hem inanamadım hem de inanmak istedim. 'Beni hafif bir kadın sandı, kandırmaya çalışıyor' dedim. 'Ben namuslu bir kadınım, böyle şeyler bana göre değil' dedim ama Hayri benden vazgeçmedi. 'Gerekirse ölünceye kadar kapının önünde beklerim, hayallerimde yaşatırım seni' dedi. Yavaş yavaş onun bana ne kadar önem verdiğini gördüm. Bir an yüzümü bile değil, camdaki gölgemi görebilmek için, yağmur, çamur demeden evin oralarda bekliyordu. Gönderdiği mesajların ardı arkası kesilmiyor, her birini okurken gözlerim doluyordu. Bu mesajların çoğunu salonda, eşimin yanında okuyordum. Kendisiyle o kadar meşguldü ki, bana dönüp de o mesajlar kimden geliyor diye sormuyordu."

"Bunu özellikle mi yapıyordunuz?"

"Sanırım öyleydi."

Demek bazı şeyleri kocasının gözüne sokuyor ama adam oralı bile değil. Bana böyle bir hikâye anlatan başka bir kadın geliyor aklıma. Armağan Hanım! Gözleri ışıl ışıl parlayan, neşeli, konuşkan bir kadındı. Yirmi yıllık evlilermiş. Genç evlenmişler. Çoluk çocuk derken aradan yıllar geçmiş. Çocuklar büyümüş, maddi durumları düzelmiş, nihayet kendi hayatlarını yaşamaya gelmiş sıra. Eşi iyi bir adammış. Evine, çocuklarına bağlıymış ama suskunmuş. Bir gün olsun eşine sevgi ve ilgi göstermeyen, kadıncağız o gün çok şık da giyinse, kuaföre gidip saçının rengini de değiştirse, on kilo da verse bunları hiç fark etmeyen, akşam yemekten sonra erkenden yatan, asık suratlı, mecbur kalmadıkça konuşmayan, yüzü gülmeyen biriymiş. Menopoz da kapıya dayanınca içi giderek kaynamaya başlayan Armağan, kocasıyla yeniden ilk günlere dönebilmek, ondan azıcık da olsa ilgi görebilmek için çok uğraşmış. Bu arada çalıştığı yerde ona çok ilgi gösteren, genç, aklı bir karış havada bir delikanlı varmış. Armağan'ın gözünün içine hayran hayran bakıp duruyormuş.

Yine kocasına çok kızdığı bir gün, delikanlıya biraz yakınlık göstermiş Armağan. Delikanlı bu fırsatı hiç kaçırmamış. Bunlar başlamışlar mesajlaşmaya. Armağan, her akşam bilgisayarı tam da eşinin karşısına koyar, küçük kahkahalar atarak sürekli o delikanlıya mesajlar atar, bir yandan da yan gözle, "Acaba fark edecek mi?" diye kocasının yüzüne bakarmış. Günler geçmiş ama kocası hiç aldırmamış. Bakmış olacak gibi değil, bu sefer de akşamları eve geç gelmeye başlamış. Aslında delikanlıyla aralarında aşk mesajları dışında ciddi bir ilişki yokmuş. Onun derdi kocasını daldığı derin uykudan uyandırmakmış. Akşamları da kimseyle buluştuğu filan yok, eve geç gelmek için çarşı pazar dolaşıyormuş.

Eşi bunu da pas geçmiş. Bir gün olsun karısına sen neredesin diye sormamış. Bir akşam Armağan eve her zamankinden çok daha geç gelmiş. Kocası aç bilaç karısının eve gelip yemek hazırlamasını bekliyormuş. Yine ondan hiç ses çıkmayınca Armağan'a gelenler gelmiş. Gidip adamın yakasına yapışmış. "Be adam, ben aylardır seni aldatıyorum. Genç bir sevgilim var, her akşam karşında onunla mesajlaşıp duruyorum. Akşamları işten çıkınca onunla buluşuyorum. Senin aklın nerede? Al, bak, bu da oğlanın adı ve telefon numarası. Ben de işte buradayım. Bakalım şimdi ne yapacaksın?" demiş.

Adam bir Armağan'a, bir de eline tutuşturduğu kâğıda bakmış, "Boşarım seni, hemen terk et evi" demiş. Sonra da gidip yatağına yatmış. Kısa süre sonra yatak odasından eşinin horultularını duyunca bu sefer kadın iyice çileden çıkmış. O, evde büyük bir fırtına kopar, şöyle ağız tadıyla bir kavga ederiz kocamla diye umuyormuş. "Kocamın gözlerinde öfke görmeyi çok istedim. Madem sevgi yok, aşk yok, hiç olmazsa öfke olsun, bana kızsın, beni dövmeye kalksın, yaptıklarımın hesabını sorsun, o delikanlıyı bulsun, ona gününü göstersin diye çok bekledim" diye anlatıyordu Armağan.

Kadın dediğin, işte böyle bir varlık. Kanlı canlı bir aşk, diri bir sevgi, hiç bitmeyen bir ilgi ve eşi için her zaman çok önemli ve değerli olduğunu hissetmek istiyor. Başka türlü kadınlar için hayat çekilmiyor. Anlamsızlaşıyor. Bu uğurda ölümü göze alan pek çok kadın tanıyorum. Armağan da işte onlardan biriydi...

"Eşim bunu bile yapmadı, bana doğru dürüst kızmadı bile" diye ağlıyordu Armağan. Hani köyden gelen hastamın bana, "Kocam beni artık dövmüyor bile..." demesi gibi. O da öldürmüyor bile diyordu sanki.

Sevgisizlik demek ki kadın ruhunda ölümle eşit!

"Sonunda bir gün, biraz da Hayri'den aldığım güçle isyan ettim kocama. Bunu belki de ilk kez yapıyordum. 'Neden eve zamanında gelmiyorsun, gittiğin yerlere beni de götürmüyorsun, benimle ilgilenmiyorsun?' dedim."

İsyanı da bu kadar. Başka bir kadın olsa böyle yaptığı için evi başına yıkar adamın. Nalan da Hayri'nin eşi gibi fazla hanım hanımcık biri galiba...

"Eşim çok kızdı bana, 'Senin sürdüğün sefayı sürmek için kadınlar can atıyor. Sahip olduğun şeylerin kıymetini bil. Sonra çok ararsın bunları' dedi. Çok kötü oldum. Daha önce de yapmıştı böyle şeyler. Her seferinde bana kızmak için bir bahane bulurdu. Oysa ben ona iyi bir eş olabilmek için elimden ne geliyorsa yapıyordum. Sadece yapmam gerekenleri değil, Sedat'a kendimi sevdirebilmek için aklıma ne gelirse yapıyor, ona çok yakın davranıyor, ufak tefek sürprizlerle karşısına çıkıyor, onu güldürmeye çalışıyordum. Demek bunca emek boşa gidiyordu. Bu adam, yani kocam hiç değişmeyecek, beni sevmeye, beni anlamaya hiç uğraşmayacaktı. Belki de hayatında başka bir kadın vardı. Beni değil, onu sevmişti. Sürekli geç gelmeler, hafta sonu bile bir bahaneyle evden çıkmalar filan hep aklıma kötü şeyler getiriyordu. Belki o da benden kurtulmak istiyordu. Sedat gibi biri için yeni bir eş, yeni bir sevgili bulmak çok kolaydı. O ne de olsa Rafet Koroğlu'nun oğluydu. Ancak benim böyle bir lüksüm yoktu. Tek sermayem elimdeki diplomaydı. Kendimi köşeye sıkışmış bir kedi gibi hissettim. Ya bütün öfkemle Sedat'ın üzerine atlayacak ya da oradan kaçmanın bir yolunu bulacaktım. Ama o gece bütün ümitlerim kırılmıştı. Bu muhteşem konakta zavallı bir mahkûmdum ben. İnsanın içi karanlık olunca en pırıltı ışıklar bile o karanlığı aydınlatamıyor. Konağın denize bakan penceresinin önüne oturmuş, benim ruhum kadar karanlık denize, Hayri gibi bana uzaktan göz kırpan rengârenk ışıklara bakıyordum. 'Keşke küçücük bir kulübede olsam ama yanımda Hayri de olsa, ne kadar mutlu olurdum' diye hayıflanıyordum."

Ne güzel anlatıyor. Peri padişahının, sarayın zindanına kapatılıp onu kurtarması için beyaz atlı prensini bekleyen kızı gibi...

Ben böyle hikâyeleri hep masallarda dinledim. Küçükken bana pek çok masal anlattılar ama gerçeğini görmedim. Bu kadının anlattıkları sahiden de gerçek mi acaba?

Prenses deyince aklıma ünlü İngiliz Prensesi Diana geliyor. Masallardan fırlamış gibi güzel ama yine masallardaki kızlar kadar hüzünlü bir prensesti o. Kocası veliaht Prens Charles'ta aradığını bulamamış, İngiltere sarayına ve geleneklerine ters düşecek ne varsa yapmış, adı türlü aşk dedikodularına karışmış, yoksulu başında taşımış, AIDS hastalarını öpecek cesareti göstermiş ve sonunda genç yaşta sırlarıyla birlikte çekip gitmişti bu dünyadan.

Kendini bütün dünyaya sevdirmeyi başarmış ve hatta kalplerin prensesi de olmuş olsa kendini kocasına sevdirememişti. Bu da onu genç yaşta bu dünyadan kopardı aldı. Demek ki prenses de olsan, insansın işte. Duyguların, duygusal ihtiyaçların değişmiyor ki...

Nalan onu hatırlatıyor bana. O da koca bir holdingin veliahtıyla evliymiş ve bunca lüks, bunca ihtişam onu mutlu etmeye yetmemiş.

"Yine de eski günlere göre çok mutlu, heyecanlı hissediyordum kendimi. Hayri'yle bir gelecek hiç düşünmüyordum. Onunla beraber olmak demek, eşimi aldatmak demekti. Ben bunu göze alacak, bunu içine sindirebilecek yapıda biri değilim. Olamam ki zaten. Kodlarım farklı benim."

Kodlarım farklı ne demek acaba? Hem öyle diyor ama hem de bambaşka şeyler yapıyor. Bir anlasam!

"Bendeki bu farkı önce Muzo gördü."

"Muzo kimdi?"

"Kayınbiraderim. Yani Suat'ın ikizi. Suat oldukça iri bir çocukmuş, Muzo yani Muzaffer ana karnında onun altında ezilmiş kalmış. Doğumdan sonra pek çok ameliyat yapılmış ama sırtındaki kamburu yok edememişler. Farklı biridir Muzo."

"Siz ona Muzo mu derdiniz?"

"Hı hı... Birbirimizi anlardık. İkimizin de kaderinde çakışan bir şeyler vardı. Ne olduğunu konuşmasak da anlardık birbirimizi. Hatta doğumdan sonra girdiğim o ağır depresyonda bile Muzo hep yanımda olmuş, benim yeniden şirkette çalışmamı çok desteklemişti. Bir gün bana, 'Kaç gündür gözlerin parlıyor. Bu ışığı bizim evde sana verecek kimse yok. Hayırdır inşallah...' dedi. Dondum kaldım. Bir süre çok büyük bir suç işlemiş gibi Muzo'nun yüzüne bakamadım. Oysa biz o zamanlar Hayri'yle henüz bir kere buluşmamış, karşılıklı konuşmamıştık bile. Ama yine de çok suçlu hissettim kendimi."

"Evlenince işten çıkmış mıydınız?"

"Çıktım, daha doğrusu aile çalışmamı istememişti o zaman. 'Çalışıp da ne olacak, otur evinde, keyfine bak' dediler."

"Siz ne dediniz?"

"İtiraz etmek aklıma bile gelmedi o zamanlar. Bunu çok doğal kabul ettim ama yine de çalışmaya, faydalı bir şeyler yapmaya programlı olduğum için bir süre bu yeni hayatıma adapte olamadım. Her gün derneklere, onların düzenlediği yemeklere, defilelere, seminerlere katılmam gerekiyordu. Birbirinden şık hanımlar vardı etrafımda ve bana çok saygılı davranıyorlardı. Bu saygının aslında bana değil, Rafet Koroğlu'na gösterildiğinin farkındaydım ama yine de güzeldi. Zaten oralara hep Gülümser Hanım'la giderdik. O bayılırdı oralara gitmeye. Beni de giydirir, kuşatırlar, bazen Sedat, bazen de kayınvalidemin göz muayenesinden geçerek çıkardım evden. Hamilelik ve sonra yaşanan acılardan sonra bir süre evden çıkmadım. Düzelince de çalışma konusunda ısrarcı oldum. Beni en çok Muzo destekledi. Sedat hiç istemedi çalışmamı. Sonunda tüm aile geçirdiğim ağır depresyon nedeniyle buna razı oldular. Zaten Hayri'yle olan ilişkimiz de o sıralar başladı. Hayri şirkette benim her şeyimden sorumlu olan kişiydi. Nereye gideceksem beni götürür, kapıda bekler, etrafımda kuş uçurtmazdı ve sonra geri getirirdi."

"Şoförünüz müydü yani?"

Bu sözler onu incitiyor. Hayri'den böyle bahsedilmesinden rahatsız oluyor. Bu soruyu başka türlü nasıl sorabilirdim ona?

"Pek sayılmaz. Korumam gibiydi."

"Neden, aile neden böyle bir şeye ihtiyaç duydu?"

"O sıralar şirket adına onları endişelendiren bir şeyler olmuş. Sadece ben değil, hepimiz koruma altındaydık. Benim şansıma da Hayri düştü. Kısmet işte..."

Ben tesadüflere inanmam, hayatın her zaman bir bildiği vardır derim ama bunu pek yorumlayamadım.

"Nalan Hanım, yerine göre her şeye boyun eğen, yerine göre hayata en olmadık yerde isyan eden bir yapınız var..."

"Ben isyan etmedim hayata. Keşke etseymişim..."

İsyan etse ne yapacaktı acaba?

"O ara zaten üst üste kayıplar yaşadım. Önce babamı, sonra da annemi kaybettim. Biraz da bu acılar çalışmam konusunda onlara evet dedirtti. Oyalansın filan dediler herhalde..."

"Kendi ailenizden hiç söz etmediniz."

Birden değişiyor yüzü. İçeri girdiği anda yüzünde hemen fark ettiğim korku, bütün haşmetiyle yine oturuyor yüzüne. Henüz bilmediğim çok şey var galiba. Hemen değiştiriyorum konuyu.

"Zor günler üst üste gelmiş anlaşılan."

"Zor günler hiç bitmedi ki benim hayatımda. Bir tek Hayri'yle yaşadığım o yedi yıl var ya, dıştan bakınca çok zor görünse de hayatımın en mutlu yedi yılıydı. Şimdi sanki her şey bitmiş gibi konuşmak yüreğimi sızlatıyor. Bu acıyı size nasıl anlatsam bilmem ki..."

"Anlamaya çalışıyorum sizi ama pek de kolay olmuyor. Sıra dışı bir şeyler var sizde."

Yine korktu. Şimdi onu korkutacak ne söyledim!?

"Yapmayın ne olur! Buraya zaten çok korkarak geldim ben."

"Daha önce de psikiyatriste gitmişsiniz. Doğumdan sonra geçirdiğiniz depresyon için."

"Evet, gittim. Hastaydım ve gittim. O da beni iyileştirdi."

"Şimdi nasıl bir fark görüyorsunuz?"

"Buraya öncelikle kendim gelmedim, zorla getirildim. Ayrıca şu anda hasta değilim. Dertliyim, acı çekiyorum. Öyle çaresizim ki... Siz de beni anlamazsanız hiç çıkış yolum kalmayacak."

Haklı mı acaba? Ama beni diken üstünde yürütüyor. Sorularıma cevap alamıyorum. Benim hemen bir çare bulmamı istiyor. Onun çare dediği Hayri'yi geri getirmek. Başka bir seçenek tanımıyor.

Bizim ülkemizde mutsuz olduğu halde eşinden ayrılmaya cesaret edemeyen milyonlarca kadın var. Karşımda oturan bu genç kadın dıştan bakınca hiç de öyle cesur birine benzemiyor ama pek çok kadının yapamadığını yapmış. Hayatıyla ilgili çok cesur ama bir o kadar da riskli bir karar almış. Çok saf, çok narin ve kırılgan bir kişiliği var. Buna rağmen bunların altından nasıl kalktı acaba? Onunla ilgili her şeyi öğrenmeden bu soruya cevap veremiyorum. Onunsa konuşmak istediği tek konu var, o da Hayri.

Bakalım bu işin içinden nasıl çıkacağız.

"Nalan Hanım, sizi bir tek bu konuda çok iyi anlıyorum. Ne kadar acı çektiğinizin farkındayım. Hayri'yle ilişkinizin başladığı günleri anlatıyordunuz."

"Evet, çok heyecanlı günlerdi ve Hayri benim kafamı çok karıştırmıştı. Onun sayesinde nihayet kendimi, kendi hayatımı gözden geçirmeyi öğrenmiştim. O güne kadar hayat benden ne istiyorsa onu yapmış, özellikle aileme hiç itiraz etmemiştim. Giderek onun bana olan aşkı, beni az da olsa kendime getirdi. Demek ben de sevilebiliyormuşum dedim. Sevildiğimi hissettikçe ruhuma sanki kapı aralığından ışık sızmaya başladı. Ve ruhum aydınlandıkça bende de ona karşı bir aşk, bir sevgi başladı. Âşık olmak meğer ne güzel bir şeymiş. Beni o kadar çok sevdi ki, böyle bir adama âşık olunmaz mı?"

Hafif bir gülümseme yayılıyor yüzüme. Aslında aşkların çoğu kaynağını işte bundan alır. Sevilmeyi sever insanlar. Böylece kendi seçtiklerine değil, onları sevme cesaretini gösterene âşık olurlar. Eğer onu Hayri değil de eşi böyle sevseydi, Nalan o zaman da eşine âşık olurdu.

Bu gerçeği ilk gördüğüm zamanlar kendi hayatımı fena halde gözden geçirmiş ve ilk aşkımın benim için tam da böyle bir şey olduğunu görmek içimi sızlatmıştı.

"Onunla ilk buluştuğumuz gün, evliliğim bitmişti benim için. Eşini bir başkasıyla aldatacak mizaçta biri değilim ben. Hemen o akşam eşime ayrılmak istediğimi ve bunda çok kararlı olduğumu söyledim. Eşim beni hiç ciddiye almadı. Hatta bıyık altından güldü bu sözlerime. Bazı şeylerin kıymetini bil, otur oturduğun yerde diyerek gidip yattı. O zaman onun bu tepkisiz haline, hatta benimle hafiften dalga geçişine çok içerledim. Sen beni ne zannediyorsun demiştim içimden. İnsan böyle diyen bir kadını alır karşısına konuşur. Hesap sorar. Ayrılmak bu kadar mı basit! Ne oldu, neye kızdın, ben neyi eksik ettim diye sormaz mı insan? Eliyle, bunlar boş işler, der gibi bir işaret yapıp, ağzını çarpıtarak gidip yattı. Benim ne kadar ciddi olduğumu bile fark etmedi. Sanırım o gece bile bebek gibi uyudu. Bana bu gücü Hayri'nin verdiğini sonradan fark ettim."

"Kulakların çınlasın Armağan" diyorum içimden. "Bak, böyle düşünen tek kadın sen değilmişsin. Şimdi nerelerdesin, kiminlesin, artık mutlu musun acaba?"

"Bazı şeylerin kıymetini bil derken maddi manevi güçlü bir aile olmalarını ima ediyor galiba."

"Tabii ki onu söylüyor çünkü Sedat onlarla ayakta duran biri. Sedat'ın bugün malını mülkünü elinden alıverseniz, sap gibi kalır ortada çünkü kendine ait hiçbir değere sahip değil. Arkadaşları bile tanımaz onu. Çalışayım dese, elinden iş de gelmez. Masaya yemek koysanız uzanıp almayı bilmez. Babası ona kızmakta çok haklı ama onu biz böyle yetiştirdik diyen yok. Suçun büyüğü onların. Rafet Bey ve Suat gece yarılarına kadar çalışırken Sedat beyefendi bu akşamı nerede geçireceğinin derdinde. Öyle sağa sola hava atarak nereye kadar ayakta kalır, nereye kadar mutlu olur insan."

Bunu inanarak mı söylüyor acaba? Son yıllarda bunları insanlardan pek duymuyorum artık. Saf gibi görünüyor ama olmadık yerde, olmadık analizler yapıyor. Sonra da öyle bir ihtişamı bırakıp Hayri gibi birine gidiyor. Bunlar sadece filmlerde olur sanıyordum.

Fakir delikanlıyla zengin kızın aşkı...

İyi ama Nalan zengin mi? Eğer o da zengin değilse, hikâye iyice ilginç hale gelecek. Ben bile yok, diyeceğim. Bu kadarı da olmaz...

"İşte Hayri'ye âşık olmaya başladığım o ilk günler, o güne kadar hiç tanımadığım bir şeyler hissetmeye başladım. Ben korkak, sinik bir kızdım. Yavaş yavaş güçlendiğimi gördüm. Düşünebiliyor musunuz, bu aşk beni kendime getirdi. Güçlendirdi. Daha önce hiç âşık olmamışım demek ki... Aşk muhteşem bir duyguymuş."

"Aşk çok güçlü bir heyecandır, hem derin hem çok yüksek bir duygu yumağıdır. İnsanın yaşama sevincini, enerjisini artıran, gözlerini parlatan, güzelleştiren, sağlık kazandıran ve en önemlisi onu mutlu eden bir duygudur. Tıpta hastalıkları iki gruba ayırır doktorlar; akut ve kronik diye. Akut hastalıklar ani başlar ve riski yüksektir. Kronik hastalıklar yavaş başlar, sonra da uzar gider. Aşk akut bir hastalıktır. Ani başlar ve çok gürültülü seyreder. Tansiyon yükselir, kalp hızlanır, nefes alış verişler sıklaşır, yanaklar pembeleşir, vücut ısınır. Böyle akut bir duruma insanoğlu bir ömür nasıl dayansın? Böyle bir heyecan yıllar boyu sürecek olsa, kalbimiz ne çok zarar görürdü bu durumdan. İnsan, her duruma uyacak şekilde yaratılmıştır. Yani uzun lafın kısası zamanla bu duruma beden ve ruh uyum sağlar ve âşık olunan kişi karşısında duyulan eski heyecanlar yavaş yavaş kaybolur. Ve aşk kronikleşir... Kronikleşince de aşk olmaktan çıkar sevgiye, güvene, huzura ve alışkanlığa dönüşür. Mutluluk da akut bir durumdur. Bir ömür boyu mutlu olamaz insanlar. Mutluluk bir kuştur, insanların omzuna bir konar, bir kalkar. Bazı insanlar çok sever bu kuşu ve onu sık sık davet eder omuzlarına. Bazıları ise bir konup bir kalkan bu kuşa kızar, 'Madem sürekli değilsin git; ben omzumda sürekli duran bir kuş istiyorum. Kara olsun, kuru olsun ama hiç kalkmasın benim omzumdan' derler. Onların omzuna konan kara kuru kuşlar, ölene kadar orada durur. Buraya gelenlerin çoğunun omzunda o kara kuşlar vardır. Kimi bir an önce ondan kurtulabilmek için benden yardım isterken, kiminin ödü kopar, o kara kuru kuş uçacak diye. Çünkü o kuş artık o kişilerin bedeninin bir parçası haline gelmiştir. Uçar giderse kendilerini çıplak kalmış gibi hisseder, keder olmazsa, ne için, ne uğruna yaşayacaklarını bilemez, bomboş kalıverirler..."

"İşte ben de Hayri'yi kaybedeceğimi düşündükçe tam olarak öyle, bomboş hissediyorum kendimi. O zamanlar Hayri'yi o kadar sevdim, o kadar bağlandım ki, zaten başka türlü bu kararı asla alamazdım ama şimdi gidiyor."

"Giderken size verdiği bu gücü de alıp götürmeyecek inşallah."

"Maalesef götürecek çünkü bana bu gücü sadece o verdi. O yanımda olduğu sürece beni ayakta tutan bir güçtü bu. O gidince ben yine eski Nalan olacağım."

Ah be Nalan, bence de götüreceğe benziyor. Yedi yılda onlar hâlâ senin olmadıysa, yandın.

"Şimdi içinde bulunduğunuz koşullar nedeniyle böyle düşünüyor olabilir misiniz?"

İnanmaz gözlerle bakıyor bana. Mimikleri, ses tonu, karşımda dimdik oturuşu, utangaç, korkak ve mahzun bakışları hiç kırk beş yaşında bir kadınınkilere benzemiyor. Sanki genç, çok genç bir kız var onun içinde. Nefes almak üzere durduğunda, dudaklarını hafifçe büzerek öne doğru uzatıyor. Bu da çocuklarda sık görülen bir mimiktir. Duyguları sürekli değişiyor. Bazen öfke, bazen keder, bazen de ümitsizlik görüyorum gözlerinde. Ama yüzüne yerleşen korku hiç bırakmıyor onu. Diğerlerini anlayabiliyorum da, bu korku neyin nesi? Hayri'den ayrılmak onu gerçekten de bu kadar korkutuyor olabilir mi?

Yedi yıldır onun yüreğinde hiç azalmayan bir aşkı kaybetmek de kolay değil hani. Kadınlar hep aşk sonsuz olsun isterler. Oysa aşk, her zaman sonsuzluğa özense de bir fırtına gibi, bir kez durulunca bir daha kolay kolay derinleşemeyen bir tutkudur.

Nalan hayatı boyunca sadece bu aşk sayesinde kendisiyle barışabilmiş, kendi gözünde önemli bir yere gelebilmiş. Şimdi sadece Hayri'yi kaybetmekten değil, kendi gözünden düşmekten de korkuyor.

Zaten onda hep çocuksu bir saflık ve durulukla birlikte, çok genç bir kadında bulunan tuhaf bir ruh hali var. Ne çocuk, ne de yetişkin... ya da ikisi birden.

"İnşallah öyledir."

"Eşinizden nasıl ayrıldığınızı anlatıyordunuz."

"Ha, evet. Sonraki günler Sedat, ne yapıyor bu acaba diye beni yan gözle izlemekle yetindi. Oysa ben artık onunla bütün iletişimimi kesmiş, kendime bir düzen kurmaya çalışıyordum. Evde bu konuyu bir tek Muzo'ya açtım. Muzo beni dinler her zaman. Önce itiraz edecek oldu, yapma dedi, sonra ben anlattıkça o da ikna oldu. Mutlu olacaksan ben arkandayım dedi. Sedat'a sitem bile etmiyor, tıpkı bir zamanlar onun bana yaptığı gibi ben de onu yok sayıyordum. O zaman bile benimle konuşmayı gururuna yediremedi. O kılını bile kıpırdatmadan benim kayıtsız şartsız onu sevmemi, ona bağlı olmamı bekliyordu galiba. Ne tuhaf değil mi?"

"Evet, gerçekten çok tuhaf! Erkekler bu asılsız güveni nereden buluyorlar acaba? Ancak ben aşağı yukarı Sedat'ın nasıl biri olduğunu tahmin ediyorum. Sedat'la ilişkiniz zaten baştan beri bir kadın ile bir erkek arasında kurulan bir ilişkiden çok, sizin gibi ürkek, çekingen, bir kadın ile yine aynı özellikleri taşıyan üstelik bir kadının karşısında kendini tam bir erkek gibi hissedemeyen, içinde bir çocuğun ruhunu taşıyan iki kişi arasındaki ilişki gibiymiş. Böyle erkekler bir kadına nasıl davranacağını bilmez. Hep kadından bekler. Öyle görmüş, öyle alışmıştır."

"Haklısınız. Annesi onu kötü alıştırmış."

"Siz de bunu yapamayınca ilişki kısa sürede kopmuş. Üstelik sahip olduğu her şeyi ona babası vermiş. Siz de yakışıklı, maddi imkânları çok geniş bu gence önceleri hayranlık duymuş, ona kendinizi sevdirmeye çalışmış ama karşılık alamamışsınız."

"Alamadım, ne kadar uğraşsam da alamadım."

"Neden biliyor musunuz? Çünkü Sedat gibi erkekler sadece sevilmeyi, korunmayı, kollanmayı bilir. Bunlara karşılık vermeyi bilmez. Sizin ona gösterdiğiniz ilgi ona çok doğal gelmiştir. Zamanında annesi de öyle yapmış. Onu karşılıksız sevmiş ve tepesine çıkarmış. Ama inanın bana Sedat da yaralı bir çocuk. Siz ona ayrılıyorum dediğinizde kim bilir nasıl bir hayal kırıklığı yaşadı."

"Hiç de öyle görünmüyordu."

"Sizi geri alabilmek için mücadele bile etmemiş çünkü o zaten oyunu baştan kaybetmiş. Babası tarafından beğenilmemiş, değer verilmemiş, hatta aşağılanmış."

"Öyle. Kayınpederim bunu açıkça söylemekten hiç vazgeçmedi."

"Yani babası tarafından pas geçilen çocuk... Oysa eminim ilk yıllar babası onu çok seviyordu ama sonra Sedat'ta aradığını bulamayınca ondan vazgeçti. Yani Sedat terk edildi. Onun zihnine bu şöyle kazınmıştır: 'Beni sevenler bir süre sonra beni nasıl olsa terk ederler.'"

"Yani benim onu terk etmemi zaten bekliyor muydu?"

"Beklemese bile buna hiç hayret etmemiştir."

"Etmedi zaten. Her zaman önemli olan kendi dertleri, kendi sorunlarıydı. Hamile olduğum o zor günlerde bile bana doğru dürüst ne sevgi gösterdi, ne de şefkat. Onun en önemli gündemi her zaman o gün ne yiyeceği, nerede yiyeceği ya da ne giyeceğiydi. En hayret ettiğim şeylerden biri de Sedat beni bir gün olsun başka erkeklerden kıskanmadı. Kıskanmak için değer vermek gerek. Bunları da Hayri'yi tanıdıktan sonra öğrendim."

"Sedat sizin gibi bir kadını çok kolay kaybetmiş Nalan Hanım. Böyle yaptığını sonradan anlamıştır ama ne fayda."

"Anlamış mıdır?"

"Erkek, ilkel toplumlarda kadından çok daha değerliydi. Kadın, sadece kendisi için değil, doğurduğu çocuğun hayatta kalabilmesi için de erkeğe muhtaçtı. Bu durum kim bilir kaç bin yıl devam etti ve beyinlerimize erkeğin üstünlüğü adeta kazındı. Şimdi belki de sadece son bir yüz yıldır kadın gücünü önce kendi fark etti, sonra da hayata geçirdi. Zamanla bu da kazınacak beyinlerimize ama daha erken ve erken olduğu kadar da gerçek. Bunu bir an önce fark edebilen erkekler için mutluluğu yakalamak çok daha kolay olacak gibi geliyor bana. Bu gerçeği reddetmek ise kadınlar kadar erkeklere de çok şeyler kaybettirecek. Sedat Bey'de de öyle olmuş. Sizin gibi bir kadını çok kolay kaybetmiş."

Benim övgü dolu sözlerim bile yüzünün kızarmasına neden oluyor. Utanıyor. Dedim ya, o adeta on sekiz yaşında bir genç kız!

"Ama ben kararımı aileye açıklayıp evi terk edince işin ciddiyetini anladı. Yıllardır yüzüme bile bakmayan kocam bir anda bambaşka biri oldu. Bu işler öyle oturup uzun uzun konuşmadan olmazmış. Ben aslında ona olan öfkem yüzünden böyle bir karar alıyormuşum, göstermese de o benden ayrılmak istemiyormuş, falan filan işte..."

"Sahi söyledi mi bunları?"

"Hem de nasıl, kaç kere... Ama bunu yapmakta çok geç kalmıştı."

"Siz ne yaptınız?"

"Onu dinlemedim bile. Aile de çok ısrar etti, nasihat etti, yapma dedi. Onları kırmak istemiyordum. Önce derdimi anlatmaya çalıştım, anlamadılar. Ne de olsa Sedat onların oğlu. Kayınpederim devreye girdi. O beni sever ama parayı benden çok sever. Önce yapma filan diye nasihat etti, sonra böyle yaparak onlardan mal mülk koparamayacağımı söyledi."

"Siz ne dediniz?"

"Ben nafaka bile istemiyorum deyince önce inanmadı. Sonra gözleri doldu. Uzun uzun konuştuk onunla."

"Hayri'yi biliyorlar mıydı?"

"Hayır, hiçbiri bilmiyordu. O zamana kadar Hayri'yle ben sadece bir kere baş başa buluşmuştuk. Zaten hemen o gece de kocama ayrılacağımı bildirmiştim."

"Rafet Bey'le ne konuştunuz?"

"Etrafa pek göstermese de duygusal biri o. Sedat'ın sevgisizliğini anlattım ona. Çok üzüldü, 'Ah Sarı Gelinim ah' dedi ve Sedat'a yine ağzına geleni söyledi. Ama aslında bir yandan da benim yeniden bir çocuk doğurmaya niyetim olmadığını anlayınca aile bu boşanmaya göz yumdu. Başka türlü ben Sedat'tan ayrılamazdım."

Bunda haklı galiba. Yine medyadan duyduğuma göre aile bu boşanma konusunu çabucak kapattı ve Sedat'ı da hemen yeniden evlendirdiler. Sonunda istedikleri oldu ve Sedat'ın yeni eşi üst üste iki oğlan doğurdu.

"Sonunda kapıyı vurup çıktım. Bir daha da arkama dönüp bakmadım. Böylece o iş kapandı ve bir süre sonra anlaşmalı olarak resmen boşandık. Onlar ilk günler benim gözümün parada olmadığına bir türlü inanmadılar. Ama yine de kaç kere avukatlar geldi kapıya. Bir şey istemiyorum desem de bana sürekli bir şeyler imzalattılar. Sonunda dediğimi yaptım. Hiçbir talebim olmadan rızamla boşandım Sedat'tan. Yani kıymetini bil dediği her şeyi ona iade ettim."

"Hiç kararsızlık yaşamadınız mı?"

"Hiç!"

"Vay canına" diyorum içimden. "Çocuk ruhlu filan ama pek çok kişinin yapamayacağı kadar da mert ve dürüst davranmış." Demek tek kuruş almadan ayrılmış eşinden. Bu işte benim hâlâ çözemediğim karanlık bir şeyler var ama ne?

"Eşinizden ayrılırken çok cesur davranmışsınız. Kaç yıllık evliydiniz?"

"Sekiz yıl kadar evli kaldık."

"Sizin kendi başına ayakta duracak maddi imkânlarınız var mıydı?"

"Sadece babamdan bağlanan bir emekli maaşı ile yine babamdan kalan bir ev."

"Sahi mi? Onların şirketinde çalışıyordunuz. Dolayısıyla işinizden de ayrıldınız."

"Evet, hemen ayrıldım. Nasıl olsa kendime başka bir yerde iş bulurum diyordum ama Hayri razı olmadı."

"Neden?"

"Hayri kıskanç bir erkek, beni kendi gözünden bile kıskanıyordu. İşe girmemden çok korktu. Sedat gibi bir eşten sonra böyle kıskanılmak çok hoşuma gitti. Yıllardır kırılan gururum okşandı. Kadın olduğumu, hatta güzel bir kadın olduğumu o zaman fark ettim."

Ah bu kadınlar ahhh... Ne çok seviyoruz sevilmeyi, özel olmayı, sevildiğimizi hep hissetmeyi. Bu durum fizik kanunları kadar net ve kesin bir durum ve dünya döndükçe biz kadınlar bu isteklerimizden, bu tutkularımızdan hiç vazgeçmeyeceğiz. İnşallah Hayri kıskançlığın dozunu kaçırmamıştır çünkü bu işlerin sonu pek hayırlı olmaz.

"Ancak aynı evde yaşamaya başlayınca bu kıskançlıklar hoşuma gitse de, bu uğurda pek çok şeyden vazgeçmem gerekti. Her şeyden önce çalışmama izin vermeyince babamdan kalan emekli maaşıyla geçinmek zorunda kaldım. Bir yandan da bizim Sedat'la boşanmamız ve benim Hayri'yle beraber olduğum bir anda sosyal ortamlarda bomba gibi patladı. Hakkımızda söylemediklerini bırakmadılar. Beni adeta vebalıymışım gibi reddetti toplum. Birkaç yakın arkadaşım dışında herkes benimle ilişkiyi kesti, hepsi Sedat'ın yanında yer aldı. Böyle olunca adeta evden çıkmaya çekinir oldum."

"Zor olmuştur. Cezayı kişiler değil de toplum veriyorsa, daha ağır olur katlanmak."

"Zor olmaz mı? Bir yandan Hayri, bir yandan toplum, beni ev hapsine mahkûm ettiler."

Ne kadar net ve dürüst anlatıyor. Hiçbir mazeretin arkasına saklanmıyor Nalan. Neyse onu söylüyor. Bu kadın hiç yalan dolan bilmiyor.

"Ardından Hayri giyimime, kuşamıma da karışmaya başladı. Zaten ben pek açık saçık giyinmezdim ama Hayri bu konuda çok baskı yaptı. Etek boyumdan giydiğim elbisenin rengine kadar her şeye müdahale etti. Biraz canım sıkılsa da hiçbirine itiraz etmedim. Ne istediyse öyle yaptım."

Böyle deyince üstündekilere bir kere daha dikkatle bakıyorum. Zaten içeri girer girmez giysilerindeki tuhaflık dikkatimi çekmişti. Demek bunlara bile Hayri karar veriyor.

"Bu üstümdekiler benim yıllar önce aldığım kıyafetler. Ama öyle mutluydum ki, hiçbiri gözüme gelmedi. Yıllardır aynı kıyafetleri giymeyi sever oldum. Sonra sıra, sayısı zaten çok az kalan arkadaşlarıma geldi. Her birine bir kulp taktı ve yavaş yavaş onlarla da ilişkilerim azaldı. Ondan habersiz sokağa çıkmam da yasaklandı. Bari resim yapayım dedim. Bir atölye buldum, arada bir oraya gidiyordum, bunu bile pek hoş karşılamadı. Madem böyle bir yola çıkmıştım, öyleyse onun kurallarına uymam gerekiyordu. Böylece hayatımda Hayri'den başka hiçbir şey kalmadı. Kuaföre bile her istediğimde gidemedim. Zaten maddi durumum da bozulmuştu, babamın emekli maaşıyla geçinmek zor oluyordu. O zamana kadar pek para sıkıntısı çekmemiştim. Hayatın pek çok zorluğunu, acısını biliyor ama yoksulluğu, parasızlığı tanımıyordum. Zamanla onu da öğrendim. Ailemden kalan evde, babamdan aldığım maaşla idare etmeye çalıştım."

"Hayri size hiçbir maddi katkıda bulunmuyor mu?"

"Hayır, zaten ben böyle bir şeyi kabul edemem. Ayrıca Hayri zengin bir adam değil, kazandığı para kendine ve ailesine ancak yetiyor. Hatta yetmiyor da babası destek oluyor."

"Büyük bir özveride bulunmuşsunuz."

"Yine de mutluydum. Hayri her şeye değiyordu. Onu çok seviyordum. Ama o ayrılamadı eşinden. Halbuki bana, eşiyle ilişkisinin yıllar önce bittiğini, sadece çocuklarının hatırına o evde oturduğunu söylüyordu. Ben zaten bir başkasının yuvasını yıkmayı göze alacak biri değilim. Cahil bir kadındı eşi. Hayri boşasa gidecek yeri de yoktu kadının. Vicdanım sızladı. Israr etmedim. Durumu öylece kabul ettim. Ama ilişkinin daha en başında bazı konularda pazarlık ettik Hayri'yle. Ben de onun eşiyle beraber olmasını istemiyordum. Ben böyle söyleyince hep gülerdi bana. 'Sen çok ısrar etsen bile ben onunla bir daha asla beraber olamam, o iş biteli yıllar oldu' derdi. Yani dıştan göründüğü gibi, evli bir erkeğin dul bir kadınla yaşadığı yasak bir ilişki değildi bizimkisi. İkimiz de her konuda birbirimize hep çok sadık davrandık. Toplum başka türlü değerlendirebilir ama öyle değildi hiçbir şey. Biz onunla Tanrı katında karı kocaydık. İkimiz de bunu biliyor, buna inanıyor ve birbirimize sonuna kadar güveniyor, göz ucuyla bile bir başkasına bakmıyorduk. Hayri her ne kadar geceleri eşiyle aynı evi paylaşsa da, ona asla dokunmuyordu. Zaten başka türlü olsa, bir kadın bunları hisseder değil mi Gülseren Hanım?"

"Bunca yıldır nasıl bir hayal dünyasında yaşadın be Nalan?" diyorum içimden. "Bu kadar saf olmadığını biraz önce gördüm. Bu saflık filan değil. Sen zeki bir kadınsın ama ne yaşamak istiyorsan ona inanmayı tercih etmişsin."

Bu konuda da Nalan yalnız sayılmaz. Diyorum ya, en büyük filozoflar, en ünlü bilim adamları bile uzayı çözmüşler de, bu kadın denen varlığın ne menem bir şey olduğunu anlayamamışlar. Şimdi onun bana anlattıklarını bir başkası ona anlatsa, bu bilmeceyi şıp diye çözer. Ama o çözmek değil, her şeyi kendi gördüğü, kendi hissettiği gibi yaşamak istiyor. Yanlış mı derseniz, bilemedim. Çözüp de ne olacaktı. Yıllardır kendi yarattığı hayal dünyasında mis gibi yaşamış.

Bir yanı anlattığı hikâyeye sonuna kadar inanmak istiyor ama bir yanı, bütün bunlardan o kadar da emin değil. Benden onay bekliyor. Kadınlar böyledir işte. Bir yanlarıyla şeytanın arka bacağı, bir yanlarıyla dupduru bir su...

Bazı şeyleri kadınların hissettiği doğru ama bunlar sadece istenirse hissedilebilir. İnsanın kendine bu izni vermesi de galiba biraz cesaret gerektiriyor.

Ona cevap vermek yerine hafifçe gülümseyerek başımı sallamakla yetiniyorum.

"Şimdiye kadar benim güvenimi sarsacak hiçbir şey yapmadı. Bana her zaman çok saygılıdır. Çok duygusal, bazen öfkeli, bazen de hüzünlü bir adamdır Hayri."

"Eğitim durumu nedir Hayri Bey'in?"

"Meslek lisesinden mezun. Elektrikçi. Küçük bir dükkânı ve yanında çalışan üç dört elemanı var. Ayrıca Rafet Bey'in yaptığı inşaatların elektrik düzenini kuruyordu o zamanlar. Sonradan bir yandan o işe devam etti, bir yandan da bana bekçilik yaptı."

Yine utangaç bir ifade yayılıyor yüzüne. Sevgilisinin kendisinden daha az eğitimli olmasından mı utanıyor, yoksa benim sorularıma verdiği cevapları kendi kulaklarıyla duydukça, bazı gerçekleri yeniden mi keşfediyor? Onu dinledikçe anlıyorum ki, kendine has kuralları var bu kadının. Eşini ne uğruna olursa olsun aldatmamış. Her şeyi göze almış ve duygularını hayata geçirmenin bedelini ödemiş.

Âşıkken kalbiyle görür kadınlar. Tutku dindikten, aşk şarabı kana kana içildikten sonra sıra kendini güvence altına almaya gelir. İşte o zaman kadınların zekâları adeta zalimleşir; acımasız olurlar. Nalan bunu da yapmamış. Aşktan, sevgiden başka bir şey istememiş hayattan.

Belki aşk değil ama ilişki çoğu zaman sınıfsaldır. Her engeli aşan, bir anda duvarları yıkan aşk, sürekli bir ilişkiye, düzenli bir beraberliğe dönüşünce bütün kültürel duvarlar, bir zamanlar göze görünmeyen sınırlar olanca katılığıyla ortaya çıkıverir. Nalan'da bunların hiçbiri olmamış. Tam tersine bütün kalbi ve sadakatiyle aşkına sahip çıkmış.

Aslında sandığımdan daha cesur bir kadın o. Günün birinde pek de tanımadığı bir adama karşı bir şeyler hissetmiş ve bütün hayatını bir anda değiştirebilecek kararlar almış. Üstelik bir de Rafet Koroğlu gibi zenginliğiyle ünlü bir adamın geliniyken yapmış bunları. Sevdiği adam hem evli, hem kendinden yedi yaş küçük. Kendisinden daha az eğitimli ve parasız. Bu kadın zenginlik ve lüks peşinde değil. O başka bir şey arıyor.

Odaya girdiği anda nostaljik bir görünüm sezmiştim onda. Aşkın böylesine 68 kuşağında bile az rastlanırdı. Demek sadece görünümü değil, ruhu da eskilerde kalmış Nalan'ın. O hem çok güzel, hem de sanırım Hayri'nin kolayca erişemeyeceği bir kadın. Hayri'nin, kendinden her bakımdan üstün böyle bir kadına hayranlık duyması doğal. Ancak Nalan'ı anlamak o kadar kolay değil. Bu kadın gerçekten de sadece aşk uğruna mı her şeyinden vazgeçmiş. İçindeki hangi güdü, hangi yara yaptırmış bu kadına bunları.

Bu güç, bu cesaret, bu kararlılık kendine ciddi bir kaynak arar. O kaynak yoksa sadece insanın kendi gücü bunları yapmaya yetmez.

Kırk yıllık psikiyatrist olarak, ben bile bunu anlamakta zorluk çekiyorsam, toplum ne der, ne anlar, neler bulur bu ilişkide. Üstelik bu aşk ona çok pahalıya mal olmuş. Hem de bizimki gibi bir kültürde bunları göze almak kolay işler değil. Eşini, işini, ailesini ve toplumdaki itibarını kaybetmiş. Cahil desem, cahil de değil. Bu kadın eğitimli, meslek sahibi biri. Yaşı desem... Ergenlik çağı çoktan gerilerde kalmış.

Bu, sadece aşksa, o zaman gücünü henüz benim bilmediğim bir yerlerden alıyor. Yoksa sevilmeye çok ama çok susamış da, sevgiyi bulduğu bir adam karşısına çıkıverince gözü mü kararmış.

"Bütün bunlar az değil Nalan Hanım. Hayri Bey için neleri feda ettiğinizin farkındasınız değil mi?"

"Farkındayım. Zaten o yüzden bu kadar yıkıldım ya. Ben bunu hak etmemiştim."

"Hayri sizi hak ediyor mu?"

Mahzun bir ifade yayılıyor yüzüne. Bu devirde aşklar böyle değil. Bu çok farklı bir hikâye. Geçen yüzyıldan bugünlere sarkmış gibi. Bir erkek uğruna sahip olduğun her şeyden vazgeç, ona sonuna kadar güven ve bir gün o adam, "Bir başkası var" desin. Hay Allah... Keşke ona yardımcı olabilsem.

"Hayri Bey bu aşk için neler yaptı?"

Bu soru onu şaşırtıyor. Bunu hiç düşünmemiş gibi hayretle bakıyor yüzüme. Önce bir şey söyleyecek gibi oluyor, sonra vazgeçip susuyor. Artık ona böyle sorular sormasam daha iyi olacak. Hayatın asıl gerçeklerinin hâlâ pek farkında değil. Çok sevildiğine ne kadar da çabuk inanmış. Çok susuz kalmış o, çok... Acaba Hayri'ye haksızlık mı ediyorum. Gerçekten Hayri de çok mu sevmiş Nalan'ı?

Bir süre dudaklarını büzerek oturduktan sonra, titreyen bir sesle soruyor bana.

"Bu kadar yanılmış olamam değil mi Gülseren Hanım? Hayri beni seviyor, hem de çok seviyor değil mi?"

Tam da aklımdan geçeni sordu. Hayri de o gün bir zamanlar Nalan'ı ne çok sevdiğini söylemişti bana. Sevmiş ama şimdi vazgeçmiş. Vazgeçmek insanı aşktan uzaklaştırıyor. Sanki sevse vazgeçmezdi diyor insan ama bir yandan da aşkın kalıcı bir duygu olmadığını, zamanla sevgiye, alışkanlığa, bağlılığa döndüğünü sadece ben değil bütün dünya söylüyor.

Benim de kafam karışıyor. Nalan'sa dört gözle benim ona güzel bir şeyler söylememi bekliyor. Hayri'nin bittiğini söylediği bir aşk için ben ona ne diyebilirim ki... Hayri'deki kırmızı aşk balonu aniden, onun bile beklemediği bir anda pat diye patlayıvermiş. Laz kızıyla yeni bir balon uçurmanın peşinde Hayri.

Ona bir yakınının ölüm haberini verecekmiş gibi hissediyorum kendimi. Gerçeklerden işte bu kadar çok korkuyor çünkü ondaki kırmızı balon hâlâ bütün haşmetiyle tepemizde sallanmaya devam ediyor. Bir an göz göze geliyoruz, yalvarır gibi bakıyor bana. Bir iki kere yutkunduktan sonra onu incitmemeye çalışarak yine başlıyorum söze.

"Bildiğim bir şey varsa, o da Hayri Bey'in sizi hak etmediği..."

Bu sözüm hem çok hoşuna gidiyor, hem de iyice hüzünlendiriyor onu. Başını sağa sola sallayarak uzun uzun ağlıyor. Sessizce bekliyorum. Ben bir şey demesem de sanırım o bir şeyleri gördü, anladı. Sonra başını hiç kaldırmadan usul usul anlatıyor.

"Olmadık bir adam uğruna her şeyini kaybetmiş bir kadın gibi değerlendiriyorsunuz beni. O kaybettiklerimi ne kadar zor kazandığımı bir bilseniz."

"Herkes, uğruna tüm hayatını bir çırpıda feda edebilecek birilerini arar Nalan Hanım. Hayri'nin bu hayali gerçek olmuş. Siz gerçekten kendine özgü, az rastlanır bir kadınsınız. Bakın, sizin yaptığınızı Hayri yapamamış. Ben yıllardır insanlardan aşkı dinlerim. Herkesin aşkı kendine göredir. Bazılarının altında gizli hesaplar vardır. Çağımızın aşklarını kazıyınca altından ya para çıkıyor, ya başka hayat garantileri. Sizin aşkınızı da kazıyorum ama ne kadar kazısam altından aşktan başka bir şey çıkmıyor."

"Teşekkür ederim Gülseren Hanım. İçine düştüğüm bu duruma bile güzel bir yorum getirmeyi başardınız. Oysa buraya gelirken toplum gibi sizin de bu yaptıklarımdan dolayı beni yargılayacağınızı düşünmüştüm. Bu yüzden yıllardır pek dışarı çıkmam ben. Dünyadan elimi eteğimi çektim. Alışverişe bile gitmem. Aynı şeyleri giymekten de bir şikâyetim yok zaten."

"Toplum ne tür tepkiler gösteriyor size?"

"Karşı komşum bile bunca yıldır bana selam vermiyor. Oysa o da yalnız yaşayan bir kadın. Bugün ölsem, cenazeme bile kimse gelmeyecek. Mahalledeki kasap, manav bile başka türlü bakıyor bana. Biz halamla aynı apartmanda oturuyoruz. Onu da bir başka sefer anlatırım size. Bana söylemediğini bırakmadı. Öyle de olsa, başıma bir şey gelse, yine de o koşar yardımıma ya..."

Nalan aslında konuşkan biri değil, karşısındakini dinlerken de, kendini anlatırken de buna dikkat ve özen gösteriyor. Gizemli, çok derin ifadeler kullanırken bile bunu, karşısındakini etkilemek, farklı ve üstün görünmek için yapmıyor.

"Ben toplumun kurallarına uymadım. Her suçun bir cezası vardır. Öyleyse ben de bunun cezasını çekeceğim. Zaten bunlara itiraz ettiğim yok ama son ceza çok ağır oldu."

"Her yenilgi, insan hayatına yeni kapılar açar. Hayatı yaratıcı kılan da bunlardır zaten."

"Ben sadece Hayri'yle vardım. O yoksa ben de yoktum. Ama görüyorum ki, hayat benim sandığım kadar acımasız değil. Arada bir de olsa insana güzel sürprizler de yapabiliyor. Siz de benim için sürpriz sayılırsınız. Sanki, 'Ne olursan ol, gel' diyor gibisiniz."

Bu söz hoşuma gidiyor. Hafifçe gülümsüyorum ona.

"Siz yaptığınız her şeyin kale gibi arkasında durmayı başarmış, her türlü bedeli ödemiş birisiniz Nalan Hanım. Size saygı duymamak mümkün mü?"

"Buraya gelirken hiç böyle düşünmemiştim Gülseren Hanım. Siz ayıplamak bir yana, beni övüyorsunuz. Yine Hayri haklı çıktı. Beni buraya getirmek için çok uğraştı. İnsan bazen ne kadar yanılabiliyor. Ama yine de Hayri, 'Ben artık başkasını seviyorum' dedi ya, işte bu hiç aklımdan çıkmıyor. Bana ne önerirsiniz?"

"Size bol bol ilaç vereceğim."

"Aman yapmayın."

"Hayri Bey sizi buraya bunun için getirmedi mi?"

"Evet evet ama verdiğiniz ilacı akşamları yarım alıyorum zaten."

"Korkmayın canım, şaka yapıyorum. Keşke ilaçla bu işin içinden çıkabilsek, ne kolay olurdu, değil mi?"

Bu sözlerimin şakasını bile kaldıramadı. Bazen ben de bu şakaların dozunu kaçırıyorum galiba ama huylu huyundan kolay vazgeçmiyor.

Hayri Nalan'ı terk etmekte kararlı görünüyor. Laz kızına fena tutulmuş. Gerçi onun bugün dediği ile yarın yaptığı birbirini tutmaz görünüyor ama yine de Nalan zor durumda. Bütün yatırımını tek bir şeye yapmış işadamlarına benziyor. Sel gelmiş, yangın çıkmış, evinde yiyecek ekmek bile kalmamış.

Kadıncağızın ne işi kalmış, ne çevresi, arkadaşı, eşi dostu. Hayri giderse gerçekten de sap gibi ortada kalacak. Gerçi aşını ekmeğini Hayri vermiyor ama o bütün yaşam enerjisini Hayri'den alıyor. Sonsuza kadar sevileceğine bu kadar yürekten inanmak güzel bir şey aslında ama sonu böyle olmasaydı keşke...

"Siz bu hafta benim dediklerimi yaptınız değil mi?"

"Yaptım sayılır. Artık geceleri Hayri rahatça yatağında uyuyor. İntihar etme konusunda da kendime biraz zaman verdim. Size güveniyorum. Sanki bir şey olacak ve bu acı kaybolacak gibi geliyor bana."

“Nasıl bir şey hayal ettiğinizi sorayım mı yoksa o olacak şey Hayri’nin geri dönmesi mi?”

Başını yine utanarak önüne eğiyor. Onun tek beklentisi bu, bunu da biliyorum zaten. Başını kaldırdığında gözlerinde hafif bir umut ışığı görüyorum. Ben bu ışığı, bu odadan çıkan herkesin gözlerinde görmek isterim ama ne yazık ki o ışığın sahibi şimdilik ben değilim, Hayri. Benden Hayri'yi ona geri getirmemi istiyor.

Eteklerini toplayarak kalkıyor yerinden. Bana adeta yalvaran gözlerle bakıp elimi sıkarak ağır ağır çıkıyor odadan.

Arkasından biraz da onu anlamak için uzun uzun bakıyorum. Yine bir kraliçe edasıyla yürüyor. Bu kadın zarafet kurslarına ya da bale derslerine filan mı gitmiş acaba? Sıradan biri böyle yürüyemez. Bu öğrenilmiş bir şey.

Böyle bir kadının Rafet Koroğlu gibi ünlü bir aileye gelin gitmesi insana çok doğal geliyor ama gerisini anlamak şimdilik oldukça zor.

Eski Türk filmleri geliyor yine aklıma. Fakir oğlan ile zengin kızın aşkı... O filmleri seyretmeyi ne çok severdik. Sanki onları biz yaşıyormuş gibi nasıl da filmin içine girerdik. Çiçek diye bir açıkhava sineması vardı. Bizim aile sinemaya gitmeye çok meraklıydı. Haftada en az bir kere babam hepimizi toplar, sinemaya götürürdü. Giyinir, kuşanır, gözlerimiz parlayarak çıkardık evden. Babam çıkmadan evin bütün pencerelerini tek tek iyice kapalı mı diye kontrol eder, kapıyı üst üste kilitler, tam kapandığından emin olmak için onu birkaç kez iter, kemerine takılı sarı altın zincirin ucunda sallanan anahtarları şıngırdatarak cebine koyardı. Anahtar şıngırdayınca işlem tamam derdik içimizden.

Kışın daha çok yabancı filmlere götürürdü. Ama yaz geldi mi, Çiçek sinemasına giderdik. Orayı biz çocuklar daha çok severdik çünkü filmi seyrederken diğer seyirciler gibi biz de çekirdek yer, arada ışıklar yanınca ya frigo alır ya da "Gazoz var, gazoz...

Buz gibi gazoz, otuz iki dişe keman çaldırıyor" diyerek bağıran ince sesli, kısa boylu, cılız delikanlıdan gazoz alırdık. Artık Türkân Şoray mı, Filiz Akın mı, Fatma Girik mi, hangisi oynuyorsa heyecanla, hayranlıkla seyrederdik onları. Ayhan Işık, Orhan Günşiray, Göksel Arsoy ya da Ediz Hun'a âşık olur, yavaş sesle kıkırdayıp dururduk. Mutlaka biri zengin, biri de fakir olurdu. Hulusi Kentmen kötü baba olarak onları ayırır ama filmin sonunda o kötü adam bile yola gelir, oyuncularla birlikte biz seyirciler de sevinir, mutluluktan ağlayarak çıkardık sinemadan.

Vakit oldukça geç olduğu için, sinemadan çıkar çıkmaz yol boyu bir an önce sıcacık yataklarımıza kıvrılıp yatmanın hayalini kurardık.

Eve gelir gelmez, babam ellerini çırpar, "Marş marş, herkes yatağa" der, hızla soyunur, geceliklerimizi, pijamalarımızı giyer, ballı ve yumurtalı sütlerimizi içer, birbirimize, "Allah rahatlık versin" diyerek yatardık.

Bizim evde sabah hep birlikte kalkılır, sofraya hep birlikte oturulur, babam işe giderken yine hep birlikte ona, "Allah işini rast getirsin" der, geceleri yine hep birlikte aynı saatte yatar ve yatarken mutlaka herkes birbirine, "Allah rahatlık versin" derdi.

Şimdi düşünüyorum da, biz bir takımmışız. Birbirini çok seven, kendi içinde kuralları olan, çok özel bir takım...

3

Bugün Nalan'ın sevgilisi Hayri gelecek. Umarım onu, kırmadan ve kızmadan dinleyebilirim.

Kapı tak tak diye bir iki kez vurulduktan sonra Hayri giriyor içeri. Bu sefer kırmızı mont yerine gri, oldukça şık bir takım elbise var üzerinde. Kırmızı kravat bağlamayı da ihmal etmemiş. Yakışıklı bir adam. Yine elimi kuvvetlice sıkıp elindeki ıvır zıvırı sehpanın üzerine adeta atarcasına koyuyor ve yüzüme bakmamaya özen göstererek karşımdaki koltuğa oturuyor. Ondan hoşlanmadığımı anlamış.

Psikiyatrist olmak her zaman kolay olmuyor. Özellikle olumsuz duyguları gizleyebilmek bazen zor geliyor insana. Kadınları bu kadar aşağılamasa onunla belki daha kolay anlaşırız.

"Hoş geldiniz Hayri Bey!"

"Hoş bulduk. Beni görmek istemişsiniz. Nalan söyledi. Aslında ben de sizinle uzun uzun konuşmak istiyordum. O gün biraz aceleye geldi ve ben çok öfkeliydim."

"Evet, öyleydiniz."

Yine bana doğru yaklaşıyor, kolunu hafifçe masama dayayarak konuşuyor. Bütün hareketleri çok geniş bu adamın. Gören de onu dünyanın sahibi sanır. Omuzları hep yukarıda.

"Siz o gün bana kızdınız, kadın olarak belki de haklısınız ama biraz da beni anlayın. Evdeki hanımı çocuklarımın anasıdır diye boşayamıyorum. Nalan benim sadece sevgilim. İnsan sevgilisinden ayrılamaz mı? Gerçi Nalan çok saf, temiz bir kadındır. Ne söylesen inanır. Önceleri bir insanın bu kadar saf olabileceğine ben de inanamadım. İyi bir ailenin, üniversite mezunu kızı o. Üstelik Koroğlu'nun geliniydi. Adamlar onu kraliçe gibi yaşatıyorlardı. Aslında Nalan gerçekten de kraliçe gibi bir kadındır. Onu tanıyan bütün erkeklerin gözü ondadır ama onun dünyadan haberi yok. Bir gün olsun kafasını kaldırıp da kimseye bakmaz. Ben yıllardır o şirkette çalışıyordum. Her birinin ne mal olduğunu iyi bilirim. Aslında Sedat Bey de efendi adamdı. Herkes sever onu ama demek ki Nalan'ı açmamış."

"Siz eşini de tanıyorsunuz yani."

"Tanımaz mıyım? Dedim ya, yıllarca orada çalıştım diye."

"O zaman Nalan Hanım'la beraber olmaya korkmadınız mı?"

"Korkmaz mıyım ama aşk işte, gönül ferman dinlemiyor. Bu iş ortaya çıkınca zaten hemen ayrıldım işten. O ara can derdine düşmüşüm. İş miş umurumda değil. Derken hemen yeni bir iş buldum. Ne de olsa Koroğlu'nun şirketinin işlerini yapmışım yıllarca."

"Demek Nalan Hanım'la beraber olabilmek için siz de bir şeyleri göze aldınız. Can derdine düştüm derken ne demek istediniz? Gerçekten ölüm var mıydı işin ucunda."

"Siz benimle dalga mı geçiyorsunuz doktor hanım? Koroğlu'nun gelinini almışım ellerinden. Adamı öldürmekle de kalmaz, ölünü bile bulamazlar."

"Bunları da biliyorsunuz yani."

"Biliyorum tabii! Aşk dediğin ölümü göze almadan olmaz. Sevdiğin için gerekirse öleceksin. Erkekliğin kitabında böyle yazar. Siz tabii bilmezsiniz bunları."

Bunları söylerken bana yan yan bakarak alaycı bir gülümseme yayılıyor yüzüne. Ufaktan şimdi de o benimle dalgasını geçiyor. İkide bir de bana, "Siz bunları anlamazsınız" demesi beni çok kızdırıyor. Neden anlamayacakmışım!?

Acaba bu adamı gerçekten yargılamadan, suçlamadan, ona kızmadan dinleyebilecek, onu anlayabilecek miyim?

Bir anda annem geliyor aklıma. Ben büyüdükçe, omzuma yüklediği sorumluluklar arttıkça ve ben bunların altından kalkmayı başardıkça demek ki bana olan güveni artmış. Belki de içinden, biraz daha zorlarsam her dediğimi yapar demiş. İşte bunlardan sonra annem benden bir şeyler isteyip de "Ben ona yapamam" dersem, gözlerini açar ve "Yapamam ne demek? Yapacaksın tabii..." derdi. Evet, yapacağım, yapmalıyım zaten.

Onca yıldır her tür insanı dinledim. Fakiri de geldi zengini de, okumuşu da geldi okumamışı da... Hepsini anladım da sıra bu adama gelince neden zorlanıyorum, tutuluyorum? Aslında cevabı da biliyorum. O, hemcinslerimi çok üzmüş. Karısı bir yanda, Nalan bir yanda. Şimdi bir de Laz kızı çıktı...

Bu sefer de Kenan Bey geliyor aklıma. *Kral Kaybederse* kitabımın kahramanı Kenan Baran. O da böyle yapmamış mıydı? Ona kızsam da onu anlamıştım. Öyleyse fark ne?

Sonunda sanırım cevabı buldum. Kenan Bey bana gelmeden önce kadınlarla çok haşır neşir olmuştu ama bana geldiğinde o kadınları değil, kadınlar onu terk etmiş ve kral işte o zaman kaybetmişti. Yani kaybeden kadın değil, erkekti. Şimdi ise kadınlar kaybediyor ve ben buna tahammül edemiyorum.

Yine annemin sesi geliyor kulaklarıma: "Tahammül edemem ne demek, edeceksin."

Evet, edeceğim tabii. Hayri'yi dinleyecek, anlayacak, onunla empati kuracak ve yardım etmeye çalışacağım.

Suçlamak, yargılamak, kızmak yok.

Böyle deyince hemen bir gülümseme yayılıyor yüzüme. Hayri ona güldüğümü sanıyor ama ben kendime gülüyorum. Ses tonum bile hemen değişiyor.

"Haklısınız Hayri Bey. İnsan kırk yıllık psikiyatrist de olsa her şeyi bilemiyor. Ya da bilmek işine gelmiyor. Keşke erkekliğin kitabında böyle yazmasa. Her neyse, demek Nalan Hanım'a kör kütük âşık olduğunuz o günlerde ona kavuşabilmek için gerçekten ölümü göze aldınız. Burayı bana biraz daha açar mısınız? Nasıl hissediyordunuz o zamanlar?"

"Ne hissedeceğim, 'Nalan'la el ele verir gerekirse dağlara çıkarız. Ölümse ölüm, zulümse zulüm. Ben hepsine varım' diyordum. Öyle dönmüştü gözüm. Aslında aynı tehlike Nalan için de vardı. Beni öldürür de, onu sağ korlar mıydı?"

"Nalan Hanım da biliyor muydu bunları?"

"Bilmez mi? Koroğlu'nu o benden iyi tanıyor. Sedat Bey değil ama Koroğlu'dan her şey beklenir. Rengi belli değildir onun. Bu yüzden piyasa çok korkar ondan. Bir bakarsın dünyanın en iyi, en merhametli adamı, bir de bakarsın azılı düşman olmuş. Tozunu alınca üstünden, altından ne renk çıkar bilemezsin. Hem her türlü adam var elinde. Bizim sonumuz onun iki dudağının arasındaydı. Onlar bizi öldürürdü öldürmesine de, artık millete kepaze olmaktan mı korktular, yoksa Muzo mu araya girdi, bilmiyorum."

"O kadar yani?"

"O kadar tabii! Ben yıllarca Koroğlu'nun ekmeğini yemişim. Bilmez miyim kiminle dans ettiğimi ama belki de Nalan'a kıyamadılar. Artık günahı boyunlarına ama Nalan öyle saf ki, Koroğlu beni sever, böyle şeyler yapmaz diyordu, ben de kızı korkutmamak için üzerine gitmedim ama aylarca içim pır pır etti durdu. Gerçeği bilse bir de onunla uğraşacağım. Ama var ya, iyi kurtardık. O zamanlar bu işin içinde bir şeyler döndü ama hâlâ anlamış değilim. Belki de adam Nalan para pul istemeyince üzerimize fazla gelmedi yoksa Koroğlu affetmez böyle şeyleri... Çok şükür o defterler çoktan kapandı. Yapsalar zamanında yaparlardı."

"Demek ilk zamanlar siz hep bu korku içinde yaşadınız. Nalan Hanım bana bunlardan hiç söz etmedi."

"Saf işte! Ona kalsa bu dünyada kötü yok. Herkesi kendi gibi sanıyor."

Saf diyor. "Asıl saflığı sana âşık olurken yapmış" diyorum içimden. Hay Allah, hani ben kızmayacaktım!

"Beni bu kadından bir an önce kurtarın diyen Hayri ile bugün bana eski günleri anlatan Hayri birbirine hiç benzemiyor. Demek sizin aşkınız öyle böyle değildi."

"Değildi tabii! Zamanında siz de birilerine böyle âşık olsaydınız, beni daha iyi anlardınız."

Yine benimle uğraşıyor.

Düşünüyorum da, sadece ben değil, çevremdeki hiçbir arkadaşım yaşamadı bunları. Sadece çok eskilerden, Gül diye bir kadın geliyor aklıma. Benim annem yaşındaydı. Ben de çocuktum o zamanlar. Tayyar der, başka bir şey demezdi. "Ah Tayyar, ah" derdi, "bizi ayıranlar cennet yüzü görmesin."

Çok gençken, tam da Tayyar'la evlenecekleri sırada bir şeyler olmuş, bunlar ayrılmışlar. Tayyar'ı bilmem ama Gül Teyze evlense de, çoluk çocuğa karışsa da onu hiç unutmamıştı. Sonra bir gün Tayyar'ın ölüm haberi geldi. Annem, "Eyvah" dedi, "Gül şimdi perişan eder kendini. Aradan epey bir zaman geçtikten sonra Gül Teyze geldi bize. Hiç de annemin sandığı gibi perişan filan değildi. Sanki rahatlamıştı kadın. "Öteki dünyada o beni bekliyor. Artık ölümden de korkmuyorum" deyivermişti.

Ölüm onu neden böyle rahatlattı diye sonradan çok sordum kendime. Sonunda büyük aşkı artık başka kadınların koynunda değil, toprağın koynundaydı. İnsanı anlamak ne kadar zor!

Bunları düşündükçe Hayri'ye daha dikkatli bakmaya başlıyorum. Ondan öğreneceğim çok şey var galiba.

"Şimdi de aynı şey Laz kızı için geçerli galiba. Daha biri bitmeden öbürü başlıyor. Sanki aşk sizin yaşamanız, hayatınıza devam edebilmeniz için ekmek, su kadar gerekli."

"Orası öyle. Âşık adam başka türlü bakar bu dünyaya. Yeni gelen bahar gibidir aşk. İçiniz kıpır kıpır eder. Yaşamanın tadına tat katar. Bitmeyen dertler, tasalar vız gelir size. Nasıl olsa her şeyin bir yolu bulunur dersiniz. Takmazsınız yani. Gece yatmanın, sabah kalkmanın bile tadı başka olur. Karınıza daha iyi bir koca, çocuklarınıza daha iyi bir baba, patronunuza daha dost bir çalışan olursunuz. Trafikte küfür etmek yerine şarkı söyler, rakıyla başka türlü sarhoş olursunuz. Eskisinden daha yakışıklı olur, herkes hastalıktan kırılırken siz hasta bile olmazsınız. Şimdi bir şey daha söyleyeceğim, yine güleceksiniz."

"Tamam, hadi gülelim, söyleyin bakalım."

Ben böyle deyince ceketini iki tarafından tutup arkaya doğru bir iki kere attıktan sonra koltuğuna iyice yerleşip bacak bacak üstüne atıyor. Gözünü benden alıp pencereye doğru dikiyor. Derin bir oh çektikten sonra başlıyor konuşmaya. Keyfi yerine geldi.

"Aşk, doktor hanım, aşk her şeyin ilacıdır. Siz âşıksanız eğer, Allah bile daha bağışlayıcı olur gibi gelir size. Eskisi gibi kızmaz, yüzünüzü eğmez, işte o zaman ölümden bile korkmazsınız. Öbür dünyaya da gülerek gidersiniz. Şu ölümlü dünyada bundan daha güzel ne olabilir ki?"

Ohh! Aşka bakın. Nelere kadirmiş meğer. Bu yaştan sonra âşık mı olsam acaba? Hazır öbür tarafa gitme zamanı eskiye göre daha yakınken...

Gülüyorum. O da gülüyor ama bu sefer eskisi gibi yan yan bakmıyor bana. Yani bu odada ilk kez onunla beraber gülüyoruz. Benim bu halim hoşuna gitti. İyi geldi ona. Artık kızmadığımı, onu bir dost gibi dinlediğimi fark etti.

"Aşk bir kere geldi mi, yakar kavurur, küle döndürür adamı ama başka türlü bir yangındır o. Yanmayı sever, kavruldukça daha çok yanmak istersiniz. O günleri düşünüyorum da, ayaklarım yerden kesilmişti. Sürekli başım dönüyor, dünyayı çok farklı görüyordum. Sanki dünyanın rengi değişmiş, her şey başka türlü parlıyordu. Yalnızken bile durup durup gülmek, hayata gülümsemek geliyordu içimden. Daha önce hayata hiç gülümsememiş, hep küfretmiştim. Beni hiç mutlu etmemişti hayat. Havadaki bulutları, sokak köpeklerini, ayaklarıma dolanan kedileri bile seviyordum. Bizim hanımla bile kavga etmiyor, ona bile başka türlü davranıyordum. Biraz önce söylediğim gibi, artık ölüm bile korkutmuyordu beni. Eskiden tam bir gariban gibi ölecektim ama artık gariban değildim. Nalan vardı... Beni seven, benim gibi birine âşık olan, prenses gibi, kraliçe gibi bir kadın vardı. Artık ben vardım yani! 'Ulan' diyordum kendi kendime, 'şimdiye kadar bu dünyadan hiçbir şey anlamamışsın. Meğer dünya ne güzelmiş de senin haberin yokmuş.' Eskiden, işyerinde bile yanımda çalışanlara her sefer bir bahane bulur, kızardım. Biz genelde inşaatlarda çalışırız. Oraların da tozu toprağı, gürültüsü hiç bitmez. O gürültüler bile bana dünyanın en güzel müziği gibi gelirdi. Hele sabah uyanmak var ya, sabah uyanmak, güne başlamak, başka türlü bir şey. Kafanda kelebekler uçuşur, için kıpır kıpır... Hemen kalkmazsın yataktan. Bu keyfi biraz yaşamak istersin. Sonra yüzünde bir gülümsemeyle atarsın kendini yataktan. Canın bir şeyler yemek istemez. Bir iki bardak çay, bol sigara içersin. Sıra giyinmeye gelince yine başlar elin ayağın titremeye. Kolay mı, işin ucunda kendini Nalan'a beğendirmek var. Aynanın karşısında saatlerce saçlar taranır, gömleğin yakası iyice düzeltilir, bir de tıraş losyonunu sürdün mü, heyecandan ayakların birbirine dolaşarak, ıslık çalarak çıkarsın evden."

Ohh, aşkı anlatıyor. Yaşamayan aşkı böyle anlatamaz. Hayri aşkı dibine kadar yaşamış.

"Nalan Hanım da o zamanlar bu kadar âşık mıydı size?"

"Başta onun dünyadan haberi yoktu. Ben önceleri sadece içimde yaşıyordum bu aşkı. Sonra sonra o da anlamaya başladı. Herkes kendi çapında yaşar aşkı. Eminim o da fena çarpılmıştı. Üstelik benim aşkı kenarından köşesinden yalamışlığım var. Onda o da yoktu. Başka türlü olsa, insan bunca şeyi nasıl göze alır."

"Eşinize de böyle âşık olmuş muydunuz?"

"Yok canım! O bizim köyden komşu kızı. Bizimkiler al dedi, güçlü kuvvetlidir, elinden iyi iş gelir, yarın öbür gün ihtiyarlarsak hepimize bakar dedi, ben de aldım."

"Demek öyle dediler, 'Al' dediler. Onu sevdiniz mi bari?"

"Vallahi, ne desem bilmem ki... Bizim oralarda evdeki hanımın yeri başkadır, dışardaki kadınların yeri başka. Ne de olsa çocuklarımın annesidir. Beni çok sever. Bu yüzden de afrası tafrası, sitemi hiç bitmez. Haklı kadın. Ondan başka herkese yar olmuşum. Hizmeti de iyidir. Bütün evi çekip çevirir. Ben, kızlarımın kaçıncı sınıfta olduğunu sorsanız bilmem. Gerçi her birini çok severim, okutmak için elimden geleni yapıyorum ama gerisi hanımın işi."

Ne garip bir ülkede yaşıyoruz. Bu anlattıkları ülkenin bazı kesimleri için hâlâ çok doğru ve geçerli. Hatta bazı yerlerde daha da katı kurallar var. Ancak bizim yaşadığımız çevre bambaşka. Hepimiz, çok farklı kurallarımız, örf ve âdetlerimiz olsa da, aynı ülkenin çocuklarıyız. Kökümüz aynı. Birbirimize bazen kızsak da, söylensek de birbirimize el değiliz. Babaannemin sık söylediği bir laf vardı, "Kardeş kardeşi atar, yar başında tutar" derdi. Yani uçuruma kadar götürse de aşağı atmaz, demekmiş.

Ancak bu büyük farklılıklar zamanla başımıza çok işler açacak gibi geliyor bana. Zaten gazetelerin üçüncü sayfa haberleri de benim bu düşüncemi doğruluyor. Orada okuduklarımızın çoğu, işte bu farklılıklar yüzünden yaşanıyor. Doğrularımız değişti. Kim haklı, kim haksız eskiden apaçık belliydi. Şimdi artık belirsiz oldu. Herkes haklı. Asıl tehlike de bu ya...

Eskiden bütün memleket bir bütünmüş. Kurallar, gelenekler belliymiş. Öyle olunca da herkes bunlara uyarmış. Haklı haksız belliymiş. Ancak gelişim, değişim, modernleşme, çağa uyma dediğimiz şeyler kolay olmuyor. Çok sancılı geçiyor bu değişim. Çok şehit veriyor toplum. O üçüncü sayfalarda gördüğümüz ölenler de, öldürenler de işte bu geçiş döneminin şehitleri bence.

Hayri bu farklılığın en iyi örneklerinden biri. O sadece duygularıyla yaşıyor. Bugün deli gibi âşık olduğu kadın uğruna ölümü bile göze alırken, hanımı evde dört gözle onu bekliyor. Başka bir gün uğrunda ölmeye kalktığı sevgilinin yerini bir başka kadın alıyor. Hanım yine evde.

Çocuk gibi ilkel, çocuk gibi doğal ve çocuk gibi içten. Uygarlık, işte en çok bu çocuğu yok ediyor. Bir yandan onu büyütüp eğitirken bir yandan da duygularına dur demeyi öğretiyor. O zaman ne böyle aşklar kalıyor, ne de böyle ölenler ve öldürenler...

Hayri, freni olmayan bir arabaya benziyor. Ne zaman, nereye çarpacak, çarpınca kendisiyle birlikte acaba kimlere zarar verecek, haberi bile yok. O sadece seviyor, âşık oluyor. Aklı başında, yetişkin biri gibi değil; o sevince deli gibi seviyor. Sadece o değil, kadınlar da onu seviyor. Hem de çok.

"Nalan'a, daha ilk gördüğüm gün vurulmuştum. Onu tavlayabileceğim kırk yıl düşünsem aklımdan geçmezdi. Demek ki hacet kapılarının açık olduğu bir gün, Allah duydu sesimi. Ve kadın tıpış tıpış düştü önüme. Sevincimden içim içime sığmıyor, onu bir an bile görebilmek için deli divane oluyordum. Yıllarca koştum peşinden ama sonunda kadın gık demeden ayrıldı o heriften. Ben bile şaştım kaldım bu işe. Bu devirde öyle zengin bir adamdan ayrılmak ne demek? Üstelik Sedat Bey kim, ben kimim? Doğrusunu söylemek gerekirse, ben çulsuzun tekiyim. Hem de kadın bunu benim uğruma yapıyor. Allah, dedim, kadın da vuruldu bana. O sıralar sanırım yürüyüşüm bile değişti. Ben artık kendi gözümde çok önemli bir adamdım."

O da Nalan gibi... Hem sadece aşkı konuşmayı seviyor hem de her şeyi dümdüz anlatıyor. Sözcükleri giydirmeden, tam da içinden geldiği gibi... Dupduru bir su gibi kalbini açıp gösteriyor bana. Çok garip değil mi? Bunu kolay kolay herkes yapamaz.

"Bu aşk sizi çok değiştirmiş."

"Değiştirmez mi? Koskoca Sedat Bey'in karısı, etrafta onca adam varken, onları değil, beni seçiyor. Zaten beraber olmaya başladıktan sonra ondan çok şey öğrendim. Ne de olsa biz köylü çocuğuyuz. Ne kadar uğraşsak da kökten şehirliler gibi olamıyoruz. Ama sonradan bende bir korku başladı. Kadın güzel, kocasından da ayrıldı. Biri aklını çeler de elimden alıverir diye ödüm kopuyordu."

"Onun için mi her şeyi yasakladınız kadına?"

"Onun için tabii. Nalan gibi bir sevgilisi olsa her erkek kıskanır. Kadın dul, bir sevgilisi var ama olsun. Düşerler peşine. Zaten evden çıkacak, bir yerlere gidecek diye bütün huzurum kaçıyordu. O da sağ olsun, beni hiç kırmadı. Benden bir günden bir güne bir şeycikler istemedi. Ne para, ne pul, ne de hediye. Başka türlü olsa ben yedi yıl aynı kadınla bir ilişki sürdürecek adam değilim doktor hanım. Âşık olduğum doğru ama aşk dediğiniz nedir ki? Ortalığı birbirine katan bir fırtına! Meltem değil ki, uzun uzun sürsün. Vurdu mu adamı yerle bir eder ama çabuk geçer. Yine de Nalan'a olan aşkım kolay dinmedi. Yıllarca, ilk günün tazeliğiyle devam etti. Gözümden bile kıskandım onu. Ama her şeyin bir sonu var. Yedi yıldır ne ben onu incittim, ne de o beni. Sayesinde adam oldum. Oturmam, kalkmam, insanlarla konuşmam bile değişti. Kendime güvenmeyi öğretti bana Gülseren Hanım. Allah için hakkını yememek lazım. Çok iyi ve çok dürüst bir kadındır. Ben de ona dürüst olayım istedim ve gidip lafı dolandırmadan, 'Ayrılalım, ben başkasını seviyorum' deyiverdim."

Farklı bir dürüstlük anlayışı! Kadın böyle ortalığı ayağa kaldırmasa, gerçekten de arkasını dönüp gidecek miydi acaba? Nerde kaldı aşk? Nalan'ın sayesinde adam oldum diyor ama...

"Bizimki çıldırdı. Bugüne kadar hiç yapmadığını yaptı. Kontrol edemedim. Ne gecem kaldı, ne gündüzüm. Resmen taciz etti beni. Telefonlarım bir dakika susmadı. Açmayacağım ama yine intihara yeltenir, olmadık bir iş yapar diye korktum. Sonra size getirmek geldi aklıma. Daha önce bir arkadaşım daha gelmişti size..."

"Eskiden elimden alırlar diye çok kıskanıyormuşsunuz Nalan Hanım'ı. Şimdi artık almazlar mı?"

"Kim, Nalan'ı mı? Bilmem ki? Gerçi ben bıraksam da o beni bırakamaz ama..."

"Nasıl yani?"

"Çok namuslu kadındır Nalan. Öyle her önüne çıkanın peşinden gitmez. Benden ayrılsa bile oturur evinde."

"Öyle mi? Neden?"

İşte adamı böyle köşeye sıkıştırırlar Hayri Efendi... Sen onu bir gecede sil at, o evinde oturup senin yasını tutsun. Var mı böyle dünya? Bunları tek tek sokacağım gözüne. Hani sen bana aşkı anlatıyordun ya, ben de sana gerçekleri anlatacağım.

Bir anda yüzü allak bullak oluyor. Bir iki kere koltuğunda sağa sola kımıldadıktan sonra bir yandan ellerini ovuştururken bir yandan da inanmaz gözlerle bana bakıyor. Benim canım onu biraz daha köşeye sıkıştırmak istiyor.

"Siz de zaten böyle istiyorsunuz sanmıştım ben. Hani düşsün artık yakamdan demiştiniz ya!"

"Orası öyle de, benim bildiğim Nalan böyle şeyler yapmaz."

"Ama başka türlü ömür boyu ne yakanızdan düşecek, ne de içindeki acı ve öfke bitecek. Yani ömür boyu yas mı tutsun bu kadın? Sizin yasınızı."

"Orası da öyle ya..."

Şimdiye kadar böyle bir olasılık Hayri'nin aklından bile geçmemiş. Nasıl da güveniyor Nalan'a. Hatta kendinden bile daha çok güveniyor. Belki de haklı. Nalan'ın kalbine çivi gibi çakılmış Hayri.

Aslında bu aşkı başlatan da, daha en başından beri kadına deli gibi âşık olan da Hayri. Kendini zorla sevdirmiş ona. Ve şimdi, Nalan onun için bütün dünyayı bir kenara itivermişken, yani dünya bir yana, sen bir yana demişken çekip giden yine o. Çok büyük bir adaletsizlik var bu işte. Ve adaletsizlik her yerde. Hayri'nin bir de karısı var. Asıl adaletsizlik belki de baştan beri ona yapılıyor.

"Evlilik nasıl gidiyor Hayri Bey? Eşiniz ne diyor bu işlere?"

"Evlilik mi? Şöyle böyle yürüyor işte. Daha önce de söylediğim gibi köy yerinde komşu kızını beğenip aldı annem. Annem desem de o benim öz annem değil. O zamanlar babam, anne diyeceksiniz dedi, biz de dedik."

"Ne zaman kaybettiniz annenizi?"

"Çok erken. Ben altı yedi yaşlarında filandım. Sümüklünün tekiydim. Annem bıktım senin sümüğünden der, boyna burnumu siler, sonra da sertçe başımı okşardı. Kim bilir, belki de annem başımı okşasın diye akıtırdım o sümüğü. Bir de annemin yaptığı yufka ekmeğinin kokusu hiç gitmez burnumdan. Kıtır kıtır olurdu. Sıcak... Arasına yağ sürer, kıvırır, verirdi elimize. Yüzünü hatırlamıyorum bile... Sadece öldüğü zaman yerde çarşafın altına gizlemeye çalıştıkları açık kalmış kara gözleri aklımda."

Hay Allah! Şimdi de o beni köşeye sıkıştırdı. Nasıl da içten, nasıl da hissederek anlatıyor. Sanki yere doğru baksam, yerde yatan, gözleri açık kalmış kadıncağızı ben de göreceğim.

Devam ediyor Hayri, dinliyorum.

"Bahçede koca bir kazanda su kaynattılar, yıkadılar, pakladılar, sonra da gömdüler annemi. Biz çocuklara da toprak at, dediler. Avuç avuç toprak attım üstüne ama canım hiç toprak atmak istemiyordu. Biz attıkça annem yavaş yavaş kayboluyordu. Sonra öyle çok toprak attık ki, annemin üzerinde koca bir tümsek oldu. Eve geldiğimizde helva yapmışlardı. Tadı güzeldi; çocukluk işte. O gece, annem artık oradan çıkamaz, dedim ama çabuk unuttuk annemi. Zaten babam hemen evlendi. Evlenmeyip de ne yapacak. Onca çocuk ortada kalmış."

"Neden öldü anneniz?"

"Neden mi? Bilmem. Köy yerinde insanlar hastalanır ve ölür. Buradaki gibi değil yani. Bunları sorgulamak kimsenin aklına gelmez. Bu yaşıma geldim, annem neden öldü diye sormak aklıma gelmemiş. Ne kötü değil mi?"

Şimdi bunu bana niye soruyor yani. Ne garip bir adam! Zaten ben duyduklarımdan fena halde etkilenmişim... Allahtan o da cevap beklemiyor. Anlatmaya devam ediyor.

"Üvey annem, iyi desem iyi değildi, kötü desem, kötü de sayılmaz. Sonra o da iki çocuk doğurdu. Bizi kendi çocukları kadar sevecek değil ya, biz hep itildik, kakıldık. En ağır işlere bizi yani oğlan çocuklarını sürdüler. Koca koca buğday çuvalları vardı. Değirmene gider, un olup geri gelirdi. Onları her sefer arabaya yüklemek ağabeyimle bana kalırdı. Çuvallar bizden büyüktü ama girerdik altına, belimiz büküle büküle... Ben arada bir kaytarırdım. O zaman ağabeyim gözlerini belerterek bağırırdı bana. Ulan kalleş, yine mi, diye... Yaşı benden büyüktü ama ben ondan iriydim. Kaçardım, beni döver diye korkardım ama o değil de babam döverdi. Enseme elinin tersiyle öyle okkalı vururdu ki, gözlerimden ateş çıkardı. Yine de kaytarırdım. Kaytardığım da o kadar işte. Ne yapsam dayaktan kurtulamazdım. Ulan dayak yiyeceğine çuvalı taşısana! Yok, illa o dayağı yiyeceğim. Ama iyi oğlandı Sarı. Sonradan bunu daha iyi anladım ama geç..."

"Sarı? Geç?"

"Abim... Sarı, abim. Traktörün altında kaldı garip. Zaten çelimsizin tekiydi. Sarı benizli olduğundan ona herkes Sarı derdi. Bir sıkımlık canı vardı. Yine de tehlikeli işlere bayılırdı. Babam ona kaç kere demişti, traktörün orasına oturma, düşersin, diye. Yine de otururdu. Hem oturur, hem de traktörün direğini tutmazdı. Düşmüş işte... Teker üstünden geçmiş. Hemen ölmüş. Ben olsam hemen ölmezdim. O zaman hep böyle söylemiştim kendi kendime. Ben ölmezdim ama o öldü işte. Ona da attık toprak. Ama bu sefer on bir yaşındaydım. Toprak atsak da, atmasak da gelmeyeceğini biliyordum. Ortalıkta hiçbir şey olmamış gibi efe efe dolandım ama gece olup da yatağa yatınca çok ağladım. Kimse duymasın diye yorganı çektim başıma, bir yandan öldü diye kızıyorum, ağzıma geleni söylüyorum, bir yandan ağlıyorum. 'Ulan Sarı' diyorum, 'sen bu çuvalları taşımamak için mi öldün? Ulan senin derdin benimle miydi? Ben taşımıyor da ne yapıyordum?

Sen oradan bakarken, ben eşek sudan gelene kadar dayak yiyordum. Sen yiyor muydun? Yine de neden tutmadın direği?'"

Öff... Nasıl da duygulu anlatıyor! Gözlerim yaşardı ve ben bunları onun görmesini istemiyorum.

"Çok üzülmüşsünüz o zaman."

"Üzülmek ne Gülseren Hanım, yandım, kül oldum! O benim hem ağabeyim, hem kardeşim, hem can yoldaşımdı. Küçük de olsam, onu hep ben korurdum. Birileriyle dövüşürken onu hep arkama alırdım. Keşke çuvalları da taşıtmasaydım ona. Ne bileyim hemen öleceğini. Hiç ayrılmayız, ne yaparsak beraber yaparız diyordum. Neydi acelesi bilmem ki..."

"Ölümle çok erken tanışmışsınız."

"Köyde yaşıyorsanız, ölümle hep iç içesiniz zaten. Orada ölüm bile size hep çok yakındır. Beraber yıkar, beraber gömersiniz. Kadınlar ağlar, erkekler susar. Ama ben demek ki o zaman daha erkek olmamışım. Bir tek gece değil, pek çok gece ağladım durdum. Gizli gizli... Hâlâ görürüm onu rüyamda. Çuvalları taşımıyorum diye kızar bana. Sonra da geçer karşıma yamuk yamuk güler. O zaman rahatlarım. Kimi sevsek, kime sığınsak, bırakıp gidiyor. Ötekileri pek sevmezdim zaten. Bir annem, bir de Sarı. Ne aceleleri varsa, ikisi de çekip gitti."

Terk edilmiş... Böyle hissetmiş. Çocuklukta ölüm, terk edilmekle eşdeğerdir.

"Her neyse, geçti gitti o günler ama acısı bir türlü gitmiyor. Bir daha asla çocuk olmak istemem."

Herkesin iç dünyasının derinliklerine saklanan hüzünlü mü hüzünlü bir hikâyesi mutlaka vardır. Hayri'ninki beni de hüzünlendiriyor. Ölümü de, acıyı da, terk edilmişliği, yalnızlığı da çok erken tanımış. Hafızasından silemediği sahneler var.

Bir an o görüntüleri uzaklaştırmak ister gibi başını iki tarafa birkaç kere salladıktan sonra kaldığı yerden anlatmaya devam ediyor.

"Zaman hızlı geçiyor. Sonra neler yaşadığımı hiç hatırlamıyorum. Askerden gelince ilk işleri beni evlendirmek oldu. İkimiz de daha çok gençtik. Sonra babam Ankara'da küçük bir işyeri açtı. İşyeri dedimse, mahalle bakkalı işte... Ondan sonra hep beraber buraya taşındık. Küçük bir gecekonduya hep birlikte sığıştık. Babam çağırdıkça dükkânda çalışır, boş kaldıkça da Yeşiltepe'ye atardık kendimizi. Ne çok hayal kurardık o zamanlar."

"O zamanlar bugün yaşadıklarınızı hayal bile edemiyordunuz belki de."

"Aynen öyle. Düşünüyorum da, ne kadar şanslıymışım. Dükkânda çalışmak çok zoruma giderdi. Sabahın köründe babam beni yollardı dükkâna. Bense öyle bir yerde ömür tüketecek biri hiç değildim. Biraz daha kalsam orada çürürdüm. Kasaları kaldır, indir, yerleri paspasla, ortalığı düzenle, para al, para ver, veresiye defterini düzgün tut falan filan işte... Bir de üstelik babam gelince yaptıklarımı beğenmez, kırk tane eksik bulur, yüzünü döker, boyuna söylenirdi. Senin aklın işte değil, oynaşta derdi."

"Haklı mıydı?"

"O yaşta oynaşta olmayıp da ne olacak? Ben de onun gibi mi olsaydım? Ahı gitmiş, vahı kalmış. Bir de beni beğenmiyor. Ama ilk takım elbise giyeceğim gün babam belki de hayatında ilk kez sırtıma vurdu. Sever gibi... Siz bunları anlıyor musunuz?"

Öfff! Anlıyorum işte, hem de çok iyi anlıyorum. Keşke bu kadar anlamasam!

"Anlıyorum Hayri Bey, anlıyorum. Öyle güzel anlatıyorsunuz ki, anlamamak mümkün mü?"

Dikkatle bakıyor gözlerime. Onu anladığımı görmek istiyor gözlerimde. Görüyor da...

Bu sefer mahzun bir ifade yerleşiyor yüzüne.

"Daha sonra Hayri gitti, yerine Hayri Bey geldi. Yepyeni bir hayata başlıyorum diyordum kendime. O yıllar öyle asılıyordum ki işe, gecem gündüzüm kalmamıştı. Çünkü Koroğlu'nun yanında işe girmiştim ve Koroğlu da benden çok memnundu. Koroğlu'nun adama selam vermesi, hal hatır sorması önemli bir olaydır o şirkette. Her neyse, işte böyle böyle bugünlere geldik çok şükür. Üstelik Nalan gibi bir kadınla tam yedi yıl birlikte yaşadım. Çok şükür Allah'a! Hayallerimi gerçek etti. Zaman insanı ne kadar çabuk değiştiriyor Gülseren Hanım. Size anlattıkça benim içim de bir tuhaf oluyor. İnsan yalnızken bunları unutuyor. Zaten her şey herkese de anlatılmıyor. Şimdi siz sormasanız, ben bile pek çok şeyi unutmuştum. Sanki onları yaşayan ben değil de bir başkasıydı. Siz bana kızsanız da, bana unuttuklarımı hatırlatıyorsunuz. Ben Nalan'la birlikte sınıf atladım."

"Nasıl yani?"

"İnsanlar bana Hayri Bey de dese, ben bey olmadığımı bilirdim. Ama sonra, Nalan'la birlikte beyliği hak etmiş gibi hissettim. O bir kraliçe, bir prensesti. Hâlâ da öyle ya. Nalan'a çuval giydirseniz, o yine kraliçe olarak kalır çünkü onu kraliçe yapan giydiği, kuşandığı değildir. Beni soracak olursanız, beni altın tahta bile oturtsanız, ben kral olamam. İçimde yok. Beyliğim bile Nalan'la geldi. İşte şimdi de gidip Laz kızını buldum. Hani sizinle ilk tanıştığımız gün var ya, siz zaten daha o gün, benimle beş on dakika konuştuktan sonra teşhisi koydunuz."

"Ne teşhisi?"

"Hani ben tam çıkarken, 'Laz kızı size daha uygun' dediniz ya..."

Demek unutmamış ve bu sözümden çok etkilenmiş. Öfkeyle bile söylenmiş olsa, tam da gerçeği söylemişim.

"Doğru, benim layığım tam da o. Ben bey de olsam içim değişmemiş demek ki... Sizin anlayacağınız çöplüğüme geri dönüyorum."

Hay Allah, neler söylüyor bu adam. Üstelik ne yaptığının çok farkında. Gözleri doldu. Ha ağladı, ha ağlayacak. Kader motifinin onun nereye götürdüğünü bile bile yolundan dönmüyor. 'Çöplüğe geri dönüyorum' diyor.

Kader motifi işte tam da böyle bir şeydir. Çocukken o motif size ne yaşattıysa, ne hissettirdiyse, çevreniz değişir, insanlar değişir ama motif değişmez. Ne yapar eder, sizi aynı motifin saldığı kokulara doğru mıknatıs gibi çeker. Yalnız mıydınız, çok mu aşağılandınız, kimse size değer mi vermedi, terk mi edildiniz, umutsuzluğa, karanlıklara mı itildiniz...

İşte her ne yaşadıysanız, o zaman her kimdiyseniz, sizi yine o yapar. Hayri tam olarak bir kader motifi kurbanı olmaya hazırlanıyor. Beylik ona yabancı gelmiş. Şimdi beyliği bırakıp eski çöplüğüne geri dönüyor. İçindeki Hayri ısrarla onu çağırıyor. O çöplük onun evi. Onun en iyi bildiği, en iyi tanıdığı yer.

Falda işte bunları görüyorum ben. İyi ama bunları Hayri'ye nasıl anlatacağım. Anlamak istemeyene bir şeyleri anlatmak kolay mı?

"Keşke hiç gelmeseydim size."

"Neden öyle söylediniz?"

"Nedeni var mı? Bunların hiçbirini görmeden, bilmeden

yaşayıp gidiyordum. Siz insanın gözlerini açıyorsunuz ama benim gibi birinin gözlerinin açılması iyi mi, kötü mü, işte bunu bilemedim. Sizinle konuştukça, içimi döktükçe, sanki bunları anlatan ben değilmişim de, bir başkası beni bana anlatıyor gibi oluyor."

"Fena mı? İnsanın kendini tanıması, neyi neden yaptığını bilmesi her zaman iyi bir şeydir. Bakın biraz önce bana çöplüğüme geri dönüyorum dediniz. Bunu neden yaptığınızı hiç düşündünüz mü?"

"Size azıcık da olsa geçmişimden söz ettim. Köy yerinde, ortalıkta, toz toprak içinde, yarı aç yarı tok, her gün bir bahaneyle ondan bundan dayak yiyerek büyüyen bir çocuğu İstanbul gibi bir yere getirirseniz ne olur? Siz hiç bunu düşündünüz mü?"

"Zor olur herhalde."

"Aşağılık duygusu nedir, biliyorsunuz değil mi? İşte yıllarca o pis duyguyla boğuştum ben. Nalan'ı bulana kadar debelenip durdum. Nalan beni sevince, işte o zaman bir şeyler değişti içimde. Yani zenciydim, beyaz oldum."

"Güzel! Ama şimdi yine bir zenci çağırıyor sizi. Bunca emek boşa mı gidecek?"

"Kim? Laz kızını mı diyorsunuz?"

"Evet, onu diyorum."

"Dedim ya, çöplüğüme geri dönüyorum."

"Neden? Buralara gelebilmek için az emek vermemişsiniz. Şimdi bu geri dönüş neyin nesi?"

"Onun adı aşk doktor hanım, aşk. Neden anlamıyorsunuz?"

"Nalan Hanım'ın da adı aşkmış bir zamanlar. Ama bakın o aşkın altından neler çıktı. Meğer o aşk sizin hangi yaralarınıza merhem olmak için varmış. Bunları siz anlattınız bana."

"Öyle, öyle de, bunun da altında vardır bir şeyler. Nasıl olsa kokusu çıkar yakında."

“Ben şimdiden alıyorum o kokuyu. Umarım siz de bir an önce ne yapmaya çalıştığınızı görür ve öyle gelirsiniz bana.”

“Yine mi geleyim yani?”

“Eğer isterseniz tabii!”

“Gelirim, tabii gelirim. Bunları konuşmak iyi geldi bana. Ama Nalan için değil, kendim için geleceğim değil mi?”

“Tabii ki... Bu arada Nalan Hanım nasıl?”

“Gülseren Hanım, siz bu soruyu bilerek mi en sona bıraktınız?”

Vay canına? Adamdaki dikkate bakın! Gerçekten de bilerek en sona bırakmıştım çünkü buraya sırf Nalan Hanım için gelmiş gibi hissetmesini istemedim. Ve o bunu fark etti. Nasıl bir adam bu Hayri? Beni şaşırtıyor.

“Evet. Ben bugün sizi dinlemek istedim.”

“Beni dinlemek değil, beni tanımak istediniz. Tanıdınız mı bari?”

“Tanıdım galiba. Haftaya da eksikleri tamamlarız inşallah.”

“Öyle olsun. Nalan daha iyi. Yine çok tedirgin ama size çok güvenmiş. Ben de onu eskisi kadar sıkıştırmıyorum. Bir de ilaç vermişsiniz, geceleri de uyuyor.”

“Laz kızıyla nasıl gidiyor?”

“Beni bu kadar sıkıştırmasa çok iyi gidiyor da adeta hırsız polis oynuyoruz. O Nalan gibi değil. Çok baskı yapıyor bana. Nalan'a bile gizli saklı gidiyorum. Onu da öğrenirse yandı gülüm keten helva.”

“Dikkatli olun. Tehlikeli şeyler bunlar. İşin içinde bir de yalan dolan var. İki ateş arasında kalmayın.”

“Kalmam, kalmam. Eh, ben gideyim artık. Haftaya görüşürüz.”

Hızla kalkıyor ayağa. Sehpanın üzerine dizdiği eşyalarını bir çırpıda toplayıp yine elimi kuvvetlice sıktıktan sonra bana hafifçe gülümseyerek çıkıyor odadan. Gülümsemek onu olduğundan daha yakışıklı gösteriyor. Yavaş yavaş ona da ısınmaya başladım galiba...

Benim bu sefer onu Nalan için değil, kendi sorunları için çağırmam Hayri'yi çocuk gibi sevindirdi. Bu adamın duyguları nasıl da apaçık. Kızdığı da, üzüldüğü de, sevindiği de hemen yüzüne yansıyor. Uygar insanların yüzünde, zamanla daha da kalınlaşan maske onda yok. Nalan sanırım Hayri'de en çok bunu sevdi. Hayri ona olan aşkını en şiddetli biçimde göstermiş.

4

Madalyon'da yine akşam...

Yine sürekli okurlarım bilir. Madalyon, benim kurduğum klinikler zincirinin adıdır ve bu ismi *Madalyonun İçi* adlı ilk kitabımdan aldı. Bu klinikler benim için bir madalyon kadar gizemli ve değerli olduğu için de bu isim onlara çok yakıştı.

Ofiste bütün ışıklar yanıyor. Koridordan hızlı hızlı yürüyen insanların ayak sesleri geliyor. Bütün arkadaşlarım son hastalarını içeri almak üzereler. Biraz sonra işlerimiz bitecek ve benim odamda toplanacağız. Aslında toplantı odası daha geniş ama herkes benim odamı seviyor. Kırmızılar onları da çekiyor galiba. Üstelik bu oda, *İstanbullu Gelin* dizisiyle birlikte ünlü oldu. Adem karakteri bu odada doktora bugünlere nasıl ve neden geldiğini, bunca öfkeyi nasıl biriktirdiğini, hayata neden hiç güvenemediğini, her ilişkide bir yalan, bir sahtekârlık aradığını bazen ağlayarak bazen çok öfkelenerek ama hep derin bir hüzünle anlatıyor.

Çok seviyoruz hepimiz bu toplantıları. Muhabbet çok tatlı oluyor. Bazen de sevgili meslektaşım Cengiz Güleç'in söylediği yanık türkülerle bitiyor gün.

İşte ben de son hastamı alıyorum içeri. Nalan gelecek. Onun adını defterde görünce bile bir hüzün kaplıyor içimi. Kadıncağız ne yaptı, nasıl başa çıktı duygularıyla acaba? Ne kadar da çok sevmiş Hayri'yi. Nasıl da gözünü kırpmadan bütün düzenini yıkıvermiş onun için. Onun o narin görüntüsüne ilk gün aldanmış ve onu çok zayıf bir kadın sanmıştım. İnsanın tutkularının esiri olması, aşkı için her şeyi yıkmayı göze alması zayıflık mı, yoksa gücün ta kendisi mi bilemiyorum. Çoğumuz bunları göze alamadığımız için, yaşamak istediklerimizi değil, hayatın bize sunduklarını yaşamakla yetiniyoruz. Yeniden dünyaya gelsek, yapmak istediklerimiz, şu anda yaşadıklarımızdan çok farklı olmaz mıydı? Hangisi daha doğru, hangisi daha güzel olurdu acaba?

Ancak mutlu bir yuva, o yuvada yankılanan çocuk sesleri, mutfaktan gelen yemek kokularına karışan gülüşmeler... Bunun tadını da hiçbir şeye değişemiyor insan.

Benim mutlu bir evliliğim oldu. En mutlu günlerimiz, çocuklarımın biraz ele avuca geldikleri zamanlardı. Akşam işten çıkınca eve gelmek o zamanlar öyle harikaydı ki... Her biri boynuma atlar, uzun uzun öpüşür koklaşır, sonra da masamızı hazırlar, yine hep birlikte konuşa, gülüşe yemek yerdik. Onların bir gün büyüyüp evden uçup gidecekleri o zaman hiç aklımıza gelmezdi. Şimdi kızım Yağmur'a sık sık, bugünlerin kıymetini bil diyorum çünkü onun da çocukları şimdilik yanında.

Onlar hayatın en sıcak, en huzurlu, en tatlı günleri.

Kafamın içinde bu düşüncelerle, içinde pembe baloncukların uçuştuğu lambama bakarak dalıp gitmişken Nalan kafasını yavaşça kapımdan içeri doğru uzatıyor. Yine siyahlar giymiş. Zaman bu kadında donmuş sanki, hiç ilerlemiyor. Saçı, giysileri, makyajı, boynunda asılı küçük, kalp şeklindeki pırlanta kolyesi, elindeki siyah çantası ve yürüdükçe uçuşan etekleriyle o ince siyah pardösüsü... Her şey aynı. Tek fark, bugün gözlerindeki kırmızılığın azalmış olması ama yine çok derin ve hüzünlü bakıyor.

Gülerek ayağa kalkıp karşılıyorum onu. Küçük ve narin ellerini yavaşça uzatarak elimi sıkarken, bir süre karşılıklı birbirimizin gözlerinin içine bakıyoruz. Yine o meşhur korku ve tedirginlik var gözlerinde. Buraya ve bana hâlâ alışamadı galiba. Sonra ağır ağır oturuyor karşıma. Ellerini çantasının üzerinde birleştirdikten sonra hüzünlü bir gülümseme yayılıyor yüzüne. Ben de kendimi bu hüzne kaptırırsam, hiç konuşmadan, öylece birbirimize bakıp duracağız. Bugün bana neler anlatacağını merak ediyorum. Ve hemen sormaya başlıyorum.

“Ne haber Nalan Hanım, merak ettim sizi, nasılsınız?”

Bu kadar hastanın arasında onu unutmayışım, hatta merak ediyor oluşum hoşuna gidiyor Nalan'ın. Çoğu hastam bunu böyle hisseder. Odadan çıktıkları anda onları unuttuğumu sanırlar. Oysa her birinden ayrı ayrı etkilendiğimi, hatta onları merak ettiğimi zamanla anlıyorlar. Nalan yine hafif, yumuşak, korkak ve tereddütlü sesiyle konuşmaya başlıyor.

“Daha iyiyim Gülseren Hanım. Sayenizde biraz toparladım kendimi. Artık onu eskisi kadar sık aramıyorum. O ararsa da çok kısa konuşup hemen kapatıyorum telefonu. Ama bu sefer de o beni ısrarla aramaya başladı. Arada bir de eve geliyor. Beni görmeden duramıyormuş. Böyle diyor bana.”

Nalan'ın son cümleyi söylerken yüzünün hafifçe kızardığını ve utangaç bir ifadenin yüzünü şöyle bir yalayıp geçtiğini görüyorum. Ne tuhaf bir kadın! Dışarıdan bakıldığında o, kocasını, kendinden yedi yaş küçük üstelik evli bir erkek uğruna terk eden ve onunla uzun süredir yasak bir ilişkiyi sürdüren, toplumun fena halde damgaladığı, cüzamlı biri gibi reddettiği bir kadın. Ama aslında hiç öyle biri değil. 15-16 yaşındaki genç kızlar kadar utangaç, sevgilisinin onu görmeden yapamadığını söylerken yüzü kızaracak kadar masum... Nasıl bir çelişki bu böyle?

“Demek sizi görmeden duramıyormuş. Aklı başına geliyor mu acaba?”

“Bilmem ki, artık ona eskisi gibi güvenemiyorum. Zaten

gelmesi ile gitmesi bir oluyor. Fazla kalmıyor bizim evde. Belki de utanıyordur yaptıklarından."

"Belki de" diyorum ama bunu, sadece Nalan daha fazla üzülmesin diye yapıyorum. Yoksa Hayri'nin bunlardan utanmayacağını biliyorum. Neden ısrarla Nalan'ı aradığını ben de tam olarak bilemiyorum. Birinci ihtimal, onun intihar edebileceği düşüncesi, ikinci ihtimal ise, mümkün olabildiğince üç kadını birden idare etmek, hiçbirinden vazgeçmemek. Son bir ihtimal daha var, Nalan'dan ayrılmanın, onun tahmin ettiği kadar kolay olmadığını, belki de görmeye başladı. Çünkü Nalan ayrılmamaya direnirken, bunları düşünmeye fırsatı yoktu. O zamanlar tek amacı ondan bir an önce kurtulmaktı. Ne zaman isterse Nalan'ın "çantada keklik" gibi onu bekleyeceğinden çok emindi ama şimdi kafası karıştı. Yine de onu arayıp sorması işimizi kolaylaştıracak. Hiç olmazsa Nalan'ı bu ayrılığa hazırlamak için zaman verecek bana.

"Siz nasıl hissediyorsunuz kendinizi?"

"Pek iyi sayılmam. Hayri'yi unutabileceğimi hiç sanmıyorum. Büyük bir aşktı yaşadığımız. Günde en az on kere birbirimizi arar, hiç olmazsa telefonda sesimizi duyar, halimizi, hatırımızı sorardık. Her buluşmamızda, birbirimizi ilk kez görüyormuş gibi heyecanlanır, beraberken zamanın nasıl geçtiğini anlamazdık. Bana her derdini, her sorununu anlatır, beraber ağlar, beraber gülerdik. Birbirimizi görmek bile heyecanlandırırdı bizi. Ondan habersiz kapının önüne bile çıkmamı istemez, 'Nereye gidersen git ama önce bana haber ver' derdi. Halama bile inerken ona haber verirdim. Eve biraz geç kalsam, beni merak eder ve sürekli arardı. Biliyorsunuz bu ilişkiden sonra ben bütün çevremi kaybettim. Onların yerinde ben olsam, belki ben de ayıplardım. Ama çok yalnız kaldım Gülseren Hanım. Yalnızlık gerçekten de Allah'a mahsusmuş. Allah kimseyi yalnız bırakmasın. Bunu çeken bilir."

Demek çok zorlandı. Ben de hiç sevmem yalnızlığı. Eşsiz, dostsuz, arkadaşsız ne yapar insan. Hücre cezası gibi bir şey bu.

"Kimsenin yanında başım eğik gezmek istemedim, kaderin önüme çıkardıklarına tevekkülle boyun eğdim. Ben bunca eziyete hiç itiraz etmeden katlanırken, Hayri'nin bir dediğini iki etmezken, bir gün yine de terk edilebileceğim hiç aklıma gelmedi. Belki eşimden ayrılmakla büyük bir hata yaptım. Kadere belki de o zaman boyun eğmeliymişim. Ama o kadar mutsuzdum ki, hayatımda ilk defa kendim için bir adım attım. Bu cesareti kendimde nasıl buldum, hâlâ inanamıyorum. Ben öyle cesur bir kadın değilim. Her şeyden korkarım."

"Bakışlarınızdaki korkuyu hep görüyorum. Nedir bu korku Nalan Hanım?"

Ben böyle sorunca, gözlerindeki korkunun daha da arttığını görüyorum. Ona çok kötü bir şey sormuşum gibi bakıyor yüzüme. Sonra yüzü giderek kızarıyor ve başını önüne eğiyor. Sanki utandığı başka şeyler var. Yine anlayamıyorum. Utanacağı her şeyi bana kendisi anlattı. Madem bu kadar utanıyordu, neden böyle bir tercih yaptı? Bazı soruların cevaplarını bir türlü bulamıyorum.

"Size soru sormaya korkuyorum. Bazı şeyleri ne kadar iyi bilir ve anlarsam, size o kadar çok yardımcı olabilirim. Bu sizin hayatınız, istediğiniz gibi yaşamak hakkınız. Bunun hesabını size kimse soramaz. Artık çocuk değiliz. Bir sahibe ihtiyacımız yok. Ne yapalım yani, her zaman toplumun doğruları ile bizim duygularımız birbirini tutmuyor. Hem siz her şeyin bedelini fazlasıyla ödemişsiniz. Neden bu kadar eziyet ediyorsunuz kendinize?"

"Baştan çok tereddüt ettim ama artık size inanıyorum. Bana yardım etmeye çalıştığınızı biliyorum. Ben böyleyim işte. Çocukluğumdan beri böyleyim; ürkek, korkak, çekingen biriyim."

"Belki bir gün çocukluğunuzu, o zaman yaşadıklarınızı ve ailenizi anlatırsınız bana."

Yine yoğun bir korku bulutu geçiyor gözlerinden. Yetişkinler korkularını çevreye bu kadar net göstermezler, çocuk gibi, bebek gibi korkuyor bu kadın. Ani bir gürültüyle bir bebeğin irkilmesi gibi bir şey. Şimdi yine ne oldu, neden gözbebekleri böyle birden büyüdü? Çocukluğundan konuşuyorduk. Korkuları ve çocukluğu birleşti. Belki bir gün, bana daha çok güvenebilirse, bunların anlamını çözeceğim. Şimdi artık bir daha onun çocukluğundan ve korkularından hiç bahsetmemem, bu konuda ona hiç soru sormamam gerekiyor. Şimdi yine bu konudan uzaklaşmalıyım.

"Tamam Nalan Hanım, bu konuyu hemen kapatıyorum. Belki biraz da eski eşinizden konuşuruz. Eşiniz Hayri'yi biliyor muydu?"

"Önceleri Muzo'dan başka kimse bilmiyordu ama zamanla herkes öğrendi. O zamanlar başka türlü düşünüyordum. Daha doğrusu Hayri'yle evlenip yeni bir hayata başlarız diyordum. Ne de olsa benim bir mesleğim vardı. Ama işler düşündüğüm gibi gitmedi. Onun yuvasına göz diken, çocuklarını babasız bırakan bir kadın olmak istemedim. Zaten olan olmuş, toplum beni reddetmişti. Hiç olmazsa onun düzeni bozulmasın dedim. Birbirimizi hem seviyor, hem de güveniyorduk. Nikâha ihtiyacımız yoktu. Pek toplum içine çıkmıyor, bizi insanların görmeyeceğini düşündüğümüz yerlerde buluşuyorduk. Bir de hafta sonları onun arkadaşlarıyla sık gittiği küçük bir lokantaya götürürdü beni. Birlikte yemek yerdik. İşte böyle geçti seneler. İkimiz de alışmıştık bu düzene."

"Hayri'nin arkadaşı çok mudur?"

"Evet, çoktur. Özellikle çok sevdiği üç beş kişi vardır ki, onlardan hiç ayrılmaz. Beni de tanıştırdı onlarla. Bazen hep birlikte pikniğe gideriz. Hayri mangal yakıp üstünde et, sucuk filan kızartmaya bayılır. Arkadaşları da öyle... Bir de müzik açarlar. Arabesk dinlemeyi seviyorlar. Zamanla ben de alıştım o müziği dinlemeye. İnsanı hüzünlendiriyor ama bir yandan da o hüznü seviyor insan."

Demek Hayri mangal yakıp arabesk dinliyor. Bunlar tam da ona göre şeyler. Rakıyı da eksik etmiyordur sofrasından. Nalan gibi, bütün bunlara hiç alışkın olmayan biri o ortama nasıl uyum sağladı acaba?

"Demek böyle bir ortama bile hemen uyum sağlayabildiniz?"

"Hemen diyemem ama o insanları çok sevdim. Öyle samimi insanlar ki... O güne kadar girdiğim ortamlarda bunu hiç görmemiştim. Hepsi bana yenge diyor, beni nasıl rahat ettireceklerini şaşırıyorlardı. Hele bir Hamsi Selim vardı ki, ona kendimi kardeş kadar yakın hissederdim. Zamanla onların neden hep arabesk dinlediklerini de anladım. Hepsi, en neşeli anlarda bile hüzünlüydü sanki. Her birinin kendine göre bir derdi, sorunu vardı. Bunları saklamaz, ortaya anlatırlar, hep birden onlara yardımcı olmaya, onları neşelendirmeye çalışırdık. Çok açık kalpli, gizlisi saklısı olmayan insanlar işte. Benim daha önce hiç böyle bir arkadaş grubum olmamıştı. Şimdi Hayri'yle ayrılırsak, onlardan da kopacağım. Ne kadar yazık, değil mi?"

O gruba girmekle kalmamış, üstelik onlara yakın hissetmiş kendini. Uyum yeteneği yüksek. Ayrıca sevgiye, yakınlığa, dostluğa çok ihtiyacı var. Bence kendi ailesinde bunların hiçbirini görmemiş. Bakalım o konuya ne zaman girebileceğiz.

"Gelecekle ilgili ne düşünüyordunuz o zamanlar?"

“Gelecek beni korkutmuyordu. Nasıl olsa Hayri vardı ve beni hiç yalnız bırakmaz diye düşünüyordum.”

“Ya şimdi?”

“Hayri’yle ilişkimizin bittiğini hâlâ kabul edemiyorum. Ben bütün hayatımı onun üzerine kurmuşum. Bugüne kadar pek çok şeye katlandım ama yanımda hep Hayri vardı. Şimdi ilk kez gerçekten yalnızım ve bunu hissetmek çok korkutuyor beni. Sizce bitti mi bu iş, Hayri artık yok mu?”

“Bilmem ki, eskisi gibi devam etseydiniz yani onu taciz etmeyi sürdürseydiniz, ilişki gerçekten bitecekmiş ama şimdi bakın siz pek aramadığınız halde, o sizi ısrarla aramaya ve eve gelip gitmeye devam ediyor. Bu sefer de o bitiremiyor galiba ilişkiyi. Zaten bunun için onu aramayın dedim. Sizi kaybetmenin acısını hiç yaşamamış o ama şimdi daha yeni yeni bazı şeyleri görmeye ve hissetmeye başladı. Her zaman başınız dik olsun onun yanında. Ayrılmaktan ne kadar korktuğunuzu asla belli etmeyin.”

“Çok korksam bile mi?”

“Evet, çok korksanız bile.”

“Dediklerinizi yapmaya çalışıyorum ama ben başka birini seviyorum demişti ya bana, işte onu hiç unutamıyorum. Bu lafın peşini bırakamıyorum. Israrla bununla ne demek istediğini soruyorum ona. Ben çok üzerine gidince biraz bahsetti bana. Aslında bir kadın hem var, hem yok galiba. Bundan bir süre önce gittiği bir barda sarhoş olmuş. O gece orada başka kadınlar da varmış. İçlerinden biri ona, ‘Beni eve kadar bırakır mısın?’ demiş. O da sarhoş kafayla kadını evine götürmüş. Ondan sonra olanları pek hatırlamıyormuş. Galiba kadınla birlikte içeri girmiş, sonra kadının erkek kardeşleri filan gelmiş, Hayri’yi tehdit etmişler...”

“Öyle mi?”

Hayri'nin uydurduğu masala bakın. Ne kadar aptalca! Şimdi Nalan bu masala da mı inanacak yoksa?

"Galiba onlardan korktuğu için yalan söylemiş bana."

"Nasıl yani? Ben tam anlayamadım."

"Kardeşleri onu tehdit edince, benim de başımı derde sokmak istememiş. O zaman bana o yüzden öyle söylemiş. Yani asıl amacı beni onlardan korumakmış."

"Öyle miymiş? Peki, şimdi ne olacakmış?"

"Şimdi benim biraz daha sabırlı olmamı istiyor. Çünkü anladığım kadarıyla henüz Hayri işin içinden çıkamamış. Tehditler hâlâ devam ediyormuş. Belalı insanlar galiba karşısına çıkanlar. Beni tespit etmelerinden, benim de başıma iş açılmasından korkuyor."

"İyi ama kendisi ne yapacak, adamlar ne istiyormuş ondan?"

"Ne isteyecekler, o kadınla evlenmesini istiyorlarmış."

"Evlenmesini mi? Hayri Bey evli değil mi zaten?"

"Öyle ama adamlar fena halde tehdit ediyormuş Hayri'yi."

"Hayri Bey ne diyor bu işe?"

"O istemiyor ama öyle bir tuzağa düşürmüşler ki adamı, işin içinden nasıl çıkacağını o da bilmiyor. Aslında Hayri öyle korkak bir adam değildir ama bu sefer iş ciddi galiba. Korkmuş. 'Kendim için değil, çocuklarım için ve senin için korkuyorum, bana bir şey olursa siz ne yaparsınız?' diyor."

"Demek sizi çocukları kadar çok düşünüyor."

"Her zaman öyle oldu ama son olaylar beni şaşkına çevirdi. Önce inanmak istemedim ona ama zavallı o kadar perişan ki, yemin billah ediyor beni inandırmak için."

"İnanıyor musunuz ona?"

"Bana yalan söylemesi için bir sebep yok ki, başka bir kadın var dedi zaten. Ama o gizli gizli bana gelip gitmeye, beni arayıp sormaya devam ediyor. O kadından bir kurtulabilsem, yine eskisi gibi mutlu olmaya devam edeceğiz, sana kendimi affettireceğim diyor. Yaptıklarından çok pişman. Ama son pişmanlık fayda etmez. Bakalım nasıl çıkacak işin içinden?"

"Ya işin içinden çıkamazsa, evlenecek mi o kadınla?"

"Aman Allah korusun, bunu kendisi de hiç istemiyor. Zaten evli, çoluk çocuk sahibi bir adam o. Bekâr biri değil ki. Evlenmeye nasıl zorlarlar, aklım almıyor. Ama bütün suç Hayri'nin. Elin tanımadığı kadınını gecenin bir yarısı evine götürmeye kalkmasaydı. Üstelik kadın onu eve davet etmiş, o da gitmiş. Meğer hepsi tuzakmış. Sonra kadının ağabeyleri gelip basmış bunları. Hayri bunların çoğunu hatırlamıyor. O gece kadınla bir beraberliklerinin olup olmadığını bile hatırlamıyor. Çok içkiliymiş. Aslında her zaman bu kadar içmez. İçkiyi sever ama sarhoş olmaz. Yanında uzaktan gelen arkadaşları varmış. Onların ısrarıyla gitmiş zaten bara. Öyle tanımadığı bara filan gitmez yoksa. 'Kırkta bir yanlış yaptım, o da başıma bela oldu, sen çok temiz kalpli bir kadınsın, senin ahın tuttu' diyor bana."

"Siz ne diyorsunuz bütün bunlara?"

"'Bunlar başına gelmeseydi, o kadınla yaşadıklarından benim haberim bile olmayacaktı' diyorum."

"Böylesi daha mı iyi?"

"Bu da iyi değil. Şimdi ben ne yapacağım, bu olanları kabul edip hiçbir şey olmamış gibi bu ilişkiye devam mı edeceğim?"

Neler söylüyor bu Nalan. Sanki Hayri ona döndü de, sıra affetmeye geldi! Bunlara gerçekten inanıyor olması bana komik geliyor ama bir yandan da en akıllı insanın bile dayanamayacağı acılar karşısında bu mekanizmayı kullanıp ona her söylenene inandığını çok iyi biliyorum. Nalan'ın azıcık da olsa ayılmasında fayda var.

"Bu hikâyenin sonunun nereye gideceğini hâlâ bilmiyoruz Nalan Hanım. Hayri Bey belki de o kadınla mecburen evlenecek. Bunu da hesaba katsak iyi olacak. Siz sanki böyle bir ihtimal yok gibi davranıyorsunuz."

"İnsan istemediği biriyle silah zoruyla da olsa evlenmez ki... Hangi devirde yaşıyoruz."

"Ama sizin ve çocuklarının durumu onu endişelendirdiğine göre, durum ciddi gibi geldi bana."

"Evet, zaten bu işi yaparsa bizim hatırımıza yapacak. Ama ben bizim hatırımıza bile olsa böyle bir şey yapmasına asla göz yummam. Olmaz öyle şey."

Hayri nasıl da güzel hazırlamış senaryoyu. Demek Nalan'ı gözden çıkaramadı. Üçünü birden istiyor artık. Üstelik yalanları öyle güzel uydurmuş ki, o kadınla Nalan ve çocukları uğruna evlenecek. Onlara bir zarar gelmesin diye kendini feda edecek! Ve Nalan'la ilişkisini her zamanki gibi kaçamak sürdürmeye devam edecek. İşin kötüsü Nalan bütün bu yalanlara inanmak istiyor. Eğer inanmaz da gerçeği görürse, işte o zaman çekeceği acıyı şimdilik göze alamıyor.

Ne yapalım, ben de inanacağım artık bu yalanlara. Nalan, gerçekleri görmeye ve kabul etmeye hazır oluncaya kadar beraber inanacağız bu masallara.

"Hayri size gelmiş Gülseren Hanım değil mi? Uzun uzun konuşmuşsunuz."

"Evet, konuştuk."

"Neler anlattı size?"

"En çok kendini anlattı ama umarım bu konuda bana daha fazla soru sormazsınız."

"Sormamam gerekiyor, değil mi? Tamam ama hiç olmazsa benimle ve bu ilişkiyle ilgili ne dediğini çok merak ediyorum."

"Sizinle ilgili çok güzel şeyler söylüyor."

"Oh, iyi o zaman ama ben onu kaybetmekten hâlâ çok korkuyorum."

"Bu korku böyle kalmayacak, yakında siz isteseniz de istemeseniz de azalacak, belki de yok olacak."

"Yok olacak ha, şimdilik buna inanamıyorum. Çünkü henüz hiç azalmadı. Sadece ona başka türlü gösteriyorum. Onu aramamak için nasıl direndiğimi, elimin kaç kere telefona gidip geldiğini bir bilseniz. Onunla konuşurken telefonu kapatmanın nasıl zor geldiğini anlasanız keşke..."

"Bunları anlıyorum, inanın bana. Çok iyi anlıyorum sizi ama hani demiştiniz ya, her şeyin bir bedeli var diye. Bu bir mücadele, bir savaş. Kurallara uygun savaşmalısınız. Her şeyi önceden görmeli ve ince ince hesap etmeliyiz. Sizin anlayacağınızın aşkta bile hesap yapacağız."

"Aşkta hesap olur mu Gülseren Hanım?"

"Olmaz mı, esas hesap aşkta olur ama bu herkesin bildiği hesaplardan değildir. İnsanlar daha çok maddi çıkarlar için hesap yaparlar. Şimdi burada konuştuğumuz böyle bir hesap değil. Duyguların hesabını yapacağız sizinle. Çıkar peşinde filan değiliz. Siz yedi yıldır berabersiniz Hayri Bey'le. Yedi yıl aşk için çok uzun bir süre. Zaman sanki sizde akmamış, durmuş ama Hayri Bey için aynı şeyi söyleyemeyiz. Baştan beri bu ilişkiye esas emek veren sizsiniz, o değil. Hayri asıl emeği bu ilişkiyi başlatabilmek için vermiş. Siz ise ilişkiyi yedi yıldır devam ettirensiniz. Yani herkesin rolü başka. Her şeyini kaybeden, Hayri'ye mahkûm olan sizsiniz. O size mahkûm değil. Sizi hâlâ seviyor ve düşünüyor olabilir ama sizin ona olan bağlılığınız çok farklı, çok derin, aslında bir bağımlılık."

"O bana bağlı değil mi?"

"Sizce?"

Acıtacak mı söylediklerim diye düşünürken şöyle diyor Nalan:

"Ay yapmayın ne olur Gülseren Hanım, yapmayın ne olur!"

Ardından da aniden hıçkırarak ağlamaya başlıyor. Ne kadar çok acı çekiyor. Düşünüyorum da, böyle bir acı, neredeyse evlat acısı gibi keskin ve delici. Uzun süre hiç konuşmadan bekliyorum. Onun çektiği bu yakıcı acı, ağır ağır önümdeki büyük masayı aşıp bana doğru geliyor. Hissediyorum bunu.

Genelde psikologlar hastalarıyla karşılıklı oturup öyle konuşur, masaya oturmazlar. Biz psikiyatristler ise mutlaka önümüzde bir masa olsun isteriz. Eskiden bu masa sadece dosyalar, bilgisayar, telefon, reçeteler filan için var sanırdım ama şimdi bu masanın bizi az da olsa bir şeylerden koruduğunu daha iyi anlıyorum. Sanki her tür duygu geçişine bir tür bariyer görevi görüyor. Kocaman dalgalar üzerime doğru gelirken önce masaya vuruyorlar, sonra bana.

Elindeki beyaz mendille burnunu silip gözyaşlarını kuruladıktan sonra kızarmış gözlerle bakıyor yüzüme.

"Ben ondan ayrılmaya dayanamayacağım. Benim için Hayri'yi kaybetmek ölmek, yok olmak gibi bir şey. O zaman hayatın hiçbir anlamı kalmıyor ki... Zaman bile duruyor o gidince. Hele bir de hiç gelmeyeceğini bilirsem, ben bu hayata nasıl katlanırım?"

"Yalnız değilsiniz Nalan Hanım. Her şeyi sizinle tekrar tekrar konuşacağız. Hem şimdilik Hayri'nin bir yere gittiği yok."

Ağzımdan çıkan bu sözlere ben de inanamıyorum. Ben hastalarımı hiç teselli etmem sanırdım ama şimdi tam da bunu yapıyorum. O acı var ya, o acı... Biraz önce karşımda oturan bu kraliçe gibi kadının çektiği acı, beni de işte bu hale getirdi demek ki...

Hayri'yi düşünüyorum sonra. O ne yapacak acaba? Bunların altından nasıl kalkacak? O hiç acı çekmiyor mu? Laz kızı ona her şeyi unutturdu mu?

"Bir yere gittiği yok değil mi? O yine bana geri dönecek değil mi?"

"Ama hep sizden, sizin hayatınızdan çalıyor Hayri. Yani

bütün hesapları siz ödüyorsunuz. Madem ikiniz de birbirinizi seviyorsunuz, bu adaletsizlik, bu eşitsizlik neden? Şimdi de karısı ve çocukları yetmezmiş gibi, bir başka kadın daha çıkıyor sahneye. Siz bunları hoş gördükçe, daha kim bilir neler yükleyecek sırtınıza. Hayri bunları kötü olduğu için yapmıyor bence. O bir insan. Duygularımız olduğu sürece biz insanlar hata yapmaya devam edeceğiz. Hepimiz böyleyiz. Toplumun ve çevremizin baskıları olmasa, kim bilir ne yapar, kimlerin haklarını yer, kimlere haklarımızı yedirir, ne çılgınlıklar yaparız. Bizi durduran bazen dış etkenler, bazen de içimizdeki kurallar yani kendi vicdanımız oluyor."

"Onda vicdan olsa böyle yapar mıydı Gülseren Hanım?"

"Vicdan denen şey herkeste aynı değildir. Kimi insanda doğuştan çok katıdır vicdan. Yanlış yapmasına, başkasının hakkını yemesine izin vermez vicdanı. Sanki hiç uyumayan, sürekli nöbet tutan polisler vardır bu insanların içinde. Kendilerine haksızlık eder, kendi duygularını hiçe sayar ama başkalarına asla haksızlık etmez, edemez bu insanlar. Zaten olur da bir hata yaparlarsa, önce kendileri affetmezler bu hatayı. Ancak her şeyin bir sınırı, bir tahammül gücü vardır. Bu tür insanlarda bir gün o baraj yıkılırsa, yaptıklarına kendileri de şaşar kalırlar. Siz tam olarak böyle bir yapıya sahipsiniz. Yıllarca her şeye boyun eğmiş, belki de size haksızlık edilmesine bile ses çıkarmamışsınız. Ama sonunda olanlar olmuş, baraj yıkılmış ve ortalığı sel basmış. Öyle değil mi?"

Yine koyu bir gölge çöküyor yüzüne. Bir süre düşündükten sonra cevaplıyor sorumu.

"Öyle galiba. Evli bir adamla beraber yaşamayı göze almak, hiç bana göre şeyler değildi. Bunu yapacak dünyadaki son insan benim sanırdım. Ama hayat bazen insana hiç aklına gelmeyeni yaptırıyor. İşin sonunun böyle olacağını hiç bilemedim ama sonra Hayri eşinden ayrılamayınca, bunu biraz da mecburen kabul ettim."

"İşte ben de tam bunu söylüyordum. Mecburen kabul edişler. Bunların sonu gelmiyor görmüyor musunuz? Şimdi belki de mecburen ikinci bir kadını kabul etmek zorunda kalacaksınız. Bunlara artık dur demek gerekmez mi? Hayri belki çok iyi bir insan ama o sizin gibi değil. Siz ikiniz, çok farklı kültürlerden, farklı alışkanlıklardan, farklı doğruları olan topluluklardan geliyorsunuz. Siz Hayri'nin yerinde olsanız, onu sürekli sizin için yeni fedakârlıklar yapmaya zorlamazdınız. İşte aranızdaki bu farkı görmenizi istiyorum ben."

"Evet, anlıyorum. Hayri benden farklı, o benim gibi değil. Onu çok sevsem de, bu gerçeği görmem gerekiyor. Ama nasıl, nasıl yapacağım bunu?"

"Mecburen kabul edişlerden kaçınarak... Çünkü buna devam ederseniz, kişiliğinizden de çok şey kaybedeceksiniz. Siz Hayri'yle ilişkiye başlarken, istediğiniz, hayal ettiğiniz bu değildi. Bunların hepsi kötü bir sürpriz olmuş sizin için. Güçlü insan ne demek biliyor musunuz, gereğinde kendi duygularına dur diyebilmektir güç. Şimdi sizin zor da olsa bunu yapmanız gerekiyor. Ne demek, mecburen kabul etmek? Şimdi yeniden şu bizim hesap meselesine gelelim. Siz bazı şeyleri kabul ettikçe, Hayri daha rahat hareket ediyor. Eğer bu bir aşksa, ikiniz de bunun gereğini yapmalısınız. Yoksa bir ayağı kırılır ve topal olur aşk. Eğer siz onu kaybetmekten korkuyorsanız, aynı şey onun için de geçerli olmalı. O da korkmalı sizi kaybetmekten. Eğer o korkmuyorsa, aşkınız zaten topal. O zaman bu topal aşkı ne kadar istediğinize bakacağız."

"Topal aşk ha! Böyle bakınca, bizim aşkımızın bir ayağı kırılalı çok olmuş."

"Ve siz korkudan, uzun süre bu gerçeği görmek istememiş ve topallaya topallaya yürümeye devam etmişsiniz. Şimdi de öyle mi yapalım, gerçekleri görmek yerine sizi teselli edip bu adaletsiz ilişkiyi sürdürmenizi mi sağlayalım?"

"İnsanın kendi gerçeklerini görmesi ne kadar zor ve acı verici. Sizi dinlerken içim kanıyor ama sakın sizi durdurmak istediğimi sanmayın. Bana gerçekleri söylemeye devam edin. Bu yıllar süren uykudan uyanmam gerekiyor artık. Hayri iyi bir adam, doğru ama bazı şeyleri yaparken hiç düşünmüyor. Böylesine düşüncesiz derler. O gece bara gitmese olmayacaktı bütün bunlar. Hadi bara gittin, bu kadar içmesene. Sonra yaptıklarına kendisi de çok üzülüyor ama iş işten geçmiş oluyor. Ben bir başka kadını asla kabul edemem. Bunu biliyorum."

"Ama Hayri Bey, siz istemeseniz bile, bunu size kabul ettirmeye çalışıyor."

"Aslında böyle bir mecburiyet yok tabii ama öyle alıştım ki ona."

"İşte sizi ona mecbur eden de bu alışkanlık. Bundan kurtulabilirsiniz. Hayri olmasa da güzel bir hayatınız olabilir. Hiç bunu düşünmüyor musunuz?"

"Şimdiye kadar hiç düşünmedim... Ama şimdi artık düşünmem gerekiyor demek ki... Çok şükür sağlığım yerinde. İyi bir mesleğim var. Bir arkadaşımın mimarlık bürosu var, ne zaman gitsem, beni hemen işe alırlar. Resim yapmak da hoşuma gidiyor. Arada bir gittiğim bir atölye var. Hayri pek sık gitmemi istemezdi oraya. Resim yapma işini daha ciddiye alabilirim. Orada yeni insanlarla tanışmıştım. Onlar aralarında sık sık görüşüyorlar. Beni de hep davet ederler ama ben Hayri yüzünden pek kabul edemedim bu teklifleri. Geçen bayram hep birlikte yurtdışına gittiler bir turla. Oradaki müzeleri, resim sergilerini filan gezdiler. Baharda atölyede çalışanların resimlerinden oluşan bir sergi açılacak. Evet, belki benim de kendime ait bir hayatım olabilir."

"Çok memnun oldum buna. Ayrıca eve gidince lütfen aynaya bakın ama çok dikkatli bakın kendinize. Siz hâlâ çok cazip bir kadınsınız. Önünüzde sizi bekleyen güzel günler var ve hiçbir şeye mecbur değilsiniz. Başka hiçbir seçeneği olmayan insanlardan biri gibi görmeyin kendinizi. Bunlar güçlendirecek sizi. Kendinize olan güveniniz artacak, göreceksiniz."

"İnşallah Gülseren Hanım. Burada konuştuklarımız hiç çıkmayacak aklımdan. Belki kendimi biraz olsun severim."

"Harika, en önemlisi bu zaten. İlk fırsatta yine bekliyorum sizi. Sakın başınızı eğmeyin olur mu?"

"Siz yanımda olduktan sonra, her şey daha iyi olacak. Teşekkür ederim Gülseren Hanım. Bu ilginize müteşekkirim. Görüşmek üzere, hoşça kalın."

Gülerek el sıkışıyoruz. Başını hafifçe yukarı kaldırarak çıkıyor odadan Nalan. Bu hikâyenin sonunu ben de merak ediyorum doğrusu. Ama hiç beklemediğim kadar hızlı bir gelişme oldu onda. Kılıcı ne zaman uzatsam, onu sıkı sıkıya tutuyor.

Bu kadının geçmişi hakkında hâlâ pek az şey biliyorum. O da bu konuda bana bilgi vermiyor. Hayri'den başka bir şey konuşmuyoruz. Ama çok gerilerde benim bilmem gereken önemli şeylerin olduğunu hissediyorum. Belki bir daha ki sefere...

Nalan odadan çıkar çıkmaz yakışıklı psikoloğumuz Mehmet Akif uzatıyor başını.

"İşiniz bitti mi?"

"Evet, bitti. Hadi gelin, bekliyorum sizi."

Birazdan sekiz on kişi oluyoruz odada. Önce, klinikle ilgili bir şeyler konuşuyoruz. Derken sohbet giderek koyulaşıyor. Sonunda Cengiz, "Yeter" diyor, "bırakın da biraz türkü söyleyelim" ve başlıyor Sarı Gelin'i söylemeye; evet, Sarı Gelin'i!

Erzurum çarşı pazar
İçinde bir kız gezer
Elinde divit kalem
Dertlere derman yazar...

5

Kliniğe geldiğimde salondan odama doğru geçerken Hayri'yi görüyorum. Randevu saatinden çok önce gelmiş. Yine başı neredeyse bacaklarının arasında, iyice öne doğru eğilmiş, elinde küçük bir kehribar tespih var, beni bekliyor. Bari kahveleri beraber içelim.

Tuna'yla birlikte odama geçiyorum. Onunla sohbet etmeden işe başlamak gibi bir âdetim yoktur. Yine bana gülerek bir şeyler anlatıyor. Hayri bugün lacivert takım elbiseler giymiş. Belli ki buradan çıkınca işe gidecek. Tuna'yla sohbet bitince hemen Hayri'yi alıyoruz içeri.

Şöyle bir alıcı gözle bakıyorum ona; daha doğrusu Nalan bu adamın nesine bu kadar âşık olmuş diye. Evet, güçlü kuvvetli, yakışıklı, kapı gibi bir adam. Kendine has da bir karizması var. Çok heyecanlı. Lacivert takım da yakışmış. Bir an önce söze başlamak istiyor.

"Hoş geldiniz Hayri Bey! Çok iyi görünüyorsunuz."

"Siz görüntüye aldanmayın. Pek iyi sayılmam."

"Öyle mi? Neden?"

"Geçen sefer sizden çıktıktan sonra bir düşüncedir aldı beni. 'Hayri sen neler yapıyorsun?' diye sordum kendime. Amanın! Ne zor sorularmış bunlar. Tehlikeli yani... Dümdüz, önümüze hayat ne getirirse yaşayıp gidiyorduk. Böyle soru moru yoktu. Kafam bir karıştı, sormayın. Bizim hanım bile o gece yıllardır hiç görmediğini gördü. Gittim eve, bir iki lokma yiyip yattım. Ne Nalan, ne Laz, hiçbirine gitmedim. Ama yattın da uyudun mu derseniz, uyuyamadım da... İnsanın kendine soru sorması bence yanlış. Ha, siz sorun, siz sorunca konuşmak kolay ama ben bir daha kendime soru moru sormam."

"Neler sordunuz kendinize?"

"Aman aman, onları hiç karıştırmayalım. Meğer sizin sorduklarınız bir şey değilmiş. Benimkileri hiç sevmedim ben."

Aferin Hayri'ye! Demek kendine soru sormaya başladı. Büyük ihtimalle hayatını gözden geçirdi ve şu anda nereye gittiğini sordu kendine. İnşallah bunları görmekten de, kendine sormaktan da vazgeçmez. Eğer bunları yapabilir de kadere dur diyebilirse, bütün hayatı değişir. Oradan oraya savrulmaktan kurtulur. Kendi yolunu aklıyla, fikriyle, duygularıyla kendi çizer. Kaderin onu sürüklediği yoldan geri döner.

Şimdi artık ona, ne yaptığını daha iyi görmesini sağlayacak sorular soracağım.

"Öyleyse artık biraz daha zor sorulara geçebiliriz. Sizin yaptıklarınızı size Nalan yapsaydı, o zaman siz ne yapardınız?"

"Hıh! Bir kere soru baştan yanlış. Ben erkeğim, o kadın. Bizim toplumda eşitlik meşitlik deseler de, böyle bir şeyin olmadığını herkes biliyor. Onların hepsi laf! Nalan kocasından ayrılıp da benimle yaşamaya başlayınca, kadıncağız utancından evden başını çıkaramadı. Ne eşi kaldı, ne de dostu. Toplum onu aforoz etti. Bana ne yaptılar? Hiiç... İşim de iyi, eşim dostum da aradığımdan bol. Hatta Nalan'la yaşamaya başlayınca toplumda itibarım arttı. 'Adama bak be' dediler, 'Nalan gibi birini kafesledi.'"

Kafesledi ha? Kadın olarak bu sözler beni incitiyor ama söyledikleri pek de yanlış sayılmaz.

"Utancından mı başını çıkaramadı, siz mi dışarı çıkmasını istemediniz?"

"Önceleri ben istemedim. Kadın güzel! O zaman daha bu kadar namuslu olduğunu da bilmiyorum. Kocasını bırakıp bana gelmiş bir kere. Böyle bir kadına siz olsanız güvenir misiniz?"

"Siz de aynı şeyi yapmadınız mı? Üstelik o kocasını aldatmamış. Sizinle beraber olmaya karar verdiği gün eşine ayrılmak istediğini söylemiş. Siz ise hâlâ evlisiniz."

"Siz ne desem bana kızıyorsunuz, böyle deseniz de eğriyi doğruyu siz de biliyorsunuz. Ben erkeğim, o kadın! Kadın dediğin ne sevgilisini, ne de kocasını aldatır. Aldatırsa da cezası neyse öder."

"Neymiş cezası?"

"Bizim oralarda böyle şeylerin cezası ölümdür. Herkes bilir bunu ama bilir de durur mu derseniz, durmaz. Yine kim ne yapacaksa yapar. Eğer becerikliysen, hem keyfine bakar, hem de ceza çekmezsin. Ama bu dediklerim erkekler için geçerli."

"Yani, sizin yaptığınızı Nalan Hanım yapsa?"

"Olur mu canım öyle şey! Vururlar adamı, Allah korusun!"

Böyle diyerek dudaklarını uzatıp öpücük verir gibi bir ses çıkarırken iki eliyle birden kulaklarını çekip sağ eliyle masama üç kere kuvvetlice vururken bir yandan da, "Şeytan kulağına kurşun" diyor.

"Şeytan kulağına kurşun Gülseren Hanım. Nalan yapmaz öyle şey ama hani yapsaydı ben buna mecburdum."

"Nasıl bir mecburiyet bu?"

"Nasılı var mı? Elâlem..."

"Bırakın elâlemi. Siz ne der, siz ne hissederdiniz? Elâlemin lafı insan öldürmeye yetmez. Onu destekleyen başka şeyler gerekir. Bize ait şeyler."

"Vallahi kahrolurdum. Hem o kadar güvendikten sonra ha? Deli olur insan. Hem beni bırakıyor, bu da yetmez gibi bir başka erkeğe gidiyor ha? Artık onun olmaya gidiyor. Amanınnn... Düşünmesi bile zor!"

Onun olmaya gidiyor, diyor. Bu söz sadece kadınlar için kullanılıyor ama Hayri Laz kızının olmaya gitmiyor. Laz kızı onun olacak. Sanki mal alıp mal veriyorlar. Üstelik halk arasında hâlâ bu cümle sıklıkla kullanılıyor. Sadece halk mı, şarkılarımız, şiirlerimiz bile böyle söylüyor. Toplumun alışkanlıklarını değiştirmek ne kadar zor! Tek bir insanı bile değiştirmek için şurada ter döküyorken, toplumu kim, kimler nasıl değiştirecek.

Sadece ben mi, Hayri de başladı terlemeye. Bu konuyu hayal etmek bile ikimizi de terletmeye yetti.

"Şart olsun, gebertirdim onu."

"Şart olsun! Nasıl yani?"

"Siz bilmezsiniz. Bizim oralarda yaşlılar bir şeye kızınca böyle der. Demek ben de başladım yaşlanmaya. Bir erkek buna dayanamaz ki..."

"Kadın dayanıyor ama."

"Anlatamadım galiba. Herkes yerini bilse, sorun kalmaz."

"Karısını ya da sevgilisini öldüren erkeklerle ilgili haberleri sık sık duyuyoruz. Neden öldürüyorlar sizce?"

"Neden olacak, kadın oturduğu yerde oturmuyor. Ya başkasıyla fingirdiyor, ya baştan adamı kendine âşık etmiş, sonra çekemem artık seni deyip gidiyor. Böyle şeyler işte... Yoksa kim ister elini kana bulamayı."

"Yani öldürdükleri insan aynı zamanda en çok sevdikleri..."

"Sevmese öldürür mü canım. Kadın gitmeden zaten erkek çeker gider. Demek kadının gitmesine dayanamıyor."

Dayanamıyor... Nalan'ın sesi çınlıyor kulaklarımda, "Ben onsuz yaşamaya dayanamam" deyişleri...

"Kadının kendi geleceğiyle ilgili karar verme şansı yok yani, öyle mi?"

"Ben söyleyeceğimi baştan söyledim. Soru baştan yanlış dedim. Kadınla erkeği birbirine karıştırmamak gerekir. Avrupa, Amerika filan neyse işte, oralarda durum böyle değil ama biz Amerikalı mıyız, değiliz. Öyleyse neysek o gibi davranmak boynumuzun borcu. Siz bizim gibileri köyden çıkarmadan, varoşlara mahkûm etmeden, içinize almadan bu töreler değişmez. Herkes işine geldiği gibi davranıyor. Yanardöner bir toplum olduk yani... Oysa kendi içinde herkes eğriyi doğruyu biliyor. Baştan ümit vermeyeceksin kardeşim, vermeyeceksin. İyice düşünüp taşınmadan yola çıkmayacaksın."

"Bunları siz mi söylüyorsunuz Hayri Bey?"

"Ben söylüyorum ya... Ben Nalan için yola çıktığımda, bu yolun beni nereye götüreceğini biliyordum. Ölümü göze alıp da çıktım yola. Ama şimdiki kızlar ne yapıyor? Bir iki fingirdeşip sonra yolumuza bakarız diyorlar. Olmaz kardeşim, olmaz. Bizim gibi erkeklere bu yapılmaz. Ya adam gibi çıkıp gelecek, bir daha da arkana hiç bakmayacaksın. Yok, gelmeyeceksen, o zaman da adama hiç ışık göstermeyeceksin. Kadından ışık sızmıyorsa, erkek dediğin kadının peşine bir düşer, iki düşer, sonra döner arkasını gider. Bizim kızlarımız işte bunu bilmiyorlar. Herkesi kendileri gibi sanıyorlar. Ulan sen ev hayvanısın, karşındaki herif sokak köpeği. O ışığı gördüğü gün seni nüfusuna kaydeder. Artık sen onun malı olmuşsun. İnsan malını başkasına verir mi? Yaptığın her şeyi önce naz niyaz kabul eder, daha ileri gidersen seni şah damarından ısırır. Hayvan çünkü herif, onu ehlileştiren bir sahibi olmamış ki..."

Hayri'ye bakın, sosyolog kesildi başıma. Ama söyledikleri ne kadar gerçek. Argo margo ama tam bir bilimadamı gibi toplum adına analitik bir yorum yapıyor aslında ama acımasız bir yorum. Oysa aynı şeyleri o da Laz kızına yapmadı mı? Ona ümit verirken de ölümü göze aldı mı acaba?

"Çok derin, toplumsal yorumlar yaptınız Hayri Bey! Söylediklerinizi kulağa hiç hoş gelmese de, o zavallı genç kızlar, kadınlar nereden bilsin o adamların böyle düşünüp böyle yapacağını? Onlar baştan çok hoşlandıkları adama gidiyorlar. Ne bilsinler onun sonradan başına ne işler açacağını."

"Biraz dikkatli baksalar, o erkeklerin cazibesine bu kadar kolay kapılmasalar, bunlar anlaşılmayacak şeyler değil Gülseren Hanım. İşte ben buradayım. Siz bana bakıyorsunuz. Ne kadar geliştim, adam oldum desem de, bakın size neler söyledim. Nalan bana âşık olurken, bana az da olsa o ışığı gösterirken bunun böyle olduğunu bilmiyor muydu? Bak, kadın mesleğinden vazgeçti. Eşi dostu kalmadı. Neden? O bilmiyor muydu eskisi gibi giyinip kuşanıp çantasını koluna takıp her gün bir yere gitmeyi. Gitmedi. Neden? Ben Sedat değilim. Ben başka biriyim. Onun kitabında yazanlar ile benimkiler aynı değil. Tercihini baştan doğru yapacaksın yani... Bırakın Allah aşkına, kadın dediğin çocukken bile biz erkeklerden daha akıllıdır. Bir adamın gözüne bakınca onun ne mal olduğunu anlar. Güya biz erkekler aramızda karının gözüne bakınca ne mal olduğunu anlarız desek de anlamayız. Kadın denen mahluku anlamak kolay mı?"

"Haklısınız. Freud bile öyle demiş. Her şeyi anladım ama kadını anlayamadım demiş."

"O kim bilmiyorum ama doğru söylemiş."

"Bari Laz kızı anladı mı sizin kim olduğunuzu?"

"Anlamaz mı? Zaten bizi en iyi o tayfa anlar. Onlar da bizim gibi oldukları için önce onlar anlar."

"Nasıl yani?"

"Nasıl olacak, onlar da sahipsiz sokak köpeklerine benzer. Onlar da bizim gibi çöplükten gelirler. Oralarda ölmek de, öldürmek de sıradan olaylardır. Yani uçurumun kenarında yaşarlar. Düşen düşer, kalan sağlar bizimdir der ve yollarına devam ederler."

"Yani hiç kimse, 'Yarın öbür gün beni düşürürler bu uçuruma, buralardan gideyim' demez mi?"

"Gidecek başka yeri olanın o çöplükte ne işi var Gülseren Hanım!"

Gülüyorum, hem de ona bakarak gülüyorum. Ele verir talkını kendi yutar salkımı diye bir söz vardır. Yine babaannemden. Şimdi Hayri de tam olarak bunu yapıyor.

Ben güldükçe bakışları giderek sertleşiyor. Anlamadı.

"Neden güldüğümü anlamadınız değil mi?"

"Anlasam ben de gülerdim."

"Tamam, öyleyse sizi biraz güldüreyim. Çöplük, uçurum kenarı filan dediniz de..."

"Dedim tabii..."

"Sizin şimdi bir değil, gidecek iki eviniz birden var. Türkân Hanım da, Nalan Hanım da kapılarda sizi bekliyor. Ama siz güle oynaya gidiyorsunuz o çöplüğe."

"Yok canım! Hem ben artık onlardan sayılmam. Nalan beni epeyce ehlileştirdi."

"Bu daha da tehlikeli değil mi? Yedi yıl dile kolay! O dünya sizin için yabancı artık."

"Bunu Nalan'a geri döneyim diye mi söylüyorsunuz?"

"Hayır! Zaten Nalan Hanım'a benim telkinlerimle geri dönerseniz, bu hiç de güvenilir olmaz. Hem unuttunuz mu, siz bugün buraya Nalan Hanım için gelmediniz. Ben de bugün sizin için buradayım."

"O da doğru ya!"

Başını önüne eğmiş, düşünüyor. Düşün ya Hayri, iyice düşün. Sen artık köyden yeni gelen o delikanlı değilsin. Köprülerin altından çok sular akmış. Freud kim bilmiyorsun ama çok geliştirmişsin kendini. Biraz önce bir bilimadamı edasıyla neler anlattın bana. Sen yıllarca Nalan gibi bir kadınla yaşa, sonra da Laz kızında kendine yeni aşklar, yeni mutluluklar ara. Olmaz Hayri, olmaz! Az çok pişmişsin sen. Yeniden ham olamazsın.

Sana bunları söylemeyeceğim. Hani sen bana, "Söylesem anlar mısınız?" diyordun ya, işte ben bunları sana hiç söylemeyeceğim çünkü söylesem gerçekten de anlamazsın, "Nalan'a dönmem için beni ikna etmeye çalışıyorsunuz" dersin.

"Aşk bu, aşk işte... Ben de size bunu anlatamıyorum. Yedi yıldır Nalan'la gül gibi geçinip gittik. Kimseye âşık oldum mu, olmadım. Ama şimdi artık Laz kızından da vazgeçemiyorum. Başımı belaya soktuğumun farkındayım ama belasız da mutluluk olmuyor ki... Nalan gibi bu da hemen evleneceğimizi sanıyor."

"Siz daha baştan Nalan Hanım'la evlenmemeye kararlı mıydınız?"

"Bilmem ki... Ben o zamanlar Nalan için deli divane oluyordum. Gözüm ondan başkasını görmüyor, dünya bir yana, Nalan bir yana diyordum. Ah, ne çektim o zamanlar bir bilseniz! Gerçi anlatsam da anlar mısınız bilmiyorum ki..."

Yine gülüyorum. Hayri bana bir türlü güvenemedi.

"Anlamak istersem mutlaka anlarım Hayri Bey. Hadi başlayın, bakalım anlayacak mıyım?"

"İyi, anlatayım öyleyse... Bizim bir arkadaş grubumuz vardır. Çocukluktan beraber büyüdük. Her birimiz ayrı sürünüyorduk. Birbirimizin dertlerine derman olmaya çalışırdık. Para yok, pul yok, arkanda sana sahip çıkan güçlü bir ailen yok... Herkes kendi derdinde. İşte o günlerden arkadaşız yani. Kardeşten ileriydi dostluğumuz. Kimin neyi varsa dökerdi ortaya. Açsak birbirimizi doyurur, dertliysek içimizi yine birbirimize dökerdik. Birileri bizi dövüyorsa, dayak yiyecek de olsak girerdik dövüşe. Kimi öksüz, kimi yetim işte... Bir de üstelik gelmişiz büyük şehre, beyazların içinde zenci gibi kalmışız. Ayak yalın, baş açık... Hayallerimizi peynir ekmek yapar yer, onlarla avunurduk. Bir dolmuşçu abi vardı. Severdi bizi. Arada verirdi arabayı. Geçerdim direksiyona, Hamsi Selim de muavinlik ederdi bana. Teybi sonuna kadar açar, aklımız sıra hem keyif yapar, hem de etrafa hava atardık. Bizim mahallede bir yer vardı. Kuş uçmaz, kervan geçmez bir yer işte. Alırdık elimize içkinin en ucuzunu, biraz da sarı leblebi, çıkardık tepeye. Osman teybi açar, önce iyice efkârlanır, sonra da çiftetelli çalar, oynardık. Gençlik işte... Herkes o gün şehre indiyse ne gördüğünü anlatır, bizler ağzı açık ayran delisi gibi onu dinler, dalgamızı geçerdik. Dalga geçmenin altında imrenme yatardı. Şehir çocuklarına hem çok imrenir, hem de muhallebi çocuğu diye dalga geçerdik. Ne yapalım, kahrımızdan çatlayıp ölelim mi, bari işi dalgaya alalım derdik. Hiçbirimizin kendinden ümidi yoktu."

"Neden?"

"Nedeni var mı? Ümit etmek için bile insan önünde az da olsa bir ışık görmek istiyor. Bizim hiç ışığımız yoktu."

"Sahi yok muydu?"

"Sahi ya! Anlamak için bunları yaşamak gerekir. Siz hiç aç kaldınız mı?"

İnsan yaşadığı şeyleri daha iyi anlıyor. Çocuğum yokken anneleri anladığımı sanıyordum ama ben de anne olunca işin rengi değişti. O zaman çok daha iyi anladım onları. Eşimi kaybettiğim zaman da eş kaybı ne demekmiş bildim. Ama aç kalmadım. Acaba onu yeterince anlayabilecek miyim?

Her başım sıkıştığında yaptığım gibi, hafifçe gülümseyerek bakıyorum ona.

"Yaa! Zor iş bunlar zor! Aç kalmak insanı hayvanlaştırıyor. İnsanlığınızdan utanıyorsunuz. Boş gezenin boş kalfaları olarak evde yemek olsa bile onu yemeye utanırdık. Her şeyden önce kendimizden ümidimiz yoktu. Sevenimiz, başımızı okşayanımız olmadı ki, ümidimiz olsun."

Hüzünlendiriyorsun sen beni Hayri. Ama öyle güzel anlatıyorsun ki, seni anlıyorum.

"Yine de ufak tefek denemelerimiz oluyordu. Ben boş kaldıkça babamın dükkânında çalışıyordum, Mustafa dolmuşta muavinlik yapıyor, Recep sebze halinde hamal olmuş, Hamsi de mahalleye gelen kömürü kovalarla evlere taşıyordu. İşte kendimizi ancak bu tür işlere layık görüyorduk. Derken ben liseden sonra inşaatlarda elektrik ustalarına çırak oldum, ardından Hamsi de benimle birlikte inşaatlarda çalışmaya başladı. Mustafa sonradan minibüslere şoför oldu, Recep de sebze halinde al sat işleri yapıyor. Hepimizin eli çok şükür ekmek tuttu. 'Şimdi bana bunları neden anlatıyorsun?' diye soracak olursanız, biz işte yola, sıcak evlerimizden çıkmadık. Biz varoşun çocuklarıyız. Yok dürüst olacaksın, yetim hakkı yemeyeceksin, büyüğe saygılı olacaksın, kadın kısmına kötü gözle bakmayacaksın filan... Laf bunlar laf! Önce adamın karnını doyuracaksın, yüreğini ısıtacaksın, sonra isteyeceksin bunları. Bizim sahibimiz yoktu. O zamanlar dert tasa kısmı bitince bütün hayalimiz kadınlar, kızlar olurdu. Her birimiz âşık olacak birini mutlaka bulur, bunlarla tutunurduk hayata. Sanki âşık olur, o kadını elde edebilirsek, kendimize olan inancımız artardı. Demek ki biz de insanız, bizi de beğenen, seven var derdik. Bunlarla teselli bulurduk. Hangi erkek sevdiği kadın uğruna bir yıl deli divane olur. Olmayacağını bile bile sokaklarda yatar, içer içer boş sokaklarda naralar atar, sabahlara kadar gözünden yaş eksik olmaz. İşte bunu yapan delikanlılar da sadece varoşlardan çıkar."

"Böyle mi yapardınız?"

Hüzünlü bir gülümseme yayılıyor yüzüne. Hemen ardından yine gözlerini ateş bürüyor sanki.

"Öyle yapardım ya!"

"Nalan Hanım size gelmeseydi ne olacaktı?"

"Kolay olmazdı unutmam. Yenik sayardım kendimi. Bu yenikliği de içime sindiremez, o zaman arabesk şarkıları daha çok dinler, kırk kadını ayartsam bile Nalan benimle birlikte mezara kadar gelirdi. Bizim gibiler sevdiğini unutmazlar."

"Ama şimdi ondan vazgeçiyorsunuz. Bu nasıl bir çelişki?"

"Çelişki değil. Çelişki yok! Nalan benim olmuş, savaşı kazanmışım, yenilmemişim. Tam yedi yıl ben bu aşkı doya doya yaşamışım. Şimdi Nalan benim için hâlâ çok değerli ama aşk bitti. Hepsi bu!"

"Ama Nalan Hanım'da bitmemiş."

"O kadın! Kadınların çoğu biz erkeklerden daha vefalı oluyor. Bu da tabiat kanunu galiba. Aslında aşk onda da bitti de, onun derdi başka."

"Nedir derdi?"

"Çok bağlandı bana."

"Siz ona bağlanmadınız mı?"

"Ben de bağlandım. Bağlanmasam yedi yıldır benim ne işim olurdu onun yanında. Zaten bu Laz olmasa, daha sürerdi bizim ilişkimiz. Hayat işte! Yarının ne getireceği belli değil."

"İlk zamanlar Nalan Hanım, karını boşamazsan gelmem deseydi ne yapardınız?"

"Boşardım, hemen boşardım."

"Bu kadar kolay yani. Türkân'ın boşanmam deme hakkı yok mu?"

"Yok tabii... Gerçi boşasam da ihmal etmezdim ben onları. Nikâh dediğin nedir ki? Ondan alır, öbürüne verirsin. Ama Allah için Nalan hiç ısrar etmedi. Çok yufka yürekli! Kendinden önce hep başkalarını düşünüyor. Bunları sonradan anladım. Bazen şaka yapıyor zannederdim. O kadar saf yani. Onun ne kadar namuslu olduğunu da sonradan anladım. Baştan Allah için, bana geldi, başkasına da gider diyordum. Şimdi onu ordunun içine koysam, yine de tertemiz çıkacağını biliyorum. Siz bakmayın benim böyle dediğime. Aslında çok kıskanç bir erkeğim ben. Nalan beni böyle yumuşattı. Öyle güven verdi ki bana! Onunla yaşadığımız bu yedi yılda çok şey öğrendim. Her şeyden önce az da olsa artık insanlara güveniyorum. Bakın, size bile güveniyorum. Eskiden olsa, her söylediğinize çok kızar ve saçma sapan tepkiler gösterirdim."

"Nasıl yani?"

"Daha baştan sizin bana karşı kötü niyetli olduğunuzu düşünür, sorularınıza asla doğru cevaplar veremez, hep sizi kandırmaya çalışırdım."

"Bunu neden yapardınız?"

"Neden olacak, aşağılık duygusundan. Beni beğenmedi, benimle alay ediyor, bana kazık atacak, Nalan'ı dolduracak..."

"Şimdi ne düşünüyorsunuz?"

"Onu bari sormayın."

"Bırakın da her şeyi sorayım."

"Nalan buraya ilk geldiğinde deli gibiydi. Şimdi doktorun yanına girince kim bilir neler yapar, her türlü rezaleti çıkarır diyordum çünkü onu buraya neden getirdiğimi biliyordu. Sonra bir de baktım, içerden kedi gibi çıktı. Zaten ondan önce ben girdim, benim de ağzımın payını verdiniz. 'Bu kadın hiç içinden konuşmuyor' dedim. 'Ne söylenmesi gerekiyorsa, adamın gözünün içine baka baka söylüyor. Yani gizlisi saklısı yok.' Siz insana bütün maskelerini çıkarttırıyorsunuz. Başka türlü sizinle böyle rahat rahat konuşamazdım. Siz bana kızsanız da hoşuma gidiyor. 'Rahat rahat kızıyor ve bunu da hiç saklamıyor' diyorum."

Boyundan büyük laflar ediyor bu adam. Okumamış etmemiş ama hayatı iyi tanıyor. Zaten okumak hayatı tanımaya ne zaman yetmiş ki... Düşünüyorum da, ben tıp fakültesini bitirdiğim yıllar doktor olmuştum ama ne kadar cahildim yani pek çok şey öğrenmiştim ama hayatı hiç tanımıyordum. Bana hayatı hem yaşadıklarım ama en çok da hastalarım öğretti. Ne cahiller, neler öğrettiler bana. Hayri'den de öğreneceğim çok şey var galiba.

"Onun için artık burada dümdüz gidiyorum doktor hanım. Hiçbir şeyi saklamıyorum. Böyle konuşabilmek hoşuma gitti. Ben daha önce bunu hiç yapmamışım çünkü hep bir hesap peşindeyim. Burada hesap mesap yok. Ne düşünüyorsan, söyle gitsin. Onun için buraya gelmeyi çok seviyorum. Nalan da öyle kedi gibi olunca, iyice güvendim size. Zaten o, böyle kedi gibi olursa gideceğimi biliyordu. Onun için buraya gelmek istememişti."

"Şimdi uslandı. Gittiniz mi?"

"Pek sayılmaz. Baştan gitmeye kararlıydım ama şimdi neden bilmem, gidemiyorum. Oysa siz Nalan'ı tam da benim istediğim kıvama getirdiniz. Yani intihar ederimler bitti, günde yüz kere aramalar, ağlamalar, inlemeler bitti ama şimdi de ben bırakıp gitmeye kıyamıyorum."

"Nalan Hanım'a mı kıyamıyorsunuz, kendinize mi?"

"Anlamadım."

"Anladınız. Siz başkaları uğruna bir şeylerden vazgeçecek biri değilsiniz. Nalan Hanım bile olsa!"

Odada derin bir sessizlik oluyor. Gerçekler işte bazen böyle çarpar adamı!

"Öyleyse kendim için mi gitmiyorum, böyle mi demek istiyorsunuz?"

"Evet. Ondan vazgeçmeyi göze alamadınız. Tıpkı Nalan Hanım uğruna eşinizden ayrılmayı göze alamadığınız gibi. Üçü de kalsın istiyorsunuz."

"İyi de bunda ne kötülük var? Evet, üçü de kalsın istiyorum. Ben onları seviyorum, onlar da beni. Bu kıskançlık neyin nesi? Elinden gelse bu karıların üçü de gözümü oyacaklar. Hem bana deli gibi tutkunlar, hem de ben sadece onların olayım istiyorlar. Ulan birinizin olsam, iki kişi birden perişan olacak. Birbirinize kastınız ne? Ben nasıl olsa hiçbirinizi ihmal etmem, hepinizi de sevecek kadar geniş bir gönlüm var benim. Ama nerdeee?"

Demek yine bütün suç kadınlarda. Adamın gönlü geniş. Hiçbirini ihmal etmeyecek. Ah bu kadınlar, laftan anlamıyorlar ki!

Yine Nalan geliyor aklıma. Kocası ona biraz sahip çıksaymış, biraz gönlünü hoş etseymiş, bunların hiçbiri olmayacakmış. Bir yandan böyle diyor, bir yandan da, acaba ben de Hayri gibi mi yapıyorum, hep kadınları mı tutuyorum demekten kendimi alamıyorum.

İnsan ruhu ne kadar karmaşık. Herkes kendine göre ne kadar haklı. Kendimizi bu kadar iyi anlarken karşı tarafı neden hep böyle pas geçiyoruz acaba?

Acaba Hayri'nin eşi Türkân ne diyor bu işlere? O ne hissediyor?

"Gülseren Hanım bazı şeyleri yaparken uzun boylu düşünmüyor insan. İşte benim amcamın oğlu bir hiç uğruna vurdu nişanlısını. Meğer kızın da bir günahı yokmuş. Bizimkinin kıskançlığı... Amcamın oğlunun benden farkı yok ki, benim de ondan. Biz eğer yedi yıldır böyle uslu uslu oturduysak, başımıza bir iş gelmediyse, bunun tek nedeni Nalan, onun sayesinde. O beni öyle iyi tanıdı, ruhu da öyle temiz ki... Başkası olsa neler olurdu, ben bile bilmiyorum."

"Şimdi başkası geliyor işte. Göreceğiz bakalım, neler olacak."

"Laz kızını diyorsunuz. O da günahsız bir gariban işte. Zaten aynı çöplükten olduğumuz için birbirimizi çok iyi anlıyoruz. Hayat onu da hiç gözünün yaşına bakmadan buralara sürüklemiş. Kader bunlar... Ama kadın belalı! Sevgilisi daha da belalı! Bakalım nasıl kalkacağız bu işin altından?"

"Bir de sevgilisi mi var? Yok artık! "

Öyle yüksek sesle söylüyorum ki bunu, odada sesim çınlayınca aklım başıma geliyor. Bu nasıl bir hikâye? Beni daha nasıl şaşırtacaklar!

"Yıllardır ünlü bir işadamı bakıyormuş ona. Adam şimdi yurtdışında. Yakında gelir. Bizim Laz'a şahane bir daire almış. Dayamış, döşemiş, altına da bir cip çekmiş. Cebinde bol parası, her biri kaç milyonluk kredi kartları... Ama kadın onu değil, beni seviyor. Bende para ne gezer! Söylüyorum ama olsun, diyor. O da para pul istemiyor. Beni istiyor."

"Bunlar sizi gururlandırıyor galiba."

"Ee, tabii, biraz gururlanıyor insan ama dedim ya, bunun takıntısı çok. Sevgilisi bir yandan, kendi bir yandan..."

"Canınız bu kadar değersiz mi sizin?"

"Canım değil, sevdiğim kadınlar canımdan daha değerli. Ben böyle bir adamım işte. Sevince gözüm dünyayı görmüyor. Hem o Sedat denen adam karısının kıymetini bilseydi, Nalan onu bırakır da bana gelir miydi? Adam olsaydı da karısına sahip çıksaydı. Hödük işte! Sadece okumakla adam olunmuyor. İnsan karısıyla biraz ilgilenir. Senin karın dünya güzeli bir kadın. Üstelik hiç gözü açılmamış. Biz erkekler bunları daha kadına bakar bakmaz anlarız. Onun dünyadan haberi yok. Neymiş, işadamıymış. Sen kafesteki kuşu uçurduktan sonra ben seveyim senin işadamlığını. Doğruya doğru... Be adam, bu kadın senden önce hiç erkek yüzü görmemiş. Güzel de... Biraz kıymetini bilsene! Kadın sevgi istiyor, öldün mü be adam, kadına bu sevgiyi göstersene! O hiçbirini yapmamış. Eee?"

"Bütün bunları siz eşinize yapıyor musunuz?"

"Yapıyorum tabii. O benim kaç yıllık karım. Severim, sevmem ama çocuklarımın annesi. Eve gitmesem bile her gün onu arar, bir ihtiyacı var mı diye sorar, geceleri de gönlünü her türlü hoş ederim. Karımın bu bakımdan bir şikâyeti yoktur benden. Şimdi inanmayacaksınız ama o da çok sever beni. Keşke bu kadar sevmese... Bir tek bu durum arada bir içimi sızlatıyor. Yazık kadına diyorum ama bu işler öyle yazık demekle filan olmuyor. Ben de severim onu ama karım gibi değil, çocuklarımın annesidir, iyidir, hoştur, hepimize çok iyi bakar. İşte bitti. Gerisi yok yani."

"Onu aldattığınızı bilmiyor mu?"

"Bilse ne olacak? Ona gidip de ben başka kadınları sevdim diyecek halim yok ya... Gerçi bir şeyleri anlıyor anlamasına da, saflığa vuruyor. Nalan'ın evine kaç kere götürdüm onu. Çocukları da alıp gittik. Şirketten arkadaşım diyorum."

Yok artık! Neler diyor bu adam!

"Nasıl yani? İkisi birbirini tanıyor mu?"

"Tabii tabii! Nalan hepsini de çok iyi ağırlar. Çocuklarla tek tek ilgilenir. Derslerde bilemediklerini ona sorarlar. Bayramlarda biz çoluk çocuk önce onu ziyaret ederiz. Çocuklara hediyeler alır. Tek tek her biriyle sohbet eder."

"Eşiniz ne diyor Nalan Hanım için?"

"Eşim de çok seviyor onu. Benim hanım da ona yemek tarifleri verir. Bizim yörenin etli ekmeği meşhurdur. Evde yapıp ona götürür ama Allah için bunda Nalan'ın payını inkâr edemem."

"Demek öyle! Gelelim Laz kızına!"

"Gelelim, gelelim. Onun da bütün hayali sevdiği bir adamla evlenmekmiş ve beni çok sevmiş."

"Siz ona inandınız mı?"

"Hemen inanmam ben. İyice düşünmeden, ne yaptığını görmeden hiçbir şeye inanmam. Kadın çok hoşuma gitti ama önceleri orospunun teki dedim içimden. Şimdi siz bu lafa da takarsınız."

"Yok, takmam, siz rahat olun."

"Neyse, onu tanıdıkça hiç de öyle olmadığını gördüm. Kadın onlara parası için gitmiş. Bende para mara yok. Ne ona alıştığı o saray gibi evleri verebilirim, ne de altına araba. Bunları ona açık açık söyledim. Hiçbir şey istemem diyor, o beni istiyormuş, bir de kuru nikâh."

"Kuru nikâh?"

"Yani düğün dernek istemem. Nikâh dairesinde nikâhlanırız, olur biter diyor. O da haklı. Bunca yıldır kepaze olan adını temizleyecek."

"Onunkini anladık da siz bu işe neden giriyorsunuz?"

"Beni böyle şartsız şurtsuz seven kadınlara, hele bir de çok güzelse bayılıyorum."

"İkisi de çok varlıklı işadamlarının karısı ya da sevgilisi. Erkeklerle rekabet etmeyi de seviyorsunuz galiba!"

"Belki de... 'Ulan Hayri' diyorum, 'sokakta aç bilaç gezen, ensesinden tokat eksik olmayan o gariban çocuk mu yapıyor bunları? Ama hiç olmazsa kadınlar anladı senin kıymetini.' Yanlış mı doktor hanım? Şimdi karı o herifi bırakıp bana gelecek. Ben kimim? Çulsuzun tekiyim. Bir tek ağzım iyi laf yapıyor, bir de Allah için çok yakışıklıyım. Beni görünce kadınların içi eriyor demek ki..."

Yine ne söyleyeceğimi bilemiyorum. Demek içi eriyor ha? Biraz itibar, biraz değerli olabilmek, çok sevilebilmek uğruna aslında kendini harcıyor da, haberi yok. Bu konuda onu daldığı uykudan uyandırabilir miyim acaba? O sevilmeye, değerli ve üstün olabilmeye öyle aç ki...

"Hepimiz sevilmek ve değerli olmak isteriz ama siz bu uğurda neleri feda ettiğinizin farkında mısınız?"

"Nalan'ı mı diyorsunuz? Yok, yok... Onu feda etmeyeceğim galiba. Hep birlikte yaşayıp gitmenin bir yolunu bulurum belki."

"Ben Nalan Hanım'dan değil, sizden söz ediyorum. Değer görmeye olan açlığınız başınızı derde sokacak. Kendi kendinize ihanet ediyorsunuz. Yani kendi bacağınıza sıkıyorsunuz."

"Yok canım, onu da nereden çıkardınız?"

"Çoğu erkeğin hayal bile edemediği bir düzen kurmuşsunuz. Bu düzeni paramparça etmek sizce akılcı mı?"

"Ben birine kafaya taktım mı, onun peşini bir daha bırakmam. Siz Laz kızını tanısanız, bana hak verirdiniz. Keşke onu da getirebilsem buraya. Dedim ya, Laz kızı bunların hiçbirine benzemiyor. O da benim gibi çok çekmiş hayattan. Her neyse, onu getiremesem de, bizim hanımı da bir görün istiyorum. Yıllardır zaman zaman bir yumru oturur boğazına. Ne yutabilir, ne tükürebilir. Saatlerce hıçkırır, durur. Birkaç yere götürdüm ama geçiremediler. Gördükçe acıyorum haline. Yüzü kızarıyor, buz gibi ter geliyor sırtından. Bayılacak sanıyorum, zor tutuyor kendini. Yazık, yine de bana bir şey demez."

"Öyle mi? Tamam, getirin. Hem onunla da tanışmış oluruz."

"Siz artık aileden sayılırsınız. Şimdi duyunca kim bilir nasıl sevinecek. Ben Tuna Hanım'dan randevu alırım. Ama ayrıca kendim için de alacağım. Tamam, değil mi?"

"Olur, bekliyorum."

"Bir kere daha konuşalım bakalım. Bu söylediklerinizi de düşüneceğim. Haftaya görüşmek üzere..."

Böyle diyerek yine çevik bir hareketle yerinden kalkıp elimi kuvvetlice sıkarak çıkıyor Hayri. Her şeyi bu kadar açık konuşan, duyguları bu kadar meydanda bir erkekle konuşmak güzel oluyor. Hayri yanlış yapıp doğru söylüyor.

Onu dinlerken hep kader denen şeyi düşünüyorum. Gerçekten de kaderimiz biz daha çok küçükken yazılıyor. Hepimiz bir yerlerimizden yaralıyız. Hayri'nin yaraları çok açık. O varoş çocuğu olmaktan çıkıp şehir çocuğu olmayı hayal etmiş. Hep önemli, değerli biri olmak istemiş. Çocukluğunda bunu hiç görememiş. Anneyi çok erken kaybetmiş. Kaybetmese de, köy yerinde kadınların, çocuklarından daha önemli işleri, dertleri var. Ben, diyememiş. Ben olamamış. Kendine okumak, diploma sahibi olmak gibi hedefler de koyamamış. Yıllarca bunların hayalini bile kuramadan yaşamış. Aslında içindeki bu enerjiyi doğru hedeflere yönlendirebilse, Hayri her şey olurdu. İşte bunu yapamamış çünkü kendinden ümidi yokmuş. Ben diyemeyen, ben olamayan birinin kendinden ümidi olur mu?

İşte bu ışığı ona kadınlar yakmış. Hayri de ışığın peşine düşmüş. Işık parladıkça Hayri daha çok koşmuş. Hâlâ da koşuyor çünkü yıllardır ulaşamadığı hedeflere kadınlar sayesinde ulaşmış ve sonunda Hayri Bey olmuş. Yıllardır hasret kaldığı beyliğin tadını çıkarıyor. Böyle yaşamanın, eskisi gibi olmaktan, eskisi gibi yaşamaktan ne kadar farklı olduğunu hissetmek, Hayri'yi adeta sarhoş etmiş. Bütün bunları kendinden beklemiyormuş.

Sanırım Laz kızında, Nalan'la yaşadıklarının biraz da tersini yaşamak istiyor. O gariban bir Laz kızı, bizimki ise çoktan Hayri Bey olmuş bile.

Ancak şimdi hayat onu hiç fark ettirmeden başka yollara götürmeye niyetleniyor. Beyninin bir kısmı, "Aferin sana Hayri" derken, öteki kısım hâlâ eski Hayri'de, gariban Hayri'de kalmış.

Geç bunları, diyor ona. Ben senin ne olduğunu, ne olmadığını çok iyi biliyorum. Bu kadar beylik yeter. Şimdi sıra yine eski Hayri'de. Hayri Bey olamayan Hayri'de... Sen çuvalları Sarı'ya taşıtmışsın ama babandan da dayağı yemişsin. Onu bile unutmazken, şimdi yaptıklarını görmez misin sanıyorsun? Ne yani, bunların bedelini ödetmeyecek misin kendine? Öyle yağma yok! Ben değil, bu cezayı sen vereceksin kendine.

İşte benim kulağıma böyle diyor bilinçdışı. Kurşunu başkası değil, sen sıkıyorsun bacağına dedim ama anlamadı. Bunu insanlar kolay anlamaz zaten! Tanrı'nın insana kendi kaderini kendine yazdırdığını anlamak kolay mı?

Bilinçdışı Laz kızına bayılmış. Bugün olmazsa başka gün, Laz kızı olmazsa Çerkez kızını mutlaka bulur ve karşısına çıkarırdı onun. Derdi kimin kızı olduğu değil, bilinçdışının derdi onu eski çöplüğüne geri döndürmek. Kader motifi her zaman alıştığını, öğrendiğini, bildiğini arar. Bazen güzellikler bile çok gelir ona. İşte böyle bacağına sıktırarak seni alır, doğduğun evde yaşadığın duyguların aynısını yaşayacağın bir yerlere götürüverir.

Kader, işte böyle bir şey! Tesadüf dediğimiz hiçbir şey tesadüf değil aslında. Bilinçdışımız, bize onu arayıp bulduruyor. Ödülü de biz veriyoruz kendimize, cezayı da...

Bela geliyorum diyor ama Hayri bunu görmüyor. Kim bilir nasıl süründürecek onu Laz kızı. Ve ben bunu biliyor ama Hayri'ye gösteremiyorum. Görmek istemeyene doktor ne yapsın!

Laz kızı Nalan gibi değil. O çok farklı bir dünyadan geliyor. Hem de buldozer gibi geliyor. Ortalığı yakıp yıkmadan gitmez.

Kim bilir böyle yaparak o da hangi suçların cezasını ödetecek kendine.

6

Bu toprakların insanlarını çok seviyorum. Her birimiz çok farklı görünsek de bizde ortak çok şey vardır. Bu ortak şeyleri en çok şarkılarımızda, türkülerimizde, şiirlerimizde; onları söyleyenlerde, dinleyenlerde görüyorum.

Bizim en neşeli şarkılarımızda bile, bizlere has ince bir hüzün vardır. Bizler başı dumanlı, göğsü çimenli dağlardan sevgilimizi isteriz. Kimse anlamıyorsa halimizden hiç olmazsa gökteki yıldızlar, batan güneş anlasın isteriz. Vuslattan çok hasreti severiz. Sevgiliye duyduğumuz özlemi severiz. Şerefe kalkan kadehleri, insanlar gözleri dolarak içer. Bizim sevincimizde bile ince bir hüzün vardır.

Biz zaten Müslüm Baba'yı, Orhan Baba'yı, Ferdi Tayfur'u, Sezen Aksu'yu, Zeki Müren'i, Bülent Ersoy'u, Müzeyyen Senar'ı, Ahmet Özhan'ı, söyledikleri şarkılarda buram buram kokan hüznü bize çok iyi hissettirdikleri için severiz. Hüznü severiz biz. Öyle severiz ki, bizi hüzünlendiren bu şarkıları söyleyenlere "kim olursan ol, gel" der, gönül kapılarımızı onlara sonuna kadar açarız.

Sesi Anadolu kokan biri, "Ankara'nın bağları, büklüm büklüm yolları" derken biz o sesteki doğallığa kaptırırız kendimizi. Nerede olursa olsun, belki bir düğün salonunda, belki bir dost meclisinde, belki de yol kenarında kendimizi tutamaz, kaldırıveririz kollarımızı. Hem oynar, hem gözlerimizden yaş gelene kadar güler, sonra da birbirimize sarılırız. Gülerken gözlerden akan o yaşlar nedir bilir misiniz? İşte o, yüreğimize doğduğumuz gün taht kuran hüznün ta kendisidir.

Hüzün, elimiz kolumuz, kaşımız gözümüz gibi bizim bir parçamızdır. Bizi döven, söven, aşağılayan, ruhumuzu inciten analarımızı, babalarımızı, kocalarımızı yine de sever, anamdır, babamdır, atamdır der, içimiz yansa da isyan etmez, onlardan vazgeçmeyiz.

Hep kalabalık yaşar, kalabalık gezer tozar, birbirimize kızsak da, kırsak da, kırılsak da birlikte yer içeriz. Sevmeyiz yalnızlığı.

Batılı insanın yalnızlığı ile bizim yalnızlığımız bir değildir. O zaten doğduğu gün yalnız bir dünyaya geldiğini bilir. Alışkındır bu yalnızlığa. Bizde durum farklıdır. Biz kalabalık bir dünyada açarız gözlerimizi. Aile, akraba, konu komşu, eş dost, arkadaş, mahalledeki bakkal, manav, kasap, metroda, otobüste, trende, vapurda, dolmuşta yanımıza oturan delikanlı ya da yaşlı teyzelerin her biri bizim kalabalıklarımızdır. Bizdendir. Onun için bizim yalnızlığımız onlarınki kadar zindan karanlığında değildir.

Onlar hayatlarını özgür ama yalnız yaşar ve ölürler. Biz ise hiç özgür olamadan, kalabalıklar içinde, bağımlılığın en koyusuyla harman olarak, hüzünle yaşar ve ölürüz.

Onun için ne onlar bizi anlar, ne de biz onları. Arada bir onlara imrensek de, biraz içlerine girip de o koyu yalnızlığın kokusu burnumuza gelince kaçacak delik ararız.

Bir yandan ne kadar yalnız olduğumuzu bilir, bir yandan da hep kalabalık yaşarız. Bazen birbirimizin gözünü oyar, bazen de ayağına taş değecek diye korkarız.

Ben de bu toprakların çocuğu olarak tam da böyleyim işte. Şarkıları dinlerken hüzünlenir, sonra da, "Ah bu şarkıların gözü kör olsun" der ve dinlemeye devam ederim.

Geçen gün bir dost meclisinde, uzun süre Amerika'da yaşamış biri, ülkeye geri döndükten sonra bizim müziğimizi dinlemekte ne kadar zorlandığını, o müzikteki hüznün içine bir türlü giremediğini anlatıyor ve bize o hüzne nasıl tahammül ettiğimizi soruyordu. Bunu soran birine biz kendimizi anlatamayız ki... Anlatsak da anlamaz ki... Kopmuş bizden. Yabancılaşmış.

Son yıllarda pek çok Batılı ülkeye gittim. Oraları gezerken hep aklıma bizim topraklarımızda doğup ömrü boyunca bizimle yaşadığı halde bir türlü bizlerden biri olamayan Batı hayranlığını anlata anlata bitiremeyen insanlar geldi. Ne kadar istesem de onlar gibi bakamadım oralara. Güzel mi? Güzel ama bizimki hepsinden güzel... Bir de İstanbul'u biraz daha yakından tanıdıkça, İstanbul'un eşi benzeri yok bu dünyada dedim.

Ben yine böyle düşüncelere dalıp gitmişken kapı yavaşça açılıyor ve Nalan bütün zarafetiyle odama adeta süzülüyor. Üzerinde yine siyahlar var. Bu kıyafetine alıştım artık. Kuğu gibi süzülerek karşımdaki koltuğa doğru geliyor ve oturmadan önce elini uzatıyor bana. Yüzünde belli belirsiz bir gülümseme var. Ben onu yine heyecanla karşılıyorum. Bana baktıkça yüzündeki korku dolu donukluk kayboluyor ve yerini biraz daha rahat bir ifadeye bırakıyor.

Ona baktıkça içimden hep şöyle diyorum: "Sevgi, bütün dertlere şifadır. Bu kadının en çok ihtiyacı olan şey, sevgi..."

Ve hemen başlıyorum sormaya.

"Ne var, ne yok Nalan Hanım, nasılsınız?"

"Teşekkür ederim, fena sayılmam. Elimden geldiği kadar sizin tavsiyelerinize uymaya çalışıyorum. Resim atölyesine artık düzenli olarak gidiyorum. Oradaki hocam ve arkadaşlarım da bundan çok memnun. Onlarla ilişkilerimiz giderek yakınlaşıyor. Artık pek ağlamıyorum. Hayri'yi hiç aramıyorum ama ben aramadıkça onun beni aramaları giderek artıyor. En önemlisi o kadından tamamen vazgeçti. Ama bu sefer de kadın onun peşini bırakmıyor. Evine, eşine kadar ulaşmış. Telefonlarla Türkân Hanım'ı rahatsız ediyormuş. Hatta telefonda kadına hakaret ediyor, Hayri'yle evlenmeye karar verdiklerini, onun aradan çekilmesi gerektiğini söylüyormuş. Hayri ne yapacağını şaşırdı. Bir yandan kendini bana affettirmeye çalışıyor, bir yandan da kadının beni bulmasından korkuyor."

Demek Hayri Laz kızından vazgeçti. Yok canım! Numaradır hepsi. Hayri kolay vazgeçmez. Yeni bir masal daha anlatmış, Nalan da bunlara inanmak istiyor. Hepsi bu.

"Affettiniz mi Hayri Bey'i?"

"Önce, olayları anlamaya çalışıyorum. Meğer Hayri, bütün bu kötülüklerden beni korumaya çalışıyormuş. Çünkü o geceden sonra, bu kadının nasıl biri olduğunu ve onu nasıl bir tuzağa düşürdüklerini anlamış. Hayri benim ondan soğumam, nefret etmem, hem de kadının benimle olan ilişkisini bilmemesi için bana öyle demiş. Utanmış yaptıklarından. Bana karşı çok suçlu hissetmiş kendini. Bana layık olmadığına karar vermiş ve bir başka kadın var derken amacı, benim ondan nefret etmemi sağlamakmış. Böylece benim ondan hiç üzülmeden uzaklaşacağımı, ona bol bol kızacağımı düşünmüş. Yazık, o ara kendisi çok acı çekmiş. Çünkü bir yandan beni deli gibi severken, bir yandan beni kendisinden uzaklaştırmaya çalışmak kolay olmasa gerek."

"Eski Türk filmlerini aratmıyor bu hikâye Nalan Hanım."

"Ama Gülseren Hanım, Hayri haklı, karısına bunları yapan, bana kim bilir neler yapardı?"

"Buna ben de katılıyorum ama neden gerçeği söylemek yerine, böyle yapmış?"

"Bana gerçeği söyleyemezdi. Çünkü ne de olsa ortada bir başka kadın vardı ve Hayri'nin yanlışı yüzünden durum bu hale gelmişti."

"Nedir onun yanlışı?"

"Ne olacak, o gece kadını evine kadar bırakmasa, sonra kadının davetini kabul edip içeri girmese, bütün bunlar başımıza gelmeyecekti. Bana öyle geliyor ki, o gece kadın Hayri'nin içkisine bir şeyler koymuş. Çünkü ondan sonra olanların hiçbirini hatırlamıyor. Hayri içkiye alışkın bir adamdır. Öyle kolay sarhoş olmaz. O da zaten böyle düşünüyor. Demek ki bu tuzak, özel olarak hazırlanmış."

"Neden böyle bir şey yapsınlar?"

"Artık orasını bilemem ama belki de kadının Hayri'de gözü vardı."

"O gece tanışmamışlar mıydı?"

"Belki de kadın daha önceden tanıyordu Hayri'yi. Hayri de bu olanlara bir anlam veremiyor. 'Böyle bir şey bana anlatılsa, güler geçerim, böyle saçmalık olmaz' derim, diyor. Olaylar gerçekten de inanılması zor bir gidiş gösteriyor. Zaten bu kadar yıldır tanıdığım ve sevdiğim adamın, bunları nasıl yapabildiğine bir türlü aklım ermiyordu. Demek işin içinde iş varmış."

"Bütün bunlara inanıyor musunuz?"

"Siz inanmadınız mı yoksa?"

Çığlık atar gibi bir sesle söylenen bu son cümle odada yankılanıyor. Bunu sorarken, Nalan'ın rengi bir anda kızarıyor ve sesi titremeye başlıyor. Vereceğim cevap onu çok korkutuyor. "İnanmıyorum" dersem, aylardır Hayri'nin ince ince yaptığı "sırça köşk" bir anda yıkılacak. Nalan benim bu konudaki görüş ve düşüncelerime güveniyor. İşin kötüsü Hayri de güveniyor bana. Muhtemelen Nalan'ı buraya her seferinde o getiriyor. Ve asıl gerçeği zaten bana kendisi anlatıyor.

Ne tuhaf bir adam. Nasıl da Nalan'ın gözünün içine baka baka yalan söylüyor. Laz kızından vazgeçtiği doğru mu acaba? Ama kadın Nalan kadar kolay lokma değil gibi gelmişti bana. Yanılmış olabilir miyim? Hayri ona da evlenme sözü vermiş olmalı ki, kadın hakkını arıyor. Bir de kadının sevgilisi vardı. O ne yaptı acaba, yurtdışından döndü mü, olayı duydu mu, Hayri'yi buldu mu? Bütün bunları bilmiyorum ama tahminime göre o adam kadını terk etti ve kadın Hayri yüzünden eski sevgilisinden de ayrıldı ve şimdi bütün bunların hesabını Hayri'den soracak.

Bence Nalan'a anlattıklarından tek doğru olan şey, Laz kızının Nalan'ı tespit etmesini istemiyor oluşu. Eğer bu ilişki ortaya çıkarsa, Hayri'nin Laz kızıyla başı iyice derde girecek. Hem söylediği yalanlar ortaya çıkacak, hem de Nalan'ı bu sefer belki de gerçekten kaybedecek. Onun için elinden geldiği kadar onu gizlemeye çalışıyor.

Nalan'a gelince, bu yalanlara inanmak istemese, inanmazdı. Her şey o kadar açık ki... Demek bunlara inanmak şimdilik onun da işine geliyor. Bunu bilinçli yaptığını sanmıyorum. Bilinç dışının bir oyunu bu, ama bir yandan da korku dolu gözlerle bana bakıyor. Açıkça korkuyor benim bu hikâyeyi reddetmemden. Zaten böyle bir şansım yok ki, istesem de gerçeği söyleyemem ona. Meslek kuralları buna izin vermez.

Cevap vermem geciktikçe, Nalan'ın korkusu artıyor. Eskiye göre bu konuda daha güçlü olduğu kesin ama yine de son darbeye hazır değil. Tamam, ben de onun hazır olduğu zamanı beklerim.

"Sizin anlattıklarınızı üst üste koyunca, belki de böyledir. Demek sizi korumaya çalışıyor. Aferin Hayri'ye."

Derin bir oh çekiyor Nalan. Rahatladı. Şimdi yine eski kısık, yatak odası sesiyle konuşmaya başlıyor.

"İlahi adalet diye bir şey var, ben çok inanırım buna. Tanrı'nın sopası yok, insan yaptığının cezasını böyle çeker işte. Karşısına öyle belalı bir kadın çıktı ki, bana yaptıklarının intikamımı alıyor ondan. Kadının kardeşleri de tehdit etmeye devam ediyorlarmış Hayri'yi. Herkesi benim gibi zannetti. Şimdi anlıyor benim kıymetimi ama çok geç. Bir kere başı derde girdi. Karısı da çok huzursuzmuş. Evde kavga gürültü eksik olmuyormuş. Ev telefonunu değiştirmiş ama kadın yine bulmuş yeni numarayı. Zaten evinin yakınında nöbet tutuyormuş."

"Yani sürekli takip ediliyor, öyle mi?"

"Öyleymiş. Düşünsenize kadın evinin bahçesine kadar gelmiş. Yakında içeri de girip karısını daha fazla rahatsız eder gibi geliyor bana. Çok sıkıştı. Ne yapacağını bilemiyor. Ben hiç anlamadım bu kadını. Bu devirde olacak iş değil yaptıkları. Zorla olmaz ki böyle şeyler. Bana pek sık gelemiyor Hayri. Ben de zaten bunu istemiyorum. Kadın bir de benim varlığımdan haberdar olursa, kim bilir neler olur? Bundan korkuyorum. Ben böyle şeylere alışkın değilim. İnşallah bir terslik olmaz. Bana çektirdiklerini çekeceksin diyorum Hayri'ye."

"O ne diyor?"

"'Senin ahın tuttu' diyor bana. Ama siz biliyorsunuz ne kadar üzüldüğümü. Yine de bana ders oldu yaşadıklarım. Artık eskisi gibi güvenemem ona. Halbuki bütün yaşantımı ona göre düzenlemiştim ben. O, yine eskisi gibi sürdürdü hayatını. Ben çok şey kaybettim ama bunun için onu hiç suçlamadım, sitem etmedim. Kaderime razı olup oturdum. Bir kadın daha ne yapabilir Gülseren Hanım?"

"Haklısınız, bence yaptıklarınızın fazlası var, eksiği yok. Ama çok kolay bir kadın olmuşsunuz Nalan Hanım. Eşi gibi. Sizin de eşinden bir farkınız kalmamış. Bir düzen tutturmuş gidiyorsunuz. Bence Hayri Bey yeni bir heyecan arıyor. İlk yıllar sizinle çok heyecanlı, inişli çıkışlı bir ilişki yaşamış. Zaten siz onun pek ulaşamayacağı bir kadınsınız. Size ulaşabilmek, sizi elde edebilmek, kim bilir ne kadar heyecanlandırmıştır onu. Sizi elde ettikten sonra, aradan yıllar geçmiş. Bu, bir aşk ilişkisi için oldukça uzun bir süre. Belki ilk yıllar sorunlarınız oldu ama sonra siz her şeyi kabul etmiş ve köşenize çekilmişsiniz. Sizi kaybetme gibi bir risk de kalmamış. Böyle olunca sıra yeni heyecanlar aramaya gelmiş. O gece, o kadını evine götürmesini böyle yorumluyorum ben."

"Kadın ile erkek bu anlamda birbirinden çok farklı demek ki, çünkü ben, ilişkimizdeki bu huzur ve güvenden hiç sıkılmadım. Yeni bir heyecan aramak hiç gelmedi aklıma. Zaten Hayri'yle ilişkimizin başlangıcında bile aradığım yeni bir heyecan değildi. Beni gerçekten sevdiğine inandığım bir erkekle yaşamak istiyordum. Hayri'nin bana olan tutkusu çok yoğundu. Üzerime titriyor, gözümün içine bakıyordu. Bir prensesmişim gibi hissettiriyordu bana. İlişkimiz boyunca bu hep böyle devam etti. Benim de elimden gelen buydu işte. Kötü mü yapmışım yani?"

"Kötü değil ama insanlar gariptir, bazen iyilik yetmez insana. Sırf çok iyi olduğu için kaybeden çok insan tanıyorum. Haklı olmak, iyi olmak, her zaman beraberinde kazanmayı getirmez. Bu dünyada artık haksız da olsa, kötü de olsa güçlü olan kazanıyor. Bu gücü de insana kendine duyduğu güven getiriyor. Aşk ilişkilerinde bile bu böyle oluyor."

"Sizce ben güçlü müyüm güçsüz mü?"

"İlişkinin ilk zamanlarında güçlü taraf sizmişsiniz ama zamanla durum değişmiş. Siz çok kan kaybetmişsiniz. Hayri Bey'e mahkûm olmuşsunuz. Mecbur olmuşsunuz. İlişkideki başrolü o almış. Siz figüran olarak kalmışsınız. Hayri'siz yapamayan, bütün hayatını ona bağlamış, sanki başka hiçbir seçeneği kalmamış bir figüran. Aslında böyle bir mecburiyet yok ortada, siz isterseniz Hayri Bey olmadan da yeni bir hayat kurabilirsiniz kendinize. Bunu o da biliyor ama siz bunu ne düşünmüş, ne de ifade etmişsiniz. Yani gereğinden fazla iyi bir kadın olmuşsunuz. Her şeyin fazlası zarardır Nalan Hanım. Fazla rahat ettirmişsiniz onu. Her şeye dümdüz bakıyorsunuz."

"Her gelişimde şaşırtıyorsunuz beni. Ben hayata gerçekten çok düz bakmışım. Eğrisini doğrusunu pek fazla düşünmemişim."

"Buraya ilk geldiğiniz gün söylemiştim size, önce kendini tanımalı insan. Sonra da, bütün hayatını paylaşmaya karar verdiği insanı. Siz Hayri Bey'i seçmemişsiniz, o sizi seçmiş. Siz, onun size olan aşkının, tutkusunun, sevgisinin peşine düşmüşsünüz. Bu sevgiyi gösteren Sedat olsaymış, onunla sanırım devam edecektiniz. Yani bu oyunda kendinize hiç başrolü vermemişsiniz."

"Ay durun Gülseren Hanım, ne olur durun, söylediğiniz her şeyi kafama kaydetmeliyim. Ben bütün bunları yaşarken kendimi, kendi duygularımı, hatta geleceği bile düşünmek aklıma gelmedi. Ben demeyi bilmeyen biri bunları nasıl düşünsün ki!"

Ben demeyi bilmeyen biri mi Nalan? Gerçekten böyle mi? Ben diyememek, yani ilişkilerde kendinden çok başkalarının düşünce ve duygularına göre hareket etmek insanın bu dünyadaki varlığını inkâr etmesi, var olamaması gibi bir şeydir.

"Peki Nalan Hanım, şimdi yavaş yavaş kendinizi tanımaya başladınız. Belki bir yenilgi yaşadınız ama her yenilgi yeni bir kapı açar insan hayatında. Bu yaşadıklarınızı hemen unutmanızı önermiyorum size. Bunu bir kin haline getirin demiyorum ama yaşadıklarınızdan ders almaya çalışın. Ayrıca geçmişi doğru değerlendirin. Hayri Bey, çok düşkün olduğunu söylediği üç çocuğuna rağmen, yedi yıl önce sizinle bir ilişki kurmuş. Belki çok ısrar etseniz, sizinle evlenmeyi bile düşünecekti. Bir insan bir şeyi bir kere yaptıysa, bunu yeniden yapma ihtimali oldukça yüksektir. Belki sizden önce de böyle ilişkileri oldu onun. Bunu bilmiyoruz. Şu anda Hayri Bey ilişkinizi yeniden düzeltmeye çalışıyor. İnşallah her şey iyi gider ama siz her şeye hazır olmalısınız. Yani gereğinde yalnız yaşamak bile bir seçenek olabilir. Bunlardan korkmamalı, kendi kendinize yetebilmeyi hedeflemelisiniz."

"Eskiye göre kendime olan güvenim arttı. Artık Hayri'yle eskisi kadar sık görüşmesek de sıkılmıyorum, panik yapmıyorum. Yalnız kalmak eskisi kadar korkutmuyor beni. Hayat öyle uygun görmüşse yalnız da kalabilirim. Ayrıca daha önce de söylediğim gibi, bir iki yakın arkadaşım var. Bu son yaşadıklarımı onlar da biliyor. Eskiden üzüntülerimi, sıkıntılarımı kimseyle paylaşmazdım. İnsanların beni kınayacağını, ayıplayacağını düşünürdüm hep. Buraya gelmeyi de o yüzden istememiştim. Sizin de beni yargılayacağınızı sanmıştım. Sonra gördüm ki, siz yargılamıyor, kınamıyor, beni bana tanıtırken bir yandan da tüm gerçekleri hiç tereddüt etmeden söylüyorsunuz yüzüme."

Kendimi bir sahtekâr gibi hissediyorum. Durum hiç de onun düşündüğü gibi değil. Bildiğimin yarısını bile söylemedim ona. Bunları kaldırabileceği günleri bekliyorum.

Hayri'den aldığım bilgileri Nalan'a söyleyemem ama gerçeği anlamasını ne yapar eder sağlarım. Zaten şimdi de ne dediğime dikkat etse, işine geldiği gibi yorumlamasa, gerçeği söylüyorum ona.

"Bazılarına çok üzüldüm ama gelecekte daha fazla üzülmemem için, bunları bugünden bilmem gerekiyor benim. Arkadaşlarımdan bahsediyordum. Hayri'ye eskiden de kızarlardı, şimdi daha çok kızıyorlar. Hiç olmadığı kadar yakınlar bana."

"Belki de bu sefer siz biraz daha açık oldunuz onlara. Duygularınızı saklamadınız."

"Saklamadım. Bunu ilk kez yapıyorum ben. Eskiden korkardım insanlara kendi duygularımı açmaya. Böyle olunca da kendimi eskisi gibi yalnız hissetmiyorum. Yalnızlık, sevgisizlik çok zor Gülseren Hanım. Keşke zamanında karnım aç kalsaydı, yırtık pırtık giyinseydim de başka türlü açlık çekmeseydim. Ah bu benim kaderim! Hangisine yanayım, bilmem ki..."

Neden söz ediyor acaba? Hangi açlık, hangi kader? Rafet Koroğlu'nun geliniydi o! Çocukluğu mu yoksa?

"Düşünüyorum da, çok farklı, çok lüks, gösterişli bir hayatı bırakıp gelmişsiniz Hayri Bey'e. Toplumun itibarlı insanları sizi el üstünde tutuyorlarmış. Gazetelerde boy boy resimleriniz çıkıyor, en ünlü markalar sizi giydirmek için yarışıyormuş. Ve şimdi oldukça mütevazı bir hayatınız var. Çocukluğunuzda nasıl bir çevreden ve aileden geldiniz bilmiyorum ama sizin bu yaptığınızı bu devirde pek az kişi yapabiliyor. Devir para ve lüks devri oldu. Lüksün, ihtişamın peşine düştü çoğu insan. Siz ise bunun tam tersini yapmışsınız. Hiç pişman olmadınız mı, eski ihtişamı hiç özlemediniz mi?"

Hüzünlü, sanki biraz da alaycı bir gülümseme yayılıyor yüzüne.

"Lüks, ihtişam, konfor benim yabancı olduğum şeyler değil Gülseren Hanım. Hayatım hep öyle geçti zaten ama onlar beni o zaman da mutlu etmemişti. Karnı aç biri sarayda da açtır, kulübede de. Her gün yeni bir şey almak, lüks arabalara binmek, köşklerde, konaklarda yaşamak kimsenin açlığını doyurmuyor aslında. Ha, belki size aç olduğunuzu bir süre unutturabilir. Hepsi bu! O zamanlar bunları ben de çok düşündüm. O zamanlar ben de kendimi bu ihtişama kaptırıp her gün daha pahalı, daha gösterişli, kimsenin giyemediğini giyerek, kimsenin takamadığını takarak duygusal açlığımı doyurmaya çalışıyordum. Dıştan bakan biri bunları anlamaz. Hatta onlara imrenir durur. İnsan isterse kendini çok güzel kandırabiliyor. Hatta kendini çok mutlu olduğuna bile inandırabiliyor. Çoğu arkadaşım geçmişinde bunları yaşamadıkları, bu ihtişama hep uzaktan baktıkları için, en iyi onlar kandırabiliyordu kendini. Ama aynı şey, lükse ve ihtişama alışkın olanlar için pek de geçerli değildi. Alışkın oldukları hayatı yaşıyorlardı sadece ve bu hayat onları sanıldığı gibi mutlu filan etmiyordu. Ben bütün bunları Hayri'yle birlikte yaşamaya başladığım zaman daha iyi anladım. İliklerime kadar hissettim belki de. Özellikle yeni evlendiğim zaman onlar gibi ben de kendimi bunlarla kandırmaya çok çalıştım ama olmadı. Belki de onlar benim kadar aç kalmamışlardır, kim bilir?"

"Açlık derken tam olarak ne demek istiyorsunuz Nalan Hanım?"

Aslında ben onun ne dediğini gayet iyi biliyorum, o duygusal açlıktan, sevgisizlikten söz ediyor bence. Ancak bunu ondan duymak istiyorum.

Nalan, suç işlerken yakalanmış bir çocuk gibi kıpkırmızı olmuş yüzüyle, başını önüne eğmiş, öylece duruyor. Bir an ben de ne yapacağımı şaşırıyorum. Güzel güzel konuşuyorduk. Bir anda ne oldu bu kadına?

Gerçi buraya geldiği ilk günden beri giyimi, kuşamı, hayattaki duruşu, hep mahzun ve biraz suçlu bakan gözleri, en olmadık zamanlarda hayatıyla ilgili olarak aldığı kılıç gibi keskin kararlar, bu kararları hayata geçirme biçimleri, aşka olan inanılmaz tutkusu bana hep geçmişte onarılması zor şeyler yaşadığını düşündürdü. Ancak konu sandığımdan daha derin galiba. Bunları bana bugün anlatmazsa, bir daha hiçbir yerde ve hiç kimseye anlatamayacak bu kadın. Ona yardımcı olmalıyım.

"Aslında hepimizin içinde bir 'anlatılamayan hikâye' vardır Nalan Hanım. Ve bizi en çok yaralayan, içimizi en çok sızlatan, bazen kendimizden bile sakladığımız, işte bu hikâyelerdir. Mümkün olsa en uzak diyarlardaki çöp kutularına atıp kurtulmak isteriz bunlardan ama biz atmaya çalıştıkça, onlar daha çok yapışır yakamıza. Bundan biraz olsun kurtulmanın, acılarımızı azaltmanın en iyi yolu, bunları paylaşmaktır. Her şey herkesle paylaşılmaz, bunu biliyorum. Şimdi canınızı çok acıtan bu çivileri sizinle birlikte çıkarabiliriz. Sizinle ilgili bazı tahminler yapmamı ister misiniz?"

"Hayır, istemem! Zaten buraya gelmeyi en çok bunun için istemedim. Yüzüme bakar bakmaz alnımdaki damgayı görecek dedim."

Anlamamdan çok korktuğu bir şeyler var. Bakar bakmaz anlayacağımı düşündüğü damgaları var demek ki... Yani bu kadın damgalı! Bir kadın alnında bir damga olduğunu düşünüyorsa eğer, bunun mutlaka cinsel bir dayanağı vardır. Utançtan ve korkudan kıpkırmızı olmuş yüzüne bir kere daha dikkatle bakıyorum. Hayır, tecavüz ya da taciz değil bu. Daha başka bir şey. Bir suç, bir günah ama nasıl bir suç? Tecavüz ya da taciz değilse cinsellikle ne ilgisi var?

Ama var! Bir şekilde damgalanmış bu kadın. Alnında bu damgayla gezdiğini düşünüyor. Buraya ilk geldiği günden beri benden de bunun için korkuyor. O damgayı er ya da geç göreceğimi biliyor. Gözlerinde hep gördüğüm korkuyu anlatıyor bana.

Hay Allah!

Şimdi onunla birlikte karanlık bir kuyunun içine gireceğiz. Ben o kuyuya ışık tutabilecek miyim acaba? Demek sonunda o gün geldi. Konuyu kendisi başlattı. Demek kuyunun kapağı artık açılmaya hazır.

"Sizinle, sizin geçmişinizle ilgili bazı tahminlerim olduğu doğru. Örneğin, sizin hep bir cam fanusta yaşadığınızı düşünüyorum. Herkes gibi bir hayatınız olmamış. Bir cam fanusun içinden seyretmişsiniz hayatı. Hayatın içine pek girmemiş veya girememişsiniz. En iyi tanıdığınız duygu yalnızlık ve yalnızlığa bağlı acı ve hüzün. Bir de üstelik hayatınızdaki bu acının tek sebebi sizmişsiniz gibi, sürekli suçluyorsunuz kendinizi. Ve suçunuz önde, siz arkada, uzun ince bir yola girmiş gidiyorsunuz. İyi, kötü hepimizin bir kaderi var. Bu kaderi nereye kadar değiştirebildiğimizi ben de bilmiyorum. Bazen sanki her şey bizim elimizdeymiş gibi geliyor insana. Psikiyatri bilimi kader denen şeyi çözmeye çok uğraşıyor. Ama bir yandan dünyaya gelirken bize atalarımızdan miras kalan genlerimiz, bir yandan yaşadıklarımız, bizi en çok sevenlerin istemeden de olsa içimizde açtığı yaralar, son olarak toplumun bize öğrettikleri hep bir araya gelince kolay çıkamıyoruz işin içinden. Bazen bir yere takılıyoruz, onu çözebilmek için tüm hayatımızı veriyoruz. Ben açık olmayı seviyorum. İlk tanıştığımız günden beri sizi çok ilginç buldum."

"Beni mi?"

"Bir kadın düşünün, aşkı, sevgisi uğruna bütün dünyayı karşısına almaktan korkmuyor. Ve bunun bedelini de çatır çatır ödüyor. Bu nasıl bir güç ve bu kadın bu gücü nereden alıyor diye sordum kendime? Biraz daha açık sorayım isterseniz, ona bu gücü veren içindeki hangi yaralar? Hangi devasız dertlerin, hangi ifade edilememiş öfkelerin üzerine basıyor bunları yaparken? Ve hak ettiğine inandığı hangi cezayı arıyor bu yolda?"

Nalan gözlerini dikmiş, bir korku filmi seyreder gibi bakıyor bana. Yüzündeki bütün adaleler buzlukta dondurulmuş gibi. Sonra yavaşça ellerini yüzüne doğru götürüyor, iki eliyle yüzünü kapatıyor. Bir süre öylece duruyor. Ağlayacak sanıyorum ama ağlamıyor. İnsan her zaman ağlayamaz. Demek ki şimdi ağlayamayacak kadar kötü hissediyor kendini. Biraz sonra atlatacak bunu.

Anlata anlata atlatacak...

Ben hiç konuşmadan bekliyorum. Başka ne yapabilirim ki... Yapacağımı yaptım zaten.

Sonra elleri aşağı doğru kayıyor, dudakları bir iki kere hafifçe titriyor.

Anlatacak!

"Ben annemle babamın çocuğu değilim. Onların torunuyum."

"Annemle babamın torunu..." Nasıl yani!

"Asıl annem ailenin tek kızıymış. Anneannemin uzun süre çocuğu olmamış. Kırk yaşlarında, uzun tedavilerin sonunda doğurabilmiş annemi. Gözünün içine bakarak büyütmüşler kızlarını. Üzerine titrermiş ikisi de. Annem tam da ergenlik çağına gelirken, anneannemin en küçük erkek kardeşi, yani annemin dayısı okumak üzere yanlarına gelmiş..."

Eyvah! Ensest bir ilişki mi yoksa?

"Anne dediğim anneannem, aslında çok bilindik, çok köklü ve saygın bir ailenin kızıymış. O devirde bile daha beş altı yaşlarındayken kardeşlerin hepsi eve gelen matmazellerden Fransızca dersleri alırmış. Anneannem Fransızcayı anadili gibi konuşurdu. Annemle doğduğu günden itibaren hep Fransızca konuşmuş. Böylece annem iki dili birden öğrenerek büyümüş. Baba dediğim dedem ise anneannemin yaşadığı memlekete kaymakam olarak gelmiş. Onun da bütün sülalesi ya vali ya da kaymakam ya da hâkim... Bu meslek neredeyse sülalede nesilden nesile geçen bir gelenek haline gelmiş. Derken dedem anneannemi bir yerlerde görmüş ve ona âşık olmuş. Büyükler de uygun görmüşler ve anneannemle dedem evlenmişler. Bir süre memlekette kaldıktan sonra dedemin mesleği nedeniyle tayini başka bir yere çıkmış. Memleket memleket gezmişler. Ancak ne kadar isteseler de uzun süre çocukları olmamış. Nihayet kırk yaşlarında anneannem hamile kalmış. Bütün aile bu haberle bayram yapmış ve sonunda annem doğmuş. Aileye güneş gibi doğdu diyerek annemin adını Güneş koymuşlar. İki aile de annemden sonra onların evine sık sık gelip gider olmuşlar. Her gelen yeni bir hediyeyle geliyormuş. Yani el bebek gül bebek büyümüş annem. O sırada dedem doğuda bir ile vali olmuş. Annem ilkokulu bitirince onu ünlü okullarda okutmak amacıyla anneannem annemi de alıp Ankara'ya gelmiş. Hafta sonları dedem de yanlarına geliyormuş. İşte o yıllarda anneannemin en küçük kardeşi okumak üzere yanlarına gelmiş. Çok terbiyeli, utangaç, saygılı bir delikanlıymış. Oturdukları beş odalı evin bir odasını da ona vermişler. Başı hep önünde girer çıkar, eniştesine yani dedeme çok saygı gösterir, yemekten sonra da odasına çekilir ders çalışırmış. Hukuk fakültesinde ikinci sınıfa geçtiği yıl olmuş, ne olmuşsa. Annem o zaman kolejde orta üçüncü sınıftaymış."

"Daha çocuk sayılır."

"Yaşı küçük olduğu için sanırım, hamile kaldığını anlayamamış. Ben karnında altı yedi aylık olunca anneannem fark etmiş durumu. Aile çok büyük bir şok yaşamış. Ne yapacaklarını şaşırmış ve çok utanmışlar. Çok doktor gezmişler beni yok etmek için ama çok geç demiş doktorlar. Kızınızın da hayatı tehlikeye girebilir. Yani benden kurtulmayı başaramamışlar."

Ondan kurtulmayı başaramamışlar demek! Nasıl da duygusuz, donuk bir ifadeyle söylüyor bunları. Düşünüyorum da, bunlar hissedilerek söylenebilir mi? Nalan gibi bir kadın bunu nasıl kaldırsın.

"Bu dünya beni hiç istememiş ama ben yine de gelmişim. Hem de nasıl biliyor musunuz?"

Ne demek nasıl? Bu nasıl bir soru, ben anlamadım. Ben ona ne diyeceğimi bilemezken o anlatmaya devam ediyor.

"Annem ölüp kurtulmuş benden ama anneannemle dedem, ne kadar isteseler de kurtulamamışlar."

Ah! Demek küçük anne doğururken ölmüş. Aman Allahım!

"Karabasan gibi çökmüşüm bütün ailenin üzerine. Atsalar atamamışlar, satsalar satamamışlar. Gözlerinin bebeği o gencecik çocuk, beni bir türlü doğuramamış. Doğuramadan da ölmüş zaten. Sonunda doktorlar onu değil ama beni yaşatmayı başarmış. İnsanlar kızlarının yasını mı tutsun, elâleme ne diyeceklerini mi düşünsün, bilememişler."

Aman aman... Allah kimsenin başına vermesin böyle şeyleri. Gerçekten de ne büyük acı, ne büyük kayıp ve ne büyük bir felaket... İnsancıklar nasıl katlandı acaba bunlara?

Nalan'ın dediği gibi işin bir de toplumsal yanı var. Kime, ne diyeceklerini şaşırmışlardır. Üstelik bütün bunları yapan da el değil. Kızın öz dayısı!

Son yıllarda ensest yani aile içinde yaşanan bu tür taciz ve tecavüz kurbanları çok geliyor bana. Bu işler arttı mı, yoksa insanlar artık bu sırları hiç olmazsa psikiyatristlerle paylaşmayı mı öğrendiler, şimdilik bilemiyorum.

Demek Nalan'ın annesi de bu kurbanlardan biriymiş ve bu yüzden hayatını kaybetmiş. Hayatını kaybeden sadece o değil ki... Ya geride kalanlar ne yapsın?

"Zaten durum ortaya çıkar çıkmaz bizimkiler Ankara'yı

terk edip İstanbul'a gelmiş. Dedem de anneannem de emekliliklerini istemiş ve tanıdıkları herkesle ilişkilerini kesip kendilerini toplumdan tecrit etmişler.

"Anneannen de çalışıyor muydu?"

"Fransızca öğretmeniymiş. İstanbul'da uzak bir semte kapatmışlar kendilerini. Bu facianın bütün sorumluluğunu anneannem üstlenmiş. 'Her şey benim suçum, bir tanecik kızımı korumak bana düşerdi. Vereceğiniz her cezaya razıyım!' demiş. Dedemin ailesi olayı duyar duymaz kesin tavır koymuş."

"Nasıl yani, nasıl bir tavır?"

"'Bırak gel' demişler. 'Ya bırakır gelirsin, yani karını boşarsın, o çocuğu da bir daha görmezsin ya da biz seni reddederiz.' Dedem bunları yapmayınca da bizimkilerle maddi, manevi tüm ilişkilerini kesmişler. Sanki bu işte adamcağızın bir suçu varmış gibi..."

"Maddi manevi derken?"

"Dedem aileden kalan ve hakkı olan her türlü mal mülkten men edilmiş. 'Biz o çocuğa mal mülk bırakmayız demişler.' Belki de çocuğu yok edin, yoksa sizi mirastan yoksun bırakırız demişler işte. Dedem de notere gidip bütün haklarını kardeşlerine ve o zaman hayatta olan annesine devretmiş. Çok varlıklıymış dedemin ailesi."

"Demek yok edin demişler. Deden de sana kıyamamış."

İşte tam da bu sözümden sonra bir çığlık geliyor kulağıma. Adeta haykırarak ağlamaya başlıyor Nalan. Nihayet sıkı sıkı kapalı kepenkler açıldı. Açılsın, bir an önce açılsın o demirden kepenkler. Bu acıyla başka türlü nasıl yaşanır. Hiç olmazsa acının bir kısmı aksın dışarı.

Ne büyük bir talihsizlik!

Masamda Nalan'a doğru eğilmiş, hüzünle bakıyorum ona. Aman Tanrım, bu nasıl bir ağlama! O küçücük, narin elleriyle oturduğu koltuğun kenarlarını, ayaklarıyla yerdeki kırmızı halıyı dövüyor.

Ah!

İnsanoğlu hayatın karşısında bazen ne kadar aciz kalabiliyor. Bir ölüm, bir de ayrılık diyor şairler ama bizleri böyle aciz bırakan başka şeyler de var bu dünyada.

Nalan bir yandan haykırarak ağlarken, bir yandan da bir şeyler söylüyor. Anlamak için dikkat kesiliyorum. Ne diyor?

"Hayır, hayır, hayır... Kıydılar... İstemediler... Nefret ettiler benden!"

Nefret ettiler demek! Ah!

İsteseler de sevmeyi başaramadılar mı acaba? Kızlarının ölümüne neden olan bu bebeği sevemediler mi?

Ağla be Nalan! Korkma, ağla... İstediğin kadar bağır, çağır, koltukları yumrukla, halıları tekmele, ne istiyorsan yap. Bunca yıl sonra bu kadarına bari hakkın olsun.

Ağlamaya başlayalı ne kadar zaman geçti, bilmiyorum. Benim de gözlerim doldu. Bir de benimkileri görürse daha çok, çok çok ağlayacak. Utanıyorum onun karşısında gözlerimin dolmasından. "Yapma be Gülseren, böyle yapma, bunca yıl sonra bari yapma" diyorum içimden.

Gerçi şifa her zaman paylaşımdadır, acıya ortak olmaktadır. Psikiyatrist etkilenecek ki, anlayacak, hissedecek, onunla her türlü acıyı paylaşacak ki o da etkilenebilsin. Etkilenebilsin ki, şifa uzak bir yerlerden ışığını yaksın, geliyorum desin Nalan'a.

İki damla yaş gözlerimden aşağı doğru yuvarlanınca biraz rahatlıyorum. İki damla gözyaşı bile bazen rahatlatıyor insanı.

Demek böyle Nalan! Demek bunca yıl sen bu acıyla, bu ıstırapla, bu günah duygusuyla yaşadın. Şimdi bilmece çözüldü. Bir suç, bir günah, bunların yanında bir de cinsellik var diyordum ama ortadaki kelimeyi bulamamıştım. Demek bunları sen değil annen, o küçük anne yaşadı, bedelini de hayat sadece ona canıyla değil, sana da acıyla, utançla, suçlulukla, kusurlulukla, günahkârlıkla ödetiyor. Oysa buradaki en masum ve en günahsız kişi sensin ama gel gör ki, o gün işlenen günahların ucu, ne yazık ki bugün sana kadar uzanmış.

Ah!

Ne kadar zaman geçti yine bilmiyorum. Nalan'ın gücü tükendi. Artık gözünde yaş da kalmadı. Şimdi artık belki hikâyenin sonunu da anlatır.

"Doğuramamış işte! Çocukmuş daha... Kanamayı durduramamışlar. Belki de kurtuldu kızcağız. Bu dünyanın kahrından, acısından kurtuldu. İşte onun yerine ben yaşıyorum, kimsenin istemediği, dokunmaya korktuğu, herkesin hayatına bir kara bulut gibi çöken ben yaşıyorum. Bu dünyada hiç yeri olmayan, çok değerli bir başka genç kızın hayatını elinden alan, hayatını çalan ben..."

Onu teselli etmek, "Senin ne suçun var..." filan gibi beylik sözler söylemek gelmiyor içimden. Onun şu anda ihtiyacı olan teselli değil, o anlaşılmak istiyor.

"İşte böyle Gülseren Hanım! Allah bana da böyle bir kader nasip etmiş. Bunların cezasını benim çekmemi uygun görmüş. Onları öldürmüş, benim gibi bir zavallıyı yaşatmış. El kadar sabinin ne suçu, ne günahı var dememiş. Bu kadar nefret edilen bir bebek nasıl ölmez, nasıl yaşar, anlamadım gitti."

Nalan boğazına düğümlenen hıçkırıktan kurtulmak için elindeki mendili ağzına götürerek, birkaç kere küçük küçük öksürüyor. Bu konuyu sonuna kadar anlatmadan gitmeyecek.

"Benim doğduğum gün doktorlar anneyi kaybettiklerini söyleyince bizimkiler çıldırmış. Kendilerini yerden yere atmışlar. Sonra annemin cenazesi filan derken ben hastanede kalmışım. Arayan, soran olmamış. Sonra hastaneden bizimkileri aramış doktorlar. Bebeğinizi gelin alın diye. Bizimkilerden ses çıkmayınca doktorlar aksi halde bebeğin devlet korumasına alınmasını sağlayacağız demişler. Sonunda sanırım ben on beş yirmi günlükken gelip almışlar. O ara hemen Hafize Nine'yi bulmuşlar, bana baksın diye. Bir de halam gelmiş. Delidolu, hiç evlenmemiş, yıllarca babama sığınmış bir kadındır halam. Sanırım biraz da onun zoruyla aldılar beni."

"Halanız yani dedenizin kız kardeşi mi?"

"Evet evet! Dedemin bütün sülalesi reddetmiş onları. Bir tek halam bizimkilerin tarafında kalmış. Onun malını mülkünü de elinden alamadıkları için, önce yıllarca babam halama bakmış, benden sonra da halam bize maddi destek sağlamış. Bunca zaman beni de terk etmedi. Nereye gitsem, yakınımda bir yerlerde olmayı başardı."

"Siz çocukken de ilgilenir miydi sizinle?"

"Annem izin verse ilgilenecekmiş kadın. Hatta verin ben bakayım demiş. Ona da vermemişler. Beni bir odaya tıkmışlar, başıma da Hafize Nine'yi dikmişler, bir sürü de özel öğretmen, işte öyle büyümüşüm ben."

"Nasıl yani? Hafize Nine nasıl bir kadındı?"

"Yaşlı, okuma yazması olmayan, çok temiz ve titiz bir kadındı. Zaten başka türlü olsa annem onu eve almazdı."

Bu da çok garip. Anladığım kadarıyla anneanne evde matmazellerle büyümüş, anadili gibi Fransızca konuşan bir kadın. Ancak bebeğe baksın diye okuma yazması bile olmayan, yaşlı bir kadını alıyor eve. Daha iyisini bebeğe layık mı görmüyor, öfkesini böyle mi çıkarıyor, bebeğe şefkat gösterecek birini mi arıyor?

"Dünyaya gelmemle birlikte başta anneannem ve dedem olmak üzere, koca bir sülale yasa bürünmüş. Bizimkileri biliyorum ama memlekettekiler yani anneannem ile dedemin aileleri ne yaptı, neler çekti bilmiyorum. Bir tek bildiğim, ailedeki bekâr kızları düşünerek, 'Biz bu kızları kime vereceğiz?' dedikleri. Sanırım bu olaydan sonra kimse onların sülalesinden kız almak, onlara kız vermek istememiş. Adımız hepten kötüye çıkmış."

Tahmin ediyorum, böyle olmuştur. Anadolu'da buna "Sülaleye kara çalındı" derler. Anne tarafından biri yani kızın dayısı yeğenine tecavüz ediyor. Bizim halkımız bunu affetmez. Nasıl ki bir aileden bir fahişe çıkınca tüm aileyi lekelerse, bunda da aynısı olur. Ötekilerin suçu ne diyen olmaz. Böylece bir olay, bir kuşağın kaderini değiştirir.

"Anneannem de dedem de benden çok yaşlıydı. Ben onları anne baba bildiğim için onlardan söz ederken anne baba dersem sakın şaşırmayın, karıştırmayın."

"Tamam Nalan Hanım."

"Annem herkese kızının ve damadının bir trafik kazasında öldüğünü, bir tek benim kurtulduğumu söylerdi. Bana da öyle söylerlerdi. Yıllarca öyle bildim."

"Dayıya yani babanıza ne olmuş Nalan Hanım?"

"Orası hâlâ karanlık. Bana söylenen, annemin hamile kaldığı anlaşılınca onun ortadan kaybolduğu ama ben buna hiç inanmadım. Belki de aile yok etti onu ama bu sadece bir tahmin. Belki de intihar etti. Yani iki genç birden hayatlarının baharında benim yüzümden yok oldular."

Yine susuyorum. Şimdilik hiç araya girmemeliyim.

"Annemi düşünürdüm hep... Daha on üç-dört yaşındayken kara topraklara giren küçücük annemi... Neler yaşadı, neler hissetti, çok korktu mu diye düşünür dururdum... Ya babam?

O nasıl biriydi acaba? Ondan, annemin ölümüne sebep olduğu için nefret mi etmeliydim, yoksa ona da üzülmeli miydim? Babam, yani annemin dayısı, yani anneannemin erkek kardeşi kaybolduğunda ya da öldüğünde yirmi üç yaşındaymış. O nasıl biriydi acaba? Bir canavar mı, yeğenini iğfal eden kalpsiz, ahlaksız, kötü biri miydi? O zaman hukuk fakültesinde okuyormuş... Yani belki de hâkim olup suçlulara ceza verecekti... Başkalarına ceza vermeyi öğrenirken, kendisi nasıl böyle bir şey yapmıştı? Annemi çok zorlamış mıydı, yoksa aralarında yasak bir ilişki mi vardı? Ama zavallı annem daha on üç-on dört yaşında, aşk nedir bilir miydi? Anne dediğim anneannemin gözleri onun için mi hep yaşlıydı? Akşama kadar namaz kılıp tövbe etmesi de mi bundan mıydı? Bu işte onun ne suçu vardı? Kendini neden bu kadar suçluyordu? Baba dediğim dedem bu olaydan önce acaba arada bir de olsa güler miydi? Beni kucaklarına aldıklarında ne hissetmişlerdi? Benden iğrenmişler miydi? Yoksa ben de öleyim diye Tanrı'ya dua mı etmişlerdi? Adımı, onun için mi Nalan koymuşlardı? Hepsi ölürken ben neden yaşamıştım? Beni öldürmeye kıyamamışlar mıydı? Yoksa çok uğraşmışlar ama ben yine de ölmemiş miydim? Küçücük bir bebekken, kimsenin elini sürmeye cesaret edemediği, yüzüne bakmaya tahammül edemediği iğrenç bir varlık, dokunanın eline bulaşacak bir günahın en kesin kanıtı mıydım? Benim yüzüme bakınca ne gördüler, kimi gördüler bende? Ben kime benziyordum, dayısı tarafından iğfal edilen anneme mi, yoksa yeğenini iğfal eden babama mı?"

Artık bunları bana değil, kendine ya da o küçük bebeğe anlatıyor. Dalmış gitmiş... Sanırım o küçük bebek kucağında, onunla konuşuyor. Ah bir barışabilse, o küçük bebekle bir barışabilse, bu acılar öyle hafifler ki...

"O bebek o karanlık, o zindan gibi evde nasıl büyüdü, neler yaşadı, neler çekti kimse bilir mi? Çocukluğumda yaşadıklarımın hesabını ben şimdi kimden soracağım. Hangi hâkim, hangi savcı dinleyecek beni. Dinleseler bile onlar da sözün yarısında kalkıp gitmeyecekler mi? Kimsenin sevmediğini, sahiplenmediğini Allah sever mi? Sevse bile öteki kullarına bunu nasıl anlatır? O zaman onlar sormazlar mı, onun yüzünden dünya başımıza yıkıldı, kimsenin yüzüne bakamaz olduk, kendimizden utandık demezler mi? Bizim günahımız neydi diye sitem etmezler mi? Yıllarca nefret ettiğim, beni sevmiyorlar, hiç sevmediler diye kin tuttuğum anneannemle dedeme yazık değil mi?"

Demek o bebek, o evde hiç sevilmeden, okşanmadan büyüdü. Demek Nalan gerçeği çok sonradan öğrendi. Demek yıllarca ona bakan insanlardan nefret etti. Gerçeği öğrenince de bütün nefreti kendine döndü.

Aman Tanrım!

İnsan yavrusu doğduğunda tamamen bakıma muhtaçtır. Anne ile bebek arasında kurulan o ilk ilişki aslında kaderimize giden ilk basamaktır. Eğer o anne bebeğin ihtiyaçlarını onun el kol sallamalarından, bakışlarından, çıkardığı seslerden hemen anlar ve anında bu ihtiyaçları karşılarsa, bebek bu yeni ortama güven duymaya başlar.

Anne bu dönemde bebeğe nasıl davrandıysa, bebek büyüdükçe başkalarıyla kurduğu ilişkileri ilk öğrendiği bu anne bebek ilişkisi gibi kurar. Anne ona güven verdiyse, o bebek için dünya güvenli bir yerdir. Vermediyse güvensiz. Bebek bu ilişkide aradığı güveni bulamazsa, gelecekte o yetişkin için tüm ilişkiler güvenilmezdir. Bu ilişkilerde zorlandığı zaman ilişkiden hemen kaçar, mücadele etmez. Kendini sakinleştirmenin yollarını arar. Sürekli alışveriş yapma, gece yarıları kalkıp bol bol yemek yemek gibi... Yani annesinin doyuramadığı duygusal açlığı ısrarla bunları yaparak doyurmaya çalışır. Nalan'ın Hayri'yle beraber olana kadar bitmez tükenmez alışveriş merakı gibi. Ya da bu kişiler sevdikleri insanla sürekli ilişki içinde ya da yan yana olmak ister. Kafası sürekli sevgilisinin onu sevip sevmediğiyle meşguldür. Bu konuda hep endişelidir. Terk edilmekten hem çok korkar, hem de bir gün nasıl olsa terk edileceğinden emin gibidir.

Kendi geçmişini doğru okumazsan, hayat boyu aynı geçmişi tekrarlar durursun ve bütün bunları bir kader gibi kendi çocuğuna geçirirsin.

"İnsan eve kedi bile alsa, onu sadece doyurmakla, ısıtmakla kalmaz. Kedi bile benimle ilgilenin diye ayaklarınıza sürünür, beni sevin der. Ben onların ayaklarına bile sürünemezdim. Bana dokunmaya korkarlardı. Hafize Nine beni yedirir, içirir, giydirir, kuşatır ama onlar bucak bucak kaçardı benden. Bırakın dokunmayı, görmek bile istemezlerdi. Evin en büyük odasını benim için hazırlamışlardı. Kendileri küçük odada yatarlardı. Benim odamda bir çocuğun isteyebileceği her şeyin fazlası vardı. En güzel yataklar, dantel örtüler, çeşit çeşit lambalar, oyuncaklar, kitaplar, kalemler, boyama defterleri, oyuncağın her türlüsü... Bir tek ne yoktu biliyor musunuz? Sevgi... Ben varken hiç girmezlerdi odama. Okul öncesi hep yalnızdım o odada. Hafize Nine arada girer çıkar, bana bir şeyler yedirir, giydirir, oyuncaklarımı önüme döker giderdi."

Hafize Nine de ona sevgi, şefkat göstermiyor. Sadece yapılması gerekenleri yapıyor.

"Anneannem bir yere gideceği zaman yine Hafize Nine beni yıkar, paklar, saçlarımı tarar, kurdelelerimi takar, üstüme en şık elbiselerimi giydirir, kolonyamı sürer kapıya çıkarırdı. Ben orada bir süre anneannemi beklerdim. Biraz sonra o giyinip kuşanıp gelir, birlikte aşağı inerdik. Arabada yan yana otururken bile bana dokunmamaya özen gösterir ama gideceğimiz yere varınca işler değişirdi. Sadece o zamanlar benim elimi tutar, yüzüne sahte bir gülümseme yerleştirir, gittiğimiz evde beni göklere çıkarır, ne kadar çalışkan, ne kadar akıllı ve uslu bir kız olduğumu anlatır dururdu. İkramlar başlayınca yanlış bir şey yapmaktan ödüm kopar, gözümü onun gözünden hiç ayırmazdım. Oradaki kadınlar benimle ilgilenir, sorular sorar, başımı okşar, beni ne kadar beğendiklerini söylerlerdi. Ama bunların hepsi bir oyundu. Oradan çıkınca arabaya biner binmez oyun biter, anneannem o mutluluk maskesini çıkarır, ben orada yokmuşum gibi davranırdı. Ben yanlış bir şey mi yaptım diye sık sık dönüp ona bakar, bazen de, 'Bana aferin dediler, beni beğendiler, di mi anne?' diye sorardım çünkü benim en önemli görevim, daha doğrusu varlık sebebim aferin alabilmekti. O da hiç yüzüme bakmadan başıyla beni onaylardı."

Kişiliği genel hatlarıyla ta o zaman çizilmiş. Doğduğumuz evlerde yazılır kaderimiz. Yıllar önce Dr. Spock adlı bir Amerikalı, annelere yeni doğan bebekleriyle ilişkileri konusunda öneriler sunduğu bir kitap yayınlamıştı. "Bırakın ağlasın. Göreceksiniz iki üç gün ağlayıp sonra susacak, uslu, sizin kurallarınıza uyan bir bebek olacak" diyordu Dr. Spock.

O yıllar bu kitabı okuyan annelerin bebekleri günlerce yataklarında haykırarak ağlamış, kusmuş, boğulacak gibi olmuş ama anneler doktorun önerilerine uyarak asla bebeğin yanına gitmemiş, onu kucağına almamış, sallamamış, ona ninni söylememişti.

Gerçekten de bebekler bir süre sonra susmuştu. Anneleri tarafından doyurulamayan bu bebekleri sonradan hayat hiç doyuramadı.

Biri size, "Bebeği kucağına alma, şımartma, bırak ağlasın" derse sakın kulak asmayın. Beynin gıdası ilişkidir. Bebeğin beynini aç bırakmayın.

Nalan'ın durumu Dr. Spock'un bebeklerinden daha kötü. Onu arada bir bile olsa kucağına alan, seven, okşayan kimse olmamış galiba. Bunun tadını bile öğrenmemiş. Aile onu öyle ihmal etmiş, öyle görmezden gelmiş ki, adeta ona, "Sen yoksun!" demiş, onu ihmal etmekle kalmamış, taciz de etmiş. Bir odaya kapatıp dünyayla ilişkisini keserek bu sefer de ona adeta, "Seni sevmiyoruz" demiş!

Bir türlü tadamadığı sevgiyi, şefkati, sahiplenmeyi ona Hayri yavaş yavaş tattırmış. Bu ilişki bu kadar yavaş gelişmeseymiş, Nalan ona asla güvenmez, inanmaz, ona kendini teslim etmezmiş. Hayri bu konuda onu bir öğretmen gibi ağır ağır eğitmiş.

Şimdi bir şeyler kafamda yerli yerine oturmaya başlıyor. Demek onun hedefi önce sevgi açlığını doyurmak sonra da toplumdan aferin alabilmek. Sedat ne yapmış, onu hem sevmemiş, hem de aferin dememiş. Beğenmemiş, eleştirmiş, Nalan'ın ailesi gibi onaylamamış onu. Belki de fazla dokunmadı bile kıza.

Hayri ne yapıyor? Onu dünyalar kadar seviyor ve hep aferin diyor; beğeniyor, kraliçem diyor, hayranlık duyuyor.

Aslında kaderinin onu götürdüğü yer Sedat'ın yanıymış. Yani büyüdüğü evdeki alışkın olduğu duyguların hepsi Sedat'taymış. Hepimiz genelde tam olarak bunu yaparız. Bir gün aniden çocukken alışkın olduğumuz duyguları bize hissettirecek ilişkilerin içinde buluruz kendimizi. Sonra da döner, bunu biz zorla arayıp bulduk demek yerine, kaderim böyleymiş der, geçeriz.

Çocukluğunda aşağılanan, hırpalanan, adam yerine konulmayan çocuklar, günün birinde onlara aynı bu duyguları yaşatacak birilerini mutlaka bulurlar. Hatta bu yüzden o kişiden ayrılır ama sonra daha beteri çıkar karşılarına. Bunu onların karşılarına çıkaranın hayat olduğunu, kader olduğunu zannederler ama genelde hayat bizi takip eder, biz hayatı değil.

Hayri piyangodan çıkmış. Nalan da ona bütün gücüyle sarılmış.

"Evde sizinle hiç konuşmazlar mıydı?"

Düşünüyor. Bu soruya hemen cevap veremedi. Ne acı! Onunla konuştukları anları bulmaya çalışıyor.

"Okula başlayana kadar sanki cam bir fanusun içinde büyüdüm. Doğru dürüst konuşamazdım bile. Okula başladığım ilk yıl öğretmenler bir zekâ sorunum olduğunu düşünmüşler çünkü diğer çocuklar gibi konuşamıyor, olaylara tepki veremiyormuşum."

Uyaran eksikliği. Bir çocuğu doğduğu gün yalnız bir odaya hapseder, onun hayatta kalmasını sağlamak için gerekli ihtiyaçlarını karşılamakla yetinirseniz çocuğun zihni gelişemez. Yine de iyi kurtarmış Nalan. Belki de Hafize Nine sayesinde.

"Sonra yavaş yavaş adapte olmaya başlamışım ama öğretmenler çok uğraşmış benimle. Şimdi daha iyi hatırlıyorum, sınıfta hepsi de en çok benimle konuşur, derse beni kaldırır, her şeyi bana anlattırırlardı. Demek bazı şeylerin nedenini anladı onlar."

"Sanırım öyle. Uyaran eksikliği sizde kalıcı bir iz bırakmamış. Belki de öğretmenlerinizin sayesinde."

"Ah Gülseren Hanım, ah!"

Ah, bence de ah! Çocuğu resmen lüks bir hapishanede hücre cezasına çarptırmışlar.

"Okula giderken sabah beni Hafize Nine giydirir, çantamı elime verir, özel arabayla Sadık Amca beni okula götürürdü. Sonra çıkışta yine o alırdı. Okul dönüşü annem şöyle bir uğrardı odama. Bana dokunmadan kapıdan bakar, bana bir şey demez ama ben ona anlatırdım. Şu dersten pekiyi aldım, soruların hepsini bildim filan işte. O da uzaktan beni dinler, başını sallar ve giderdi. Akşam babam gelince o da gelirdi odama. Bana merhaba der, ben de ona uzaktan hoş geldiniz derim, ne var ne yok gibi bir şeyler sorar, sonra o da giderdi. Akşam yemeklerini hep birlikte yerdik. Babam iş güç filan bir şeyler anlatır, annem ona cevap verir, o da bugün gidip geldiği yerleri söyler, ben de onları dinlerdim. Yemek yerken gürültü çıkarmamaya, çatalımı bıçağımı yere düşürmemeye çok dikkat eder, tabağıma konanı hiç canım istemese bile bitirmeye çalışırdım. Sonra babam kitaplarına, annem de ya namaza ya da televizyonun başına gider, ben de odama kapanırdım. Alışmıştım yalnızlığa. O saate kadar zaten ödevlerim bitmiş olurdu. En büyük odayı bana verdikleri için benim pencerem caddeye bakardı. Işıkları söndürür, sadece yatağımın başucunda duran küçük gece lambasını yakar, geceliğimi giyer, pencerenin kenarına oturur, saatlerce camdan aşağı bakardım. Hayatı işte o pencereden öğrenmeye çalışırdım. Artık hangi saatte oradan kim geçer, hangi araba gelir, içinden kim iner, kim biner, hangi apartmandaki hangi dairede insanlar erken yatar, kimler oturur, mahallede, kaç kedi, kaç köpek var, hepsini ezbere bilirdim. Hatta onlara isim bile takmıştım. Kocaman siyah bir köpek vardı. İnsan yolda görse korkar ama en uslusu oydu. Kimseye sataşmaz, sadece karşı mahallenin köpekleri onların alanına girmesin diye sokağın başında uslu uslu nöbet tutardı. Onun adı Mami'ydi. Siyahlı beyazlı, atletik vücutlu, güzel mi güzel bir köpek daha vardı ama çok edepsizdi. Her şeye kızar, bağırır, havlar, herkesi korkuturdu. Onun erkek olduğunu düşünürdüm. Efe efe gezerdi ortalıkta. Ona Efe derdim. Bir de Sarıkız vardı. Sallana sallana yürürdü. Öteki mahallenin köpekleri baskın yaparsa en çok dayağı o yerdi. Hele Mami olmasa, parçalarlardı onu. Bizim köpekler kedilerle pek kavga etmezdi. Alışmışlardı birbirlerine."

"Mahallede tanıdığınız kimse yok muydu?"

"Vardı, olmaz mı... O saatte oradan geçen herkesi tanır,

tanımadığımı da sonradan Hafize Nine'ye sorardım. Sarhoş Muharrem vardı mesela. Üç kızı varmış sarhoşun. O da Sarıkız gibi sallana sallana yürür, köpekler ayaklarına dolanınca onlara verecek mutlaka bir şey bulur, köpek değil de insanmış gibi onlarla konuşur, onlara kızar, bağırır çağırır, sonra kıkır kıkır güler, oralarda döner, kendi kendine oynar, sonra da yine sallana sallana evine giderdi. Çok severdim ben onu. O benim arkadaşımdı. Saat dokuz olsa da Sarhoş Muharrem gelse diye camda bekler, o gelmeden yatmazdım."

Ne ilginç bir durum. Kızcağız yalnızlıktan kendine hayali bir dünya kuruyor, şizofrenlerde olduğu gibi. Ama o bir şizofren değil. Her şeyin kıyısından dönmüş.

"Neden severdiniz onu?"

"Çok tatlı bir adamdı. O gülmeleri, oynamaları hoşuma gider, keşke o benim babam olsa derdim."

Bir sarhoş bile ona çok çekici geliyor. Adam gülüyor, adam yaşıyor. Hayri... Sakın Hayri'ye olan aşkı köklerini Sarhoş Muharrem'den alıyor olmasın!

"Nasıl bir adamdı Muharrem?"

"Muharrem mi? Yolda görsem tanımam. Gece karanlık, sokak lambalarının altında ne kadar görüyorsam o kadar işte. Esmerdi galiba. Uzun boylu, iriyarı ama çok hareketliydi. Hem kızar, hem severdi mahallenin köpeklerini. O da benim gibi çok yalnızdı galiba. Köpeklerle arkadaşlık ettiğine göre!"

Anlattığı adam tam da Hayri! Hayri de esmer, uzun boylu, iriyarı ve öfkeli. Bu dünyanın işine akıl sır ermiyor.

"Hatta bir gece o caddede bir olay olmuştu. Beyaz bir araba, yolda giden bir gruba çarpmış, sonra aralarında kavga çıkmış, biri sıkı bir yumruk atıp adamı devirmiş, tam da o sırada Sarhoş Muharrem de oralarda olduğu için, o da kendini kavganın ortasında bulmuştu. Polis gelince onlarla birlikte Muharrem'i de almıştı karakola. Ben her zamanki gibi başımı cama dayamış pencereden bakıyor, her şeyi en ince ayrıntısına kadar görüyordum. Belki de sarhoş olduğundan herkes onu suçlamış, ben de işin sonunu merak edip Hafize Nine'ye sormuştum. Olan bizim Muharrem'e olacak deyince ben gördüklerimi tek tek ona anlatmış, Muharrem'in bir suçu olmadığını söylemiştim."

"Kaç yaşındaydınız o zaman siz?"

"Sanırım dokuz-on yaşlarındaydım. Sonra polis gelmiş, beni karakola götürmelerine ailem izin vermediği için hepsi birden beni evde dinlemişti."

"Korkmadın mı polislerden?"

"Yok, hiç korkmadım. Benimle ilgilenmeleri, bana soru sormaları hoşuma bile gitti. Sen o saatte hep pencerede oturur musun diye hayretle soruşlarını unutamıyorum. 'Ben o amcayı tanırım, her gece bu saatte buradan geçer, köpeklerle konuşur, sonra da evine gider. O bir şey yapmadı. Ben onu kalabalığın ortasında bile üstündeki kırmızı monttan tanırım' dedim."

Yok artık! Kırmızı mont ha!

"'Yumruğu vuran, koyu renk bir şeyler giyen biraz daha kısa boylu biriydi' dedim. Sonra Muharrem Amca'yı hemen bıraktılar."

"Sonradan tanıştınız mı onunla, size teşekküre geldi mi?"

"Yok, gelmedi ama bana kıpkırmızı, şeker gibi elmalar yolladı Hafize Nine'yle. Ondan sonra zaten her gece oradan geçerken yukarı bakar, bana başparmağıyla, 'Aferin' işareti yapardı ama benim baktığımı bildiği için eskisi gibi bağırıp çağırmaz, oynamazdı."

"Dünyaya açılan pencere! Sizin o pencere dünya demekmiş, öyle değil mi?"

"Öyle galiba!"

Böyle derken bir hüzün bulutu yüzünü yalayıp geçiyor ama yine de bu konu, onu hüznün ve acının en yoğun olduğu bölgeden uzaklaştırdı.

"Hiç arkadaşınız yok muydu?"

"Vardı. Okulda sonradan çok başarılı bir çocuk oldum. Hiç yaramazlık yapmaz, hep en ön sırada oturur, her dersten en yüksek notu alırdım. Öğretmenler çok severdi beni. Hepsi de aferin derdi. Onlar aferin dedikçe ben daha çok çalışır, onların gözüne girmeye uğraşırdım. Sınıfta benim gibi uslu ve çalışkan birkaç kişi daha vardı. Onlarla çok iyi anlaşırdık ama ben genelde sınıftaki herkese kendimi sevdirmeye çalışırdım. Bana önce sinir olanlar bile sonradan benimle arkadaşlık ederdi."

Demek ki Nalan, çocukluğunda hiç sevilmeden, beğenilmeden ve kimseden onay almadan büyüdüğü için bütün bunları öncelikle hedef olarak görmüş. Bir çocuk için ne büyük bir doyumsuzluk. Çocuklukta aldığı bu yaralar, sonradan bu eksikliğin, bu duygusal açlığın acısını kim bilir ondan nasıl çıkardı.

"Onlarla bahçede oynar mıydınız, birlikte bir şeyler yapar mıydınız?"

"Evet, oynardık. Ama benim her şeye dikkat etmem gerekirdi. Üstümü kirletmez, bir şeyimi kaybetmez, kimseyle kavga etmezdim."

"Okul dışında?"

"Yok, okulda biterdi her şey."

"Daha sonra, yani siz büyüdükçe nasıl oldu?"

"Pek bir şey değişmedi. Okuldan sonra eve özel öğretmenler gelirdi. Kimi bana bale yapmayı, kimi genç kız gibi yürümeyi, kimi giyinmeyi, kimi de adabı muaşeret kurallarını öğretirdi."

Şimdi anlaşıldı neden kuğu gibi süzüldüğü. Ders almış, çocukken öğrenmiş bunları.

"Siz arkadaşlarınızla bir yerlere gitmek istemez miydiniz?"

"Bilmem! Onlardan izin istediğimi hiç hatırlamıyorum. Öyle bir ihtimal yoktu sanki. O evin kuralları dışında farklı bir şey düşünmek ya da istemek aklıma bile gelmezdi."

Şimdi başka bir şey daha aydınlandı kafamda. Hayri'ye de itiraz etmiyor. Kurallar neyse uyuyor ve farklı bir istekte bulunmak aklına bile gelmiyor. Alıştığını yapıyor.

Oysa Sedat'la evliyken çok farklı belki de oldukça özgür bir ortama girmiş. Davetler, dışarda yenen yemekler, toplantılar filan. Bunları hiç tanımıyor. Oralarda olmayı, o ortamlarda insanlarla bir şeyler paylaşmayı, mutlu olmayı hiç denememiş, öğrenmemiş. Olsa olsa oralarda da insanlardan aferin almaya çalışmıştır.

Demek sadece Sedat değil, Hayri de onun kader motifinde kayıtlı. Yasaklar, kurallar, evden çıkamamalar, yalnızlıklar, dışlanmışlıklar, her şeye boyun eğişler... Çok ilginç...

Hayatın sırrına ermek zor!

"Ben kendimi bildim bileli hep bir yas, hüzün vardı bizim evde. Nedenini bir türlü anlamazdım. Ben hiç sevilmeden, gülmeden, eğlenmeden büyüdüm o evde. Kimse benimle oyun oynamadı, kucağına almadı, hoplatmadı, zıplatmadı, parka götürüp salıncağa bindirmedi, elimden tutup gezdirmedi, balon almadı... Bunların bir çocuk için ne kadar değerli olduğunu biliyorsunuz değil mi?"

"Bilmez miyim?"

"Bizim oturduğumuz evin karşısında bir Atıf Amca vardı. Onun da benim yaşımda bir oğlu vardı. Adı Oğuz'du. Sanırım beş altı yaşlarında filandık. Atıf Amca Oğuz'a küçük bir bisiklet almıştı. Çok güzeldi. Akşamları eve gelir gelmez baba oğul birlikte sokağa çıkarlar, Atıf Amca arkasından tutar, Oğuz da bisiklete binerdi. Baba oğul sürekli konuşurlar, gülüşürlerdi. Benim imrendiğim o bisiklet değildi. Daha güzeli bende vardı zaten. Ama babası arkasından tutunca, hep oğlunun yanında olunca o bisiklet değerli oluyordu. Benim aslında her şeyim oldu; oldu da, sevenim olmadı."

Ne kadar haklı!

"Okul çıkışı bir gün olsun annem babam beni almaya gelmedi. Doğum günlerimde babam okula bütün sınıfa yetecek büyüklükte bir pasta gönderirdi. Öğretmen beni çağırır, pastayı kestirir, arkadaşlarım da alkışlardı. Annem babam gelmezdi o kutlamalara. Sonra akşam yemeğinde bir pasta daha kestirirlerdi bana. Kocaman bir paketin içinde gelen hediyeyi de elime verince görevlerini yapmış olurlardı. O doğum günlerinde onların gözünden yaş eksik olmaz, ben de bunu bir türlü anlamazdım. Meğer benim doğum günüm onların en acılı günüymüş. Kızlarının ölüm günü yani..."

Evet, tam da böyle. Biri doğarken diğeri ölmüş. Ne kötü bir alın yazısı...

"Ah Gülseren Hanım, ah! Bizim oturduğumuz apartmanın kapıcısının kızına bile imrenirdim. Benim her şeyim vardı ama yine de gözüm onda kalırdı. Sanırım o da içinden bana imreniyordu. Mahmut Efendi bizlere karşı çok saygılıydı ama eşine ve çocuklarına öyle değildi. Arada bir kızı Hale'yi kulağından tuttuğu gibi atardı eve. Ama sonra ne yapardı, kızını elinden tutar, köşedeki bakkala götürür, ona şeker alır, eline verir, sonra da ona sarılır öperdi. Ben de bunları hep pencereden seyrederdim."

"Hale'yle arkadaşlık eder miydiniz?"

"Etmeye çalışırdık. Annem o gün iyi günündeyse Hale'nin bize gelmesine izin verirdi. Hafize Nine hemen aşağı iner, Hale'yi alır gelirdi. Hale bayılırdı bize gelmeye. Benim odam, odamdaki birbirinden güzel ve değerli oyuncaklara çok imrenirdi. Ben de o hangisini beğenir, hangisiyle oynamak isterse ona uyardım. Hale o zaman çok sevinir, bana sarılıp öperdi. Bir anda tüylerim diken diken olur, içime ılık ılık bir şeyler akar, sevinçten yanaklarım kızarırdı. Hale o zaman güler, beni bir kere daha öperdi. Çocukluğumda Hale'den başka kimse öpmedi beni."

"Anneniz nasıl bir kadındı, yani anneanneniz?"

"Çok değişik biriydi annem. Başkalarının yanında çok konuşkan, çok güler yüzlü, çok şık biri olurdu. Eğer evdeyse yüzü hiç gülmez, sık sık namaz kılar, Kuran okur, dua eder, Hafize Nine evi her gün baştan aşağı pırıl pırıl temizlediği halde birimiz tuvalete girecek olursak hemen arkamızdan gelir ve oraları ovardı."

"Sadece tuvalet mi yoksa başka yerlerde de aynı titizliği gösterir miydi?"

"Hayır hayır, sadece tuvalet banyo, bir de iç çamaşırları. Her birimizin iç çamaşırı özel bir sepette toplanır, ağzı kapalı durur, çamaşır makinesine atılmaz, önce elde bir iki su yıkanır, sonra da küçük bakır kazanda kaynatılırdı. Kış bile olsa kurumaları için arka balkondaki sadece onlar için kullanılan ip askıya asılırdı. Son olarak da yine sadece onlar için kullanılan ütüyle iyice ütülenir, mikropları öldürülür, ondan sonra yerlerine kaldırılırdı."

Her şey ne kadar net, ne kadar anlaşılır. İnsan bedeninin genital yani cinsel bölgeleri kirli ve mikropludur diye yazmış kafasına. Bu takıntı ona iyi gelmiştir. Bazen hastalıklar bizi korumak için vardır. Zavallı kadıncağız bunlara takarak, kafasında onu asıl rahatsız eden düşüncelerden kendini kurtarmaya çalışmış.

Hastalık mastalık ama ne kadar insanca. Hastalık kadının derdine derman olmuş.

"Biraz da üniversite yıllarından bahsetsenize!"

"Liseyi bitirdiğim yıl ben, neden bilmem, ısrarla Hukuk fakültesinde okumak istemiştim. Geçmişi, geçmişte yaşananları hiç bilmesem de demek ki adalet arıyordum hayatta. Ailem buna şiddetle itiraz etti. Olmaz dediler. Sonra içmimarlık okudum."

"Siz direnmediniz mi?"

"Ben mi? Ne haddime! Bizim evde her zaman annem babam ne derse o olur, buna hayır demek kimsenin aklından bile geçmezdi. Ben tıpış tıpış onların istediği üniversiteyi kazandım ve gittim. Annem okul açılmadan önce beni lüks bir butiğe götürdü, orada en şık ne varsa hepsini aldı bana. Eve gelince dolabımdaki her şey, pijamalarım, geceliklerim dahil atıldı. Dolap baştan aşağı silindi, mikroplardan arındırıldı, sonra da yenileri asıldı. Sanırım okulun en şık kızıydım. Bu arada ehliyet kurslarına gönderildim. Ehliyetimi aldığım gün arabam da geldi. Onu da halam hediye etmiş. Camdan aşağı bir baktım, kapıda beyaz bir araba duruyor. İnanmayacaksınız ama hediye paketi gibi kocaman, kırmızı bir kurdeleyle bağlanmış."

"Böylesine kim imrenmez?"

"Evet, sanırım en çok Hale imrendi o arabaya. Belki de ilk kez, bana alınan bir hediyeye ben de sevindim."

"Neden, diğerlerinden farkı ne?"

"Araba özgürlük gibi geldi bana. Sanki o dört duvardan o araba beni kurtaracak sandım ama yanılmışım. Değişen hiçbir şey olmadı. Sadece beni okula Sadık Amca götürmüyor, arabamla ben gidiyordum. Üniversite hayatım bile okulla ev arasında geçti. Odama kocaman yeni bir televizyon geldi. Her türlü filmi seyredebileyim diye gerekli tertibat kuruldu ama ben o odadan yine çıkamadım. Ta ki Sedat'la tanışana kadar."

"Başka erkek arkadaşınız, flörtünüz filan da mı olmadı?"

"Fakültede erkekler hep etrafımda dolaşırdı ama ben kafamı kaldırıp da hiçbirinin yüzüne bakmazdım. Daha doğrusu bakamazdım, utanırdım. Annem bu konuda beni öyle sıkı tembihlemişti ki, yanlış bir şey yapacağım diye ödüm kopardı. Şimdi halen arkadaşlık ettiğim Nur ve Çiğdem'le orada tanıştık. Ben onlara gidemediğim için arada bir onlar bize gelir, benim odamda sohbet eder, bazen de film seyrederdik. Hafize Nine bize hizmet eder, önümüze pastalar börekler getirirdi. Yine de eskiye göre daha güzel günlerdi onlar."

Nasıl bir hayat anlatıyor bana! Nasıl da lüks ve ihtişamlı. Dıştan bakanın gözlerini kamaştırıyor ama içi boş. Duygu yok, keyif yok, sevinç yok, mutluluk yok... İnsanı heyecanlandırmayan, keyiflendirmeyen, hatta öfkelendirmeyen bir hayat insana ne verir? Bir robotu istediğiniz kadar lüks yaşatın. Bundan ne anlar robot?

Daha baştan ne yapacağını, nerede, nasıl davranacağını programlamışlar, ihtiyacı olan her şeyi fazlasıyla vermişler, hepsi bu kadar! Ama onun insan olduğunu unutmuşlar.

Şimdi Hayri'ye olan aşkını, maddi yoksulluğun yanı sıra yaşadığı duygu dolu dünyayı daha iyi anlıyorum. Hayri'den ayrılmanın ne demek olduğunu da daha iyi anlıyorum. Yıllarca özlemini çektiği her şeyi vermiş ona Hayri. Sarhoş Muharrem'e ne kadar benziyor bu adam! Kırmızı montundan beden ölçülerine, içtiği içkiden arkadaşlarıyla oynadığı çiftetelliye kadar...

Hayri bu kadının yıllardır aç olan karnını doyurmuş. Onu öyle çok sevmiş ki, para pul, mal mülk, giyim kuşam hiç gözüne gelmemiş. Hayri gerçekten de Nalan'a ilaç gibi gelmiş.

"Şimdi yine camın önüne oturup sokağı seyrediyor musunuz Nalan Hanım?"

"Bu soruyu sormak nereden aklınıza geldi?"

"Bilmem, ben de severdim pencereden hayatı seyretmeyi. Öylesine sordum işte."

"Hayri yanımdayken, pencereden bakmama hiç gerek kalmıyordu çünkü hayat yanımdaydı zaten ama o gideli yine akşamları oturuyorum pencerenin önüne."

"Bu sefer neler görüyorsunuz?"

"Camdan bakma işine sil baştan başladığım için gelen geçenleri tanımıyorum ama geçen gün üst üste bizim resim atölyesinin hocasını gördüm yolda."

"Bu garip bir şey mi? Kadıncağız belki oralarda bir yerde oturuyordur."

"Kadın değil Gülseren Hanım, erkek. Hepimiz çok severiz onu. Pek normal biri sayılmaz. Belki de sanatçı olmak böyle bir şey. Yoldan geçerken arada bir bizim apartmana doğru bakıyordu. Ben pencerede, camın arkasında karanlıkta oturduğum için beni görmedi ama yine de dikkatimi çekti. Her neyse, önemli değil ama belli ki bizim oralarda aradığı bir şeyler var. Neyse, bugün lafı çok uzattım ama bu sefer Hayri'den pek söz etmedik. Bu konuda bana söyleyeceğiniz bir şey var mı?"

Onu eskisi gibi aramasa da, sormasa da Hayri onun için hâlâ hayatı temsil ediyor. Oysa baştan Hayri konusunu epeyce konuştuk ama ona yetmiyor.

"Hayır, şimdilik yeni bir şey söylemeyeceğim. Sahneyi biraz Hayri'ye bırakalım. Siz geride durmaya devam edin. Edin ki o kadınla başınız derde girmesin."

Yine ağır ağır kalkıyor yerinden. Gidiyor. Ben de arkasından bakıyorum.

Ben bu kadını Hayri'siz bir hayata nasıl hazırlayacağım?

7

Dün çok yakın bir arkadaşımı aniden kaybettim. Neredeyse bütün bir ömrü birlikte yaşadık. İyi günlerimiz de oldu, kötü günlerimiz de... Eşlerimizi dokuz ay arayla kaybettik. Beraber ağladık, yine beraber güldük. Bir hafta önce yine beraberdik ama şimdi Filiz yok.

Hayat bazen nasıl da unutturuyor bize ölümü. Ama iyi ki de unutturuyor. Ölümü en çok hayata bir amaçla bağlananlar unutur. Zaten biz hayata bir anlam katamazsak yaşamak pek de anlamlı değil ki...

İşte bugün yine klinikteyim. Masama oturur oturmaz, hayatım yine anlam kazanacak ve ben ölümü unutacağım. Ben daha bilgisayardan bugünkü randevulara bakarken Hayri yine hışımla giriyor odama. Öfkeli! Neye kızdı acaba? Gerçi bu adamın en normal halinde bile hayata karşı bir öfke gizli. Ne yaşarsa yaşasın, hayattan öcünü alamamış.

Belki de hafta sonu olduğundan yine kırmızı montu var üzerinde. Elimi her zamanki gibi kuvvetlice sıkıp anahtarları ve elinden hiç düşmeyen siyah küçük tespihi şangur şungur sehpaya koyduktan sonra yerine oturup bana bakıyor.

"Nasılsınız Gülseren Hanım?"

Hayret, ben ona sormadan o soruyor. Hoşuma gidiyor bu durum.

"İyiyim Hayri Bey, siz nasılsınız? Biraz gergin gördüm sizi."

"Yok yok, önemli bir şey değil ama üç hanım arasında kalmak pek de rahat vermiyor insana. Bütün düzenim bozuldu. Beni aralarına aldılar, top gibi oynuyorlar."

"Demek öyle! En çok hangisi kızdırıyor sizi?"

"Siz bir tahmin yapın isterseniz."

"Hayhay! Ben oyumu Laz kızından yana kullanıyorum."

"Tam isabet. Başımın etini yiyor kadın. Ötekilerin hiçbiri böyle değil. Üstelik yurtdışındaki sevgilisi de geldi. Adamın arkası kalın. Beni duyarsa ne yapacağı belli olmaz. Bizim Laz hemen bir hikâye uydurmuş. Beni çok ihmal ettin, sıkıldım, bunaldım. Ben artık kendime bir dükkân açacağım filan demiş adama."

"Hay Allah, ne ilgisi var. Gerçekten böyle bir düşüncesi var mı?"

"Yok canım! Atıyor işte."

"Sizin yalanlara benziyor ama herkes Nalan değil. Adam inanmış mı bunlara?"

"O da inanmamış zaten. Ama bizim Laz yaman. Gerçekten de güzellik salonu açacak kadar bilgisi ve eğitimi var. 'Dükkânı kiraladım bile. Bu işleri seviyorum, sen de artık karına dön. Sen de kurtul, ben de kurtulayım' demiş."

"Ee!"

"Adam epeyce direnmiş ama bizim Laz'ın gözü döndü mü korkacaksın. Adam, 'Sen alıştın rahata, oralarda yapamazsın. Hazır bir düzenin var, bozma. Sonra pişman olursun ama başkasının elinin değdiğini ben kabul ederim sanma. Aklını başına devşir, iyi düşün' demiş."

"Demek böyle demiş."

"Doğru demiş aslında. Adam haklı. Ben olsam ben de öyle derdim ama hemen inanmaz, 'Başkasını mı buldu acaba?' diye şüphelenirdim."

"O şüphelenmemiş mi?"

"Söylemeyecek, inanmış gibi yapacak ki, yakalayabilsin. O herif de öyle yapmış. 'Sen evden çıkacağın günü söyle, bir ihtiyacın olursa da ara' deyip çekip gitmiş. Ben hemen anladım bunda bir tuzak olduğunu. Laz'a söylüyorum, beni arama, sorma diye ama dinlemiyor. Benim de başımı belaya sokacak."

"Siz ne diyorsunuz bu işlere? Kadın sizin yüzünüzden düzenini bozuyor. Size güveniyor galiba!"

"Tabii güvenecek. Ben onun güvenini sarsacak ne yapmışım ki? O asıl ona yuttum numarası yapan deyyusa güvenmesin."

Odada bir sessizlik oluyor. Hastalarımın bu odada rahatça, hiçbir şeyden çekinmeden bana her şeyi olduğu gibi anlatmalarını isterim ama saygısızlığı da hiç affetmem. Bu ne biçim bir tabir!

Odadaki sessizlik uzadıkça ve benim ona bakışlarım değiştikçe Hayri hemen toparlanıyor.

O da anladı benim rahatsız olduğumu.

"Pardon Gülseren Hanım, ağız alışkanlığı işte. Kusura bakmayın. Bundan sonra daha dikkatli olacağım."

Hafifçe başımı sallamakla yetiniyorum. Odada soğuk rüzgârlar esmeden yine ilk soruyu ben soruyorum.

"Laz kızı size güvenmeli mi?"

"Siz bana hiç güvenmiyor musunuz Gülseren Hanım?"

"Ben kim olarak cevap vereyim bu soruya? Doktor olarak burada bana doğruları söylediğinizi biliyor ve bu anlamda size güveniyorum. Ancak hayatınızdaki kadınlar size güvenmemeli. Hatta siz bile bu aşk meşk konularında kendinize güvenmemeli, bu konuda birilerine söz verirken dikkatli olmalısınız."

"Haydaa! Ben ne yapmışım da Laz kızı bana güvenmeyecekmiş!"

“Kadın nikâh istiyor. Bir zamanlar Nalan da istiyormuş. Hem bu kadın sizin eşinizden başka bir de yedi yıldır beraber yaşadığınız bir sevgiliniz olduğunu bilmiyor. Ona neden her şeyi olduğu gibi anlatmıyorsunuz?”

“Her şeyi mi? Valla mı?”

"Valla mı?" Ne kadar içten söylüyor bunu. Tatlı mı desem, tuzlu mu bilemedim. Ben bilemeyince gülüveririm. Şimdi de öyle yapıyorum.

“Oh gülün siz. Başı ağrıyacak olan siz değilsiniz nasıl olsa.”

“Hayri Bey bunları bugünden söylemezseniz sizin başınız daha sonra çok derde girecek. Gerçek dediğin kabına sığmaz. Bir gün mutlaka ortaya çıkmanın bir yolunu bulur. Hem her şey açık olursa, siz daha rahat, daha huzurlu olmaz mısınız?”

"Beni yine anlamadınız" der gibi yan yan, bakıyor bana. Bu bakışlarda sitem var. Aslında ben onu çok iyi anlıyorum. Asıl anlamayan kendisi. Eski alışkanlıkları bunlar. Yoksul olmak, ortalarda büyümek, itilmek, kakılmak, bazen hiç suçu, günahı olmadan birilerinden dayak yemek, aşağılanmak kolay mı?

Hayri işte böyle bir yerden gelmiş buralara. Her şeyin kolayına kaçmak, kendini kurtarmak için sürekli bir şeyler uydurmak, yalan söylemek onun eski alışkanlığı ya da eski mecburiyetleri. Oysa o bugün bambaşka bir düzenin içinde ve bu güzel günlerini gereği gibi, iç huzuruyla, hayatta kendine yepyeni, bambaşka amaçlar edinerek, hem kendini, hem de hayatı biraz daha iyi tanıyarak yaşamıyor. Bunların yerine o hâlâ eski, on sekiz yirmi yaşlarındaki Hayri gibi davranıyor, öyle yaşıyor.

Bugün başka bir zamanda, başka sorumluluklarla, geldiği yerin kıymetini bilerek yaşamayı bilebilseydi, her şey ne kadar farklı olurdu.

Ey Hayri kardeşim, ben şimdi sana bunları anlatmaya kalksam, anlar mısın? Aha şuraya yazıyorum, Laz bunları bilse, işte o zaman başımız çok ağrır. Olan Nalan'a olur. Ben en çok onu korumak için yapıyorum bunları.

"Hayri Bey siz çocukken çok mu dayak yediniz?"

Benim durup dururken sorduğum bu soru Hayri'yi çok şaşırtıyor. Bir an öylece, biraz da küçük bir çocuğun masumiyetiyle bakıyor yüzüme.

"Belki yersiz bir soru oldu ama yine de biraz onlardan söz eder misiniz?"

"Olur!"

Yine çok masum, çok uysal bir "olur" bu. Hiç itiraz etmiyor, sorgulamıyor.

"Böyle dediğinize göre vardır bir bildiğiniz. Şimdi acaba önce hangisini anlatsam! Ya Gülseren Hanım, işe falakadan başlayalım öyleyse. Babam sonunda bir gün beni falakaya yatırdı. O zaman daha küçüğüm. Okuldan gelirken onun bunun bahçesine girmişim de, olmamış erikleri toplamışım da, ıvır zıvır işte... Tuttu kulağımdan, yatırdı yere, uzunca bir odun, bir de urgan buldu. Önce beni bağladı. Ayaklarımı da o oduna bağladı. Aldı eline kızılcık sopasını, yer misin yemez misin! Nasıl canım yanıyor, nasıl bağırıyorum, acıdan neredeyse ölücem. Daha o zaman bizim Sarı da ölmemiş. Onun da korkudan dili dişi durmuş, başımda hıçkırır da hıçkırır... Üvey anam kapının önüne çıkmış, ellerini de bağlamış önüne o da, bizi seyreder. Neyse bizim köylülerden bir iki tanesi geldi de beni falakadan çözdü. Allah sizi inandırsın, tam on gün ayaklarımın üstüne basamadım. Ayaklarım olmuş nah, bu kadar. Yol yol da kanamış mı, sonra bir de onlar iltihap kapmış mı... Çişim geliyor, ayağımın üstüne basamadığım için abdesthaneye bile sürünerek gidiyor muyum... Sarı yine yanımda... Ne iyi oğlandı Sarı... Kıymetini bilemedim o zamanlar."

Nasıl da güzel anlatıyor. Sadece anlatmıyor, size o anları yaşatıyor. Duyguları hep açık, hep ortada. Kadınlar bu adamın en çok bu yanını sevdi demek. Öyle doğal, öyle içten ki...

"Şimdi düşünüyorum da, ben demek ki çocukken hiperaktif mi ne diyorsunuz işte, öyleymişim. Bizim ortanca kız da öyle. Yerinde duramaz. Otur kızım, oturmaz; yat, yatmaz. Biz de önceleri onu çok yaramaz sandık ama okula başlayınca hocası bizim Türkân'ı aramış, bu çok hiperaktif, doktora götürün demiş. Şimdi bir yıldır Türkân onu götürüp getiriyor ve çocuk düzeldi. İşte ben de öyleymişim. Babam benim bu hastalığımı beni döverek, söverek, falakaya yatırarak yani korkutarak, canımı yakarak tedavi etmeye çalışmış. Köyde hiçbir çocuk benim kadar çok dayak yemedi, küfür işitmedi çünkü onlar benim kadar hareketli değildi. Yani sizin anlayacağınız ben çocukken çok hırpalandım. Sadece babam değil, bütün köyün erkeği kadını vururdu bana. Yanarım yanarım da, Çolak İbrahim'den bile dayak yedim de ona yanarım. Ama ben de hırsımı okuldaki çocuklardan alırdım. Çok döverdim onları. Biraz da iri yapılıyım ya, her birini dövmek için bir bahane bulur, çok canlarını yakardım. Öğretmenler de bunu görür, bu sefer de onlar beni döverdi. Yani dayak, benim hayatımın olmazsa olmazıydı. Bizim Türkân da bu işten nasibini almıştır. Hele ilk evlendiğimiz yıllar çok döverdim kadını."

"Niye döverdiniz karınızı?"

"Karıyı dövmenin bahanesi mi olur. Daha içeri girer girmez bir bahane bulur, iki tane patlatırdım. O da az çekmedi benden. Bu dayak cennetten çıkma diyorlar ya hani, bu laf doğru."

"Nasıl yani?"

"Nasılı var mı? Ulan ben seni her bahaneyle dövüyorum. Dövdürmesene kendini."

"Ne yapsın, o da size mi saldırsın?"

"Yoo... Bak bu olmadı işte! Kadın dediğin erkeğine el kaldırmaz."

Bu adamı dinlerken, "Birimiz aydan gelmişiz ama hangimiz acaba?" diye sorasım geliyor. Aynı toprakların çocukları olarak doğrularımız ne kadar farklı! Ama bir yandan da, ben de o köyde doğup büyüseydim, eğitim şansım da olmasaydı, büyük ihtimalle Hayri'yle aynı doğruları paylaşıyor olacaktım diye düşünmeden edemiyorum.

Burada bir eşitsizlik, bir adaletsizlik varsa, bu Hayri'nin suçu değil.

"Ha, sadece bizim hanımı mı, yok. O ara bir iki sevgiliye takılmışsam, denk getirir, onlara da bir iki tokat atmanın yolunu bulurdum."

"Neden yapardınız bunu? Onları aşağılamak için mi, kendinizi yukarılamak için mi?"

"Bilmem, belki de onlardan biri işte... Erkeğiz ya, erkekliğimizi göstereceğiz. Ama bu kadınlar var ya, bu kadınlar, dayak yemeye bayılıyorlar. Ulan ben seni daha dün dövmüşüm, sana saygı duymuyorum. Böyle herif sevilir mi? Daha yediği dayağın izi geçmeden, o beni yine sevmeye kalkardı. Böyle adam sevilir mi? Ama sonra Nalan'ı tanıyıp da onunla yakınlaşmaya başlayınca, Nalan'ı dövmek, ona saygısızlık etmek bir gün olsun aklımın ucundan bile geçmedi. Bakın, şimdi aradan bunca yıl geçti, benim Nalan'a yan baktığım bile olmamıştır. Sonra, ama epeyce sonra sordum kendime. Ulan Hayri, nerede kaldı senin erkekliğin. Kadının yanında kediye döndün dedim. Sonra o laf da hoşuma gitmedi. Ben kediye değil, insana döndüm. O bana insan gibi davrandı. Galiba ben, Nalan'dan sonra insan olduğumu, değerli olduğumu öğrendim. Zaten ondan sonra hiçbir kadına el kaldırmadım. Bizim hanım da kurtuldu dayaktan."

Sonra gözlerini kısarak bir süre bir şeyler hesap ediyor kafasında.

"Yahu şimdi düşünüyorum da, ben Nalan'dan sonra sadece kadınları değil erkekleri de dövmedim. Kimseyle kavga etmedim. Sanki içimdeki öfkeyi yok etti Nalan. Şimdi bana yine kızacaksınız ama bizim Türkân var ya, beni eskiden yani onu sık sık dövdüğüm günler, daha çok sever, daha çok sokulurdu. Şimdi uslandım, yıllardır elimi kaldırmam, nazından sözünden geçilmiyor. Eve girdiğim anda başlıyor sitemlere. Yok efendim benden ne çekmiş de, saçını süpürge etmiş de, kıymetini bilmemişim de... Falan filan işte. İki tane çaksam nazı sözü biter de artık kadın dövmeyi kendime yediremiyorum. Sahi siz bu soruyu bana neden sordunuz? Benim yediğim dayakların şimdi olanlarla ne ilgisi var?"

Sorduğum soruyu da unutmuyor hani. Şimdi ona kendisiyle ilgili bir şeyler anlatmaya çalışacağım. Tıpkı Nalan'a uzattığım kılıç gibi. Bakalım Hayri o kılıcı tutabilecek mi?

"Hayri Bey, her ne kadar artık çevrenizdeki insanlara şiddet uygulamaktan Nalan'ın sayesinde vazgeçmiş olsanız da, diğer bazı alışkanlıklarınız hâlâ yerli yerinde duruyor. Hâlâ günü kurtarıyor, yarını hesap etmiyor, ne yapacağınız konusunda kararlı davranmıyorsunuz. Örneğin Nalan'dan Laz kızına bahsetmiyorsunuz. Neden, çünkü eskisi gibi kolaya kaçıyor, günü kurtarıyor, yarını hesap etmiyorsunuz. Yani hayata karşı eski kararsızlığınız, ne yapacağınızı bilmeme haliniz değişmemiş. Şimdi bana anlattığınız geçmiş hikâyeniz var ya, işte o yaşadıklarınız, o gün için sizi bunlara zorlamış. Şimdi siz artık eski Hayri değilsiniz. Bakın hayatta ne kadar yol almışsınız. Keşke kendinizi geliştirmeye devam edebilseniz."

"Ne yani? Laz kızına her şeyi anlatırsam işler yoluna girecek mi? Siz öyle zannedin. Tabii siz Laz'ı tanımıyorsunuz da, ondan böyle konuşuyorsunuz. Yahu anında basar kadının evini. Yazık değil mi Nalan'a?"

Tutmadı. Kılıç elimde kaldı. Bundan sonrası bende yok diyor. Israr etmenin faydası yok ama yine de ona az da olsa bir şeyler söylemeye devam edeceğim.

"Hayri Bey, Nalan sizin Laz kızını tanımadan önce birlikte olduğunuz eski sevgiliniz. 'Senden önce böyle bir hayatım vardı, şimdi seni tanıyınca o ilişki bitti. Ve ben senin yanındayım' deseniz, Laz kızı buna ne desin. Laz size her şeyi açık açık anlatmış. Sevgilim var demiş. Siz de bunu güzel güzel kabul etmişsiniz. O niye kabul etmesin?"

"Yahu dedi demesine de, size az önce anlattım ya, kadın ayrılıyor sevgilisinden. Hem ayrılmasın da göreyim, ben ne yaparım adamı biliyor musunuz? Kadın bir kere benim olmuş artık, ona kimse elini süremez."

Bu tür erkeklerin düşünce şekli bu demek ki... Daha önce de onun gibi hastalarım oldu ama kadınlarla kurdukları ilişki şeklini bu kadar açık konuşmamıştık onlarla. Onların derdi başkaydı. Böyle bir adamı tanımak, onun olaylara hangi pencereden baktığını görmek, hayat felsefelerini anlamak benim için ciddi bir kazanç. Bana çok ters gelse de benim bunları da bilmem, anlamam gerekiyor. Başka türlü kadınlara doğru şeyler söyleyemem.

"Hayri Bey, eğri oturup doğru konuşalım. Siz o kadını başka birinin elinden almadınız mı? Kadın başka biriyle birlikte yaşamıyor muydu?"

"Yaşıyordu! Ben almadım ki, o bana kendi rızasıyla geldi. Öyle iki tarafı birden idare edecek biri değil Laz. Ben öylesini gözünden tanırım."

"Laz'a bir sözüm yok. Benim sözüm size. Laz sevgilisinden ayrılıp size geliyor ama siz ne yapıyorsunuz? Hem eşinizle hem de Nalan'la hâlâ berabersiniz. İkisinden de ayrılmadınız. Oysa kadın bunları bilmiyor. Bilse düzenini bozmazdı. Aynı şeyi Nalan'a da yaptınız ve şimdi bırakıp gidiyorsunuz. Sahi gidiyor musunuz?"

"Yok canım! Gittiğim filan yok. Ben onu boş bırakmam."

"Boş bırakmam ne demek?"

"Yani arada yoklarım, halini hatırını sorarım. Laz'ın ruhu bile duymaz."

"Bütün bunları kendinize yakıştırıyor musunuz?"

"Ne varmış yakışmayacak! Hiçbirini dövmem, sövmem, başımda taşırım. Onlar da beni sever. Nalan kocasından ayrılmakla fena mı etti? Cenneti yaşattım ona cenneti! Kadın kendine geldi. Yani benden ayrılacağına boşuna üzülmüyor. Laz da öyle. Yıllarca sevmediği bir adamın kapatması olarak yaşamış. Her şeyi var ama içi boş. Benim yanımda bir görseniz, keyfinden ağzı kapanmıyor. Seviyor kadın beni. Laz kızı çok değişik bir kadın. Biraz erkeksi. Lafı ağzında, hiç dolandırmıyor yani. Kızdığı da ortada, sevdiği de. Çabuk kızıyor, kızınca gözü dönüyor ama çabuk geçiyor. Yalan dolan hiç bilmiyor. Neyse, o. Çok kıskanç. Onun yanındayken gözünüz hiçbir yere kaymayacak. Hep gözüne bakacaksınız. Televizyon açıksa, maç bile varsa, o konuşurken kazara gözünüz oraya kaysa çakar bir tane."

"Nasıl yani!"

"Bayağı çakar işte."

"Vurur mu?"

"Vurur ama Nalan gibi o da biraz saf. Demek ki insan sevince saf oluyor."

"Siz de seviyorum diyorsunuz. Öyleyse siz de saf mısınız?"

"Ben de saf olsam, ortalık birbirine girer. Kuşları ürkütmeyeceksiniz. Avcunuzun içinde kendilerini güvende hissedecekler. Arada bir okşayacak, seveceksiniz onları. Gönüllerini hoş edeceksiniz. Onlara ihtişamlı kafesler yaparak olmaz bu işler. Al işte, Nalan da, Laz da altın kafeslerini bırakıp geldiler bana. Saf dedikse aptal demedik. Kadın dediğin onu seveni bilir. Nalan anlatmaz ama Laz anlatıyor."

"Neler anlatıyor size?"

"Aslında tanısanız, onu da seversiniz. Bir kahkaha atıyor, duvarlar çatlayacak. İşve, cilve ne isterseniz var. O da az çekmemiş hayattan. Aslında çok mert, açık sözlü, gözünü budaktan esirgemeyen bir kadın. Daha ilk tanıştığımız gün gönlü aktı bana. Bunu anladım. Ben de bayıldım kadına. Bir görseniz, artist gibi... Bir anda yıldırım aşkına tutulduk sanki. Beraberken zaman nasıl geçiyor anlamıyoruz. Sohbeti çok tatlı. Ayrıca müthiş bir ten uyuşması oldu aramızda. Bir kadında ne ararsanız hepsi var onda. Ama bir anda kızıveriyor. Eh, Laz işte! Öfkesi burnunda. Vallahi kızarsa adamı alnının ortasından vurur. O kadar da gözü pek."

"Onun geçmişi sizi rahatsız etmiyor mu?"

"Ediyor, etmez mi! Şimdi evdeki namuslu karıyı boşa, onun gibi adı sanı belli biriyle evlen. Olacak iş değil ama..."

Evet, o da bir gariban. Elden ele, gönülden gönüle dolaşmış durmuş. Onu da tanımak isterdim doğrusu. Hayri'ye gönlü akmış, bunu anlıyorum. Onun nikâhı altında hem kirlenen namusunu temizlemek, hem de aşk dolu bir evlilik yaşamak istiyor. Ama bilmediği bir şey var. Bir erkek, bir kadına böylesine bir aşk yaşatıyorsa, ondan sadece iyi bir sevgili olur, koca değil.

Evlilik çok ama çok başka bir şey...

Aşk o kadar yüksek tonlu bir duygu ki, karşı tarafın diğer özelliklerini tanıma fırsatı bırakmıyor insana. Evlilik, ömür boyu sürmesini istediğimiz bir beraberlik. Bir yuva kurulacak. O yuva ayakta kalabilmek için taraflardan çok şey ister. Aşk, bir evliliği ayakta tutmaya yetmez ki çünkü ömrü kısadır.

İşte Hayri'nin hali, Nalan'ın hali ortada. Hayri Nalan'ı mutlu etmiş ama onun hiçbir sorumluluğunu üstlenmemiş. Evdeki hanımın maddi sorumluluğunu üstlenmiş ama aşkı da onunla yaşamamış.

Laz kızı gibi, yıllardır hayatın her yüzünü görmüş bir kadın bu gerçeği nasıl görmez acaba? Görmez tabii... Aşk insanların gözünü kör ediyor çünkü.

Hayri'ye gelince, nereye gittiğinin o da farkında değil. Hadi gençken kendinden ümidi yoktu, onu anladık. Şimdi ne yapıyor? Hiç mi tanımadı hayatı!

"Olmayacak işi olduracak mısınız Hayri Bey?"

"Vallahi ne desem boş. Laz inadından vazgeçmezse mecburen öyle yapacağız."

"Laz sizin eve gelip gidiyormuş galiba."

"Kıskanç işte, dedim ya çok kıskanç. Kadın beni yirmi yıllık karımdan kıskanıyor. Her gün telefon elinde, bizim Türkân'ı arıyor, çekil aradan diye. Kırk kere söyledim, boş yere arama, sen böyle yaptıkça gideceği varsa da gitmez diyorum ama bizimkinde o akıl nerede!"

"Türkân ne diyor bu işlere?"

"Ne desin, o da bıktı usandı bu işlerden. Her zamanki gibi ağlayıp duruyor."

"Ağlıyor mu?"

"Korkuyor kadın. 'Başımıza iş açacak bu karı' diyor. 'Çoluğumuz çocuğumuz var, gözünün önüne bak Hayri' diye bana nasihat ediyor."

"O kıskanmıyor mu sizi?"

"Kıskanmaz mı? Hepsinden çok o kıskanır da, derdini dinleyen yok."

"Nalan konusunda durum nedir?"

"İyi iyi! Nalan bu ara sorun çıkarmıyor. Ne anlatsam inanıp bana akıl vermeye çalışıyor. Size anlatmıyor mu?"

"Anlatıyor. Sizin ona anlattığınız masalları o da bana anlatıyor."

"Aman ha, bir şey çaktırmıyorsunuz değil mi?"

"Öyle olsa bana bütün bunları söyler miydiniz?"

"Tamam canım, lafın gelişi işte. İnanıyor değil mi hepsine?"

"İnanıyor ama nereye kadar? Siz eşinizden ayrılıp Laz'la evlenince bari ona gerçeği söyleyecek misiniz?"

"Bakalım artık. Aslında yaptıklarım benim de içime sinmiyor ama bir kere yola çıkmış bulunduk. Geri dönmek olmaz."

"Yani siz de emin değilsiniz."

"Aşka meşke bir itirazım yok da, gerisi nasıl olacak, onu tam bilemiyorum. Nalan artık benden ayrılmaya hazır mı?"

"Hazır sayılır. Siz hazır mısınız?"

Yüzünü fena halde ekşitiyor. Biliyorum, Nalan'dan ayrılmaya o da hazır değil. Ona kalsa hepsini birden idare edecek ama bu sefer arada ben varım. Nalan'ı bana getirmiş oldu. En azından benim buna, yani Nalan'ı daha fazla idare etmesine izin vermeyeceğimi biliyor. Yüzündeki ekşimenin asıl nedeni de bu.

Bir yandan da kafasını kaşıyor.

"Laz kızı bana sormuyor ki ötekilerden ayrılmaya hazır mısın diye."

"Haberi olsa belki sorardı."

Yandan yandan gülüyor. Nalan'ın eskiye göre çok güçlendiğinin farkında. Bu da onu korkutuyor. Evdeki Türkân'ı hiç düşünen yok.

Aceleyle sehpaya dağıttığı şangırtıları toplayıp eğilerek elimi sıktıktan sonra, "Yine geleceğim" diyerek çıkıyor. Bana neden geliyor acaba? Hem bana gelip her şeyi açık açık anlatıyor, hem de yine kendi bildiğini yapıyor.

Kader motifi düştü peşine. Onu duvardan duvara vurmadan peşini bırakmayacak. Belki de bana bir yanıyla bunu gördüğü için geliyor. Hani çok korkunca ıslık çalar ya insanlar, korkmadıklarını kendilerine kanıtlamak için. Onun gibi bir şey galiba.

Aslında işler iyice karışmadan bir şeyleri düzeltmeye çabaladım ama sonuç alamadım. Hayat Hayri'yi nereye götürürse, hiç bakmadan düşüyor peşine. Laz'ın ne kadar belalı olduğunu kendisi söylüyor bana. Yani bela önce geliyorum dedi, sonra da geldi ama o hâlâ bunu görmek, fark etmek, kadere dur demek istemiyor.

Bir yanı da farkında... "Olacak şey değil ama..." derken bence bunu söylüyordu. Olacak şey değil diyor, yine de yapıyor. Kader motifi işte tam da böyle bir şeydir. Göre göre götürür insanı kaderine.

Tuna, yorulduğumu anladı yine elinde tepsiyle girdi içeri. Akşamdan yaptığı poğaçaların yanında dumanı tüten çayı özenle koyuyor önüme. Ben bunları afiyetle yerken o da keyifle oturuyor karşımda. Benim odamda oturmaya bayılır. Dün akşam birlikte seyrettiğimiz *İstanbullu Gelin*'i konuşuyoruz en çok. Tuna bu dizide en çok Garip karakterini seviyor. "Bütün kocalar Garip gibi olsa ne güzel olurdu" derken hınzırca bir gülümseme yayılıyor yüzüne.

Daha ben çayımı bitirmeden, kapının çalınmasıyla fırlıyor yerinden Tuna. Sıradaki hasta gelmiştir.

Ben içinde yaşadığım yerlere her zaman özen gösteren biriyim. Evimde de öyleyim. Evin her bir köşesi benim için önemlidir. Sabahları kahvaltıdan sonra kahvemi kırmızı köşede içerim. Kırmızı köşe, evin manzarası en güzel bölümüdür. Ankara'da güzel bir sitenin 8. katında oturuyorum. Oldukça geniş bir salonum var. Tam camın önüne bir kahve köşesi yaptım. Karşılıklı duran büyükçe, bordo renkli iki berjer koltuk, ortada büyük bir sehpa, sehpada özel olarak yaptırdığım kırmızı lambam durur.

Sabah kahvemi işte bu koltuklardan birine oturup uzaktan Ankara'yı ve gökyüzünü seyrederek içerim. Genelde Ankara kışın biraz isli, biraz da sisli olur. Gökyüzünden bulutlar hiç eksilmez ama ben yine de onlara bakmayı severim.

İstanbul'da da artık Boğaz'ı, Boğaz'dan geçen irili ufaklı gemileri gören küçük bir evim var. Orada camın önünde iki lacivert kadife berjer koltuk durur ama hemen köşedeki ayaklı kırmızı lamba evi sıcacık yapar.

İsterim ki yaşadığım ortamlar bana huzur versin, enerji ve yaşama sevinci versin. Klinikteki odalarıma da çok özen gösteririm. Buraya mutlu insan gelmez. Her birinin derdi, sıkıntısı vardır. Burada benimle birlikte onlar da huzur bulsunlar, diken üzerinde oturmasınlar isterim.

İlk kez tanıdığınız birine en mahrem, en özel şeylerinizi anlatmak kolay mı? Kimi buraya anlatmaya değil, anlatmamaya gelir. Ya utanır, ya doktora güvenemez ya da o güne kadar kimseye kendinden bahsetmediği için anlatmayı bilmez. Anlaşılmayı hem çok ister, hem de bir yanı buna karşı koyar.

Benim odalarım her zaman sıcaktır, özeldir, samimidir. Buranın bir klinik, bir sağlık kurumu, benim de doktor olduğumu onlara unutturmak isterim çünkü doktorun zihinlerdeki kodu farklıdır. Doktora şikâyetlerinizi anlatırsınız. Doğal olarak da doktorlar bunları kısa kesmenizi ister. Onun işi bir an önce neyiniz olduğunuzu anlayıp derdinize çare bulmaktır. Bazen ilaç vererek, bazen tetkik ya da test yaparak bir an önce teşhis koymaktır amaçları.

Oysa psikiyatride durum farklıdır. Kişi sizi kendine yakın hissedecek ki, asıl derdinin ne olduğunu size anlatabilsin. Sadece şikâyetlerini söyleyen bir hastaya psikiyatri çare bulamaz. Verdiğimiz hiçbir ilaç kişinin sorunlarını çözmez. İlaçlar sadece psikiyatrik hastalıkları iyileştirir ya da kişinin kendini daha güçlü hissetmesini sağlar. Sorunları ise psikiyatristin yardımıyla kişi yine kendi çözer.

İşte şimdi kliniğe ilk kez gelecek olan Zeynep Hanım'a bir klinikte, bir sağlık kurumunda ve bir doktorun karşısında olduğunu unutturabilmeliyiz ki, hiç gerilmeden derdini anlatabilsin. Hastayı içeri almadan önce etrafa şöyle bir göz gezdiriyorum. Bol pencereli odamdaki gülkurusu panjurların kimi açık, kimi kapalı. Onları belli bir hizaya getiriyorum, kırmızı kadife koltukları düzeltiyor, sabahtan beri yandığı için artık sönen mumları tazeliyor ve telefonun tuşuna basıp Tuna'ya hazır olduğumu söylüyorum.

Tuna kapıyı açıp kenara çekilerek Zeynep Hanım'ı içeri alıyor. Ben de zaten hemen kapının yanında onu ayakta karşılıyor ve oturması için koltuklardan birini işaret ediyorum.

İnce yüz hatları olan, ışıl ışıl gözlü genç bir kadın Zeynep ama gözlerindeki ışıltı mutluluk ışıltısı değil. Bej rengi uzun bir pardösü giymiş, başındaki renkli eşarp türban şeklinde bağlanmış. Elimi sıkarken utangaç bir gülümseme görüyorum yüzünde. Önce odaya, duvarda asılı resimlere, lambalara bakıyor, sonra, "Tıpkı kitaplarınızdaki gibi, tam da böyle hayal etmiştim odanızı" diyor. Demek kitaplarımı okumuş. Buraya gelen biri benim kitaplarımı okuduysa, işimiz daha kolay oluyor. O kitaplarla kendimden de çokça söz ettiğim için onlar beni tanıyor ve kendilerini bana yakın hissediyorlar. Böylece hiç yabancılık çekmeden anlatıyorlar dertlerini.

İşin ilginç yanı, ben de kendimi onlara çok daha yakın hissediyorum. Sanki geçmişte bir yerlerde onlarla tanışmışız gibi bir duygu oluyor bende.

"Ne içersiniz?" diye soruyorum. Önce bir şey içmem diyor

ama sonra çay istiyor. Tuna çaylarımızı getirdikten sonra, ben daha bir şey sormadan anlatmaya başlıyor.

"Gülseren Hanım, benim derdim çok. Şimdiye kadar kimselere anlatamadım bunları. Zaten anlatılacak gibi de değil ama son zamanlarda kendimi çok kötü hissediyorum. Ne yapacağımı, bu işin altından nasıl kalkacağımı bilemedim. Sonunda ta nerelerden kalkıp sizin yanınıza geldim. Belki bana bir yol gösterirsiniz."

"İyi etmişsiniz Zeynep Hanım."

"Bana Zeynep deseniz daha iyi olmaz mı?"

"Olur tabii. Anlat bakalım Zeynep, seni dinliyorum."

"Hocam, önce size kısaca hayat hikâyemi anlatayım. Ben herkes gibi yaşamadım. Filmlerdeki gibi değişik bir hayatım oldu. Bugünlere nasıl geldim, inanamıyorum."

İçini çekiyor. Gözleri doldu. Ha ağladı, ha ağlayacak. Demek geçmiş onu hüzünlendiriyor. Daha dikkatli bakınca onda farklı bir şeyler görüyorum ama ne olduğunu da tam anlayamıyorum. Giyimi kuşamı, genel görünüşü orta halli bir ev hanımını hatırlatıyor ama bakışları çok farklı. Sanki karşımda yüksek seviyede eğitim almış, ciddi işler yapan biri oturuyor.

"Ben çok fakir bir ailenin kızıyım. Babam inşaat işçisiydi, annem de evlere temizliğe giderdi. Biz üç kardeşiz. İki kız, bir oğlan. Ben ailenin en küçüğüyüm. Ağabeyim Remzi okulda çok başarılı bir çocuktu ama babam onun okumasını istemedi. Eve ekmek getir, ben seni okutamam diye tutturdu."

"Nasıl biriydi baban?"

"Aman sormayın, hayırsızın tekiydi. Akşama kadar inşaatlarda didinir, kazandığı üç kuruşu da akşam meyhanelerde yerdi. Evi zaten annem geçindirirdi. Bu kadarla kalsa neyse ama eve gelir, annem ağzını açacak olsa kıyamet kopar, önce onu, sonra da bizi döverdi. Kadıncağız oğlunu okutmayı çok istedi. Zaten evde kavgalar genelde bu yüzden çıkardı. Annem, nasıl olsa parasını ben veriyorum, oğlanı okuldan almayalım dedikçe babam daha çok kızar, evde kırılmadık eşya bırakmazdı. Bu arada Remzi'yi çok döver, 'Bunlar hep senin yüzünden oluyor!' diyerek çocuğu suçlardı. Remzi bir yandan babamın yanında inşaatlarda çalışmaya başladı, bir yandan da akşam lisesine yazıldı. Çocuk çok zeki, babası gibi olmak istemiyor. Oğlana yol parası bile vermiyor. Çocuk inşaattan çıkıp okula gitmek için kilometrelerce yürüyor. Ben o zaman daha küçüğüm. Eve ablam bakıyor. O da daha on yaşında. Hem okula gidiyor, eve gelince de evin işlerini yapıyor."

"Sen evde yalnız mı kalırdın?"

"Yalnız kalırdım tabii. Kim bakacak. Annem sabahın köründe işe giderdi. Remzi zaten babamla çıkar evden. Ablam Gülbin de okula gidince, ben korkudan o gelene kadar camın önünde otururdum."

"Kaç yaşındaydın o zaman?"

"Bilmem ki! İki üç yaşından sonra beni evde bırakıp kapıyı üstümden kilitleyip gitmişler. Tabakla önüme yiyecek bir şeyler koyarlardı, hepsi o. Ablam gelince sevinçten deliye döner, hiç yanından ayrılmazdım. O da daha küçük, ilkokula gidiyor. Beraber başımızın çaresine bakardık. Bir zaman sonra Remzi hastalandı. Remzi'ye önce zatürree dediler, sonra verem. Aylarca yattı hastanede. Başına giden de yok. Annem sık sık akşam işten çıkınca gider, giderken de yanında evde yaptığı börek çörekten götürürdü. Ben beş yaşıma geldiğimde Remzi öldü. Annem bize sarılır, yavrum diye feryat ederek saatlerce ağlardı. O ölünce babamla araları iyice açıldı. 'Senin yüzünden öldü oğlum!' diye söylendikçe babam kızar, 'Vadesi o kadarmış, benim ne suçum var' diye evde yine kıyameti koparırdı. O ara annem babamdan ayrılmaya kalktı. 'Bu evi nasıl olsa ben geçindiriyorum, artık sana ihtiyacımız yok' dedi."

"Annenin yakın bir akrabası filan var mıydı?"

"Var ama hepsi köyde. İstanbul'da kimsemiz yok. Kalkıp köye gitsek, hep beraber aç kalacağız. Babam da bunu biliyor. Zaten kıskanç bir adam. Evde yine kıyamet koptu. Babam mutfaktan bıçağı alıp geldi, öldürürüm hepinizi diye. Ben çığlık çığlığa bağırıyorum."

Ne büyük çaresizlik! Onlara sahip çıkması beklenen babaya bakın.

Demek Zeynep böyle bir evde dünyaya gözlerini açtı. Onun tanıdığı dünya hep tehlikeli, hep kötü, merhametsiz ve hiç adil değil.

O günleri hatırladıkça bakışları kararıyor ve odaya ilk girdiğinde gözlerinde gördüğüm ışıltı kayboluyor.

"Çok zor günlermiş!"

"Ah hocam, zor değil, korkunçtu. Günlerce yataklarımızda uyuyamadık çünkü babamın ne yapacağı belli değil. Annem bu evliliği sürdürmek istemiyor çünkü oğlunun ölümünden hep babamı sorumlu tutuyor. Aynı şeyi size yapmayacağı ne malum diyor kadın."

"O zaman ablan okuyor muydu?"

"Annemin korkusundan ablamı okula yollamıştı. O sırada ben de gidiyordum okula ama ablam ortaokuldan ayrıldı. Okuyamadı. Karnesinde zayıf getirdikçe babam kızar, bu kadar masrafı boşuna ediyoruz diyerek kızı saçlarından tuttuğu gibi yere çarpardı. Zaten on sekizini doldurmadan evlendi gitti."

"Nasıl şimdi?"

"Nasıl olacak, perişan. Onun muradı evlenmek değil, o evden bir an önce kurtulmaktı. İlk karşısına çıkan oğlanla kaçtı evden. O da fakir bir yerin çocuğu. O da gidince evde bir tek ben kaldım. İlkokulu bitirdiğim sene babam beni okuldan aldı. 'Ötekini yolladık da ne oldu, ne kendine faydası oldu, ne de bize. Sen bunu gittiğin yerlere götür, biraz iş güç öğrensin' dedi anneme. Bu sefer annem de pek itiraz edemedi. Ablam evden kaçınca babam bu yüzden de hep annemi suçladı, 'Okula gönderdin, bu oğlanı da oradan buldu. Evde otursaydı mahalleye böyle rezil olmazdık. Sizin yüzünüzden namusum lekelendi' dedi."

Konuşurken sık sık gözlerini kapatıyor, sanki o günleri görmek ister gibi ama yine de konuşması, ses tonu, mimikleri, oturuşu, el kol hareketleriyle anlattığı hikâye arasında ciddi bir uyumsuzluk var. Bu kız, hiç de öyle bir evden çıkmış birine benzemiyor. İşin kötüsü hemen hayatını anlatmaya başladığı için ona henüz yaşını, mesleğini bile soramadım. Bana hiçbir şey söylemese, onun çok eğitimli bir kadın olduğunu düşünürdüm.

Bakalım bu hikâyenin sonu nereye gidecek.

"Sen nasıl bir öğrenciydin?"

"Ben çok çalışkandım. Karnelerim hep çok iyi gelirdi ve babam beni okuldan alınca günlerce ağladım, yalvardım ama babam beni dinlemedi bile. Annem de bu sefer bana hiç destek olmadı. Biz o zaman annemin çalıştığı eve birlikte gitmeye başladık. Annem çok zengin bir ailenin yanında çalışıyordu. Orta yaşlı bir karıkoca. Çocukları olmamış. Adam devlette üst düzey bürokrattı, kadın önceden çalışıyormuş, sonra sağlık sorunları nedeniyle emekli olmuş."

"Nesi varmış?"

"Romatoid artrit. Gittikçe beli bükülüyor, bütün eklemleri iltihaplanıyordu."

Demek romatoid artrit. Bunu da bir sağlıkçı kadar net söylüyor.

"Biz annemle giderken gelirken, annem evin işini yapıyor, ben de evin hanımı Nermin Hanım'a hizmet ediyordum. Çok iyi yürekli, sevecen bir kadındı. Beni büyük adam yerine koyar, dinlerdi."

O güne kadar onu kimse adam yerine koyup dinlemediği için, Nermin Hanım'ın dinlemesi ona çok garip gelmiş.

"Ben de ona okumayı ne kadar istediğimi ama babamın okutmadığını söylerdim. 'Okuyup ne olacaktın?' derdi bana. Ben de 'Avukat olacağım' derdim."

Hayatın daha baştan adaletsiz davrandığı çocukların çoğu büyüyünce avukat olmak ister. Ne kadar haklılar!

"Bir gün bana dedi ki, 'Sen bizim kızımız ol. Annenden babandan izin alalım, bundan sonra bizimle yaşa. Ben seni okula gönderirim, hem de evde bana arkadaşlık edersin.'"
"Güzel bir teklif! Ne dedin, ne hissettin?"

Susuyor. Yine gözlerini kapattı, ne hissettiğini düşünüyor. Demek ki daha önce bunu kendine hiç sormadı.

"Bilemedim. Hem çok sevindim, hem içime bir korku girdi. Düşünsenize, kötü bir gecekondudan çıkıp lüks bir apartman katına taşınmak, o evde, o evin hizmetçisi değil de kızı olmak ne demek! Koşarak anneme gittim, hanım seni çağırıyor diye. Nermin Hanım ona söyledi durumu. Annem de ne diyeceğini bilemedi. Babasına soralım dedi. Biz oradan çıkınca eve gelene kadar hem sevincimizden yerimizde duramıyoruz, hem de benim gibi onun içine de bir korku geldi. Gece olup da babam eve gelince ona hemen söylemedik. Sarhoş kafayla ne diyeceği belli değil. Sabah oldu ama bende uyku ne gezer. Bir de kalktım ki, babam evin içinde kollarını kaldırmış, oynuyor. Gel kızım, gel otur şöyle dedi. Babam bana ilk defa kızım dedi."

Boncuk boncuk yaşlar iniyor gözlerinden. Ben de hüzünleniyorum. Benim babam geliyor aklıma. Ben çocukken bütün babalar benim babam gibidir sanırdım. Çocuklarına hep kızım diyen, onlara büyük insan gibi saygılı ve sevgili davranan, onları uzun uzun dinleyen, akşamları gelirken onlara balık çikolata getiren, hep lacivert takım elbiseler giyen, güleç, yakışıklı, pırıl pırıl beyefendiler...

"Çok sevinmişti. 'Piyangodan para çıktı' desene, diyordu anneme. O böyle deyince annem de sevindi. Hemen o gün küçük bir bavul hazırladılar bana. İçine eski püskü elbiselerim, eskimiş okul çantam, bir çift de ayakkabı, gittik Nermin Hanımların evine. Kadın elimizde bavulla geldiğimizi görünce onlarla kalacağımı anladı. Annemi oturttu önüne. 'Sakine Hanım' dedi, 'artık o bu evin kızı. Siz nasıl olsa bu eve her gün geliyorsunuz. Böylece kızınızı istediğiniz gibi görür, konuşursunuz. Bu bavulu götürün, mahallede ihtiyacı olanlara dağıtın; burada bunlara artık ihtiyacı olmayacak.' Annem de, 'Eti sizin, kemiği bizim' diyerek Nermin Hanım'ın elini öptü. Böylece ben o eve yerleştim. Hemen o gün Nermin Hanım beni çarşıya götürdü, ne lazımsa birlikte aldık ama öyle çok şey almışız ki, taşıyamıyoruz. Kocası Ekrem Bey araba gönderip bizi aldırdı. Odalardan birini bana verdiler. O hafta içinde hemen okullarla görüşüldü, odaya eşyalar alındı ve bir hafta içinde biraz geç de olsa ortaokula başladım."

Rüya gibi... Gerçekten de bunlar sadece filmlerde olur sanıyor insan. O yaşta bir çocuk bütün bunlardan nasıl etkilenmiştir acaba?

"Nasıl hissettin Zeynep? O yaşta bu ani değişiklik nasıl etkiledi seni?"

"Hocam, uzun süre bunun bir rüya olmasından korktum. 'Şimdi uyanacağım, kendimi yine o gecekonduda bulacağım, babamın sesiyle yataktan fırlayacağım!' diye korktum. Benim odamı öyle bir dayayıp döşediler ki, ben böylesini hiç görmemişim. Bembeyaz karyolalar, dantelli yatak örtüleri, kuştüyü yastıklar, beyaz bir çalışma masası, üzerinde bir lamba. Çeşit çeşit defterler, kalemler, suluboya takımları; dolapta birbirinden güzel elbiseler, bembeyaz çoraplar, birbirinden güzel ayakkabılar... Her birini tek tek elime alır, onlara sarılırdım. Geceliklerimi görseniz, rengârenk, çiçekli böcekli. Üstelik paralı okulda, zengin çocuklarıyla birlikte okuyorum. Sabah beni okul arabası alıyor, akşam bırakıyor. Eve gelince pasta börek çörek hazır, annem yapmış. Her taraf pırıl pırıl temizlenmiş. Nermin Hanım beni her zaman gülerek, sarılarak karşılıyor. Akşam olunca Ekrem Bey geliyor. Evde ne kavga var, ne gürültü. Yediğin önünde, yemediğin arkanda. Okula giderken cebime para koyuyorlar. Ben bir süre yerde miyim, gökte miyim bilemedim. Böyle şeylere alışkın değilim. O kadar çok yemek yiyorum ki, bu sefer karnım ağrıyor. Yemekle kalmıyor, bir şeyleri yatağımın altına saklıyorum. Görgüsüzlük işte! Sonra Nermin Hanım anladı durumu. Benim odama küçük bir buzdolabı koydular. İçini doldurdular. Bunların hepsi senin, azaldıkça yerine konacak. Acele etme, ne zaman istersen ye dediler. Şu yaptıklarıma bakın! Bunlar kime anlatılır?"

"Tam da yerine gelmişsin Zeynep. Bunları en doğru adreste anlatıyorsun ama ben seni senin kadar kınamıyorum. Daha çocuksun o zaman. Daha önce böyle bolluk görmemişsin. O çocuk için bunlar çok doğal değil mi?"

"Öyle mi diyorsunuz? Ne bileyim, ben çok utanıyorum yaptıklarımdan."

"Onlar da kınamamışlardır bunları. Seni daha önceden tanıyorlarmış."

"Hocam daha önce ye diye önüme koyduklarını bile utanır, yemezdim. O eve yerleşince neye uğradığımı şaşırdım. Derken yavaş yavaş alıştım onlara. Bir yılın sonunda okulun bir numaralı öğrencisi oldum. Artık ben de onlar ne yerse onu yiyor, gözüm bir şeylerde kalmıyordu ama aklım hep ailemde, daha doğrusu annemdeydi."

"Annen gelmeye devam ediyor muydu?"

"Tabii, düzenli olarak geliyordu. Bize kahvaltı hazırlıyor, ben yer yemez hemen giyinip servise binip okula gidiyordum. Annem akşama kadar o evi siliyor, süpürüyor, akşam yorgun argın eve gidiyordu. Evde babam kim bilir ona neler yapıyordu. Sofrada yediklerim içime sinmiyor, hep acaba onlar ne yiyor diye düşünüyordum. Derken birinci yılın sonunda, benim o eve iyice yerleştiğimi anlayınca babam kapıya dayandı. Borcum var, bana para lazım dedi. Ekrem Bey onu iş yerine çağırdı. Orada konuşmuşlar. Ekrem Bey onu başka bir işe sokmuş. Artık onun da düzenli bir işi oldu. Daha iyi para kazanıyordu. O eski gecekondudan çıkıp biraz daha düzgün bir gecekonduya çıktılar ama bu sefer de annem her sabah geldiğinde bana düşman gibi bakmaya başladı. Ben sofrada otururken o ayakta hizmet ediyor, ben sanki bir suç işlemişim gibi kötü kötü bakıyordu bana."

"Neden acaba?"

"Anneler kızlarını kıskanır mı?"

Hiç hoşlanmadım bu sorudan. Evet desem bir türlü, hayır desem bir türlü ama anneler de insandır ve insana has iyi ve kötü bütün özellikleri taşırlar.

"Sen ne düşünüyorsun?"

"Bilmem ki... Benim o evde el üstünde tutulduğumu gördükçe sanki için için kızıyordu bana. Eskiden o evde ikimiz birden çalışıyorduk. Okula gitmesem yine yardım ederdim ona ama ben okula gidiyordum. Nermin Hanım durumu fark etmişti. Ben annemin o bakışları olmasa çok mutluydum. Ben de artık okuldaki diğer öğrenciler gibiydim. Veli görüşmelerine bile Nermin Hanım geliyor, öğretmenlerim beni övdükçe öz annemmiş gibi gururlanıyor, bana ödül olarak hediyeler alıyordu."

"İyi bir kadınmış o. Okul kapanınca ne yapıyordun? Kendi evinize gidiyor muydun?"

"Hayır, okul kapanır kapanmaz biz Nermin Hanım'la birlikte İstanbul, Büyükada'daki yazlık eve gidiyorduk. Ekrem Bey işi nedeniyle sadece bir ay gelebiliyor, annem de o eve gelip gitmeye devam ediyordu. Ekrem Bey gelince annem de bir ay köyüne gidiyordu. Ah hocam, Allah o zaman yüzüme baktı da kadıncağız bana sahip çıktı ama ben onun kıymetini bilemedim."

"Neden öyle söyledin?"

"Şimdi hepsini anlatacağım size. Ben ortaokulu bitirdiğim yıl, Ekrem Bey emekli oldu ve aile İstanbul'a taşınmaya karar verdi."

"O zamana kadar nerede yaşıyordunuz?"

"Ankara'da yaşıyorduk. Ben çok üzüldüm. Ne de olsa bu sefer ailemden temelli ayrılacaktım. Gerçi babamı hiç görmesem de olurdu ama aklım annemde kalacaktı. Ama annem hiç üzülmüş gibi görünmüyordu. Yıllardır Nermin Hanımların yanında çalıştığı için onlar da anneme yüklü bir tazminat ödediler. Böylece annemin eline iyi bir para geçti. Bundan sonra çalışmam artık diyerek, sevinerek gitti evine. Beni yolcu etmeye bile gelmedi. Biz İstanbul Moda'da bir eve yerleştik. Yazları yine Büyükada'ya gidiyoruz. Derken ben yavaş yavaş ailemi unuttum. Benim ailem artık Nermin Hanım ile Ekrem Bey'di."

"Ailenle hiç görüşmüyor muydunuz?"

"Ben onları sık sık arıyor, hal hatır soruyordum. Her aradığımda annem bol bol babamdan şikâyet ediyor, ablam kocasından yediği dayakları anlatıyor, babam da sürekli para istiyordu. Bende para ne gezer. Nermin Hanım'dan iste diye tutturuyor, bazen de Ekrem Bey'i arayıp ondan istiyordu. Artık bu sitemler beni de yıldırmıştı. Kolejden mezun olduktan sonra üniversiteye başladım. Nermin Hanım annem gibi olmuştu dedim ya, benim her sorunumla ilgileniyor, ihtiyaçlarımı ben söylemeden fark ediyor ve bana hep çok sıcak davranıyordu. Ben de eve koşarak geliyordum. Ana kız gibi oturuyor, her şeyden konuşuyorduk. Üniversitede bir delikanlıya âşık olmuştum. Adı Faruk'tu. Bunları bile ona rahat rahat anlatıyordum. Bir yere gideceksem, beni oraya arabayla gönderiyor, sonra da yine şoförle aldırıyorlardı. Hatta Nermin Hanım da Faruk'la tanışmış ve onu çok beğenmişti."

"Ailenin haberi var mıydı?"

"Nereden olacak. Onlar bana sen nasılsın, ne yapıyorsun diye bile hiç sormadılar ki... Tek dertleri paraydı. Beni de insanlara mahcup ediyorlardı. Annem sanki eski annem değildi. Benim bu evde lüks içinde yaşıyor olmam ona diken gibi batıyor, her aradığımda canımı sıkacak bir şey söylüyordu. Derken ben hukuk fakültesinden mezun olduğum sene..."

"Sen hukuk fakültesinden mi mezun oldun?"

"Evet hocam."

"Şunu baştan söylesene. İçeri girdiğinden beri bakıp duruyorum ama bir türlü ne olduğunu anlayamadım."

"'Hukuktan mezun olup avukat olmuş ama şu haline bak' diyorsunuz değil mi?"

Bazen ben hastalarımın zihinlerini okuyorum, bazen de onlar benim. Tam da böyle düşünüyordum.

"Aynen öyle diyordum. Ne bu halin Zeynep?"

"Yerde miyim, gökte mi bilmiyorum ki..."

"Neden, ne oldu?"

"Başıma gelmeyen kalmadı. Allah'ın verdiği şansı da kullanamadım. Ah bu benim aptal kafam ah!"

Ne oldu acaba? Hayatı bir anda değişmiş, bambaşka ve çok güzel yaşayıp gidiyormuş.

"Ne oldu Zeynep?"

"Ben okulu bitirdiğim yıl Faruk da hemen askere gitti. Dönüşte güya evlenecektik. Nermin Hanım bu haberi aileme usulüyle söyledi. 'Delikanlıyı biz de çok beğendik. Kısmetse askerden gelince evlenecekler. Zeynep de bu arada avukatlık stajını yapacak. İsterseniz siz de Faruk'u araştırın. Zaten askerden dönünce sizinle tanışmaya ve kızınızı istemeye gelecekler' dedi. Ne olduysa ondan sonra oldu. Babam evde kıyameti koparmış. Burada annesi babası dururken onlar kim oluyor da kızı vermeye kalkışıyorlar diye. Derken haftasına İstanbul'a geldiler. İkisinin de suratı beş karış. 'Biz kızımızı başkasına vereceğiz. Damadımız doktor. Uzaktan da akrabamız olur. Daha fazlasına siz karışmayın artık' diyerek..."

"Sen tanıyor muydun doktor damadı?"

"Küçüklükten biliyordum. Bizim köyden bir o çıktı zaten. Ailesi oğlumuz okuyor, doktor olacak diye övünüp duruyordu. Biz neye uğradığımızı şaşırdık. Nermin Hanım beni bir kenara çekti, 'Kızım' dedi, 'sen artık çocuk değilsin. Kendi kararlarını alacak yaştasın. Ben sana bir şey diyemem ama bunca yıllık dostun olarak yanlış yapmandan korkuyorum. Bu senin hayatın, senin kararın. İyi düşün, acele karar verme.'"

"Sen ne yaptın Zeynep?"

Ağlıyor. Kara bulutlar çöküyor yüzüne. Belli ki onu sonradan çok mutsuz edecek bir karar almış.

"Annem geçmiş karşıma, ağlıyor, 'Eğer bizimle gelmezsen hakkımı helal etmem!' diyor başka bir şey demiyor. Onunla birlikte oğlunun ölümüne bile ağlamayan babam da boynunu bükmüş, o da ağlıyor. 'Sen bizim kızımızsın. Tanımadığımız biriyle evlenip de perişan olma. Mehdi çok iyi bir çocuk. Soyunu sülalesini tanıyoruz. O seni epeydir internetten takip ediyormuş. Kapımıza geldiler. Seni en iyi yerlerde yaşatacaklar' filan diye bir yandan ağlayıp bir yandan sürekli konuşuyorlar. Sonunda Nermin Hanım'ı da ikna edip bir haftalığına diyerek beni kolumdan tuttukları gibi eve götürdüler. Ben bir yandan ağlıyorum, bir yandan ne yapacağımı şaşırmışım. Derken ertesi gün Mehdi geldi. Yolda görsem tanımam. O da evet de diye gözümün içine bakıyor. Derken bir haftanın içinde bana evet dedirttiler."

"İstemeyerek mi evet dedin Zeynep?"

"Bilmiyorum. Hâlâ o zaman nasıl böyle dediğimi bilmiyorum. Anneme kıyamadım hocam. Hakkımı helal etmem deyince..."

Hayatımıza yön veren suçluluk duyguları bunlar. Annesine kıyamamanın anlamı tam da bu. Kendisi lüks içinde yaşarken annesinin sefalet içinde geçen hayatından kendini sorumlu tutmuş. Vicdanı sızlamış. Annesinin ona kötü kötü baktığını söylüyordu. O bakışların o küçük Zeynep'in yüreğinde nasıl büyük yaralar açtığını şimdi daha iyi anlıyorum. Sanırım o bakışları Zeynep tam da böyle yorumladı. Her şeyi anneme borçluyum dedi. Annem bana kızıyorsa haklı dedi. Yazık ona dedi.

Yazık...

Kader motifi tuzak kurmuş Zeynep'e. Onu dünyaya geldiğinde ilk tanığı duygulara geri çekmeye çalışıyor. Kader motifi böyledir işte. İlk tanıdığınız duygular iliklerinize işler. Aynı duyguları hayatınız boyunca arar durursunuz. İyiyse iyi, kötüyse kötü.

"Sonra ne oldu Zeynep?"

"Biz iki ay nişanlı kaldık. Sonra alelacele evlendik."

"Mehdi'yle tanıdınız mı birbirinizi?"

"İki ay hemen her gün geldi bize. Bazen evde oturduk, bazen beraber dışarı çıktık. Zaten ailesi o hafta eve gelip istedi beni. Yüzükler takıldı. Mehdi o zaman tayin bekliyordu. Mecburi hizmeti Malatya'ya çıktı. Biz de apar topar evlenip Malatya'ya gittik."

İnanılacak gibi değil. Hukuk fakültesinden mezun olmuş, İstanbul'un en lüks yerlerinde büyümüş biri söylüyor bunları.

"Nasıl biriydi Mehdi?"

"Bizim köyden, benim gibi okumaya azimli, başarılı biriydi. İyi desem iyi değil, kötü desem o da değil. Ben o zaman annemden o kadar etkilendim ki, Faruk bile gözüme görünmedi. 'Ömür boyu vicdan azabıyla yaşayacağıma, gözümü kapatır, ne istiyorlarsa yaparım' diye düşünüyordum.

"Nasıl bir vicdan azabı?"

"Nasılı var mı hocam? 'Annem hakkımı helal etmem' diyor, ağlıyor kadın. Ben zaten yıllar önce terk etmişim onları..."

"Terk etmişim" diyor. Demek kafasına böyle kodladı. Oysa onlar vermiş kızlarını o aileye. Babası piyango çıktı bize diye oynamış. Bunu nasıl böyle yorumluyor acaba?

"Zeynep ne dediğini kulakların duyuyor mu? Sen mi onları terk ettin, yoksa onlar mı seni o aileye verdiler?"

"Ben de istedim ama..."

"Sen o zaman kaç yaşındaydın?"

"On bir filan..."

"Yani çocuktun. Bu kararı ailen almış. Nermin Hanımlar istemiş, ailen de vermiş. Sana sordular mı gitmek istiyor musun diye?"

"Sormadılar ama ben istiyordum zaten. Siz olsanız istemez misiniz?"

"Ben de isterim ama ailem ne derse o olur. Ama senin hayatında kararları hep ailen almış. Çocukken orada yaşamana izin vermişler, büyüyüp yetişkin biri olduğunda yine senin yerine evleneceğin kişiye bile onlar karar vermiş. Çocukken bu durum çok doğal ama üniversite mezunu, artık bir meslek sahibi biri için pek doğal sayılmaz. İstesen onlara itiraz edebilirdin."

"Sanki onları çok üzdüm, yanlış yaptım, şimdi o yanlışı düzeltmem gerekiyormuş gibi hissettim. O zaman Nermin Hanım çok sık aradı beni, 'Kızım sen ne yapıyorsun, stajın var, mesleğin var, yanlış yapıyorsun, hemen gel' dedi ama..."

"Gitmedin."

"Gidemedim. Annemin gözyaşları duvar gibi dikildi önüme. Baktım, Mehdi de iyi bir çocuk. 'Ne aşkı' dedim kendi kendime, 'sen kaderin neyse onu yaşayacaksın.'"

"Kaderin neydi senin Zeynep? Seni gecekondulardan çıkarıp Büyükadalara götüren, en iyi kolejlerde okutan kaderin ne istiyordu senden?"

"Ne isteyecek? İşte Mehdi'yi çıkardı karşıma."

"Onu kaderin değil, ailen çıkarmış karşına. İkisini karıştırma. Kaderin seni çok başka yerlere götürüyormuş."

"Yanlış yapmışım değil mi?"

"Bilmiyorum. Sonrasını sen anlat."

"Biz iki ay nişanlı kaldık ya, akşam yemeğe çıktığımızda Mehdi mutlaka rakı içer, bana da verirdi. Ben Nermin Hanımların evinde arada kırmızı şarap içerdim ama daha önce hiç rakı içmemiştim. Onunla beraber ben de bir kadeh rakı içiyordum ama onun alkolik olduğunu hiç anlamadım o zamanlar. Aklım Faruk'ta ama Mehdi'yle rakı içiyorum. Ne aptalım değil mi?"

"Buna aptallık diyemedim. Hayat seni çocukken alıştığın ortama çekiyor ve sen de tıpış tıpış gidiyorsun."

"Evet, aynen öyle yaptım. Oysa babamdan biliyorum bunları. İstanbul benim kafamı karıştırdı galiba. Orada arkadaşlar hep birlikte bazı akşamlar yemeğe gider, hepimiz az çok bir şeyler içerdik. Faruk da arada bir benimle kırmızı şarap içerdi. Ama onun dışında içki içmezdi Faruk."

"Ona olan aşkın ne oldu?"

"Aşk meşk bir anda silindi kafamdan. Ben Faruk'la evlenerek aileme ihanet edecektim. O zaman böyle hissettim. Nermin Hanım beni çok uyardı ama onu dinlemedim. Annem evde zaten başımın etini yiyordu, Mehdi'den başkasına gidersem hakkını helal etmeyeceğini söylüyordu. Sonunda Malatya'ya gittik. Mehdi devlet hastanesinde mecburi hizmete başladı. Ben de orada bir avukatlık bürosunda staja başladım. Birkaç ay sonra hamile kaldım. Derken bir kızım oldu. Ama bir türlü ay sonunu getiremiyoruz. Mehdi sık sık nöbetim var diyerek eve gelmiyor. Ben çocukla evdeyim. Zaten eve hiç ayık gelmiyor, hep sarhoş. 'Hastanede çok daraldım, çıkınca arkadaşlarla bir iki kadeh içtik' diyor. Kızım bir yaşına geldiğinde ben stajımı bitirmiş, staj yaptığım yerde avukat olarak işe başlamıştım. Ben de para kazanıyordum ama eşim artık eve beş kuruş getirmiyordu. Her gün bir bahane buluyor, ödemeyi bir türlü bitiremediği borçlardan söz ediyordu. Ben önceleri kazandığı parayı köydeki ailesine gönderiyor sanıyordum. Ne de olsa Mehdi de fakir bir ailenin çocuğuydu. Zaten ben de aynı şeyi yapıyor, para kazanmaya başladıktan sonra her ay aileme para gönderiyordum."

"O zaman memnun muydun hayatından?"

"Ben Nermin Hanımların evinden çıktıktan sonra hiç mutlu olmadım. Ben mutluluğumu o evde bıraktım."

Söylediklerini anlamak ne kadar zor! Mehdi'yle değil de Faruk'la evlenseydi, ailesine bunun ne zararı olacaktı? Yine kazandığı paranın bir kısmını onlara gönderebilir ama kendi mutlu olurdu. Bunu neden yaptığını kendisi bile bilmese de ben anlıyorum. Kader motifi mıknatıs gibi çekiyor onu.

"Sonradan bir de öğrendim ki, Mehdi beni aldatıyor. Hem de olmadık bir kadınla."

"Olmadık kadın ne demek?"

"Bir doktor arkadaşının eski kız arkadaşıymış. Kız onu başkasıyla aldatınca oğlan kızdan ayrılmış. Hatta derdini de uzun uzun Mehdi'ye anlatmış. Mehdi sonradan araya girip onları barıştırmak isterken bu sefer de Mehdi'yle aralarında bir ilişki başlamış. Mehdi o ara kazandığı tüm parayı bu kızla harcıyormuş. Hatta kızın eski erkek arkadaşları kocamı tehdit etmiş, öldürmeye kalkmışlar. Meğer bütün bunları hastanede benden başka bilmeyen kalmamış. Mehdi bir de üstelik gırtlağına kadar borçlanmış. Sonunda bizim büroda çalışan bir arkadaşım bana Mehdi'nin kızla beraber çekilmiş resimlerini gösterdi. Ben onları görünce çılgına döndüm. Eve gelince Mehdi'nin bütün eşyalarını bir çöp poşetine doldurup kapıya koydum. Eve geldi, kapıyı açmadım. Kendimi tecavüze uğramış gibi hissettim hocam. Ben sabahtan akşama kadar ekmek paramızı kazanabilmek için çalışırken, fazladan beş kuruş harcamazken, akşam bakıcıdan çocuğumu alıp sabahlara kadar onunla uğraşırken benim kocam elin ne idüğü belirsiz kızıyla gününü gün ediyormuş. Çocuğumun nafakasını ellerle yiyormuş."

Yine ağlıyor. Hayatıyla ilgili nasıl yanlış bir karar aldığını yeni anlıyor galiba.

"O ara sanki akılımı kaybettim. Başka biri oldum. Ertesi gün Mehdi kapıyı anahtarıyla açıp girdi içeri. Ona nasıl saldırdım, size anlatamam. Sanki gören de yıllardır onunla bununla dövüşüyor sanır. Adamı parçalayacağım. Önce yapma etme filan dedi. Sonra beni bir dövdü! Ağzım gözüm parçalandı. Kan revan içinde kaldım. Sonra da karşıma oturup, 'Rahatladın mı?' dedi."

Ah! Ağlıyor.

"Belki siz de şaşacaksınız ama evet, rahatladım."

"Ruhun istediği cezayı almış Zeynep. Çok suçlamışsın kendini."

"Maalesef öyle olmuş. Kocam yaralarıma ilaç filan sürdü, ben de gidip yattım. Ertesi gün eşyalarımı toplayıp Nermin Hanımların İstanbul'daki evlerine gittim. Nermin Hanım beni karşısında görünce şaşırdı kaldı. Kucağımda kızım, girdim içeri. Başıma gelenleri anlattım. Ne diyeceğini bilemedi kadıncağız. Günlerce yattım orada. Annemler bir yandan, kocam bir yandan hiç rahat bırakmadılar bizi ama Nermin Hanım hiçbirine pabuç bırakmadı. 'Hasta, yatıyor, düzelince kendisi arar sizi' deyip kapattı telefonu. Kızıma da, bana da çok iyi baktılar ama ben o günden sonra bir daha yataktan kalkamadım. Şimdi üç aydır burada yatıyorum. Bu arada sizin kitaplarınızı okudum. Onlar bana iyi geldi. Bu hayatta yalnız değilim dedim. Benim gibi başkalarının da başına olmadık işler geliyor."

Demek benim kitaplar bu anlamda da işe yarıyor!

"Kızın nasıl?"

"O iyi. Sağ olsunlar, Nermin Hanım ile Ekrem Bey ona benden iyi bakıyorlar ama ben bittim hocam. Vurgun yemiş gibi hissediyorum kendimi. Yatak beni çekiyor. Akşama kadar odamdan hiç çıkmıyor, kızımı bile görmek istemiyorum. Bu üzerimdeki kıyafetler benim Malatya'da, eşimin zoruyla giydiğim kıyafetler. Zaten gelirken yanıma sadece kızımın ihtiyacı olan şeyleri aldım. Şimdi artık yaşamak istemiyorum. Kendine hayrı olmayanın kime hayrı olabilir ki..."

Depresyon bütün ağırlığıyla çökmüş üstüne. O kolay, bana izin verirse o depresyonu birkaç ayda düzeltebiliriz ama kendini affedebilecek mi, işte şimdilik bunları bilmiyorum. İnsanın kendine ettiğini kimse edemiyor.

Zeynep'le uzun uzun konuşuyoruz o gün. Hep o anlatıyor, ben dinliyorum. Bu depresyondan çıkmadan zaten ben ne desem boş. Hiçbirini anlamayacak. Eline ilaçları veriyorum. Bunları düzenli olarak alacağına söz vererek çıkıyor odadan." Bakalım kader motifinin yolunu değiştirebilecek miyiz?

8

Nalan geçen hafta aldığı randevuya gelemedi. Rahatsızım diyerek bugüne ertelemiş. Demek ki son geldiğinde bana anlattıkları onu yataklara düşürdü. Yıllardır içinde böylesine ağır bir sırrı saklamak kolay mı? Eminim bundan ne eşinin, ne de Hayri'nin haberi vardır.

Düşünüyorum da, böyle bir sırla yaşamak ne kadar zor olmuştur. Bu yaşananlarda hiç payı olmasa da Nalan sonuç olarak pek çok kişinin mutsuzluğunun, utancının hatta ölümünün tek nedeni olarak algılanmış.

Demek anneanne ve dede onun yüzünü görmeye bile tahammül edemediler. Üstelik doğduğunda günlerce hastanede kalmış. Onu arayan soran olmamış. Doktorlar tekrar tekrar aramasalar belki de hiç almayacaklardı. Devlet bakımevlerinde, Çocuk Esirgeme Kurumu'nda büyüse daha mı iyi olurdu acaba? En azından bu günahlar sırtına yüklenmezdi. Ana babası tarafından terk edilmiş, sahipsiz bir çocuk olurdu. Bu seçenek de hiç hoşuma gitmiyor. Bir çocuğun sahipsizliği, terk edilmişliğiyle ilgili çok hayat hikâyesi dinledim. Hepsi de birbirinden acıydı ve sahipsizlik bu talihsiz insanların iliklerine işlemişti, tıpkı Nalan gibi... Nalan ki, lüksün her çeşidini yaşamış ama yine de içini kimse aydınlatamamış.

Ben hep derim, parayla, yatla, katla, ihtişamla insan mutlu olamaz. O yatlarda, katlarda sevgi varsa, güven varsa, paylaşım varsa ancak o zaman insanlar bunların içinde mutlu olurlar. İnsanoğlunun doğası bunu ister. Gerisi vesaire, vesairedir. Bu vesairelerin bir kısmı keyfimize keyif katar, bir kısmı da mutluluğumuza gölge düşürür. Ama insanın keyfi yerindeyken içilen bir bardak su, yenen bir yemek, koklanan bir çiçek, alınan bir hediyenin tadına doyulmaz.

Mutluluk dediğin nedir ki, elle tutulmaz, gözle görülmez. Sadece hissedilir. Bir şeyler size keyif veriyor, sizi mutlu ediyorsa, işte bizler için en değerli şeyler onlardır. Nalan'ın sahip olduğu onca şey onu mutlu etmeye yetmemiş. Aslında şu Hayri'nin kıymetini bilmiyorum galiba. Onu bu hayatta bir tek Hayri mutlu edebilmiş. Hayri gibi biri ona güven vermiş, onu sevmiş, onu göklere çıkarmış. Yani Nalan'ın yıllardır özlemini çektiği ne varsa vermiş ona. Ama şimdi çekip gidiyor, o da ayrı bir mesele.

Ben böyle kendi kendime Nalan'la ilgili düşünüp dururken o yine korkak bir çocuk gibi başını uzatıyor kapıdan. Hüzünlü de olsa bir gülümseme var yüzünde. Bana daha çok güveniyor şimdi, bence resmiyeti bırakmalıyım. Nalan Hanım yok, Nalan var artık.

"Gülseren Hanım biz son gelişimde ne yapmışız böyle. Bir hafta yataktan kalkamadım."

"Ne desen haklısın. Bakir, el değmemiş bir alana balıklama daldık. Çok etkilendin değil mi?"

"Sormayın. Bu kadarını tahmin etmemiştim. Bıraksanız daha anlatacaktım. Nasıl da çok şey biriktirmişim orada. Sarhoş Muharrem'i bile anlatmışım size."

Nalan yıllardır kimseye anlatmadığı, anlatamadığı, onu çok etkileyen çocukluk hikâyelerini, hatta unuttum zannettiği şeyleri bile öyle detaylı anlattı ki, belli ki kendi bile duruma şaşıp kaldı.

Zaten oturmayı bile beklemeden ayakta söylüyor bunları bana. Yüzünde, daha önce hiç görmediğim bir canlılık var. Sanki biri yüzünü ova ova yıkamış da, parlatmış gibi. İnsanın ruhsal durumu yüzüne nasıl da yansıyor.

Ben yıllardır bu konuda çok şey öğrendim. Bir kadın o gün çok güzelse, mutlaka seviliyordur. Sevilmenin ışıltısı yansır yüzüne. Bu sefer sanırım Nalan'ı seven başkası değil, kendisi. Ufak ufak, daha ben bir şey söylemeden kendisiyle barışmaya başlamış.

Oh, ne iyi!

Koltuğa iyice yerleşip bir iki dakika kafasını topladıktan sonra yeniden başlıyor konuşmaya.

"Çocukluğumu anlattım size. Ta o zaman bile arada bir o evden kaçıp gitmek isterdim. Beni sevmediklerini, belki de benim yüzümden böyle mutsuz olduklarını bilmez ama bir şeyler hissederdim. Karanlık bir şeyler... Gitsem, nereye gidecektim? Halamdan başka tek bir akrabamız bile yoktu. Annem ona da ambargo koymuştu. Her istediğinde bizim eve gelemezdi."

"Nasıl biriydi halan?"

"Küçükken çocuk felci geçirmiş, bu yüzden tek ayağı bariz şekilde aksardı. Biraz da bunun etkisiyle sanırım kendini insanlardan uzak tutmuş. Büyük bir ailenin kızı olduğu için istese evlenirdi. Zaten çok talibi çıkmış ama o, bu taliplerin onu isteme nedenlerini bilirmiş. İşi biraz da deliliğe vurmuş. Hiç çekinmez, ne söyleyecekse söylerdi. Biraz bilge bir yanı vardır. Kimseyi idare etmez, varsa bir şeyler üstünü kapatmaz, aklından geçeni pat diye insanın yüzüne söyler. El gün demez, herkesin yanında yapar bunları. Bir yanı da çok eğlencelidir. Kalkar, kendi taklidini yapar mesela. Neşelidir. Hiçbir şeyi içine atmadığı için kimseye kini yoktur. En kızdığı annemdi, bütün aile anneme arkasını dönerken o dönmemiş ama bunu bir gün olsun annemin başına kakmazdı. Ama hem öyle yapmış, parasını pulunu bizden hiç esirgememiş, bir yandan da anneme ağzına geleni söylerdi."

"Ne derdi mesela?"

"'Bana deli diyorlar ama sen benden delisin' derdi."

"Niçin söylerdi bunu?"

"Hani annemin titizliklerinden bahsetmiştim ya, annem iç çamaşırlarını balkondaki özel askısına takınca yukarıdan bağırır, 'Maşallah maşallah, yine çeyizler görücüye çıkmış' diye dalga geçerdi annemle. Bana olmadık zamanda, olmadık bir şeyler alır, gelirdi. Annem benim her şeyimin düzgün ve kuralına uygun olmasını isterdi. Örneğin yemekten önce ya da eğer hastaysam dondurma yememi istemezdi. Halam gider, iki kocaman külah dondurma alır gelirdi. Annem ona dur diyemez, o hemen benim odama dalar, birini kendi yalarken birini de bana uzatırdı. Annem kapıda sinirle bize bakar, halam, 'Ayol soğuk geliyor, şu kapıyı bir kapatan olmaz sanki' diyerek adeta annemi oradan kovardı. Bunlar hiç anneme göre şeyler değildi."

"Senin hoşuna gider miydi?"

"Gitmez mi? Bayılırdım halama. Keşke gelse diye yolunu gözlerdim ama sık gelemezdi. O kasvetli evde ne yapar eder, gülecek bir şeyler bulurdu. Beni hem sever, hem de çok kızardı. Arada bir eğer benim odanın ışığı yanıyorsa pat diye içeri girer, benimle oturur, konuşurdu. Ben bu işleri öğrendiğim zaman belki de en büyük desteği ondan aldım. Benim ağladığımı görünce eliyle sırtıma vurur, 'Boş ver be kızım. Olanla ölene çare yok. Geçmiş gitmiş işte, sen önüne bak' der ve sonra yine gülerdi."

"Hala hayatta galiba."

"Evet, arada bir gelir bana. Dövse de, sevse de kabulüm. Onun söyledikleri insanı incitmez."

"Hayri için ne diyor?"

"'Geç bile kaldı' dedi geçen gün."

"Nasıl yani?"

"'Benim bildiğim Hayri bu kadar süre senin yanında kalmazdı zaten. O bir fırtınaydı, geldi geçti. Baştan biliyorsun, ben onu hiç istememiştim ama senin yüzünü güldürünce sesimi kestim. Eh, yedi sene dile kolay. En iyi evlilikte bile kadınların mutluluğu bu kadar sürmez. Adam akıllı, zamanında gidiyor' deyip deyip gülüyor. O güldükçe ben de sinir oluyorum."

"İlginç şeyler söylemiş halan."

"Dedim ya, bir yanı deli, bir yanı da bilgedir halamın."

"Bilgelik delilikten çıkar çoğu zaman. Normal birini nasıl bilge yapacağız. Neyse sen o bir haftayı nasıl geçirdin Nalan?"

"Gülseren Hanım hep yattım. Bir iki lokma yedim yemedim ama canım yataktan çıkmak istemedi. Hep o günleri düşündüm. Size anlattıklarımı, anlatmadıklarımı sanki yeniden yaşadım. Onları yaşayan Nalan'ı hayal ettim. Üzüldüm o çocuk için. Arada bir ağladım ama en çok onu hissetmeye çalıştım. Bu da bana iyi geldi. Ben hep kızardım, suçlardım kendimi. Yine kızdım, yine suçladım ama bu sefer canımı eskisi kadar acıtmadı."

"Sen bu gerçeği ne zaman öğrendin Nalan?"

"Gülseren Hanım ben Sedat'la evlendim. Bir süre çocuğumuz olmadı. Zaten çocuk olsa da istemiyorum, olmasa da. O ara annemle babamı haftada bir gün ziyarete gidiyorum."

"Sedat da gelir miydi seninle?"

"Yok canım, o sevmezdi böyle şeyleri. Ben yalnız giderdim. Evin ne eksiği varsa alır götürür, yerlerine yerleştirir, ilaçlarını kontrol eder, doktor randevularını alır, başka bir ihtiyaçları olup olmadığını sorar, öyle dönerdim."

"Nasıl karşılardı annen seni?"

"Gelmeme hiç memnun olmazdı. 'Sen evlendin artık, ne işin var burada?' derdi ve bunu her gidişimde mutlaka söylerdi. Babam zaten başıyla merhaba demekle yetinirdi ama gitmesem de benim içime sinmezdi. Neyse sanırım evlendikten bir yıl kadar sonraydı. Bir gün annem beni aradı. Onun adını telefonda görünce zaten anladım. O beni kolay kolay aramaz. Babam hastalanmış. Ben hemen koşup gittim. Sağ olsun arkamdan Sedat da geldi. Babamı hemen hastaneye kaldırdık ama o akşam babamı kaybettik. Kalp krizinden öldü. Ben nasıl üzüldüm size anlatamam. Oysa o bana hiçbir zaman iyi bir baba olmamıştı ama yine de sanki ben yeterince ilgilenmediğim için öldü filan gibi geldi bana. Kara yaslara büründüm."

"Haklısın, ne de olsa o zaman o adam senin sahibinmiş. Annen nasıldı?"

"Gözünden bir damla yaş bile gelmedi. Sanki onun öleceğini biliyormuş, buna hazırmış gibi bir hali vardı. Derken aradan bir hafta geçti. Kalabalık dağıldı ve bir gün biz annemle evde yalnız kaldık. İşte ne olduysa o gün oldu."

Off! Yine başladı ağlamaya. Demek o gün çok kötü şeyler yaşandı o evde.

"Bir hafta yattım diyorum ya, işte o hafta hep bunları size nasıl anlatacağımı düşündüm. Beni yanına çağırdı. 'Seninle konuşmamız lazım' dedi. Ben hemen karşısındaki koltuğa oturdum. Zaten babam ölmüş diye perişanım. Gözlerini bana dikti. 'Sakın karşımda ağlamaya filan kalkma, zaten başımıza ne geldiyse senin yüzünden geldi' diyerek başladı söze. Sonra da olanları bana tek tek, hiçbir ayrıntıyı atlamadan anlattı. O konuştukça ben taş kesildim Gülseren Hanım, taş kesildim. O ise son derece sakindi. Konuşurken yüzünde tek bir mimik yoktu. Ben hiç sözünü kesmeden, karşısında put gibi oturmuş onu dinliyorum ama söylediği her kelime içime bıçak gibi batıyor. Ardından, yanında hazır ettiğini gördüğüm kahverengi, eski bir bohçayı ağır ağır açtı. İçinden eski bir albüm çıkardı. O resimleri bana tek tek göstermeye başladı. Annemi işte ilk kez o gün gördüm. Annemin doğduğu günden beri çekilen resimleriydi bunlar. Parkta, salıncakta, evde, okulda, akrabalar arasında hep gülen, çok mutlu resimler işte..."

Çok ağlıyor. Ağlamadan bunlar anlatılmaz ki! Demek anneannesi içinde biriken ne kadar kin, öfke varsa hepsini boşaltmış Nalan'a.

"Annen nasıl biriymiş Nalan?"

"Babama yani babasına benziyormuş. Siyah kıvırcık saçlı, pembe yanaklı, kara kaşlı kara gözlü, gülerken hep bembeyaz dişleri görünen, hafifçe toplu, çok mutlu bir kızmış annem. Onu görünce zaten demek ki ben babama benzemişim dedim... Yani annemin dayısına."

"Onun resmini de gördün mü?"

"Gördüm. Vesikalık, küçük, eski bir resimdi. Sarışın, yeşil gözlü, incecik, utangaç bakışlı bir delikanlıymış babam. Benim gibi..."

"Onu görünce ne hissettin?"

"Tuhaf ama kızamadım ona. Çünkü resimdeki bakışlar insanı çok farklı etkiliyor. Birine tecavüz edecek biri gibi bakmıyordu. Onun o bakışları hâlâ duruyor hafızamda... Anneannem konuşmanın devamında, sanki bunları o değil de başkası yaşamış gibi hiç ağlamadan, donuk bir ifadeyle anlattı bana. Sonra o albümü bohçasına sarıp elime verdi. 'Bunlar artık sende kalsın. İster yırt, ister at' dedi. Son cümlesi ne oldu biliyor musunuz?"

"Ne oldu?"

"'Sen benim kızımın kızısın. Bu nedenle benim canımsın ama bir yandan da o alçağın kızısın, yani benim en büyük düşmanımsın. O yüzden seni sevdiğim kadar senden nefret de ettim. Bu saatten sonra bunları saklayacak değilim. Çocukken istediğin sevgiyi, şefkati veremedim çünkü bunu istesem de yapamadım. Halen de değişen bir şey yok. Seni görmek beni çok rahatsız ediyor. Bana hakkını helal edebilirsen et, edemezsen, o da senin bileceğin iş. Şimdi artık git ve bir daha da gelme' dedi."

"Sahi mi?"

Demek o kadın yıllarca içinde bu kinle yaşadı. Öfkesini yöneltceği kimse kalmamış etrafında ve o öfkeyi zamanı gelince bütün haşmetiyle Nalan'a boşaltmış. Ama ne kadar zalimce...

"Evet, çok korkunçtu. Ben anlattıklarından o kadar etkilendim, o kadar üzüldüm, kendimi o kadar aşağıladım ki, birinden az da olsa bir sıcaklık istiyorum. Baştan onu put gibi dinledim ama sonra hıçkırıklarımı tutamıyorum. Ona doğru yaklaştım, sarılmak istedim. İki yaralı birbirine iyi gelir gibi geldi bana ama gözleriyle itti beni. Yaklaştırmadı. O zaman iyice kötü oldum, kendimden daha çok iğrendim. O gün o evden nasıl çıktım, eve nasıl geldim, o bir iki geceyi nasıl geçirdim, bir Allah bilir, bir de ben. Anlatılanları kafamda bir türlü yerli yerine oturtamadım. Benim bilmediğim bir şeyler olduğunu tahmin ediyordum ama bu kadarını beklemiyordum. Bunları duymaktansa ölüp kurtulmak daha iyiydi. Kimseye de bir şey söyleyemiyorum. Uzun süre kendimi görmemek için aynalara bakamadım. Nasıl bir iğrenme geldi bana, sanki bedenim çürümüş et kokuyor gibiydi. Sürekli banyoya girer, yıkanmalara doyamaz ama yine de kendimi temizleyemezdim. Sedat da dahil, herkes benim babama çok üzüldüğüm için böyle perişan olduğumu sanıyordu. Sedat bile o zamanlar benimle hiç olmadığı kadar ilgilenmiş, yanı başımdan hiç ayrılmamıştı. O beni teselli etmeye çalıştıkça ben kendimi daha kötü hissediyor, gerçeği bilse acaba yine yanımda olur muydu diye düşünüyordum. Nasıl olur deyip duruyorum kendi kendime. O zaman beni sevmemekte ne kadar haklı olduklarını düşündüm. Sevmeseler de bana en iyi şekilde bakmanın bir yolunu bulmuşlar ama bu uğurda çok acı çekmişlerdi. Çekilmez mi Gülseren Hanım, şu başlarına gelenlere baksanıza..."

Evet, acının katmerlisi bu... Hem de bizimki gibi bir ülkede o insancıklar ne acı çekmişlerdir ya!

"Bu kadarla da bitmedi Gülseren Hanım bu kadarla da bitmedi."

Daha ne var acaba? Her şeyi anlatmadı mı?

"Bu arada aklım bir yandan da annemdeydi. Babam da ölmüş. O koca evde, yalnız başına, bu acılarla ne yapıyor diye çok merak ediyorum. Bana gelme dediği için evine de gidemiyorum. Bir iki kere telefon ettim, onu da açmadı. Bir hafta sonra daha fazla duramadım ve eve gittim. Her zamanki gibi kapıyı iki kere çaldım, açılmadı. Ben zili hep iki kere çalardım. O zaman gelenin ben olduğunu anlarlardı. Biraz bekledim, yine çaldım, açılmayınca içime bir korku düştü. Cebimden anahtarı çıkardım ve kapıyı açtım. Ev karanlık. Anne diye seslendim, cevap yok. Salona girdim, her şey yerli yerinde ama kimse yok. Yatak odasına doğru yöneldim. Acaba hasta mı, yatıyor mu dedim içimden ama içimdeki korku giderek arttı. Kapıyı yavaşça açtım, annem yatağında hafifçe gülümseyerek yatıyor. Yanına gittim, gözleri hafifçe aralık. Koluna dokunup, 'Anne, anne!' diye seslendim, cevap yok ve kolu buz gibi. Gülseren Hanım ölen insan güler mi, annem gülüyordu."

Yine çığlık çığlığa ağlamaya başlıyor. Nasıl da içini çekerek, acı acı ağlıyor. Demek başına gelenlerden sonra kadıncağız ölümü dört gözle bekledi ve on dört yaşında kaybettiği kızının yanına gülerek gitti.

"Üstelik evde yalnızım. Ne yapacağımı şaşırdım. Benim çığlıklarıma üst katta oturan halam koşup geldi. Halamın ilk işi annemin başucunda duran boş ilaç kutularını kaldırmak oldu. Ne de olsa aklı başında bir kadındır o. 'Kızım tıpkı baban gibi annen de kalp krizinden öldü sansın herkes' dedi. İşte annemi de öyle kaybettim. İki büyük acı üst üste geldi. Hayat beni cezalandırmayı çok seviyor Gülseren Hanım, çok seviyor. Yıllardır ne yaparsam yapayım, bırakmadı peşimi. İşte şimdi de beni bu hayatta mutlu eden tek kişiyi alıyor elimden."

Ne diyeceğimi bilmiyorum. Gerçekten de çok ağır, çok travmatik şeyler yaşamış bu kadın. Buna ben de kader demekten başka bir şey yapamıyorum. Bunlar gerçekten de insanın değiştiremediği kadersel olaylar.

"İnsanlar eve dolunca ben iyice şaşkına döndüm. Allahım lütfen bu kötü bir rüya olsun, ben artık uyanayım diyorum ama uyanamıyorum. Annemin üstüne kapandım, ağlayacağım, ağlayamıyorum, bağıracağım, bağıramıyorum. Sanki bir taş geldi, boğazıma oturdu. Hafize Ninem ve halam beni zor kaldırdılar. Nefes alamıyorum. Yüzüme kolonyalar serptiler, beni salladılar filan olmadı. Oracıkta ölüyorum. Allahtan bizim Hafize Nine de halam gibi bilgili kadındır. Bana iki tane okkalı tokat patlattı. O iyi geldi bana. Haykırarak nefes alabildim. Ardından nasıl bağırıyorum, duyan da beni öldürüyorlar sanacak. Ninem hemen oralardan bulduğu bir tülbenti katlayıp dişlerimin arasına koydu. Ben onu çiğneye çiğneye kendime geldim. Böylece bir anda hem anasız, hem babasız kaldım. Gerçi ben zaten anasız babasızmışım da o zamana kadar haberim yokmuş. Zaten ben o son görüştüğümüz gün bunu anlamalıydım. Bana açıkça veda etti kadıncağız ama benim aptal kafam, anlamadım işte, hiç anlamadım."

"Aman Nalan, kendine bu kadar haksızlık etme. Sen bütün geçmişini o gün annenden duymuşsun. Kim bilir ne hale geldin. O kafayla bunları nasıl düşüneceksin. Bana anlattığın için bir hafta yataktan kalkamadın. Hem baban daha yeni ölmüş. Biraz da kendine insaflı ol. Anlasan bile ne yapabilirdin ki?"

"Bilmiyorum, bir şey yapamadım işte. Kadıncağız yalnız

başına, kim bilir ne acılar çekerek öldü. Ve maalesef bütün bunların tek sebebi benim."

"Buna gerçekten inanıyor olamazsın."

"Gülseren Hanım, annemle babam arasında ne yaşandı bilmiyorum. Hele o resmi gördükten sonra anneme o delikanlının zorla tecavüz ettiğine inanamıyorum. Yaşadıkları her neyse, annem hamile kalmasaymış, her şey çok daha farklı olacakmış. Ben evlendiğim zaman hamile kalabilmek için ne çok uğraştım. Kızcağız hemen hamile kalmasaymış yani ben olmasaymışım, bu acılar, bu ölümler böyle olmayacakmış. Biliyorum, bu benim suçum değil ama yine de o insanlar benim varlığımla böyle perişan olmuşlar. Demek o gün anneannem bana veda ediyormuş aslında. Demek bunun için dedemin ölmesini bekledi. Beni büyüttü, evlendirdi. Dedem de ölünce yıllardır hayalini kurduğu şeyi yapıverdi. İnanmayacaksınız ama yüzünde nasıl bir gülümseme vardı, size anlatamam. Kadıncağız dünyanın derdini tasasını dünyaya bırakmış, o başka bir diyara uçmuştu. Ölümü öyle özlemiş yani..."

Ne kadar hüzünlü bir hikâye bu. Gözlerimin dolmasına mani olamıyorum. Gözlüklerimi çıkarıp yavaşça siliyorum gözlerimi. Sonra elim yine sigara paketine gidiyor. Bir tane de Nalan'a veriyorum. İkimiz de derin bir nefes çekiyoruz sigaralarımızdan. Dumanlar havada birbirine karışarak yukarı doğru yükselirken, Nalan yine başlıyor konuşmaya.

"İşte böyle. Acı üstüne acı. Kimseye derdini de anlatamazsın. Dünya başıma yıkılmış, ben bunları kimseye anlatamıyorum. Derken o ara bize hiç gelmeyen halam sık sık gelmeye başladı. Odama gelir, hiçbir şey söylemeden yüzüme bakar, sonra da kalkar saçlarımı okşar, bana sarılırdı. O sarılmalar bana ne kadar iyi gelirdi bir bilseniz."

"Gelmez mi Nalan? Sevgi her şeyin ilacıdır. Geçmişte olanları onunla hiç konuşmaz mıydınız?"

"Konuşmazdık. O böyle konuları konuşmayı sevmez. Ama hep benim yanımda oldu. Ailemden bir o kalmış."

"Sedat o zamanlar sana nasıl davrandı?"

"O ne yapacağını hiç bilemedi. Arada bir gelir, üzülme artık der, bana sevdiğim çikolatalardan getirir, geceleri eve erken gelmeye çalışır, yatakta bana arkasını dönmez, sonra da bebek gibi uyurdu. Ben onun yüzüne baktıkça, kendimden utanırdım. Benim nasıl bir geçmişim olduğunu bilse, acaba Sedat ne yapar diye kıvranır dururdum."

"Ne yapardı sence?"

"Sedat bunları bilmezken bile beni sevmedi. Gerisini düşünmek bile istemiyorum. Ben bu sırrı mezara kadar götürürüm diyordum ama anlattım işte. Artık sırrım filan kalmadı. Benim bildiğimi bir bilen daha var ve o da bunlar için bana kızmıyor, beni suçlamıyor ve benden iğrenmiyor. Öyle değil mi Gülseren Hanım?"

"Ben böyle düşünmüyorum. Bu yaşananlarda senin hiç rolün yok zaten. İnsanlar bilseler de kınayacakları kişi sen değilsin. Ancak bunları başkalarına anlatıp anlatmamak yine de senin kararın. Ben bunları senden dinlerken, seni kınamak hiç aklımdan geçmedi."

Derin derin bakıyor gözlerime. Benim ona olan duygularımı tartmaya çalışıyor sanki. Ben de ona şefkatle bakıyorum. Acı ve hüzün gözyaşı olmuş, sel gibi akıyor bu odada ama artık bu acı eskisi kadar yakıcı değil çünkü acılar paylaşıldıkça azalıyor.

Çok üzüldü, ağlamaktan canı çıktı Nalan'ın. Şimdi bir yolunu bulup onu bu konulardan uzaklaştırmalıyım.

"Bunlar kaderin cilveleri işte. Annen baban belki de bunun için seni hemen evlendirmek istediler."

"Öyle Gülseren Hanım, öyle... Annem bana sık sık, 'Biz ölmeden senin evlendiğini, bir yuva kurduğunu görmek istiyoruz, acele et' derdi. Demek ki kadıncağız iple çekmiş bunları."

"Sedat'la evlenmeni çok istediler değil mi?"

"Çok!"

"O zamanlar hoşlandın mı Sedat'tan?"

"Evet, önceleri çok hoşlandım ondan. Yakışıklı, tertemiz, çok kibar biriydi Sedat. Hep kendinden yaşça büyük kadınlarla beraber olmuş. Zaten aile ne isterse Sedat tersini hayal eder ya da yapardı. Yasaklar ona hep cazip gelirdi. Aile onun bu ilişkilerinden hep rahatsız olmuş ve sanırım bu oğlanı bir an önce baş göz edelim demişler. Annesi de tıpkı bizimkiler gibi onun bir an önce evlenmesini istiyormuş yani. Sonunda aile beni gözüne kestirmiş. Ben o ara onların şirketinde daha yeni işe başlamışım. Derken önce kayınpederim sık sık bizim odalara girip çıkmaya başladı. Ardından Gülümser Hanım geldi bir bahaneyle. Meğer beni görmeye gelirlermiş. Demek ki Sedat'a çok baskı yaptılar ki, o da zamanla bana yakınlık göstermeye başladı. Bir gün beni akşam yemeğine davet etti. Gelemem dedim. O güne kadar hiç kimseyle bir kız arkadaşımla bile akşam yemeğine çıkmamışım ben. Böyle bir teklifi nasıl kabul ederim."

"Gerçekten de hiç çıkmaz mıydın?"

Bu soruyu ona kim bilir kaçıncı kez soruyorum. Üniversitede okuyan bir genç kızın evlenene kadar kız arkadaşlarıyla bile dışarı yemeğe gitmemesi çok garip geliyor bana. Üstelik üniversite de bitmiş ve kız çalışmaya başlamış. Bu nasıl bir baskı!

"Çıkamazdım ki... İşim bitince eve dönmek zorundaydım. Ama bir gün annem demez mi, 'Çalıştığın yerde Sedat Bey diye biri varmış. Ben ve baban onunla yemeğe çıkmana izin veriyoruz. Bize haber vermek şartıyla, eğer sen de istersen çıkabilirsin' diye... Ben neye uğradığımı şaşırdım. Bunlar beni işyerimde de takip mi ediyorlar filan diye kafam iyice karıştı. Meğer kayınpederim, babamı aramış, 'Çocuklar tanışsınlar, biz kızınızı çok beğendik, eğer gençler de anlaşırlarsa hep birlikte çocuklarımızın mürüvvetini görelim, demiş. Ben bunları da sonradan öğrendim. Derken biz Sedat'la çıkmaya başladık ama ben nasıl heyecanlıyım. Onun yanında elim ayağım birbirine dolaşıyor. Başımı kaldırıp yüzüne bakamıyorum. En lüks restoranlarda yer ayırtıyor, önümüze birbirinden güzel yemekler geliyor, ben heyecandan ne konuşabiliyorum, ne de yemek yiyebiliyorum. Bir gün Sedat dedi ki, 'İkimiz de pek konuşkan değiliz galiba, biz en iyisi sinemaya gidelim. İnsanlar konuşsunlar, biz seyredelim' dedi. O günden sonra sık sık sinemaya gittik. Orada kendimi biraz daha rahat hissettim. Derken ufak ufak alıştım Sedat'a, Sedat da bana."

"İlginç bir beraberlik olmuş."

"Aman sormayın. O zamanlar şaşkın gibiydim ama yine de hayatımda ilk kez gözlerim parlıyor, ben de herkes gibi bir şeyler yapıyor olmanın heyecanını yaşıyordum. Bir yandan da Sedat bana dokunacak diye ödüm kopardı ama Sedat bu konuda çok dikkatliydi. Beni hiç zorlamazdı. Onun bu halleri bana cesaret verdi. Giderek birbirimize ısındık. İkimiz de pek konuşkan değildik ama yine de Sedat arada bir de olsa bana güzel şeyler söylerdi."

"Ne derdi?"

"Beni çok güzel bulurdu. Giydiklerimin bana çok yakıştığını söyler, daha önce hiç erkek arkadaşım olmadığına inanmak istemezdi. 'Üniversitede okuyan her kızın geçmişte mutlaka erkek arkadaşı olmuştur' derdi. Bazı şeyleri ondan sakladığımı düşünürdü. Haklıydı. Ondan çok şey saklıyorduk ama erkek arkadaşım olmadığı doğruydu."

"Sedat bu konuların ne kadarını bilir?"

"Benim evin torunu olduğumu, annemle babamın trafik kazasında öldüğünü bilir. Herkes böyle bilir zaten. Hayri de öyle. Neyse sonra Sedat'la evlenmeye karar verdik. Daha doğrusu ikimiz de önceden ailelerimiz tarafından verilen bu karara uyduk. Önceleri Sedat beni çok sever gibi görünüyordu ama ben daha önce hiçbir erkekle bu tür bir ilişki yaşamadığım için, belki de onun bana gösterdiği ilgiyi sevgi ya da aşk sandım ama evlendikten kısa süre sonra sevilmediğimi anladım. Önceleri beni sık sık arar, hediyeler verir, benimle çok ilgilenir, nezle bile olsam beni zorla doktora götürürdü. Sevgi sözle olmuyor Gülseren Hanım. Sevdiğini söyler ama arkasını hiç doldurmazdı. Sevmenin ne demek olduğunu Hayri öğretti bana. Bakışıyla, tavırlarıyla, şakalarıyla, dokunuşlarıyla adam beni sevdiğini gösteriyor zaten. Söze ne hacet!"

Yine geldik Hayri'ye. Ne Hayri'ymiş ya!

"Sonra Sedat'la yavaş yavaş uzaklaştık birbirimizden. O benden uzaklaşmasaydı, ben ona giderek çok bağlanırdım. Sevilmediğimi hissettikçe ona olan öfkem arttı. 'Madem sevmiyordun, beğenmiyordun, benimle neden evlendin?' diye çok sordum ona. Her seferinde, 'Sevmediğimi nereden çıkarıyorsun?' filan diyerek kapattı konuyu. Bizi bir arada tutabilmek için en çok uğraşan Sedat'ın annesiyle babasıydı. Ben de çok severdim onları. 'Sen bakma Sedat'a' derlerdi. 'O, sevdiğini belli edemez. Bak, güya bizi de çok seviyor ama bize bile şöyle candan sarıldığını hiç görmedik.' Aslında babası değilse bile annesi onun peşinde dolaşır, çocuk gibi onu nazlandırır, Sedat da kaçardı."

Sedat çocuk kalmış erkeklerden. Anne kuzusu. Evlenmiş, barklanmış ama hâlâ kendini evin çocuğu sanıyor. Erişkin olmak, sorumluluk almak gibi şeyleri baştan beri sevmemiş.

"Aslında iyi bir ailenin çocuğuydu Sedat. Kayınpederim

zamanında çok yoksulluk çekmiş. Hep anlatırdı bize o günleri. 'Sadece ben değil, sülalede herkes aç. Benden başka açıkgöz de yok. İş başa düştü. O aile beni okutmak için ne çekti kim bilir' derdi. Sonradan hayat yüzüne gülmüş, zamanla çok zengin olmuş ve koca sülaleye de hep o bakmış. Kayınvalidem de büyük bir sülalenin kızı. Kayınpederim o zamanlar onun memleketinde iş peşindeymiş. Gülümser Hanım'ı görmüş, çok beğenmiş ve hemen evlenmişler. Ardından önce Sedat doğmuş, ardından da Suat ve Muzaffer. İlk çocuk olarak her şeyi Sedat'tan beklemişler ama o buna yanaşmamış. Baba onu işe doğru zorladıkça o kaçmış. İnatlaşmış aileyle. Zaten annesi onu el üstünde tutuyor, sürekli şımartıyor. Biraz da annesine güvenmiş galiba."

Anne baba farklı mesajlar vermiş oğlana. Biri onu koşulsuz sevmiş, ne olursan ol, ben hep arkandayım demiş, diğerinin beklentileri çok farklı. Biraz da yapısal özellikle devreye girmiştir. Sedat rahatı seviyor.

"Suat biraz büyüyünce hemen işe güce dalmış, kayınpederimin sağ kolu olmuş ama Sedat bir türlü onun kadar başarılı olamamış. Sedat'tan ümidi kesince önce Suat'ı evlendirmişler. Ardından bakmışlar ki Sedat'ın doğru dürüst biriyle evlenmeye niyeti yok, onlar da beni bulmuş. Benim geçmişimi bilseler, kapımızın önünden geçmezlerdi ama o da kader işte. Hep birlikte eski bir köşkte otururlardı. Ben de oraya gelin gittim zaten. Kayınpederim sonbahar havalarına benzerdi, günü gününü tutmazdı yani. Bir gün bakarsın çok neşeli, fıkralar anlatır, espriler yapar, güldürür hepimizi, başka gün küçük bir şey için yeri göğü inletirdi. Yokluktan geldiği için paraya çok önem verirdi. Biz o paraları nasıl kazandık biliyor musunuz diye kızardı çocuklarına. Sedat'a hiç güvenmez, böyle sorumsuz biri olduğu için ona söylenir dururdu."

Sedat, zengin ve başarılı bir babanın oğlu. Babasıyla rekabet edemeyeceğini anlayınca rekabete girmek yerine geri çekilmiş. Suat da aslında bu oyunu kaybetmiş ama Sedat gibi geri çekilmek yerine, babaya teslim olarak belli yerlere gelmeyi başarmış Onun da ne sorunları vardır kim bilir? Genç bir erkeğin babaya teslim olması kolay mı?

"Haklıydı adam. Gerçekten de çok yokluk çekmiş zamanında. Bugünlere gelebilmek için çok sürünmüş, çok acılar çekmiş, ümidini kaybettiği dönemler olmuş. Sonunda başarmış. Çocukları bunları hiç görmedikleri için onu anlamazlardı. En çok Sedat anlamazdı. 'Paramız var, pulumuz var, artık biraz da sefa sürmek bizim hakkımız değil mi?' derdi. Kendi çapında belki o da haklıydı. Sedat kaçtıkça babası daha çok üstüne gelir ve bizim yanımızda onu aşağılardı. Sedat üstünden çıkanı hemen temizleyiciye gönderir, evde yıkansın istemezdi. Buna bile kızar, kirli torbasını yerlere atar, yıkayın bunları diye hizmetçilere toplatırdı. Çok aşağılardı Sedat'ı, çok..."

"Hem de senin yanında mı?"

"O bunları düşünmezdi. Ağzına geleni söyler, hayta derdi Sedat'a. Bir tek annesi arka çıkardı, onun da varlığıyla yokluğu belli değildi. Ne sorsan bilmem der, güler geçerdi. Sanırım o da mutsuzdu. Kocası başka türlü, çocuklar başka türlüydü. Bakmış ki işin içinden çıkamayacak, bilmem deyip çıkmış işin içinden. Ama yine de Sedat'a düşkünlüğü başkaydı. Kayınpederim onca servetine rağmen çok cimriydi. Zaten o hiç İstanbullu biri olamamıştı. Gerçi o tarihi köşkü, aile için özel olarak restore ettirmişler ama onlar çok daha lüks yaşayabilirlerdi. Kayınpederim buna hiç izin vermez, bizim evin Anadolu'daki diğer evler gibi olmasını isterdi. Herkes alıştığını istiyor demek ki... Eve yeni ve modern eşyalar aldırmaz, çocukların para harcamasına çok kızardı. Özellikle Sedat ve annesi lükse çok meraklıydı. Kayınvalidemin giydiği kuşandığı, taktığı takıştırdığı şeylerin çoğu ya Suatlarda ya da bizim dairede dururdu, 'Aman görmesin, yine kıyamet kopar' derdi. Adam evden çıkınca kayınvalidem giyinir kuşanır, dernek yemeklerine, toplantılara gider, akşam da kocası gelmeden soyunur, ev elbiselerini giyer, oturudu. Suat ile Sedat'ın piyasanın en değerli, en lüks arabaları vardı ama babadan gizli alınır, başka yerdeki garajlarda saklanırdı."

"Arabayı bile mi?"

Sanki çikolata saklıyorlar. Onca parayı babadan gizli nereden buluyorlardı acaba?

"İlginç biriymiş kayınpederin."

"Evet, ilginçti ama ben severdim onu. O da beni severdi. Anadolu şivesiyle konuşur, gümbür gümbür kızmayı da, merhamet etmeyi de bilirdi. Başkası olsa, bin bir güçlükle kazandığı bu parayı herkese saçmazdı. Aslında onun cimriliği israfı sevmemesindendi çünkü elindeki parayla fakir fukaraya çok yardım eder, hele gençlere hiç kıyamazdı. O gece evde balık mı yenecek, balıkçıdan kilolarca balık getirtir, bütün mahallenin gençlerine balıkları dağıtır, biz de kalanı yerdik. Pizza mı alacak, pizzacıdaki bütün pizzaları alır, bütün gençleri toplar, sıcak sıcak verirdi ellerine. Zaten mahalle sakinleri bunu bilir, akşam dört gözle yolunu beklerlerdi kayınpederimin. İşsize iş bulur, hastayı doktora gönderir, borçluya destek çıkar, okuyamayanı okuturdu. Ama her zaman böyle değildi. Kızmayagörsün! O zaman da ortalığı yıkar indirirdi. Herkes onu hem sever, hem de korkardı."

Gerçekten de ilginç biriymiş Koroğlu. Alıştığını yapıyor. Gençken çok sürünmüş. Açlığın acısını da, dayağın tadını da öğrenmiş.

"Sonradan yıllarca her birine yardım ettiği, her dertlerine koştuğu, çocuklarını okuttuğu akrabalarıyla aralarında bir sorun çıktı. İnsanlar nankör oluyor Gülseren Hanım. Adamcağızın onlara yıllarca nasıl sahip çıktığına ben şahidim. O ara bütün aile korkulu dönemler yaşadı. 'Bunlar bizim başımıza iş açacak galiba' derdi kayınpederim. Bütün aileyi korumaya aldılar. Hayri'ye çok güvenirdi. Hayri'nin de gözükara ya! Hatta bir keresinde Hayri kayınpederimi ölümden kurtarmış."

"Sahi mi? Neden? Hayri bana bunlardan hiç söz etmedi."

"O zaman olayı basından da gizlediler ve Hayri'ye de konuyu kimseye anlatmaması konusunda çok sıkı tembih ettiler. Hayri'nin ağzı sıkıdır zaten. Bizim Hayri'yle beraber olduğumuzu öğrenince ikimizi de yaşatmaz bunlar diye çok korktuk."

"Bunlar önemli bilgiler. Demek siz ikiniz bu beraberlik için ölümü de göze aldınız."

"Açıkçası ben kendim için korkmadım. Zaten başıma gelmeyen kalmamış, ölür kurtulurum diyordum ama Hayri adına çok korktum."

"Hayri korkmadı mı?"

"Hayri o zaman ölmekten değil, beni kaybetmekten korkuyordu. Öyle tutkundu bana. Ben de ona. Başka türlü olsa biz ikimiz bir araya gelebilir miydik Gülseren Hanım? Ama neden bilmem, adamlar kılımıza bile zarar vermediler. Belki de Hayri'nin zamanında onu ölümden kurtarmasının bedelini kayınpederim böyle ödedi. Artık gerisini bilmiyorum."

Hüzünlü bir gülümseme yayılıyor yüzüne. Az macera yaşamamışlar... Şimdi düşünüyorum da, gerçekten de bu iki kişinin bir araya gelmesi olacak iş değilmiş. Hayat böyle işte... İyisiyle kötüsüyle insanlara sürpriz yapmaktan hiç vazgeçmiyor.

"Beni de sanırım anladı ve affetti. Zaten kayınpederim kinci biri değildi. Kızar, bağırır çağırır ama sonra unutur giderdi. Ben o evde onca zaman yaşadıysam, bunda onun katkısı çoktur. Sedat insan olarak iyi biriydi. Suat'ın altında ezilmiş, ailesinin beklentilerini yerine getirememiş, o da kendini bir şeylerle oyalamaya çalışıyordu. Dıştan bakıldığında pek çok genç kızın rüyalarını süsleyecek kadar karizmatikti. Sanırım beraber olduğumuz yıllar içinde belki de beni aldatmıştır çünkü cemiyette hayranı çoktu. Ben ilk zamanlar bunları hiç anlayamadım. Artık benim de bir ailem var diye sevinçten uçuyorum. Derken tıpkı çocukluğumda, o kocaman, çok süslü, çok gösterişli odamda olduğu gibi orada da ne kadar yalnız olduğumu hissetmeye başladım. Sedat'ın tek derdi benim bir çocuk doğurmamdı çünkü aile torun istiyordu. Biz bir çocuk sahibi olursak, Sedat da görevini yapmış, aileye bir torun vermiş olacaktı."

"Suat'ın çocuğu yok muydu?"

"İkiz kızları vardı. Ancak çocuklar doğarken bilmem neden, doktorlar eltimin rahimini almak zorunda kalmışlar. Yani yeniden çocuk sahibi olma şansları kalmamış. Bilirsiniz, özellikle Doğulu aileler mutlaka bir erkek çocukları olsun ister. Onlar da bu çocuğu benim doğurmamı çok beklediler. Ancak ben hamile kaldığımda hem annemi, hem babamı yeni kaybetmiş, kendi gerçeklerimi daha yeni öğrenmiştim. Onları öğrenmek beni yerden alıp yere vuruyordu. O ara kendimden nasıl iğrendim, nasıl nefret ettim, size anlatamam... Hem öyle diyorum, hem de anlatıyorum işte..."

Gülüyor... Allahım ne güzel gülüyor bu kız.

"Bir yandan da Sedat çocuğumuz olsun diye beni her gün doktorlara götürüyor. Ben perişanım. Derken sonunda hamile kaldım. Hamile kaldım ama evde herkes sevinçten havalara uçarken bana bir haller oldu. Kafam karma karışık. Her gün hamilelikle ilgili bir şeyler okuyor, hamilelerin gittiği kurslara gidiyor, özel diyetler yapıyorum. Aman çocuğa bir şey olmasın, bütün derdim bu. Geceleri bile sağa sola dönerim de bebek ezilir, sakat kalıverir diye ödüm kopuyor. Evde bana özel yemekler yapılıyor, özel spor hocaları geliyor, bana hamilelik ve doğum sağlıklı olsun diye egzersizler yaptırıyorlar."

"Bunları kim istiyor?"

"Ben! Sanki sonunun kötü olacağı içime doğmuş gibi..."

Çocuğu çok istiyorum diyor, bunun için çok özel çaba harcıyor ama belli ki iç dünyası anne olmayı reddediyor. Bunu anlıyorum. Onun gibi bir geçmişi olan hangi kadın kendini anne rolüne hazır hissedebilir ki?

Belki de Hayri'yle yaşadığı ve adına aşk dediği ilişkide bunların da payı var. Evliliği bitirerek anne olmaktan da kurtulmuş. Aksi halde o evlilik Nalan'ı eninde sonunda anne olmaya zorlayacakmış.

Kadınların çoğunda bir erkeğe aşkla bağlanırken aslında kendilerini mutsuz edecek bir kanıt, bir gizem bulma arzusu yatar. Zehirli bir arzudur bu; sonu dramatik bir biçimde felaketle bitecek bir iz bulma ümididir. Kendi yıkımlarına yol açma pahasına da olsa, bu gizem onlara çok çekici gelir.

İnsanların kaderi nasıl da geçmişe, geçmişte yaşadıklarına bağlı ama bunu kimse bilmiyor. Belki Nalan'a bunları anlatırım. İnsanın neyi, neden yaptığını kendisinin bilmesi ne büyük bir ayrıcalık!

"'İçime doğmuş gibi' dedin. Öyle mi hissediyordun?"

"İçimden bir ses, 'Bir an bir şey olacak ve sen çocuğu kaybedeceksin' diyordu. Ben de o sesi duydukça paniğe kapılıyor, herkes gibi rahat bir hamilelik geçiremiyordum. Her gece kâbuslar görüyor ve çocuğu her sefer bir başka şekilde kaybediyordum. Bu arada kayınpederim ben böyle yaptıkça kızıyor, 'Analarımız bizi böyle mi doğurdu, ne gerek var bunlara!' diye sürekli söyleniyordu."

"Bu endişeler geçmişte yaşadıklarınla ilgili olabilir mi Nalan?"

"Geçmiş mi? Bilmem ki!"

Önce böyle diyor ama bir yandan da düşünüyor. Ona yardım etmeliyim.

"Anne olmaktan korkmuş olamaz mısın?"

"Evet, galiba çok korktum."

"Neden bu kadar çok korktuğunu şimdi daha iyi anlıyor musun? Seni doğururken ölen bir anne, seni sevmeyen, bir türlü bağrına basamayan başka bir anne... İnsanlar bunlardan etkilenirler Nalan. Sen de doğal olarak etkilenmişsin. Hayri'yle beraber olunca anne olmaktan da kurtulmuşsun. Öyle değil mi?"

Gözlerini açmış, hayretle bakıyor bana.

"Kim bilir... O zaman bunlar hiç aklıma gelmemişti. Zaten aşk gözümü kör etmişti. Bunları görecek halim kalmamıştı ki..."

"Bu Hayri meğer sana ilaç gibi gelmiş Nalan. Birçok sorununa çare olmuş."

"Evet Gülseren Hanım, o bana ilaç gibi geldi. Ben bunları hiç anlamamıştım o zamanlar ama Hayri beni mıknatıs gibi çekiyordu. Nedenini sorgulamak hiç aklıma gelmedi. Her şey bir yana, bana verdiği o içten sevgi var ya, bana asıl o sevgi ilaç gibi geldi. Beni daha önce kimse böyle sevmedi ki..."

Bu sözleri dinlerken içim burkuluyor. Evet, sevgiyi ona Hayri tattırmış. Hayri gibi bir adam kadını sever, bunu hissediyorum. Gözlerini hafifçe silerek anlatmaya devam ediyor.

"Onun için Hayri'yi kaybetmekten bu kadar korkuyorum ya! İnsana sevginin en güzelini, hem de hiç sakınmadan veriyor Hayri. Öyle içten, öyle derin, öyle sıcak ve öyle gerçek ki..."

"Sen de ona aynı şekilde cevap verebildin mi Nalan?"

"Veremedim."

Bence de gerçek cevap tam olarak bu. İnsan sevmeyi sevildikçe öğrenir. Nalan ise sanırım o zamanlar buz gibi bir kadındı. Şimdi öyle değil. Hayri ona sevmeyi de öğretmiş, sevilmeyi de...

"O bana bakarken bile, hiçbir şey söylemeden, sadece bakışlarıyla seviyordu beni. Bu nasıl bir şey, ben daha önce hiç yaşamadım ki... Hayatında ilk kez şeker yiyen bir çocuk gibi işte... Tadına bayıldım. Hâlâ da bayılıyorum ya!"

Ne güzel yorumlar yapıyor şu Nalan arada: Hayatında ilk kez şeker yiyen bir çocuk gibi işte...

"Çok uğraştım, aynı şeyi ben de ona yapmak için... Yapabildim mi, bilmem ki... Ama benim için Hayri çok değerli... Eğer o giderse yine eski yalnızlığıma dönmekten korkuyorum. Yavan ekmek yesem, kulübede otursam, soğuktan donsam, sıcaktan bayılsam ama Hayri yanımda olsa... Ne çocukluktaki prenses odam, ne Sedatlardaki köşk! İstemem hiçbirini. Bir tek Hayri olsa, gerisi olmasa da hiç önemi yok ki..."

Bunları bana değil de kendine söylüyor sanki. O küçük bir çocuk ve adeta kucağına aldığı taş bebekle konuşuyor.

O kim? Onu kucağına alıp bağrına basan bir annesi bile olmayan Nalan.

"Sedat da bana sık sık, 'Seni seviyorum' derdi ama o Hayri gibi sevmezdi. Sadece söylerdi. Hatta bunu kaç kere ben de ona söylemiştim. Sevgi nedir, o güne kadar hiç tanımayan ben, ne kadar da kolay söylüyormuşum bunları. İnsan kendini nasıl da kandırabiliyormuş. Sadece ben mi, Sedat da kandırıyormuş kendini. Kendi söylediği yalana kendi de inanıyormuş. Sevgi meğer söz değilmiş, sevgi dokunuşmuş, bakışmış."

Sıra yine Hayri'ye gelince odadaki kasvet dağılıyor, Nalan'ın gözleri parlamaya başlıyor. Ondaki bu değişiklik bana da iyi geliyor. Nalan bu odadan çıkmadan önce Hayri'yi konuşmak ikimize de iyi gelecek.

"Hayri'den konuşmayı seviyorsun değil mi Nalan?"

"Sevmez miyim?"

"Bu ara sana yeni yeni hikâyeler anlatmıyor mu?"

Bir an yüzüne yine koyu bir gölge düşüyor ama bu sefer çabuk toparlıyor kendini.

"Onların hepsi hikâye, değil mi Gülseren Hanım?"

"Hepsi olmasa da birazı hikâye gibi geliyor bana. Seni kaybetmek istemiyor. Bu hikâyeleri de bunun için anlatıyor zaten. Bırak biraz daha anlatsın."

"Beni kaybetmek istemediğinin ben de farkındayım. Bu durum hoşuma gidiyor."

"Gider tabii... Ben de zaten onun için bırak da anlatsın diyorum."

Benim bu hikâyeleri hafife alışlarım, bu konudaki şakalarım Nalan'ın da artık olayları biraz daha hafife almasını sağlıyor. Madem ona gerçekleri olduğu gibi anlatamıyorum, bari bu kadarını yapmış olayım. Ayrıca buradan çıkınca yine haftalarca yatsın istemiyorum.

"Bu ara Hayri çok tedirgin. Bir şeylerden gerçekten korkuyor ama bu korkuların gerçek nedenini bilemiyorum. Beni kaybetmek istemiyor. Bunu artık ben de çok iyi anlıyorum ama işin içinden çıkamadığı da belli."

"Sende durum nasıl Nalan? Hayri giderek bir şeylerden daha çok korkuyor ama sanırım sen tam tersine o bir şeylerden eskisi kadar korkmuyorsun."

"Haklısınız. En azından o panikten kurtuldum. Olaylara biraz daha gerçekçi bakabiliyorum. Hayri beni bırakıp gitse bile aklının bir yerlerinde ben hep duracağım. Bunu bilmek bile bana biraz huzur veriyor. Hayatın yarın bize ne getireceği belli değil. Ben yaşadığım sürece hayat en çok bunu öğretti bana. Kaderimizde ne varsa, kaşığımızda o çıkacak. Ben bunca acı çekmişim, biraz daha acı çekmek varsa kaderimde, buna da razı olmaktan başka çarem yok. Öyle bağırmakla, çağırmakla, telefonlarla Hayri'yi taciz etmekle çözülmüyormuş bu sorunlar. Özellikle geçmişte başıma gelenleri size anlattıktan sonra içim parça parça olsa da biraz daha güçlendim sanki. Acıya karşı güçlendim."

"Çok memnun oldum Nalan. Senden bunları duymak ne güzel. Akşamları yine camın önüne oturmaya başladın mı?"

"Başladım."

"Aman ha, hayata artık camdan bakmak yok. Unutma, sen o hayatın içindesin artık."

"Doğru ama insan eski alışkanlıklarından kolay vazgeçemiyor işte. İşin tuhafı, bizim hocayı hemen her akşam görüyorum. Bizim eve bakarak geçiyor oralardan. Bir şey arıyor ama ne, anlamadım gitti. Bugün yine çok vaktinizi aldım. İnşallah haftaya yine gelirim."

Böyle diyerek ayağa kalkıyor ve yine zarif bir hareketle eteklerini toplayıp elimi sıkarak çıkıyor odadan. O çıkarken arkasından sesleniyorum.

"Ne olursa olsun, bir daha başını eğmek yok Nalan, tamam mı?"

"Tamam."

Sonra usulca başını kaldırıyor. Umarım bir daha hayat ona başını eğdirmez.

9

Bugün çok eski arkadaşlarım beni görmeye kliniğe geldiler. Kiminin elinde börek, kiminin pasta... Tuna da çaylarımızı getirdi. Kapattık kapıları, aman ne çok konuştuk. Bir iki saat sonra fark ettim ki, hep eskileri, gençliğimizde yaşadıklarımızı konuşuyoruz. Eski dost zaten bunun için çok güzel değil mi? Birlikte ne çok şey yaşamışız. Konuşmalara, gülmelere doyamadık.

Onlar gidince hafif bir hüzün çöküyor. Hülyalara dalıyorum. Daha ben toparlanamadan Tuna giriyor içeri. Randevu saati gelmiş ve ilk hastam Hayri imiş. O çıkar çıkmaz, kapı yine kuvvetlice vuruluyor ve Hayri giriyor içeri. Ben daldığım hülyalardan uyanıp fırlıyorum yerimden. Neden bilmem, Hayri bugün çok mahzun. Her zamanki ateş gibi hali bugün yok. Sanki kafası bir şeylere takılmış gibi. Yavaş hareket ediyor.

"Hoş geldiniz Hayri Bey! Bugün canınız mı sıkkın, bana mı öyle geldi?"

"Eh işte... Yol boyu size neler anlatacağımı düşündüm. İnsan buraya gelirken aklı hep kendinde, kendi geçmişinde oluyor."

"Neler geldi aklınıza?"

"Bazı şeylere üzülüyor insan. Ben de zamanında haylazlık etmeyip okusaydım, şimdi her şey ne kadar farklı olurdu. Babam çok istedi benim okumamı. Parası yok, pulu yok, yine de okumam için beni kursa bile gönderdi ama gençlik işte. Benim ta o zamandan aklım bir karış havadaydı. Meslek lisesini öyle ya da böyle bitirmeyi becermişsin, sonunu getirsene! Senin neyin eksik okuyanlardan! Yok, benim aklım onda bunda, şimdiki gibi yine karıda kızda. Bir Çingene kızı vardı. Küçük daha... Ama cilveli. Biz onunla dağ tepe gezerdik. Sonra kızın babası bir gün yakaladı bizi. Yer misin, yemez misin! O gün yediğim dayağı hiç unutmuyorum."

"Ta o zamandan kadınlarla başınız dertteymiş."

"Ben de onu dedim içimden. Biz çocuktan başlamışız bu işe. Bizim mahallede Orhan diye bir arkadaşımız vardı. Sümsüğün tekiydi. Bizimle pek takılmaz, koltuğunun altında kitapları, başı önünde gider gider gelirdi. Alay ederdik onunla. Bize uzaktan hayran hayran bakar, hiç olmazsa arada bir bizimle top oynamaya can atardı ama onu içimize almazdık. Sanki biz de böyle cezalandırıyorduk onu. Madem sen bizim gibi değilsin, okuldan kaytarmıyorsun, bir gün adam olup karşımıza çıkacaksın, bunun da bir bedeli var derdik içimizden. Şimdi Sümsük Orhan savcı olmuş. İki gün önce bir süredir çalıştığım kulübe yemeğe geldi. Yanında da kim vardı dersiniz?"

"Bilmem."

"Sedat Bey. Birlikte girdiler içeri. Ulan ben bu herifi bir yerden tanıyorum ama kimdi acaba diye düşünürken, o bana, 'Merhaba Hayri' demez mi? Meğer bizim Sümsük Orhan'mış. Sedat Bey'le birlikte bir iş yemeğine gelmişler. Zaten Sedat'ı görünce tüylerim diken diken olmuş, kaçacak delik arıyorum. Bizim sümsük sorar da sorar, sen burada mı çalışıyorsun, evlendin mi, kaç çocuğun var diye. Ne bilsin yanındaki adamla halef selef olduğumuzu. Sedat Bey bana başıyla hafifçe selam verdi. Sonra da iyi bir masa istedi benden. Neyse ben hemen masayı hazırlattım. Ardından Sedat Bey, bize iki çay gönderin, demez mi! Her haltı yedim ama hiç bu kadar mahcup olmamıştım. Suratıma okkalı bir tokat atsa, bundan daha iyiydi."

Hayat böyle işte. Bekler bekler, hiç ummadığın anda seni köşeye sıkıştırıverir.

Böyle durumlarda Sedat Bey ne hissediyor acaba?

"Düşünebiliyor musunuz, biri bizim Sümsük Orhan, biri Sedat Bey, ben de sanki onların uşağıyım. Adamın karısını elinden almışım ama o hâlâ beyefendi, bense Sümsük Hayri. Lanet ettim kendime. Zaten babam olmasa, o küçük dükkânı açmasa, benim kazandığım para hangi birimize yetecek. Ulan dedim, karıyla kızla adam mı olunur; çocuklarına bile hâlâ baban bakıyor. Şimdiki aklım olsa, mahallenin asıl sümsüğü ben olurdum da, geçti artık. Ama kızlarımı okutacağım. Bu devirde okumak şart! Ben yıllardır bunun eksikliğini çok çektim. Eee, bu devirde ya paran olacak ya da mesleğin. Bende ikisi de yok. Adımız elektrikçi, orada burada sürtüp duruyoruz. Şimdi de bir arkadaşımın aracılığıyla işte bu kulübe müdür oldum. Kızlarım, babam müdür oldu diye kırıtıp duruyorlar. Ulan ne müdürü! Kulüpte garsonların, personelin başı işte. Hanım da ayrı güldürüyor beni. Bir yere baş ol da, istersen soğan başı ol diyor. Bizimkiler böyle işte..."

Ne tatlı, ne kadar içten konuşuyor bu adam. Onun bu doğallığını çok seviyorum ama bir yandan da onun sık sık iş değiştirdiğinin de farkındayım.

"Bir tek Nalan geri çevirmedi beni. Artık bende ne bulduysa... Gerçi beni kabul edene kadar az dil dökmedim ona da. Gün oldu, sabaha kadar kapısının önünde bekledim, gün oldu yağmurda iliklerime kadar ıslandım, gün oldu ona gül alabilmek için cebimdeki son parayı verdim ama keşke o gün

Sedat Bey'i görmeseydim. Adamdaki medeniyete bakın. Ben olsam bir vuruşta yere devirirdim herifi. Baştan beri o herife hem çok kızıyorum hem de için için tuhaf bir hayranlık duyuyorum. Adam istese Nalan'ı da, beni de sürüm sürüm süründürürdü. Nalan ondan ayrılırken nafaka bile istemedi ama olsun. Adamın yaşadıkları da kolay değil. Bunlara üzülmemiş olabilir mi?"

"Olamaz. Üzülmüştür mutlaka."

"İşte ben de onu diyorum ama biliyor musunuz, bunlar hep sizin yüzünüzden oluyor. Eski Hayri Sedat Bey'i görünce böyle etkilenecek ha, pöh. Mümkün müydü böyle bir şey? Ona boynuzlu bile diyordum içimden. Ulan o boynuzluysa sen nesin ha, sen nesin? İşte bütün bunları düşünmemin sebebi sizsiniz. Kafamı karıştırdınız benim. Sulu göz oldum. O gün az daha ağlayacaktım."

Demek nihayet başkalarıyla empati kurmaya, yani kendini onların yerine koymaya başladı. Çok önemli bir adım bu. Aferin Hayri'ye.

Yapılan bütün bilimsel araştırmalar psikopatların bu işi asla yapamadıklarını gösteriyor. Yani katiller, caniler, tecavüzcülerin hepsi de bu beceriden yoksunlar. Adamı kıtır kıtır keserken bile o yüzden bu kadar soğukkanlı olabiliyorlar. Çünkü başkalarının ne hissettiğini hiç bilmiyor, hiç anlamıyor, hiç hissetmiyorlar.

Baştan Hayri de biraz böyleydi. Kendinden başka kimseyi düşünmüyordu. Bakalım bu konuda nereye kadar gidebilecek.

"Günahım çok yani... Yine de Sedat Bey'i çok istesem de anlayamıyorum. Bana düşman gibi bakmıyor. Sanki bizden çok kendini suçluyor gibi... Karşıma çıkıp benimle adam gibi dövüşse benim için daha kolay olurdu. Olayı ilk duyduğu zaman da böyle yapmıştı."

"Ne yapmıştı."

"Beni işyerine çağırmıştı. Tabii ben çok korkmuştum. Ağzımı burnumu kırsa neyse de, öldürür diye korktum. Sonra düşündüm, öldürecek adam beni işyerine neden çağırsın. Ben yine de ne olur, ne olmaz diye cebime okkalı bir bıçak koyup öyle gittim. İşten atacağı kesin de, gerisini hesaplayamıyorum."

"İşten atılmak sizi korkutmadı mı?"

"Korkutmaz mı? Çoluk çocuk ortada kalacağız. Babam duysa, zaten o beni gebertir. Yemişiz bir halt, artık ceremesi neyse çekeceğiz. Ben işte o gün süklüm püklüm gittim yanına. 'Otur' dedi, oturdum. Bir süre bir şey demeden bana baktı. Ne o konuşuyor, ne de ben. Ama adamın gözleri öfkeden kıpkırmızı olmuş. Sonra bana, 'Korkma' demez mi! 'Korkma, sana bir kötülüğüm dokunmayacak ama aynı ortamda yaşamamız yakışık almaz. Şimdilik çalışmaya devam et ama kendine bir an önce bir iş bul ve ayrıl. Nalan bunları yapacak kadın değildi, bundan eminim. Bu işler senin başının altından çıktı. Sizin gibilerin tek marifeti de bu zaten. Sordum, soruşturdum, evliymişsin. Üç de kızın varmış. Şimdi seni gebertsem yeridir. Bunun için benim elimi kirlettiğime değmez. Benim yerime bunu yapan biri bulunur. Böylece dünyadan bir pislik eksilmiş olur ama böyle şeyler bana yakışmaz. Sen değil ama üç kız çocuğuna yazık olur. Gerçi onlara da ne kadar babalık ettiğin belli değil ya... Nalan'ın kılına zarar geldiğini duyarsam, işte o zaman her şeyi yakıştırırım kendime. Dünyayı dar ederim sana. Çeneni kapat ve bir daha da gözüme gözükme. Şimdi def ol git!' dedi. Düşünebiliyor musunuz Gülseren Hanım, aynen böyle dedi, sadece böyle. O odadan nasıl çıktığımı bir Allah bilir, bir de ben. Bu okumuş yazmış tayfası insanı yumruğuyla değil, böyle dövüyor işte. Ulan kafam gözüm yarılsa, bu kadar canım yanmazdı. Herif beni paçavraya çevirdi. Evvelsi gün de böyle oldu işte."

"Nalan biliyor mu Sedat Bey'in size o zaman söylediklerini?"

"Yok canım, nereden bilsin. Söyler miyim?"

"Evlendi değil mi Sedat Bey?"

"Evlendi. İki de oğlu var. Yani aile muradına erdi ama Sedat'ın ondan epeyce büyük bir kadınla ilişkisi var diyorlar. O kadın da kulüpçü. Rum mu, Ermeni mi, her neyse işte. Aile bunu çoktan öğrenmiştir de, ellerinden bir şey gelmiyor besbelli... Belki de adam evliyken o kadınla ilişkisi vardı. O kadarını bilmiyorum artık ama adamın gözü hâlâ Nalan'da gibi geliyor bana. Adam olsaydı da elindeki kuşu uçurmasaydı. Ben yıllardır pek çok kadınla düşüp kalktım, yine de gözüm hep karımın üstündedir. Karı kısmına bu kadar güvenilir mi? Nalan böyle şeyler yapmazmış da, bu işler benim başımın altından çıkmış da, mış da mış işte. Ulan kadına bir günden bir güne ne sevgi göstermişsin, ne gönlünü hoş etmişsin. Neymiş, işadamıymış. Tüküreyim senin işadamlığına. Kadın senin yanında çölde gezen bedevilere dönmüş..."

Sen böyle diyorsun ama Hayri Efendi, sen bu dediklerini kendi karına yapıyor musun! Böyle atıp tutmak kolay.

"Gülseren Hanım, kadın dediğin ilgi ister, aşk ister, güzel sözler duymak ister. Tabii, bunları okulda okutmuyorlar değil mi? Bizim sümsük de eminim böyledir. O gitsin, savcılığını yapsın. Karı evde sevgisiz, ilgisiz, aşksız ne yapar, haberi yok. Ben bilirim böylelerini. Bizim Laz kızının sevgilisi de böyledir. Evdeki karının yüzüne bakmaz, dışardaki karıları nasıl memnun edeceğim diye dört döner."

Hayri yine aldı sazı eline dümdüz gidiyor. Özellikle öfkeli olduğu zamanlar böyle yapıyor. İçinden kızdığı ne varsa bunları söze dökerek rahatlıyor. Söylediklerini düşünüyorum da, ne kadar doğru! Kadınlar koşullar ne olursa olsun bunları isterler. Sevgi ve aşk kadının olmazsa olmazıdır. Sadece cinsellik kadın ruhunu doyurmaya yetmez. Sevgi ve ilgi görmeyen kadın giderek mahzunlaşır, gerginleşir ve bambaşka bir kişilik kazanır. Zamanla kadınlığını kaybeder. Cinsiyetsiz, her şeye negatif bakan, omzunda kara kuru kuşlarla dolaşan bir varlığa döner.

Bu söylediklerini kendi hayatına da uygulayabilseymiş, çok güzel bir hayatı olabilirmiş ama onun ruhu aç. Bir tek kadın, o kadının sevgisi Hayri'yi doyuramıyor. Keşke sadece kadınlardan değil, bu açlığı hayatın başka alanlarından da almaya çalışsaymış.

Hayri hiç susmadan, hızlı hızlı anlatmaya devam ediyor.

"Şimdiki karısını biliyorum. Gazetelerde sık sık resimleri çıkıyor. Kara kuru bir şey. İşi gücü süslenip püslenip poz vermek. Demek ki kadın da Sedat'tan ümidi kesince kendini bunlara vurdu. Koroğlu ne biçim gıcık oluyordur ama!"

"Neden?"

"Nedeni var mı? Adam hiç sevmez böyle şeyleri ama karısı da böyle, gelini de."

"Koroğlu'nun iki oğlu daha vardı, değil mi?"

"Var var... Suat Bey'i diyorsunuz. Onlar da başka âlem! Ne kendi, ne de karısı çıkar ortalara. Onlar tam Koroğlu'na göre. Evlerinde otururlar mis gibi... Adam hep işinde, karı hep evde. Bir de Muzaffer vardır. Kambur Muzo. Hiç görünmez ortalıkta. Değişik biri. Nalan'dan duydum. Odası uzay istasyonu gibiymiş. Bilgisayarın her çeşidi, dev gibi ekranlar filan. Herif kendini bunlarla oyalıyor demek ki... Koroğlu utanır ondan. Kambur birini oğlu olarak kabul edemiyor demek ki..."

"Bunu nereden biliyorsun?"

"Ben değil, âlem biliyor. Adamı bir gün Koroğlu'nun yanında gören olmadı."

"Nalan nasıldı o zamanlar? Sen onu Koroğlu'nun geliniyken de tanıyordun değil mi?"

"Tanımamam mı? Gülümser Hanım çekiştirmese, o da otururdu evinde. Gülümser Hanım onu kendine ortak etti. Güya gelini kafaya alacak ki, sevgili oğlundan ayrılmasın. İşte şimdi tam aradığını bulmuş. Beraber her gün bir yerde keyif yapıyorlar. Sedat Bey karısının yanına bile yaklaşmıyor. Resimlerde kadın hep yalnız."

"Hayri Bey, evlendikten sonra da hep kadınlar oldu mu hayatınızda?"

"Erkek dediğin, aile hayatını bozmadan, dışarıda böyle şeyler yapar. Mesele, bu işleri eline yüzüne bulaştırmamaktır. Tereyağından kıl çeker gibi yapacaksın böyle şeyleri. Kafanda dokuz tilki dolaşacak, hiçbirinin kuyruğu birbirine değmeyecek. Çok şükür, şimdiye kadar, Sedat'tan yediğim o fırça dışında başımı derde sokmamıştım. O kadarı da Nalan için değer doğrusu. Sedat kıymetini bilmemiş ama kadının hası o, hası."

"Ne oldu? Nalan Hanım'la ilgili böyle konuştuğunuza göre, kararlarınızda bir değişiklik mi var?"

"Nalan'ı hep çok sevdim ama şimdi karşıma Laz kızı çıkınca ondan ayrılırım sanıyordum. Olmadı. Ben o kadını nasıl bırakacağım. Şimdiden kokusu burnumda tütmeye başladı. Siz söylediniz galiba, beni eskisi gibi aramıyor."

"Evet, ben söyledim, 'Hayri Bey'i rahatsız etme' dedim."

"O da maşallah, siz ne derseniz yapıyor. Ama bir zamanlar ben arama desem de yüz kere arıyordu beni. Gerçi bu ara aman aramasın diyorum. Aslında mecbur kalmasam böyle yapmazdım ama bu seferki ötekilere benzemiyor. Bir dakika yakamı bırakmıyor kadın."

"Ona olan aşkınıza ne oldu?"

"Bir şey olduğu yok. Ona hâlâ aşığım da, bu ara beni çok zorluyor."

Hayri'nin kafası karışık. Benim de aklım şu Laz kızına takıldı. Hayat bazen insanları kuru bir yaprak gibi oradan oraya savuruyor. Bizler de toplum olarak işin aslını astarını bilmeden onları fena halde kınıyor ve yargılıyoruz.

"Ne yapmayı düşünüyorsunuz? Nalan'dan da vazgeçemeyeceksiniz galiba. Ona anlattıklarınızı tek tek söylüyor bana. Bu kadar yalanı nereden buluyorsunuz?"

Soruma gevrek gevrek gülüyor.

"Masum yalanlar bunlar. Doğruyu söylesem üzülecek kadın."

"Doğrular sizin de işinize gelmiyor."

"Gelir mi, gelmez tabii. Aslında Laz kızı bu kadar kıskanç olmasa, beni adım adım takip etmese, bir yolunu bulacağım ama!"

"O size güvenmiyor."

"Hiç güvenmiyor."

"Siz ona güveniyor musunuz?"

"Aslında asıl benim ona güvenmemem gerekirdi de, kadın benden daha manyak çıktı. Taktı kafayı bana. Ben duygusal adamım. Bende aşk deyince hesap kitap olmaz. İşin önünü sonunu düşünmem. O zaman kadın ne derse tamam dedim. Onun derdi evlenip hiç olmazsa kendi gözünde aklanmak. Benimle tanışmadan üç gün önce bir rüya görmüş. Bir deniz kenarındaymış. Ayakları suda yürürken uzaktan siyah bir güvercin gelmiş. Önce bunun başına konmuş, sonra da uçup gitmiş. İçinden, 'Bana bir kısmet gelecek ya, hayır olsun inşallah' demiş. Ardından ben çıkmışım karşısına. 'O kuş da senin gibi esmerdi' diyor. Beni nasıl seviyor, nasıl üzerime titriyor, anlatamam size. Kadınlar sever zaten beni de, bununki başka türlü. 'Ne ana gördüm, ne baba, ne de kardeş' diyor. Hepsinin yerine geçmişim ben."

“Sevilmek güzel şey! Şu Laz kızını bana biraz daha anlatsanız keşke.”

“Onu baştan sona bir dinleseniz, ağlarsınız. Önce kıza babası tecavüz etmiş.”

“Öz babası mı?”

“He ya, hem de öz babası. Anne durumu anlayınca herife sert çıkmış ama adam manyak. Kızın annesini bir dövmüş, kadın az kalsın ölüyormuş. Kafasında bir damar patlamış galiba. Neyse kadın bir süre komada yatmış, sonra ayıldığında bir tarafı tutmaz olmuş. Yani yarım felç gelmiş kadına. Adam bakmış, başı derde girecek, bunları ortada bırakıp çekip gitmiş. Zaten eskiden de çok dövermiş bunları.”

“Kadın kocasından şikâyetçi olmamış mı?”

“Aman Gülseren Hanım, siz de Anadolu’nun halini bilmez gibi konuşuyorsunuz. Kim kimi şikâyet edecek? Şikâyet etse adam yaşatır mı bunları. Adam korkudan değil, sakat kadından kaçmıştır zaten. ‘Şimdi kim bakacak bana’ demiştir.”

“Öyle mi demiştir?”

“Öyle demiştir tabii! Kızına sarkıntılık eden adamdan ne beklenir. Bunlar ana kız evde bir başlarına kalmışlar. Evde yiyecek bir lokma ekmek yok, sobaya atacak odun yok. Bizim Laz o zaman daha ilkokula gitmiyormuş. Küçük yani. Evde kim kime bakacak belli değil. Derken önce konu komşu bunların haline acımış, bir şeyler getirip vermişler. Sonra onun da arkası kesilmiş. Bakkaldan veresiye alacaklar ama bakkal bu hesapların kapanmayacağını biliyor, veresiye verir mi? Derken yine de merhametli herifmiş bakkal. Bunlara bedava günde bir ekmek, biraz da patates verirmiş. Bizim gariban tam bir yıl ekmek ve patatesle yaşamış. Okula başlayınca annesi ekmeğin içine haşlanmış patatesi doğrayıp koyar, üstüne tuz biber eker, kızın eline verirmiş. Oturdukları iki göz ev de kira. Ev sahibi çıkın demiş bunlara. Zaten o da üst katlarında oturuyormuş. Bizim kız o zaman ayak yalın, baş açık, karnı zil çalarak okula gidermiş. Annesi kıza, 'Hiç olmazsa okulda biraz ısınırsın' der, onu gönderir, kendi de kışın soğuğunda battaniyenin altına girer yatarmış. Evde soğuktan elleri ayakları morarır, ağızlarından buhar çıkarmış, öyle yani..."

"Memlekette bunlara sahip çıkan kimse olmamış mı?"

"Kim sahip çıkacak, herkes kendi karnını zor doyuruyor. Hem zaten o memlekette onları kimse tanımaz. Kadın zamanında bu herife kaçmış. Aile de onu bir daha ne aramış, ne sormuş... Kimsesizler yani... Kadın da o herifin nesini beğendiyse... Bu kadınlar böyledir zaten, hırlıyı değil, hırsızı sever."

Bunu söylerken acaba bu hırsızların içinde o da var mı, diye düşünüyordum ki, o benden önce davranıyor.

"Siz şimdi, 'Bunu söyleyene bak!' diyorsunuz içinizden. Diyorsunuz da, benim de kendime göre bir ahlakım, gururum var. O herifin yaptıklarını hiç yapmadım. Gerçi ben de zamanında karıları döverdim ama şimdi bunları bıraktım. Az da olsa adam oldum yani. Ha, kökün değişti mi diye sorarsanız değişmedi. İnsanın dışı değişse de içi değişmiyor. Bakın hâlâ nelerle uğraşıyorum. İçim değişse böyle mi olurdum?"

Hayri gerçekten de sandığımdan daha derin bakıyor hayata. Kendini ne kadar güzel tarif ediyor. Diyorum ya, biraz daha okusaymış, artık sosyolog mu olurmuş, filozof mu, bilmiyorum. Bir yandan da kader motifini ha gördü ha görecek. Ama görecek de motifi değiştirecek ve direksiyonu kaderin elinden alacak mı derseniz, pek sanmıyorum. Görecek ama kaderine teslim olmaktan vazgeçmeyecek.

Bunu yapan pek çok kişi tanıyorum. Hem de iyi eğitim almış kişiler. Sanki acı çekmek, yenilmek, hep kendinden vermek yani kötü kaderlerine teslim olmak onlara huzur veriyor. Belki de geçmişte yapılan hataların bedelini ödemeden gitmek istemiyorlar bu dünyadan. Oysa Allah hep affedicidir. Allah affetse de insan kendini kolay affedemiyor demek ki...

Bakalım Hayri kendini hangi cezalara layık görecek.

"Her neyse, biz yine Laz kızına dönelim. Madem sordunuz, şu hikâyenin sonunu getireyim. Ev sahibi de evden çık deyince bunlarda şafak atmış. Sokakta kalacaklar. İşte tam o sırada ev sahibinin karısı ağır bir hastalığa yakalanmış. Bunların çoluğu çocuğu da yok bakacak. Yani hani derler ya, kul sıkışmayınca Hızır yetişmezmiş diye. Bizim Laz'ın annesine, her gün gel, hastaya sen bak, evde de bedava oturun demişler."

"Kadın sakat değil miydi?"

"Sakat da, yangıl yungul yürüyor işte. Bunlar sevinçten deliye dönmüşler. Kadın öğlen orada yemek yiyor ama kızı yemediği için içine sinmiyormuş. Bunu söyleyince ev sahibi bunlara bir şişe yağ vermiş. O günden sonra bizim Laz yine ekmekle patates yemiş ama bu sefer patatesler haşlanmıyor, kızartılıyormuş. O zamanki sevincini hem ağlar, hem anlatır. Hayat zor Gülseren Hanım. Bu kız da az çekmemiş. Bunlar şöyle böyle idare ederken baba yine çıkıp gelmiş ama uslanmış mı derseniz, uslanmamış. Kıza yine sarkıntılık etmeye başlayınca kız Ankara'ya kaçmış. Ondan sonrasını size anlatmıştım zaten. Şimdi kızı bir görseniz, geçmişte bunları yaşadığına inanmazsınız. Artist gibi ama içini kimse bilmez. Kız bugünlere gelmiş de ne olmuş? Yediği önünde, yemediği ardında, sırtında kürkler, boynunda mücevherler, altında en âlâ arabalar, evi derseniz saray gibi ama içi kan ağlıyor. Niye? Namusunu, iffetini kaybetmiş. Toplum dışlamış bir kere. Kadınlar hepten silmiş onu defterden. Heriflerse, 'Herkese vermiş, bana da verir mi?' diye kadına yiyecek gibi bakıyor. Öyle imrenmiş ki namusuyla, edebiyle evinde oturan kadınlara, şimdi bana ne diyor, 'Kapının köpeği olayım, tek yine ekmekle patatese talim edeyim ama beni kurtar bu hayattan' diyor. Beni elinden kaçıracak diye ödü kopuyor. Beni evdeki karımdan kıskanıyor. Bir de Nalan'ı duysa ne yapar, hiç düşündünüz mü?"

"Ne yapar?"

"Sağı solu yok, her şeyi yapar. Delinin teki. Bizim hanımı telefonla arayıp ağzına geleni söylediği yetmezmiş gibi, geçen gün de eve gitmiş."

"Ne istiyor eşinizden?"

"'Aradan çekil, biz Hayri'yle birbirimizi seviyoruz' diyormuş. Türkân da şaşırdı ne yapacağını."

"Kızmıyor mu?"

"Korkmuş kadın! 'Al bunu başımdan, ne haliniz varsa görün' diyor. Ben o gün çok kızdım ama bunun kulağına laf girmiyor ki, üstümü değiştirmeye bile eve uğrasam, çıldırıyor."

"Akşamları onunla mısınız?"

"Aman, sormayın. Kadın benim yüzümden yıllardır beraber yaşadığı o adamdan ayrıldı. Adam bu işi Sedat gibi yutacak biri değil. Önce he demiş, bakmış ki durum ciddi, kadını fena dövmüş. Bizimki de o herife kendini nasıl bu kadar dövdürmüş, anlamadım. Erkek gibi kadın. İstese adamla başa çıkardı ama yapmamış. Haklı Kel Azmi diyor. Bu kadar da erkek yani! Şimdi küçük bir ev tuttu. Birikmiş parası varmış. İçini dayadı, döşedi. O dört gözle benimle evlenmeyi bekliyor. Karımdan ayrılmam için bana avukat bile bulmuş."

"Siz ne düşünüyorsunuz?"

"Vallahi ben de ne yapacağımı şaşırdım. Bir yandan bu Laz'ı çok seviyorum. Bir yandan evde hanım ve çocuklar. Onlara da kıyamıyorum. Nalan'dan kolay vazgeçerim sanıyordum o da öyle değilmiş. Şimdi akşam işten biraz erken çıkıyor, önce eve, hava kararırken de Nalan'a uğruyorum. Öyle gizli saklı geliyorum ki, beni de korkuttu bu Laz. Artık ondan istesem de vazgeçemem."

"Gerçekten mi? İş o kadar vahim yani..."

"Öyle öyle... Hepsiyle geçinir gideriz diyordum ama bu sefer kazın ayağı öyle değilmiş."

"Size kalsa Laz kızından vazgeçeceksiniz gibi anladım. Doğru mu anladım?"

"Aslında bana kalsa hiçbirinden ayrılmayacağım. Hepsini seviyorum ben. Hepsinin gönlümde ayrı bir yeri var. Birbirlerini kıskanmasalar, ben hiçbirini üzmem de, olmuyor işte..."

"Ama hepsini de çok üzdünüz."

"Biliyorum, üzdüm. Nalan'a ayrılalım dediğim zaman o da Nalan'lıktan çıkmış, bambaşka bir kadın oluvermişti. Benim bildiğim Nalan her zaman hanımdır, herkese çok saygılıdır, daha önce ben onun yüksek sesini duymadım. Başka kadın var deyince bu kadar delireceği hiç gelmedi aklıma."

"Siz nasıl bir tahmin yapmıştınız?"

"Çok üzülür ama mecburen susar oturur diyordum çünkü daha önce hep böyle yaptı."

"Kendinizi onun yerine koyduğunuz hiç oldu mu?"

"Ben kendimi o kadınların yerine koyacak olsam, başıma bunlar gelir miydi? Kendi canından başka kimseyi düşünmüyorsun dedim kendime. Aslında canımı düşünsem Laz kızıyla beraber olmazdım ya, o da ayrı mesele."

"Neden?"

"Dedim ya, Nalan gibi değil diye. 'Benimle evlenmeye söz verdin' diyor. 'Tutacaksın sözünü.'"

"Gerçekten söz verdiniz mi?"

"Verdim galiba. Sarhoş kafayla söz vermek kolay oluyor. Nalan'a da vermiştim. Bu da öyle olur, geçer gider diyordum ama olmayacak galiba. Bizim Sümsük Orhan da beni fena etkiledi. Baksanıza, adam cumhuriyet savcısı olmuş. Herifin karısı da avukatmış. Ulan Sümsük Orhan! Sen bile adam oldun da, ben olamadım."

"Sizin moralinizi çok bozmuş Orhan."

"Sadece Orhan mı? Nalan da canımı sıkıyor."

"Neden?"

"Nedeni var mı? Ben gizli saklı girip çıkmasam, kadının beni arayıp soracağı yok. Benden bu kadar mı kolay vazgeçti yani?"

Hah şöyle, biraz aklın başına gelmiş Hayri Efendi.

"Hayri Bey, siz bugün neler söylediğinizin farkında mısınız? Kadınlarla, kedinin fareyle oynadığı gibi oynamışsınız. İlişkinin yedi yıl sürmesi, tamamen Nalan'ın özverisiyle olmuş. Onun ne kadar acı çektiğini biliyorsunuz değil mi? Bırakın da kadıncağızın biraz aklı başına gelsin. Kadınlar sizin gibi değil. Siz hep yeni heyecanlar peşindesiniz. Kendinizi başarılı hissettiğiniz tek alan da bu. Sanırım beğendiğiniz bir kadını elde edebilmek ruhunuza iyi geliyor. Kendinize olan güveniniz artıyor. Hele Nalan gibi bir kadının eşini bırakıp size gelmesi, kim bilir size ne kadar iyi gelmiştir. Sizin en korktuğunuz şey küçük görülmek, horlanmak ve reddedilmek. Artık kendinizi biraz daha iyi tanıyın. Bakın bu uğurda hayatınız karmakarışık oldu. Kadınlarla oynayayım derken sizin hayatınız da kararmak üzere. Onlar bir süre dertlerinize deva oluyor ama bu yolu değiştirmezseniz sizi kimse kurtaramayacak."

Bu sözlerim Hayri'nin hiç hoşuna gitmedi. Başını cama doğru çevirdi ve bir süre hiç konuşmadan boş boş baktı. Sanırım benim bu söylediklerimi kafasında tartıyor.

"Böyle söylemeyin Gülseren Hanım" diye devam etti. "Ben ister miyim böyle olmayı."

"Bazen hepimiz yaparız bunu Hayri Bey. Yani kendi hayatımızı, kendi elimizle sabote ederiz."

"Nasıl yani?"

"Siz yıllardır zaten elinizde her an patlamaya hazır bir bombayla dolaşıyormuşsunuz. Ona buna derken, şimdi sıra kendinize gelmiş. Farkında değil misiniz? Bombayı bu sefer de kendi hayatınıza koyuyorsunuz. Kendinizle biraz barışık olabilseydiniz, bunların hiçbirini yapmazdınız."

Boş gözlerle bakıyor bana. Bu kadarını anlamasını Hayri Bey'den beklememeliyim. Aşkın bile bir hesabı var derken, aslında tam da bunları söylüyorum. Âşık olmak, âşık olduğu kadını elde etmek, Hayri için hayatın anlamı haline gelmiş. Çünkü hayatla başka türlü iyi bir ilişki kuramamış. Başka alanlarda istediği kadar başarılı olamamış. Ancak zamanla aşk bile içindeki sesi susturamayacak. Şu ara susturamıyor zaten.

Kendini düşünmekten, başkalarını anlamak, onların neler hissettiğini bilmek, arada bir de olsa onlara da hak vermek hiç aklına gelmemiş. Annesiz büyümüş bir çocuk o. Kadınlar, onun annesizliğine iyi geliyor.

Eğer o da okusa, Sümsük Orhan gibi iyi bir yerlere gelebilse, bambaşka bir hayatı olurmuş gerçekten. Belki o zaman, o da kendini beğenir, kadınlar üzerinden hayatla bu kadar kavga etmezmiş.

"Bilmem ki... Şu Sümsük Orhan gibi olabilseydim, belki her şey farklı olurdu. Nalan o zaman belki de benim karım olurdu. Onu hiç aldatmazdım. Artık bunlar boş hayaller. İş işten geçti. Şu Laz kızı Nalan'a zarar vermesin de, gerisine bir çıkar yol bulunur. Size daha önce gelmek varmış ama kısmet bugüneymiş. Siz bana aklımın ucundan bile geçmeyen şeyler söylediniz. Bizim gibi insanlar bunları tartmayı, düşünmeyi bilmez. Biz geçmişte öğrendiğimiz kalıplarla yaşar gideriz. Hayat iyi şeyler getiriyorsa bizim olur, gelenleri beğenmezsek de kader der geçeriz. Ne geriyi düşünürüz, ne de ileriyi. Biraz da açgözlüyüz galiba. Karnımız toksa bile gözümüz hep açtır bizim. Eee, ne olacak, zamanında aç kaldığımız günler çok olmuş. Dünyayı verseler, daha çoğu yok mu deriz. Sizin gibi insanlar bizi anlamaz sanırız ama bu da yalanmış. Önce Nalan gibi bir kadın anladı beni, şimdi de siz. Oysa siz öyle görmeseniz de biz çok farklı biliriz kendimizi. Arada bir sizin gibileri aşağılarız, dalga geçmeye kalkarız ama bir yandan da asıl aşağılık olanın bizler olduğunu biliriz. Hani buraya ilk geldiğim gün var ya..."

"Onu hiç unutmuyorsunuz."

"Unutur muyum? O gün tam da bana uygun davrandınız aslında. Sizin gibi biri olsa olsa bana yukarıdan bakar, dalgasını geçer, aşağılardı. Kızdım filan ama hiç şaşırmadım. Aslında buraya kendim için gelmek aklımdan bile geçmezdi. Ama Nalan benim değil, sizin yer aldığınız sınıfa mensup. İşte o gün kızsanız da, aşağılasanız da gözlerinizde beni adam yerine koyan bir ifade vardı. Onu tekrar görmek istedim. Yoksa ben buraya Nalan için kırk kere gelecek adam mıyım?"

Ne kadar zeki, ne kadar duyarlı bir adam olduğunun bile farkında değil. Kendini bu kadar küçümsemese, kendinden bu kadar ümidi kesmese, her şey çok farklı olacak.

Hapishanelerde, azılı mahkûmlarla çalışan arkadaşlarım da söyler bunu. Ümit insanın içinde kendiliğinden doğmuyor. Birilerinin, zamanında bu ümidi o çocuklara aşılaması gerekiyor. Onlara, 'Yapamam ne demek, yapanlardan senin neyin eksik, tabii ki yaparsın' diyen birileri gerekiyor. Tıpkı annemin bana dediği gibi...

Bir yandan da, kendini üstün insan zanneden okumuş yazmış, diplomalı kesimi düşünüyorum. Bazen bilerek, bazen de bilmeyerek bizden saymadığımız bu insanları aşağılıyor, dışlıyor muyuz acaba? Ya da onlar mı böyle yapalım diye bize çanak tutuyorlar?

Öyle ya da böyle, yine de onlara hak ettikleri değeri vermek, onları anlamak, onlara saygı göstermek öncelikle biz, yani eğitim alma şansını elde etmiş kesime düşüyor.

Ben bunu hiç yapmam sanıyordum çünkü ne olursa olsun insan çok kutsaldır benim için ama işte Hayri'yi o gün kırmışım. Kadınları aşağıladı diye de olsa, ne büyük bir hata!

Bitli Hayriye geliyor aklıma. Beni muayene et, tansiyonuma filan bak demişti. Sanırım ona dokunup dokunamayacağımı görmek istiyordu. Muayene masasına oturdu. Başındaki kirden rengi görünmeyen eşarbı çıkardı. Dimdik baktı gözlerimin içine. Ankara genelevinden emekli olmak üzereydi. Oradan çıkınca ne yapacağını, nereye gideceğini bilmiyordu. Aniden dizleri tutmayıp da kötürüm kalınca, başka doktorlar da bu hastalık psikolojik deyince, bir hayırsever onu bana getirmişti. Ona çok saygılı davranmış, tam bir hanımefendi muamelesi yapmıştım. Benim her davranışımda bir sahtekârlık arıyor, kendi derdinden vazgeçmiş, o beni muayene ediyordu. Saçlarındaki bitleri görmemek mümkün değildi çünkü bitler sürekli hareket halindeydi. Onları benim de gördüğümü fark edince hovarda bir gülümseme yayıldı yüzüne, "Orada bana Bitli Hayriye derler" dedi.

Aslında, "Hadi bakalım, dokun da görelim" der gibi bir hali vardı. Aynı şeyi içimden ben de kendime söylüyordum. "Hadi bakalım Gülseren, uzaktan konuşmak kolay. Asıl iş şimdi başlıyor."

Önce derin bir nefes almış, sonra da bir yandan onun her yerine dokunarak muayene ederken, bir yandan da hiç susmadan konuşmuştum. "Demek Bitli Hayriye ha? Bitlerin de çok kıymetli galiba. Bari onlara iyi bakıyor musun? Aman da aman, dantelli iç çamaşırı da giyermiş. Bende iş kalmadı filan deyip durma, sende daha çok iş var. Hem kolay mı, bunca sene sonra ayaklarını uzatıp keyfine bakmak senin de hakkın değil mi? Şimdi artık şehirlerden şehir beğen. Ben olsam Bursa'ya giderdim. Oranın havası çok güzel. Arkanda koca Uludağ, insan bakmaya doyamıyor. Yaz ayrı, kış ayrı güzel. Meyve sebze dersen, aradığından bol. Allah bilir ya, sen yemek yapmayı da bilmezsin."

İçeri dizlerini tutarak, topallayarak giren Bitli Hayriye, gülerek, benimle şakalaşarak, dimdik çıkmıştı odamdan. Gerçekten de sonra Bursa'ya gitti. Bana oradan kaç kere mektup yazıp yolladı. Mektupların altına her seferinde, "Yazımla dalga geçmek yasak. Bu kadarına şükür deyip geçmeli" diye de bir not koyardı. Benim yazım da çok kötüdür derdim ama inanmaz, gülerdi.

Üç yıl sonra ondan bir daha mektup gelmez oldu. Sanırım öldü gariban. Ne tatlı kadındı. "Hiç mi kimsen yok?" diye sormuştum. İşte en çok da bu sorum güldürmüştü onu. "Kerhanede çalışanın kimsesi olur mu? Olsa bile yaşatırlar mı adamı!" deyip deyip gevrek gevrek gülmüştü.

Bitli Hayriye'yle bile dost olmayı beceren, onun bitlerini bile seven ben, nasıl olmuş da Hayri'ye böyle yapmıştım?

Kadınları aşağılaması filan gibi bahanelere bugün artık hiç sığınmak istemiyorum. O, onun hayatı. Ben kim oluyorum da daha ilk günden onu yargılamaya kalkıyorum?

Şimdi bunları Hayri'ye söylesem, olmaz. Hem de hiç olmaz. Sustuğumu görünce Hayri de susmuş, ne düşündüğümü anlamak ister gibi yüzüme bakıyor. Sonra eliyle pişmanlığını belirtmek ister gibi dizine vurarak ve çok efkârlı bir sesle yine başlıyor konuşmaya.

"Sizin yanınıza her gelişimde efkâr basıyor üstüme. Ama sakın yanlış anlamayın, sizin yüzünüzden değil. Siz beni Hayri'yle karşı karşıya getiriyorsunuz. Ondan galiba... Kendimi uzaktan gördükçe de efkârlanıyorum."

"Efkârlanmanın içinde hüznün yanı sıra biraz sevgi, şefkat de vardır. Ufak ufak kendinizi sevmeye, kendinizle barışmaya hazırlanıyorsunuz galiba. Eğer böyleyse ne güzel."

Önce ne dediğimi tam anlamıyor. Boş boş bakıyor yüzüme. Sonra efkâr dediği o duygu bütün haşmetiyle çöküyor gözlerine. İşte şimdi anladı.

"Sevilmeden, adam yerine konmadan büyürsen, kendini sevmek kolay mı? Ben bunları şimdi, sizinle konuştukça anlıyorum. Hep kızar, hep küserdim kendime. Adam olamadım diye. Bizim hanım bile beni sevse, bu sefer de ona kızardım. Beni sevdiğine göre demek ki, o da aşağılığın teki derdim. Nalan'a öyle diyemedim. Şimdi bir de siz çıktınız başıma. Beni adam yerine koyuyorsunuz. 'Ulan Hayri' diyorum, buradan çıkarken, 'sen zaten adammışsın da haberin yokmuş.' Bunu deyince de efkârlanıyorum işte..."

Gözleri doluyor Hayri'nin. Bu adamın söyledikleri beni de fena halde hüzünlendiriyor. O, hiç sevgi görmemiş, önemsenmemiş bir çocuk. İçindeki o çocuğu görmek onu efkârlandırıyor.

"O çocuğu artık seviyorsunuz Hayri Bey. Madem öyle, o çocuğu biraz olsun koruyun, kollayın. Bu ara kafanız çok karışık. Hayatınızla ilgili önemli kararlar almak üzeresiniz. Doğru karar alın ki, o çocuk artık üzülmesin."

"Sizce doğru ne?"

"Bu sizin bileceğiniz iş. O kadarına karışamam ama böyle kararsız devam etmeyin. Birinde karar kılın. Sizin de kafanız rahat olsun, birlikte yaşadığınız kadının da."

"İşte onu yapamıyorum. Evdeki hanım çocuklarımın annesi. Ondan zaten vazgeçemem. Nalan'a gelince, ona çok şey borçluyum. Kadın benim için hayatındaki her şeyden vazgeçti. Laz kızına da söz vermiş bulundum. Bana çok bağlandı."

"Hayri Bey, Nalan'a olan borcunuzu silin artık. O borcu siz zamanında onu çok severek, çok mutlu ederek ödemişsiniz zaten. Ya ona geri dönün, Laz kızını çıkarın hayatınızdan ya da onunla ilişkinizi tümden kesin. Böyle devam ederseniz işte Nalan'a o zaman yazık olur. Bırakın, o da kendi hayatını yaşasın."

"Bırakın demesi kolay. Zamanında o beni bırakabildi mi? İşte şimdi de ben onu bırakamıyorum."

"Tamam, bırakamadı. Sizi kaybetmekten çok korktu ama bakın Nalan yavaş yavaş toparlıyor kendini. Siz de baştan korkacak, çok üzülecek ama sonra siz de rahatlayacaksınız. Laz kızı için de durum böyle. Kadına tutamayacağınız sözler vermişsiniz. Ya sözünüzü tutun ya da iş daha kötüye gitmeden, kadın sizi yakalamadan ona tüm gerçekleri anlatın."

"Anlatın demesi kolay!"

Bir yanıyla çok bağımlı bir adam, bir yanıyla da bu bağımlılığa isyan ediyor. Demek çoğumuz gibi bir zamanlar annesine çok bağımlıydı. Anne ölünce terk edildiğini hissetti ve içi çok yandı. Hem bırakıp gitti diye kızdı anneye, hem de içine kor ateşi düştü. İşte şimdi ayrılıklardan bu kadar korkması bundan. O kor ateşini yeniden yaşamak, yüreğindeki cayırtıyı bir kere daha hissetmek istemiyor. Hal böyleyken, o gitmeden ben gideyim, o nasıl olsa bir gün gidecek gibi hesaplar, kaygılar var içinde. Bunları anlıyorum anlamasına da, ona bunları nasıl ve ne zaman anlatırım, anlatırsam anlar mı, yolundan döner mi, işte bunları bilemiyorum.

"Biliyorsunuz bizim hanım dışarıda bekliyor. Ben çıkınca o girecek içeri."

"Öyle mi? Hayhay. Türkân Hanım'la tanışmaktan memnun olurum. Lütfen söylediklerimi iyi düşünün Hayri Bey. Bir an önce karar verin. Siz karar verip bu kararı da bir an önce bana bildirin ki Nalan'ı da, eşinizi de ona göre hazırlamaya çalışayım."

"Vallahi bana kalsa dediğim gibi üçü de bir yere gitmesin

derim ama bu sefer iş benden çıktı. Laz kızı bütün düzenini benim yüzümden bozdu. Şimdi artık geri adım atarsam halim duman olur. Bırakın geri adım atmayı, üç gün beklemeye tahammülü yok. Karım boşanmaya yanaşmıyor da ondan ayrılamıyorum sanıyor."

"Eşinizi boşayacaksınız öyleyse."

"Evet, evet... Başka çarem yok."

"Eşiniz ne der bu işe?"

"Ne diyecek? Ne dersem paşa paşa yapacak ama boşasam da elimi onların üstünden çekmeyeceğimi bilir Türkân."

"Laz kızı buna izin verecek mi?"

"O kadar da değil artık."

"Ya Nalan?"

"Nalan kolay. Kızsa da o benden vazgeçemez."

"Öyle olsun Hayri Bey. Yine de Laz kızını hafife almayın. İyi şanslar. Şimdi artık eşinizi içeri gönderebilirsiniz."

"İşte geldim, işte gidiyorum. Şen olasın Halep Şehri..."

"Nasıl?"

"Bilmem, birden aklıma geldi işte. Efkârlandım yine..."

Onu kapıya kadar uğurluyorum. Koridorda yürürken arada bir dönüp bana bakıyor. Çocuk gibi... Hayri bu sefer eskisi kadar çevik değil. Elimi bile sıkarken onda eski gücü ve enerjiyi hissetmiyorum. Hüzünlü bir gülümseme var yüzünde. Kaybedeceğini bile bile masaya oturan bir kumarbaza benziyor.

Nalan'ın gözünden düştüğünün de farkında. Kafası buna da takılıyor. Karısını boşamayı aslında hiçbir ilişkide düşünmemiş. Bu sefer de nasıl olsa bir yolunu bulurum demiş ama bulamamış. Bakalım kader bunların gerisini nasıl yazacak.

Laz kızı aslında tam da kendi gibi biri. Yani Hayri'nin dişisi. İstenmemiş, değer görmemiş, orada burada sürünmüş, toplum tarafından dışlanmış, aşağılanmış bir kadın. Hayri sanırım onda kendini gördü.

Hayri nasıl Nalan'la sınıf atladıysa, aynı şeyi Laz kızı da Hayri'yle yapacak. Namusunu temizleyecek.

Hayatımızı, hayatın içinde aldığımız kararları işte en çok çocukluk acılarımız şekillendirir. Bilinçdışı bir yandan o acılara çare ararken, bir yandan da o acıları bize tekrar tekrar yaşatmanın yollarını arar. Acıların tiryakisi olur çıkarız.

Ben arabesk şarkıları dinlemeyi psikiyatrist olduktan sonra sever oldum. Sanki bilinçdışı tarafından yazılmış her biri. Hepsi de acıyı anlatıyor.

Bir ara radyolarda çok sık çalınan bir şarkı geliyor aklıma.

Hani mutluluktu bu aşkın sonu
Hani sevecektin bir ömür boyu
Nasıl yaptın zalim, sen bana bunu
Kader diyemezsin, sen kendin ettin.

Arabeski daha çok bu acıyı en derinden yaşayanlar seviyor. Bir de üstelik hayatın içinde insanlar bilmeden de olsa bu acıları kendilerine tekrar tekrar yaşattıkları için, arabesk şarkılar onların duygularına tercüman oluyor.

Bu sırada kapı yavaşça açılıyor ve bir çift mavi göz, kapı aralığından bana bakıyor. Türkân bu.

Ağır ağır, utana utana, yüzünde sevimli bir gülümsemeyle giriyor içeri. Onu kapıda karşılıyorum. Ne kadar güler yüzlü, ne kadar sevimli bir kadın Türkân. Gri, uzun bir pardösü giymiş. Başında rengârenk desenli bir eşarp var. Beni sanki kırk yıldır tanıyormuş gibi bakıyor yüzüme. Karşımdaki koltuğun ucuna oturup ellerini dizlerine koyduktan sonra benim ona soru sormamı bekliyor.

"Hoş geldiniz Türkân Hanım! Nasılsınız?"

"Hoş bulduk doktor hanım. İyiyim çok şükür, siz nasılsınız?"

Galiba Türkân Hanım'la bir altın gününde sohbet ediyoruz. ☺ Bana kimse, 'Siz nasılsınız?' diye sormaz. Şimdi ne desem bilmem ki...

"İyiyim çok şükür. Bazı şikâyetleriniz varmış. Onları anlatın isterseniz."

Önce başını, sonra da bedenini mahzun bir ifadeyle, sanki mevlit dinler gibi öne arkaya salladıktan sonra, bu sefer hiç yüzüme bakmadan anlatıyor şikâyetlerini. Arada bir nasıl tıkandığını, boğazına koca bir yumrunun oturduğunu, nefes bile alamadığını, yüzünün kızardığını, terlediğini ardından da dakikalarca devam eden hıçkırığı... Bunlar sıkıntıdan olur. Sorunlar birikince, işte böyle gelir, insanın boğazına oturur. Uzun uzun dinliyorum onu. Bu kadın sıkılmasın da kim sıkılsın?

"Demek öyle... Bunlar biraz da sıkıntıdan olur. Nasıl gidiyor hayat?"

"İyi çok şükür. Üç kızım var. Allah bağışlasın. Büyüdüler artık. Ev işlerinde bana yardım ediyorlar. Çarşıya pazara onlarla beraber gidiyoruz. Ben hastalanınca ölürüm diye korkuyor kızlar. Bir oğlan doğursam iyiydi ama Allah nasip etmedi. Çok şükür karnımız doyuyor. Renkli televizyon da aldı Hayri, hem de büyüğünden, akşamları kızlarla televizyon izliyoruz. Zaten akşama kadar kıçım yer görmüyor. Kızlar demli bir bardak çay veriyorlar elime, o zaman ferahlıyorum."

"Akşamları Hayri Bey evde olmaz mı?"

"Onun sağı solu belli olmaz. Gelir, gelmez, biz ona hesap soramayız. Ama şu sıra bir Laz kızı dadandı eve. Boyuna bana çekil aradan diyor. Kocamla evlenecekmiş. Deli mi ne? Ninem derdi, ahir zaman gelince, karılara bir azgınlık gelirmiş Zaten boyu uzun, bir de uzun pardösü giyiyor üstüne, iyice direk gibi oluyor. Bıraksam, kadın beni neredeyse dövecek. Hiç utanması, arlanması da yok. Benden çok kızlar kızıyor.

'Kız orospu, babam evli zaten. Seninle nasıl evlenecekmiş?' diyorlar. Arada bir de elleriyle nanik yapıyorlar kadına."

"Siz ne diyorsunuz bu işlere?"

"Ben ne deyim, Hayri'nin işleri... Bir an önce yaşlansa da uslansa diyorum ama ben kocadım, onun yaşlanacağı filan yok. Bu kadını alır mı dersiniz?"

Eyvah! Bunu neden bana soruyor acaba?

"Bilmem. Hayri Bey'i siz daha iyi tanırsınız. Nasıl biridir kocanız? Memnun musunuz?"

"Allah'a şükür, çok iyidir Hayri. Karılarla gezer tozar ama hiçbirine para yedirmez. Beş kuruş kazansa getirir, elime verir. Çoluk çocuk ancak yetiyor zaten. Evi de kayınbabam aldı. Kira derdimiz de kalmadı. İçkisi vardır ama artık bana el kaldırmıyor."

"Ya eskiden?"

"Eskiden çok döverdi beni. Vara yoğa döverdi ama severdi de. Sonradan şehir karıları kocamın aklını çeldiler. Şimdi ne dövmesi kaldı ne de sevmesi."

"Sen onu sever misin?"

"O benim erimdir doktor hanım, sevmem mi? Eskisinden de çok severim. Kızlar da deli olur babalarına. Her akşam gelmeyeceğini bile bile yolunu gözleriz."

Hem böyle diyor, hem de dedikleri utandırıyor onu. Anadolu insanı böyledir işte. Hem hiç sakınmadan, lafı dolandırmadan içindekini söyler, hem de böyle utanır. Bir yandan da ne kadar çaresiz! Sevdiği adam, üç çocuğunun babası her gün başka kadınla beraber, o ise bundan şikâyet etmeyi bile bilmiyor. Sonra, bilmez mi, diyorum içimden. Bilir bilmesine de, o ne pahasına olursa olsun kocasını kaybetmek istemiyor.

"Ben alıştım artık. Tilkinin dönüp dolaşıp geleceği yer kürkçü dükkânıymış. İşte o hesap, bizimki de döner dolaşır, çok şükür sonunda evin yolunu bulur. Ama yine de sever bizi. Az gördükleri için kızlar durup durup boynuna atılırlar. Yorgun bile olsa geri çevirmez. Sever hepsini. Kızlar ne isterse alır. Bizimkiler dondurma delisi, kışın ortasında bile dondurma isterler babalarından, o da alır."

"Sizinle arası nasıldır?"

"Hiç! İyidir. Bana bir şey olsun istemez ama yüzüme de hiç bakmaz. Benim de çenem durmaz, ona sitem üstüne sitem ederim. Aman doktor hanım, yine de talihim varmış da, üvey anası beni Hayri'ye almış. O almasa, belki de ben şimdi köy yerinde sürünüyor olacaktım. Aldı almasına da, sonradan bana çok eziyet etti o karı. Kaynananın üveyi daha kötü oluyormuş. Buz gibi evlerde yatırdı bizi. Kömür yok desem, o da vardı. Biz de yakarsak koca kış nasıl geçermiş. Lafa bak lafa! Neyse çoluk çocuk oldu da, karının dilinden de elinden de kurtulduk. Artık eskisi gibi sık da gelemiyor bize. Hayri surat asıyor o gelince. Kayınbabam derseniz, bir ayağı çukurda."

"Hayatınızdan memnunsunuz yani."

"Çok şükür, ama zamanında çok çektim doktor hanım. Kendi ailem çok fakirdi. El kapısından ne kazanılırsa, o kadar işte. Yiyemedik, içemedik. Her işe koşturdular bizi. Öteki kardaşlarım hâlâ perişan. Köy yerinde, yarı aç, yarı tok idare ediyorlar. İlk zamanlar biz de köydeydik. Kayınbabam bu dükkânı açınca bizi de aldı yanına. Sonra Hayri'ye iş bulundu. Kocamın eli ekmek tutmaya başlayınca sesleri kesildi. Ayrı eve çıktık. Şimdi artık ben Hayri'nin yanına yakışmıyorum bile."

"Neden öyle dediniz?"

"Ee, Hayri İstanbul'da o işten bu işe, o kadından bu kadına derken halis İstanbullu oldu. Öyle olacağını bilse beni alır mıydı? Tövbe almazdı. Beni görüyorsunuz işte. Okuma yazmam bile yok. Sağ olsun, Nalan Hanım onu da öğretiyor bana. Şimdi iyi yazamasam da, okuyorum."

Şimdi, "Nalan Hanım kim?" desem olmaz, "onu tanıyorum" desem, bu da olmaz. Kuzu gibi dinleyeceğim galiba.

"Hani buraya da geliyor ya! Sizin hastanız Nalan'ı diyorum."

Ay onu da mı biliyor?

"A, evet, hatırladım."

"Çok iyi kadındır Nalan Hanım. Bizim kızları oraya sık götürüyorum ki, biraz hanımlık öğrensinler. Ben de ona ağız tadıyla yemek yapmayı öğretiyorum. Onun bildikleri hep alafranga yemekler. Bizimkiler dururken kim bakar onların yüzüne. Bazen de beraber örgü örüyor, iş işliyoruz. Çarşıya da beraber gittiğimiz oluyor. Hayri'nin gömleklerini eskiden iyi ütüleyemezdim. Şimdi onu da öğretti bana. Hanım kadın. Her gidişimizde bizi misafir gibi ağırlar. Evinde pasta, börek eksik olmaz. Ben de hiç elim boş gitmem. Hiç olmazsa evde hamur açar, onu götürürüm."

"Nalan Hanım'ı seviyorsunuz."

"He, severim. O da beni sever. Sadece beni mi, Hayri'yi de çok sever."

İlişkiyi de mi biliyor yoksa? Bir anda çok mahcup hissediyorum kendimi. Sanki onu kandıran benmişim gibi.

"Kadın Hayri yüzünden gül gibi kocasından ayrılmış. Onun yaptığını deli yapmaz. Okumuş etmiş ama aklı kıt galiba."

"Siz ne diyorsunuz bu işe?"

"Ne diyeceğim. Desem beni kim dinler zaten. Baştan yüreğim çok sızladı ama sonra onunla ahbap olduk. Benim babam iki evliydi. Biz ikinci hanımdan çok çektik. Bu kadın öyle değil."

"Nasıl yani?"

"Hayri'yi elimizden almaya kalkmadı. Siz de gördünüz ya, Hayri'ye beş basar. Gönül işte! Aslına bakarsanız o benim kumam. Bizim oralarda öyle derler. Kimse sevmez kumasını ama biz iyi geçiniyoruz. Bizi gören kuma değil de akraba sanır. Öyle yani."

"Yani ondan bir şikâyetiniz yok."

"Yok elhamdülillah. Kızlar da sever onu. Onu sayesinde benim kızlarım da hanım olacak. Zaten artık aramızda kumalık neyin kalmadı. Başım sıkışsa ona giderim. Beni dinler, güldürür. Ferahlarım onun yanında. Kızlarla masaya oturur, ders çalışırlar. Kızlara elbise bile diker. Maşallah her iş geliyor elinden. Şu Laz kızına benden çok o kızıyor. O da onun kuması olacak. Hayri elin bir soysuzuna gidene kadar Nalan Hanım'a gitse, daha iyiydi."

Onun her söylediği söz beni daha çok şaşırtıyor. Nasıl da kolay kabullenmiş her şeyi. Onunki kabullenmek değil, mecburiyet sanki. Biraz da Nalan Hanım'la gururlanıyor gibi geldi bana. Kocasının kendinden çok üstün bir kadınla beraber olması, onun da ruhunu okşamış. Kızlar bile bu işe karşı çıkmıyor. Türkân Hanım bana yepyeni şeyler öğretiyor. Bunlar bizim kesimin tanıdığı duygular değil.

Babam da iki evliydi, diyor. Doğduğu yerde erkeklerin birden fazla eşi olması doğal demek ki... Üstelik Nalan Hanım'ın o kadından çok farklı olmasına şükrediyor. İçinde yaşadığı dünyayla barışık.

Aynı ülkede yaşayan ama birbirinin derinliklerini hiç bilmeyen bir milletiz biz. Nasıl da kopmuşuz birbirimizden.

Bana bu ülkenin her yerinden, çok farklı insanlar gelir. Her birini uzun uzun dinlerim ama böylesini hiç anlatmamışlardı. Zaten bu hikâyede beni şaşırtan öyle çok şey var ki... Türkân'ın hikâyesi başka, Laz kızınınki başka, Hayri'ninki başka, Nalan'ın hikâyesi ise bambaşka. Geriye kaldı Sedat. Keşke onu da tanıyabilsem. Onun ne hissettiğini merak ediyorum.

"Şu Laz kızına ne diyorsunuz?"

"Ha, o orospuya bakmayın siz. Güzelim diye kendini bir şey sanıyor. Hayri ona üç gün bakar, sonra gönlü geçince bırakır yine gelir. Görgüsüz bunlar, görgüsüz. Hem Hayri beni boşasa ne olacak? O benim üç çocuğumun babası. Hadi beni boşadı, çocuklar ne olacak? Onları da mı boşayacak? Hiç akıl yok bu karıda. Beş paralık aklı olsa boyu kadar üç kızı olan adamın peşine düşmezdi. Bir de akıllıyım diye gezerler. Nalan Hanım'a da söyledim. Bu karı böyle böyle diyor dedim. Önce telefonda diyordu, şimdi utanmadan bir de eve geliyor. 'Sen korkma, olmaz öyle şey, zorla evlilik mi olurmuş' dedi bana. O öyle deyince biraz ferahladım. Size bir şey dedi mi Hayri?"

"Hangi konuda?"

"Şu Laz kızı diyorum, beni boşar da onu alır mı bu herif?"

Ne tatlı kadın bu Türkân! Konuştukça konuştukça yanakları pembe pembe olup bir yandan da terliyor. Gözleri boncuk gibi. Yumuk yumuk! Arada bir arkaya kayan çok renkli başörtüsünü hışımla önüne çekiyor ama o yine kayıyor arkaya.

Konuşurken sık sık iki elini birleştirip öne arkaya sallıyor, sonra yine namaz kılar gibi dizlerinin üzerinde birleştirip öne arkaya hafifçe sallanarak anlatmaya devam ediyor.

Açıkça söylemese de Hayri'nin onu boşayıp Laz kızını almasından çok korkuyor.

"Bilmem."

"Ben değil ama kızlar çok yanar bu işe. Hepsi de babalarına hayran hayran bakar durur. Şimdi bir de kulüp mü ne zıkkımsa, oraya müdür olmuş. Bizim kızlar müdür kızıyız diye övünüp duruyorlar. Aylar önce bir kere bizi de götürmüştü oraya. Nasıl da güzel her yer. Garsonlar Hayri'nin etrafında dört dönüyor. Eee, kolay mı, Hayri hepsinin amiri. Masamıza kırmızı çiçekler koyuyorlar. Kızlar koklayıp duruyor. 'Kız bırakın gül koklamayı tabağınızdaki yemeğinizi yiyin' diyorum ama hepsinin gözü etrafta. Bir kadınlar geliyor oraya, maşallah nazar değmesin. Süslü mü süslü. Kızlar onlara bakıp bakıp gülüyor. Hepsini de tanıyor Hayri. Öyle süslensem, ben de güzel olurum. Böyle deyince Hayri de gülüyor. 'Sen onlardan güzelsin zaten' diyor bana. Yalan da olsa, insanın hoşuna gidiyor. Benim güzelliğim mi kalmış."

Demek böyle Hayri Efendi! Demek sen beraber olduğun bütün kadınları mutlu etmenin bir yolunu buluyorsun. Karın nasıl da seviyor seni. Tıpkı Nalan gibi... Laz kızı da böyle hayran mı sana?

Bıraksam Türkân gece yarısına kadar bana Hayri'yi anlatacak. Hayri giderse çok üzüleceği belli. Kızların üstüne atıyor ama asıl o perişan olacak. Onun bütün dünyası Hayri. Kocası onun arkasındaki kale.

"Bu kadar güzel kadının arasında çalışıyor demek. Kocanızı hiç kıskanmıyor musunuz Türkân Hanım?"

"Neye kıskanacakmışım? Ben onun bugüne bugün resmi nikâhlı karısıyım. Bunu ben değil, onun peşine düşen karılar düşünsün. Hem neyse ne, bir günden bir güne Hayri bizi ihmal etmiş mi? Etmemiş. Bir dediğimizi iki etmiş mi? Onu da etmemiş. Gerisine Allah kerim."

Başını önüne eğip biraz düşünüyor. Bu konu onun da kafasını karıştırıyor. Bu sefer öne arkaya sallanmalarının dozu artıyor. Birkaç kere konuşacak gibi olup ağzını şapırdatıyor.

"Alacak olsaydı Hayri Nalan'ı alırdı. O dururken Laz kızını ne yapsın. Karı kendi başına hayal kuruyor işte. Ama o Nalan Hanım gibi değil. Edepsiz, çok edepsiz! Konu komşuya rezil olduk. Gelip kapıya dayanıyor. Neymiş efendim, Hayri bizim eve hiç gelmeyecekmiş. Ben aradan çekileymişim. Miş de miş. Arada olan ben değilim ki, sensin utanmaz kadın. Kızlara kalsa, hep bir olup kadını dövelim diyorlar. Çocuk aklı işte... Biz onu dövebilir miyiz? At gibi kadın. Hem öyle bir şey yapsak Hayri ne der? O kaltak dururken bize kızar. Bazen şeytan diyor ki karıyı çek kenara, 'Sen bizimle uğraşana kadar Nalan Hanım'a git. Onu kıskan' de."

"Sahi der misiniz bunu?"

"Demem, der miyim? Sonra Hayri beni ne yapar! Hem Nalan Hanım'a da yazık. Biz neyse de, o bu karılarla nasıl başa çıkılır bilmez. O benden çok üzülüyordur bu işe."

"Öyle mi?"

"Çok seviyor Hayri'yi."

"Başka bir kadının Hayri'yi bu kadar çok sevmesi sizi üzmüyor mu?"

"Ben de şehirli olsaydım çok üzülürdüm. Biz köyde yetiştik doktor hanım. Oranın her şeyi buralardan çok farklı. Erkek dediğin mübarektir. Çocuğun bile erkeği kıymetlidir. İşte ben, bir oğlan bile doğuramadım. Zarife karısı söylendi durdu. Yüz kere başıma kaktı. Hatta 'Hayri'ye oğlan doğuracak bir karı alayım da sen gör!' bile dedi. Buruk karı..."

Buruk karı! Ne demek acaba?

"Ama Hayri bir günden bir güne bunu yüzüme vurmadı. Bir şeycikler demedi."

"Ama çocuğun kız mı erkek mi olduğu..."

"Yok canım... Bizim oralarda bu laflar sökmez. Kadının hası oğlan doğurandır. Bana kalsa daha doğururdum da, belki de o zaman oğlan olurdu. Hayri yeter dedi. O, kızlarından memnunmuş. Başka da çocuk istemezmiş. Zaten onun başka kadınlardan da hiç çocuğu yok."

"Bu da iyi bir şey mi?"

"İyi olmaz mı? Benim oğlan kardaşımın kumadan bir oğlu var. Bizim gelin çocuk oğlan olunca çok üzüldü."

"Sizin oralarda erkeklerin evlendikten sonra kendine başka sevgili bulması normal mi yani?"

"Sade bizim oralarda değil ki, şehirde de adamların sevgilisi var. Aha, bizim üst katta oturan Sevgi Hanım'ın kocası kadın kuaförü. Adamın genç bir sevdiği var. Hepimiz biliyoruz. Sevgi Hanım da biliyor. Çok kavga ettiler ama ne fayda! Bizim gelin de çok kavga eder kocasıyla. Çok üzdü kardaşımı. Üzse ne ki? Bi faydası mı oldu? Karı bir de oğlan doğurunca kıymetinden kıyamet koptu."

"Sizin gelin ne yaptı? Kocasından ayrılmayı düşünmedi mi hiç?"

"Ne yapsın! Ayrılsa ne olacak? Karı gelip onun yerine yerleşecek. Olan geline olacak. Bizde kadınlar bu işe üzülse de kimse ayrılmaya kalkmaz. Biraz çekişir, kavga eder, sonra yine her şey olacağına varır. Bizim geline de söylüyorum, Allah bağışlarsa onun da iki kızı var, 'Kavga edip durma. Çocukları da arada bırakma' diyorum ama beni dinlemiyor. Ne de olsa adımız görümce. Senin kocanın da başka karılardan çocuğu olsaydı da görseydin diyor. Benimki yapmadı da ne oldu. Aha işte Laz kızı kapımızdan eksik olmuyor. Olsun diyor. Seninkiler bir şey değil."

Beterin beteri var yani. Çok tatlı bu kadın, çok da sevimli.

"Doktor hanım sizin kimseye eyvallahınız yok. Okumuş etmiş, kendi geçiminizi sağlıyorsunuz. Biz cahil kaldık. Hele kız çocuğunu köyde tövbe okutmazlar. Ele vereceğe kıza neden para harcasın? Adamlar da haklı. Şimdi benim kızlarım da şehirde büyüyorlar. Onlar da Nalan Hanım gibi olacaklar. Babası hepsini de okutacak. Büyük kız Nalan Hanım gibi mimar olacakmış. Olsun bakalım. Ortancada iş yok. Onun gözü okumada değil. Otursun televizyonun başına, akşama kadar artistlerin ne giydiğine baksın. Bakalım en küçük ne yapacak. Daha onun ne olduğu belli değil."

İşler iyice altın gününe döndü. Benimle güzel güzel sohbet ediyor bu kadın. Sohbeti de çok tatlı. Hastalığı unuttu bile. Zaten ona pek de çare aramıyor. Hastalığı da elinden alırsak, geriye neyi kalacak? İhtiyacı olan ilgiyi, sevgiyi, merhameti sanırım sadece hastalık yoluyla alabiliyor. Bu kadın hastalığıyla barışık. Onu elinden almasam daha iyi olacak galiba.

"Türkân Hanım, biraz da hastalığınızdan konuşalım. Bu hastalık için daha önce de başka doktorlara gittiniz galiba."

"He, gittik. Hayri beni alır alır götürür. Ona kaç kere dedim, götürüp durma. Cebimizdeki paraya yazık. Çare bulamıyorlar işte. Bu sefer tuttu kolumdan size getirdi."

"Demek kimse çare bulamıyor. Çok sık geliyor mu bu krizler?"

"Belli olmuyor. Bazen gelmez, durur. Gitti sanırsın ama olmadık yerde yine gelir."

"Yalnızken mi yoksa kalabalıkta mı geliyor?"

"Kalabalık dediğin neresi ola? Çarşıda pazarda gelmez. Yalnızken de pek gelmez. Aman, ne zaman geleceği belli mi?"

Anlaşıldı. Çarşı pazar gezerken nasıl olsa keyfi yerinde. Kriz mıriz gelmiyor. Evde yalnızken de gelmiyor. Demek ki ne zaman geliyor? Hayri'nin ya da kızların yanında. Bu kadarcık nazın da olsun be Türkân. Bırakalım, hastalık sende kalsın.

"Türkân Hanım, bu hastalık sıkıntıdan olur. Siz de galiba zamanında çok çekmişsiniz. Bir yandan kayınvalide, bir yandan çocuklar, bir yandan Hayri Bey!"

"Yok, Hayri'den bir şey çektim desem Allah'ın gücüne gider. O benim kıymetimi hep bildi. O Zarife karısına bile ezdirmedi beni. Bir günden bir güne ihmal etti desem, Allah çarpar. Asıl o olmasaydı, ben ne yapardım, işte onu bilmiyorum."

"Doğru doğru, haklısınız. Şimdi ben size bir ilaç vereyim. Bu ilacı sadece o kriz gelince alın."

"Başka zaman almayacak mıyım?"

"Almayın."

"İyi öyleyse. Zaten her gün ilaç içmeyi sevmem. Öteki doktorlar verdiler, uykudan başımı kaldıramadım."

Daha fazla sorulacak da, söylenecek de bir şey kalmadı. Türkân giderken bana iyice sarılıp yanaklarımdan öpmeden çıkmıyor odadan. Hemen ardından Hayri giriyor içeri.

"Nasıl buldunuz benim hanımı?"

"Çok tatlı, bayıldım Türkân'a. Önemli bir şeyi yok. Kriz geldiğinde alması için bir ilaç verdim ama korkulacak bir şeyi yok. İlaç alırsa kriz daha kolay geçer, zamanla da kaybolur."

"Oh, iyi öyleyse. Elinize sağlık. Bizim sülaleyi iyice tanıdınız. Hepimize de çok iyi baktınız. Bir gün kısmet olursa çaya da bekleriz. Bizim hanım etli ekmeği pek güzel yapar. Keşke gelseniz de beraber yesek."

Sanki hanımla hiçbir sorunu yok, onu boşamaya çalışan Hayri değil, bir de beni çağırıyor. Ama yine de öyle güzel, öyle içten bir davet ki bu.

“İnşallah Hayri Bey, kısmet olursa belki bir gün gelirim.”

Uzaktan el sallayarak çıkıyor odadan. Acının tadı var bu adamda. Hep acıyla beslenmiş, yarınları hiç olmamış, hep bugünü yaşamış ama yine de yarınlara aşk meşk hayalleri yüklemekten hiç vazgeçmemiş, yaralı bir varoş çocuğu o.

Çok düşmüş kalkmış, aç susuz, beş parasız gezmiş ama kendi çapında bir gururu var. Arkadaşları da kendi gibi... Acıya alışkın, acıyla mest olan, ruhlarını onunla doyuran gençler yani. Çalışmayı, disiplini sevmez, buldukları işte sebat göstermez, sonra da hayata sitem etmeye, çiğ köfteye, kebaba, arabeske bayılır, içtikçe coşar, keyfi de, acıyı da birbirlerinde bulur.

Aşk demek onlar için acı çekmek demektir. Âşık olduklarında aşkları çok derin ve yakıcıdır. Bir söyler, bin ah eder, aşk uğruna canlarını verir, aşk uğruna ağlar, aşk uğruna söylerler. Aşağının acılı, yenik ve ezik insanlarıdır onlar. Hayri de öyle. İçindeki bu ateş kendini yakmasa bari...

Aynı ülkenin birbirine yabancı çocuklarıydık biz ama artık hiç de yabancı değiliz. Birbirimizi anladık ve birbirimizi sevdik.

Nalan, Türkân ve Laz kızı üçlüsünden en huzurlu ve hayatından memnun olan Türkân.

Hiç bunları beklemiyordum. Hastalarım hâlâ beni şaşırtmaya devam ediyor ve ben bu durumdan çok memnun ve mutluyum.

Tuna koridorda koca vücudunu sallayarak, yine bir hışımla giriyor odama.

"Söyle Tuna, yine ne oldu?"

"Ne oldusu var mı canım, kaç saattir bir bardak su bile içmediniz. Ben yandaki odaya bir şeyler hazırladım. Dün akşam zeytinyağlı yaprak sarması yapmıştım. Siz yemeden içime sinmiyor. Bir de anam babam kurabiyesi var. Bir bardak çayla şunları yiyin."

"Hastalar ne olacak?"

"Bir şey olmaz. Yeni gelen hastaya da bir bardak çay verdim. Siz rahat rahat yiyin. Ben onu oyalarım."

Tuna da olmasa yanmıştık. Bana kalsa akşama kadar bir şey yemeden içmeden otururum bu masada. Ama sabah kahvesini unutmam. Bir tek onu unutmam zaten.

Nazlanarak kalkıyorum masadan. Oh, ne güzel de hazırlamış. Hazıra konmak güzel oluyor. Aç değilim diyordum ama afiyetle yiyorum dolmaları. Tuna'nın yaptığı yemeği kimse yapamaz. Ağzının tadını biliyor maşallah. Zaten kilosundan belli. İnşallah yine rejim yapacağım diye tutturmaz. Kurabiye de güzelmiş. Tuna ona anam babam kurabiyesi diyor. Benim annem de yapardı. Okuldan gelip de evde kurabiye kokusunu duyunca, biz üç kardeş aç kurtlar gibi saldırırdık kurabiyelere. Bir de cevizli çörek yapardı ki, tokken bile yer insan.

Ben odama geçerken Tuna yine görünüyor koridorda. Bir yandan gülüp, bir yandan da çocuk gibi iki yana sallanarak geliyor.

"Oh, afiyet şeker olsun. Nasıl, beğendiniz mi bari?"

"Sen yaparsın da ben beğenmez miyim Tunacım. Ellerine sağlık. İkisi de harika olmuş."

"Başka bir şey ister misiniz?"

"Daha ne isteyeceğim Tunacığım. Sen bir an önce al hastayı."

Biri girip biri çıkacak, her birini tek tek dinleye dinleye akşamı edeceğim.

Akşam!

Hayatımızdan bir günün daha eksilmesi demek aslında ama ben yine de çok severim akşamları...

10

Bu akşam Madalyon'da işim erken bitti. Çoğu zaman işim çok geç bittiği için yorgun oluyorum ve hasta dosyalarını düzenleyemiyorum. Epeyce dosya birikti önümde. Bazılarına istediğim bilgileri yazamadım. Bir yandan eksik dosyaları yazıyorum, bir yandan da kahvemi içiyorum. Dışarıda çok kar var. Zaten bu yüzden hastaların bir kısmı kliniğe gelemedi. Sabah biraz zor oldu buraya gelmemiz çünkü dünden beri aralıksız kar yağıyor. Bu benim çocukluğumun karına benziyor.

Kız kardeşim Yükselen'le el ele tutuşup dizlerimize kadar gelen karın içinde bata çıka okula gittiğimiz günleri hatırlatıyor bana. Başımızda annemizin ördüğü kırmızı berelerimiz ya da Mustafa'nın hediyesi yün eşarplarımız, boynumuzda atkımız ve sırtımızda okul çantalarımızla. Ne kadar ağır olurdu o çantalar. Neler koyardık içine? Her akşam çantalarımızı düzeltmemizi isterdi annem. Ama biz her seferinde üşenir, sabaha bırakırdık bu işi. Şimdi düşünüyorum da, okul bizim eve yürüyerek en fazla on dakika uzaklıktaydı ama biz o yolu yarım saatten önce bitiremezdik. Hele karlı günlerde konuşa konuşa, etraftaki her şeyle ilgilenerek, bazen kartopu oynayarak yürürdük. O zamanlar kar yağınca, bütün evlerin bahçelerine kardan adam yapılırdı. Burnu havuçtan, gözleri kömürden, ağzı portakal kabuğundan oluşan kardan adamlar. Hatta bazılarının başına eski bereler, önüne kömürden veya küçük kesilmiş havuçlardan oluşan düğmeler konurdu. Bir de boynuna eski bir atkı takılınca, seyretmeye doyamazdık onları.

O zamanlar Ankara'da her evin bir bahçesi ve her bahçenin içinde ağaçlar olurdu. Bu ağaçlar bembeyaz karların ağırlığını taşıyamaz, dalları yerlere kadar eğilirdi. Biz de Yükselen'le o ağaçları, taşıyamadıkları bu karlardan kurtarmayı kendimize iş edinmiştik. Ağacın altına durur, ikimiz birden onu sallardık. Karlar tepemizden aşağı boşalır, bu sefer biz kardan adama dönerdik. Kirpiklerimize kadar her yanımız kar olur, gülerdik... Ne çok gülerdik o zamanlar. Sabah Madalyon'a gelirken gözlerim yine o kardan adamları aradı ama çevrede bir tane bile göremedim.

Kliniğin önündeki çamlar, üzerindeki karı taşıyamıyor, her birinin kamburu çıkmış, ama onları silkeleyen yok. Belediyenin kar kaldırma araçları bulvarda bir aşağı bir yukarı inip çıkıp duruyor. Buradan her geçişlerinde o kocaman araçların motorlarından çıkan homurtuları duyuyorum. İnsanlar ayaklarının ucuna basarak ve çok dikkatle yürüyorlar kaldırımlarda. Trafik azaldı. Bu karda arabasıyla yola çıkma cesaretini pek az insan göze alabilmiş. Randevulu hastalarımızın bir kısmı gelemiyor. Telefonlar hiç susmadan çalıyor. Ve ben elimde kahvem, sokak lambalarının ışığında incecik yağan kara, uzaktan görünen evlerin bembeyaz çatılarına ve o çatılardaki bacalardan tüten dumanlara bakarak keyif yapıyorum. Sıcacık odalarımızdan, dışarıda yağan karı seyretmek her zaman güzeldir.

Daldığım rüyadan Tuna'nın sesiyle uyanıyorum.

"Zeynep Hanım geldi. Biraz gecikti ama kızcağız ancak gelebilmiş. Hazırsanız alalım mı?"

"Zeynep?"

"Hani bundan üç ay kadar önce gelmişti. Avukattı galiba."

"Ha, tamam, hatırladım. Ben bu saatten sonra kimse gelmez sanıyordum. Tamam, alabiliriz.

Zeynep salına salına giriyor odaya. Bu sefer daha itinalı giyinmiş. Türban çok özenle bağlanmış. Pardesü de çok şık.

Yüzünde ciddi ve kederli bir ifade var. Başını kaldırıp bana bakınca kaçamak bir gülümseme görüyorum gözlerinde. Geçen sefer ağır depresyondayken bile arada bir ışık görmüştüm gözlerinde. Sanırım bu ışık zekânın pırıltısı.

"Hoş geldin" diye elimi uzatırken doğal bir gülümseme yayılıyor yüzüne, yine salınarak oturuyor karşımdaki koltuğa. Her hareket ettirdiğinde kolundaki boncuklu bilezik şıngırdıyor. Geçen sefer yoktu bu bilezik. Yeni takmış. Demek depresyon gerilemiş.

Söze başlamadan önce bağışlanmayı bekleyen bir çocuk gibi başını önüne eğiyor. Uysal bir hali var.

"Nasılsın görmeyeli? Daha iyi görünüyorsun."

"Evet, ilaçları düzenli alıyorum. Gerçekten de çok faydasını gördüm ama..."

"Ama ne?"

"Aman sormayın... İnsan bazen ne kadar aptal olabiliyormuş. İnsanın kendine yaptığını kimse yapmıyor. Şu son üç yıldır çektiğimi bir ben bilirim, bir de Allah. Bana ne olduysa artık, ağzım dilim bağlandı. Aklım beni bıraktı gitti. Kediye döndüm. Nereye çektilerse oraya gittim. Düşündükçe deli oluyorum."

"Hayatta olur böyle şeyler Zeynep. Kendine o kadar kızma."

"Kızma ha? O gün sizden çıktıktan sonra eve gidince yine her zamanki gibi odama kapandım, sonra da dövündüm durdum. Ben ne yaptım diye başımı duvarlara vurdum. Çocuk deseniz çocuk değilim, cahil deseniz cahil de değilim. Bunca okul bitirdim, benim okuduğum kitabı kimse okumamıştır. Nermin Hanım sağ olsun, ne istesem alırdı. Zaten kendileri de okumaya meraklı ama hepsi boşa gitmiş. Kendine bir faydası olmadıktan sonra, okusan ne, okumasan ne..."

Böyle söylediğine göre demek ki aklı başına gelmiş. Üç yıl önce aniden verdiği karara şimdi kendisi de hayret ediyor. Biz insanlar en önemli kararlarımızı bile çoğu zaman aklımızla değil, duygularımızla alırız. Zeynep de öyle yapmış, üstelik hayatında çok sevdiği bir başka erkek varken.

O da duygu değil mi, diye sorası geliyor insanın ama duygunun çoğu zaman iyisi değil kötüsü baskındır. Sevgi değil, öfke, kin, nefret kazanır genelde. Hele ki suçluluk duyguları bizim aldığımız kararları belki de en çok etkileyen duygudur.

"Biraz anlatsana o günleri!"

"O günleri hatırlamak bile istemiyorum. Sanki onları ben yaşamadım. Robot gibiydim. Onlar öyle diyorsa yapıyordum. Çaresiz hissediyordum kendimi. Mecburdum. Onlar benim ailemdi. Onlara borçluydum. Aksini yapmak nankörlük olurdu. Hele ki annem hakkını helal etmezse bu dünyada da, öbür tarafta da bana huzur olamazdı."

"Mehdi'ye karşı ne hissetmiştin? Mehdi'ydi adı değil mi?"

"Evet, Mehdi... Hiçbir şey! Ben yapmam gerekeni yapıyordum. Hele Mehdi'yi görünce, 'Ailem çok haklı' dedim. 'İyi bir çocuk, iyi de bir mesleği var.' İşte, bitti."

"Ya Faruk?"

"İnanır mısınız, onu bir kere bile düşünmedim. Kendime yasakladım o düşünceyi. Onu düşünmek, suç, günah gibi geliyordu bana. Zaten onunla arkadaşlık ederek bile aileme ihanet etmiştim. Şimdi artık ihanetten vazgeçiyor ve doğru olanı yapıyordum. Dedim ya, otomatik pilota bağlamıştım her şeyi."

"Kocana karşı ne hissediyordun?"

"Beni bir siz anlarsınız hocam. Başkasına söylesem inanmaz. Ne o gün, ne de daha sonra, onu ne sevdim, ne nefret ettim. O, benim evlenmem gereken kişiydi, o kadar. Onunla beraberken ne mutlu oldum, ne mutsuz. İşin içine duygularım hiç girmedi. Zaten daha evlenmeden Faruk çok aradı. Telefonlarını açmadım bile. Sadece ona bir mesaj yazdım. 'Ben evleniyorum, sen de kendi yoluna git. Demek ki kısmet değilmiş' dedim. Sonra ondan da bir daha haber gelmedi. Kim bilir ne kadar üzülmüştür. Sonradan Nermin Hanımlarla çok konuşmuş, çok ağlamış çocuk. Bir de üstelik ben bunları Faruk askerdeyken yapıyorum. Asıl ihaneti ona yapmışım. O zamanlar hiç böyle düşünmüyordum. Bizimkiler yani annem babam ve ablam çok mutluydu. Benim Mehdi'yle evlenmem onları gururlandırıyordu. Babam doktor damadım diyor, başka bir şey demiyordu. Sonradan öğrendim ki, Mehdi bizimkilere köydeki üzüm bağlarıyla tarlaları devretmiş."

"Nasıl yani?"

"Öyle işte. İşin aslı, annem ve babam beni Mehdi'ye bir bağ, birkaç da tarla karşılığında satmış! Biz evlendikten hemen sonra annem babam köye göç etti. Orada yıkık dökük bir evimiz vardı zaten. Orayı yeniden yaptırdılar, bağ bahçe, tarla filan derken şimdi orada yaşıyorlar ve hayatlarından çok memnunlar. Babam da artık eskisi gibi içmiyormuş. Ablam da boşandı kocasından, aldı çocuklarını onların yanına yerleşti. Ablam boşanmaya kalkınca bizimkiler bu işe çok kızar diyordum ama yine yanılmışım. Meğer onun boşanmasını asıl bizimkiler istermiş. Şimdi ablam o evin hizmetçisi oldu, kızı da hizmetçi yamağı. Oğlu zaten büyüdü, dışarı işlerini de o hallediyor. Annem köşesinde oturuyor, babam da akşama kadar kahvede... Para derseniz hem köydeki bağ bahçe, tarladan epeyce bir gelirleri var, üstüne ben de yolluyordum."

> İnsan bunlara inanamıyor. Zeynep boş yere dışarıda düşman aramasın. Ailesi düşmandan beter. Gerçekten de her şey bu kadar hesaplı mıydı?

"Kendi çıkarları uğruna beni nasıl harcadıklarını gördünüz değil mi? Ben mi çok safmışım, yoksa onlar mı çok akıllı, bilemedim. Kendi saflığıma da kızıyorum. İnanın bana, küçücük yaşımda bile Nermin Hanımlarla yemek yerken boğazıma dizilirdi. 'Acaba şimdi bizimkiler ne yiyor?' diye düşündükçe gözlerim dolardı. Okula giderken cebime koydukları harçlıkları biriktirir, anneme verirdim. Zaten annem onları verirken bile, 'Hepsi bu kadar mı, başka yok mu?' diye sorardı. Nermin Hanım evde yoksa annem giderken evde ne var, ne yok toplar, bana da, 'Nermin Hanım sorarsa ben yedim dersin' diye tembih ederdi. Zaten deterjanlar, sabunlar; un, mercimek filan sırayla, azar azar annemin çantasında bizim eve giderdi. Ben de ona suç ortaklığı ederdim. Nermin Hanım bir şeyleri anlasa da hiç yüzüme vurmazdı. Arada bir annem beni onun yanında azarlamaya kalkışsa Nermin Hanım kızar, 'Artık o bizim kızımız. Daha dikkatli konuşun' diye annemi uyarırdı. Ben o evde yaşamaya başlayınca bizimkiler bana adeta düşman oldular. Sonunda da muratlarına erdiler."

"Ailen boşanma işine ne diyor?"

"Annem gevrek gevrek gülüyor. 'Çoluk çocuğu varken nereye gidiyormuş. Öyle kolay değil o işler' diyor. Ablamın da çocukları vardı ama ona bir şey demediler. Demek ki işlerine nasıl gelirse öyle konuşuyorlar."

"Mehdi'den ne haber?"

"Ona kalsa başımıza çok iş açacak ama o kadınla beraberken çekilen bir sürü resim var telefonumda. Önceleri efelenmeye kalktı, şöyle asarım, böyle keserim, çocuğu alırım filan diye ama sonra bendeki resimleri ona yollayınca sesi kesildi. Arada bir ben bile unutsam da, ben avukatım... Hele bir iyice aklım başıma gelsin, bak ben onlara neler edeceğim. Hele bir sesi çıksın, hele bir itiraz etmeye kalksın, dünyayı burnundan getirmezsem bana da Zeynep demesinler. Uyandım artık. Yeter bana ettikleri..."

Evet, nihayet uyanmış. Hem de iyice uyanmış. Demek depresyon geriledi. Kendine güveni geri gelmiş. Ne de olsa depresyon insanın kolunu kanadını kıran bir hastalık. Bakalım şimdi neler yapacak!

"Ne yapmayı düşünüyorsun Zeynep?"

"Gülseren Hanım, kendimi uzun bir uykudan yeni uyanmış gibi hissediyorum. Şimdi benim kendime yeni bir hayat kurmam gerekiyor. Boşanma işlemlerini başlattım. Biliyorsunuz, ben şimdi, kızımla birlikte Nermin Hanımlarda kalıyorum zaten onlar geri dönmemden çok memnun. Kızıma da öz torunları gibi davranıyorlar. Bir süre onlarla yaşamaya devam edeceğim. Bu arada nasıl olsa kendime iyi bir avukatlık bürosunda iş bulurum. Ben çok çalışkan biriyim. Girdiğim yerde elimden geleni yapacağımı biliyorum. Yani kaldığım yerden hayata devam edeceğim. Son üç yılı, hiç yaşanmamış gibi zihnimden silmek istiyorum. Ancak arada bir kafam karışıyor. O zaman onları yapan da bendim; aynı hataları yine yaparım diye korkuyorum. Bir de üstelik o zaman Nermin Hanım çok uyardı beni. 'Kızım yapma, sonra çok pişman olursun, biraz akıllı ol' diye ama söyledikleri bir kulağımdan girdi, öbüründen çıktı. Yine öyle olur muyum? İşin kötüsü artık bir de kızım var. Aldığım yanlış kararlar onun da hayatını karartacak."

Ne kadar yerinde bir soru. Aslında bu sorunun tam cevabı, "Evet, bunları yine yaparsın" olmalı ama o kadar moral bozmasam iyi olacak. Zeynep aslında akıllı bir kadın. Belki ne dediğimi anlar.

"Zeynep, bu çok yerinde bir soru. Bunu sadece sen değil, hepimiz yapıyoruz. Çocukluk acılarımızı kendimize yeniden yaşatmak gibi bir özelliği var zihnimizin. Sen çocukken içinde güzel duyguların yaşandığı bir evde büyümemişsin. Hep kavga gürültü, korku, endişe, umutsuzluk, mutsuzluk, ne ararsan varmış."

"Nasıl güzel söylediniz. Tam olarak öyleydi. Sarhoş bir adamın kızı olmak, bir de üstelik çok fakir olmak kolay değil. Annem derseniz sabahın köründe ellerin işini yapmaya giderdi. Biz çocuklar onların başının belasıydık. Gereksiz fazlalıktık yani. Kendi karınlarını zor doyururken bir de bizimle uğraşacaklar. Ama madem bakamayacaksınız, niye doğurdunuz. Madem doğurdunuz, onları neden bağrınıza basmadınız? Annem güya babama karşı bizi korurdu ama yine de bir gün olsun bizi sevdiğini, öptüğünü hatırlamam. Yolda beraber bir yere gidiyorsak ben onun elini tutmak isterdim. Silkeler atardı elimi. Demek bana dokunmak bile istemiyordu. Nermin Hanımlardan bir şey isteyecekse kızı olduğum aklına geliyor, 'Aman kızım, söyle de şu işi hallediversinler' diyor, sonra beni yine unutuyor, arada bir de bana kanlı bıçaklı düşmanıymışım gibi bakıyordu. Eğer Nermin Hanım yoksa beni bir köşeye çeker, 'Dün gece yine neler oldu, biliyor musun?' diyerek bana dert yanardı. Ben de çocuk halimle bunlara çok üzülürdüm. Nermin Hanım bunu anlayınca bizi yalnız bırakmamaya çok özen gösterdi."

Kavga gürültünün eksik olmadığı evlerde büyüyen özellikle kız çocukları, o annelerin, çocuğu olmaktan çok dert ortağıdır. Kocalarının onlara yaptığı haksızlığa tanıklık eden bu çocukları dert ortağı gibi gördüklerinden onlardan her zaman yardım ve destek beklerler. Sanırım Zeynep'in annesi kızının çok iyi bir ortamda yaşıyor olmasından önceleri memnun olsa da kendini o evde yalnız ve desteksiz hissetti. Bu duygu giderek sevgisizliğe, merhametsizliğe, hatta düşmanlığa döndü.

"Zavallı abim, onların yüzünden öldü. Annem güya onu korumaya çalıştı ama bunlar sözle olmuyor ki... O çocuğun ne çektiğini biliyordu. 'Evladın o senin. En sevdiğinin ölmesine göz yuman sana ne yapmaz!' demek hiç aklıma gelmedi.

Babam deseniz, onu sormayın bile. Hem akşama kadar inşaatlarda ter döker, hem de bu kadar zor kazandığı parayı bize değil, meyhanelerde ellere yedirirdi. Hiç unutmuyorum, o zaman ilkokul ikinci sınıfa gidiyordum. Öğretmen resim defteri istemişti. Annemden para istiyorum babandan iste diyor, babamdan istiyorum, resim de yapmayıver diyor. Okulda bir yandan öğretmen sıkıştırıyor. Bir gün evin su parası ödenecekmiş. Makbuzun üzerine koymuşlar parayı. Ben de gördüm. Gizlice birazını aldım. Aldım ama bir yandan da eve gidince bana ne yapacaklar diye korkudan bacaklarım titriyor. Akşam eve dönerken kalan parayla da kendime sakız aldım. Çiğneye çiğneye geldim eve. Nasıl olsa dayağı yiyeceğim, bari ağzım tatlansın. O gece beni babam bıraktı annem dövdü, annem bıraktı babam dövdü. Ağzımdaki sakız boğazıma kaçtı, az kalsın ölüyordum. Ölsem ne olacak, bir boğaz eksildi der geçerlerdi."

> Yani bu kadar değersiz! Kraliçe yapıp başına taç da taksanız, bu kızın sonradan kendine değer verebilmesi çok zor. Kendine değer vermeyene başkası neden değer versin. Ah, çok yazık bu çocuklara, çok...

"Ablam derseniz, geçen sefer anlattım, onun çektiği eziyet benimkinden çoktu. Ne de olsa evin büyük kızı. Zaten kız bu dünyaya hizmetçi olarak gelmiş. Doğduğu günden beri ne yana koşacağını bilemedi. Zaten bana asıl o annelik etti. Okuldan gelir, büyük insan gibi bana bakardı. Mutfağa girer, elinden geldiği kadar yiyecek bir şeyler hazırlamaya çalışır, sonra da evi siler süpürürdü. Bir gün olsun onun da sokağa çıkıp yaşıtları gibi oynadığını, zıpladığını, güldüğünü görmedim. Böyle yaptı da makbule mi geçti derseniz, öyle de olmadı. Kimse eline sağlık demez, herkes ondan hizmet beklerdi. Kız canını kurtarmaya gitti o herife. Gitti de ne oldu? Bu sefer de o evde hizmetçilik etti. Kaynanası bir yandan, kayınbiraderi bir yandan, herkes ondan hizmet bekledi. Tam rahat edecek, bu sefer de kızı ayırdılar kocasından. Demek ki o da benim gibi otomatik pilota bağladı hayatını."

"Onun kocası nasıl biriydi?"

"İşsiz güçsüzün tekiydi. Sonradan tekel bayisi oldu. Şimdi küçük bir dükkânı var. Oradan geçimini sağlıyor. Ablamın iki yıl önce kaynanası öldü, kayınbiraderi de evlendi. Aslında tam düzenleri oturdu derken bu boşanma işi çıktı."

"Neden?"

"Kız zamanında çok çekti kocasından. O zaman sığınacak yeri olmadığı için her şeye katlandı. Şimdi güya eskinin intikamını alıyor eniştemden ama artık kimin kimden intikam aldığı belli değil. Bizimkiler gel demeseler ayrılmazdı. Madem gel diyeceksiniz, zamanında deseydiniz de, kız o kadar eziyet çekmeseydi ya... Hem kocası artık eskisi gibi değil. İş güç sahibi oldu, dayaklar bitti. Çok söyledim ama beni dinlemedi. Söyledim ya, meğer bizimkilerin derdi başkaymış. Kızı çekip aldılar yanlarına. Şimdi onu da daha iyi anlıyorum. İnsan bir şeyi yapmaya kararlıysa nasihatin hiç faydası olmuyor. Aynı şeyi ben de yapmadım mı?"

Evet yaptı. Abla da geçmişinin, geçmişte yaşadıklarının kurbanı olmuş.

Zeynep bütün bunları artık görüyor, biliyor ama kocasından ayrılıp ayrılmama konusunda yeni ve çok önemli bir karar alması gerekiyor. Acaba bu sefer kendisi için doğru olan kararı alabilecek mi? Bunu da aceleye getirmese iyi olur.

"Zeynep, evliliğini bitirme konusunda kararlı mısın?"

"Onun düşünecek yanı mı kalmış Gülseren Hanım. Böyle bir evliliği sürdürürsem çok yazık olur bana."

"Bu da önemli bir karar. Üstelik de bir çocuğun var. İyi düşündün mü? Böyle önemli kararlar aceleye getirilmemeli."

"Düşünmez miyim, çok düşündüm. 'Sen ne yapıyorsun?' dedim kendime, 'bu sefer bari akıllı ol. Çocuğun var, onu babasız bırakıyorsun, buna hakkın var mı?' diye çok sordum. Mehdi'den ne iyi bir baba olur, ne de iyi bir koca. O da benim gibi çok çekmiş hayattan. Onun da kendine çizdiği bir yol var. Düzenli bir aile hayatı Mehdi'ye göre değil. O hayattan başka şeyler istiyor. Her şeyden önce sanırım onun da pek çok sorunu var. Adam alkolik, babamdan farkı yok. Eve beş kuruş para getirmez. Neymiş efendim borçları varmış. Ne borcu? Sen her akşam meyhanelerde içki içer, karıyla kızla gezersen borcun biter mi? Eve, karına, çocuğuna beş kuruş para mı harcadın? Ayrıca ilişki kurmayı bilmiyor. Üç yıl evli kaldık, benimle doğru dürüst konuşmadı bile. Konuşma özürlü adam. Ne yaşarsa kendi içinde yaşıyor. Evlilik dediğiniz nedir ki, iki kişinin hayatı birlikte paylaşmasıdır. Ya işim var diye eve gelmedi, geldiği günler de benimle iki çift laf edemedi. Bakın etmedi demiyorum, edemedi. Ne sevindiği belli, ne üzüldüğü. Babamdan farkı yok yani... Çok yalnız hissettim kendimi."

İlişkisizlik belki de mutsuzluğun en önemli nedenlerinden biridir. Birini kendinize düşman etmek istiyorsanız, onunla ilişki kurmayın yeter. Demek Mehdi böyle biri...

"Beni aldattığını duyunca kalbime bıçak saplandı sandım. Hani derseniz kocanı çok mu seviyordun, hayır. Baştan beri sevmedim ben onu. Güya beni seven oydu. Yıllarca benim hayalimle yaşamış da, bana şöyle âşıkmış, böyle seviyormuş da, bunları ilk zamanlar çok anlattı bana. Ben de o zamanlar bu masallara saf saf inanıyordum."

"Belki de gerçekten seviyordu."

"Olabilir, belki de seviyordu o zamanlar ama evlenip de aradan birkaç ay geçince işler değişti. Mehdi yeniden eski

Mehdi neyse ona döndü. Evi otel gibi kullanıyordu. Beni eve oturttu, o istediği gibi yaşadı. Zaten ilk günden bana kurallar koydu. Başını örteceksin, şöyle şöyle giyineceksin filan diye. Bunlara hiç ses çıkarmadım. Benim annem de türbanlıdır. Bunda bir şey yok ama bana hiç saygı duymadı. Nasıl duysun ki, onun dünyası kadına saygıyı hiç görmemiş ki... Sadece o mu, ben de görmemişim."

Oysa hayatının daha uzun bölümünü Nermin Hanımların evinde yaşamış Zeynep. Sanırım orada saygının en âlâsını gördü. Ancak insan hayatın dilini ilk yedi yaşına kadar büyüdüğü evde öğrenir. O artık kişinin anadilidir. Gerisi öğrenilse de pek fazla hükmü yoktur. Zeynep de aynen böyle olmuş.

"Sen Nermin Hanımlarda yıllarca yaşamış ve bunu görmüşsün. Neden görmedim diyorsun?"

"Onlar beni bağrına bassa da ben hep misafirdim o evde. Benim geldiğim yer başkaydı. Başkası olmasa da bu gerçeği ben hep bilirdim. Aslında orada öğrendiklerimi evliliğimde uygulayabilseydim, durum böyle olmaz, Mehdi bana bunları yapamazdı. Ben ise annemin kızı gibi davrandım."

"Sen böyle davranınca Mehdi de sana baban gibi davrandı değil mi?"

"Ah, ah Gülseren Hanım, bunca öğrendiğim boşa gitti. Harcadım kendimi. Bunları ne uğruna yaptığımı bilsem, içim yanmayacak. Ben konuşkan, cana yakın biriyimdir. Mehdi'ye de öyle davrandım. Ne olsa konuştum, anlattım ama hiç cevap alamadım. 'Neden konuşmuyorsun?' diye sorduğumda, 'Ben böyleyim işte. Dışarıda da fazla konuşmam' deyip konuyu kapatıyordu. Ama işin rengi öyle değilmiş. Onun bu pozları banaymış. Biz evlenince aşk meşk bitti. Sıra yeni aşklara geldi. Ben de içimden diyorum ki, adamın huyu böyle ama seni seviyor. Evde ilgisiz bir koca, ardından bir de çocuk doğurdum. Bir yandan işe koşuyorum, bir yandan eve. Ne eş, ne dost, ne arkadaş... Hiçbirine de itiraz etmek aklıma gelmiyor. Mehdi'ye sitem bile etmiyorum. Bir de üstelik adam eve gelince onu nasıl memnun edeceğimi bilmiyorum. Kaderime razı olmuş, oturuyorum işte... Ah benim aptal kafam ah..."

"Bu kadar suçlama kendini Zeynep. İnsan dediğin böyledir. Evinde öğrendiği anadille yaşar hayatını. Sonradan öğrendiklerimiz süs gibi durur zihnimizde. Anamızdan babamızdan ne gördüysek, hangi duygu anadilimizi yazdıysa hayatımıza hep o duygular egemen olur."

"Gülseren Hanım, hadi annem, ablam neyse, onlar benim yaşadığım hayatı yaşamadılar; okumadılar, bir meslek sahibi olamamışlar ama ya bana ne demeli? 'Ey Mehdi Efendi, bu çocuk benim kadar senin de çocuğun, bu ev benim kadar senin de evin, sen neredesin? Bu sorumlulukları neden benim başıma yıkıp gidiyorsun. Senin de yapabileceğin bir şey yok mu?' demek neden aklıma gelmiyor. Neden onun kurduğu düzene paşa paşa razı oluyorum? Aklım nerede benim?"

"Çok kızıyorsun kendine."

"Az bile hocam, az bile... Adam önce beni aldatıyor, sonra inkâr ediyor, resimleri gösterip de üstüne atılınca da beni bir güzel dövüyor. Yani yine suçlu ben oluyorum. Arkasından da, 'Rahatladın mı?' diye soruyor. 'Evet rahatladım, sayende hem de çok rahatladım Mehdi Efendi!' Bundan sonra beni dövecek adam daha anasının karnından doğmadı. Sen git, elin bilmem nesiyle ortalarda fink at, itiraz edince de beni döv. Oh, iyi ettin. Sayende çok şey öğrendim. Ama suç yine benim. Hizmetçi gibi kullandırdım kendimi. Ben de bu evin hanımıyım. Senin kuralların buysa, benimkiler şu diyemedim. Adam döver de, söver de, aldatır da..."

Bir yandan çok öfkeli ama bir yandan da doğruları söylüyor. Bunları zamanında yapabilseydi, her şey çok farklı olurdu.

"Sen vicdanlı bir kızsın Zeynep ama bu vicdanı hep başkaları için kullanmışsın. Bir gün olsun kendini düşünmek aklına gelmemiş. Kader motifi tam da budur işte. Çocuklukta aldığın yaraların bedeli bunlar. Annen sana öyle kötü kötü baktıkça, sen de bir suçun, günahın varmış gibi kendine kızmış, onlara merhamet etmişsin. Oysa her birimiz önce kendimizden sorumluyuz. İnsan bunu sonradan öğreniyor da, bazen çok geç oluyor. Senin için geç değil. Kendini suçlamaktan, ailene borçlu hissetmekten vazgeçersen yaşamak da, doğru kararlar almak da daha kolay olur. Ancak şimdi görüyorum ki kocan dahil hepsine çok öfkelisin."

"Olmaz mıyım, mahvettiler hayatımı."

"Bu duygu da seni başka türlü yaralar. Olan olmuş artık. Onlar böyle yap demiş, sen de yapmışsın."

"Asıl kendime kızıyorum zaten."

"Sen enerjini ona buna kızmakla harcarsan geriye bir şey kalmaz, işte böyle depresyona girersin. Şimdi sana düşen bir an önce hayatı affetmen. Hepimiz hata yapıyoruz. Bunları geçmişte bırak. Kinle, öfkeyle yaşarsan hayat sana güzel şeyler veremez. Bu sefer de böyle kesersin önünü. Sen aç kollarını, sarıl dünyaya, bak bakalım o zaman dünya sana neler verecek."

Yerinden kalkıp sıkıca sarılıyor bana. Bu sarılmada umut var, heyecan var, sevinç var. İşte şimdi artık güveniyorum ona. Yolu açık olur inşallah.

Zeynep odadan çıkarken arkasından bakıyorum. Salına salına yürüyor bu kız. O da arkasına bakıp hafifçe gülümsüyor bana. İşte bu gülümseme çok iyi geliyor ruhuma. Şimdi artık odama geçip dağıttığım dosyaları toparlama zamanı. Yollar karlı. Eve gitmek zor olacak.

Ben dosyaları kaldırırken Tuna koşarak giriyor içeri.

"Ayol Nalan Hanım arıyor ama kadın çığlık çığlığa bağırdığı için ne diyeceğimi, ne yapacağımı bilemedim. Ona bir dakika deyip sizin yanınıza geldim. Kötü bir şey oldu galiba. Ne yapayım. Size bağlasam konuşur musunuz? Gerçi ne dediği anlaşılmıyor ama!"

"Bağla, bağla... Yine kim bilir ne oldu, olay bitmiyor bu ailede. Hemen bağla."

Tuna koşarak masasına gidiyor ve Nalan'ı bağlıyor.

"Alo, Nalan!"

Aman Allahım, kadın, bir yerlerini koparıyorlar gibi çığlık çığlığa bağırıyor. Bir şeyler söylüyor ama anlamıyorum.

"Hayri!"
"Ne oldu Hayri'ye?"
"Hayri yok artık Gülseren Hanım, yokkk!"
"Yok mu? Ne demek yok?"
"Vurmuşlar, vurmuşlar Hayri'yi."
"Nasıl?"
"Kıymışlar Hayrime! O Laz kızı denen canavar kıymış benim Hayrime. Ben onsuz nasıl yaşarım?"

Nasıl yani, öldürdüler mi Hayri'yi. Aman Allahım, inşallah yanlış anlamışımdır. Yok, olamaz yani... O ölmemeli... Yapma Hayri, bu kadarını yapma yani...

"Vurmuşlar mı dedin?"
"Ölmüş hocam, ölmüş Hayri!"

Nalan çığlık atarak bağırmaya devam ederken kadını bırakmış, kendi kendime konuşuyorum. "Demek gittin ha? Neden yaptın bunu Hayri, neden? Neden göz göre göre gittin ölüme? 'Laz kızı kızarsa adamı alnından vurur' diyordun. Bunu sen söylüyordun. Demek vurdu ha?"

Kadını teselli etmeyi filan unuttum. Demek Hayri benim için de çok değerliymiş. İçime keskin bir ok saplanıyor. Çıkar çıkarabilirsen. Hayri'nin öldüğüne bir türlü inanmak istemiyorum.

Kızlar haber vermiş Nalan'a. O da bu haberi alır almaz önce beni aramış. Şimdi de Hayri'nin evine gidecekmiş. Hay Allah. Evde mi vurmuşlar Hayri'yi, anlamadım ki... Zaten Nalan da olayı henüz tam bilmiyor. Kadın acıdan ve şaşkınlıktan ne yapacağını şaşırmış. Şaşırmaz mı? Telefonla gelen bu ani ölüm haberi insanı ne hale getirir.

Ona bir şeyler söylüyorum ama o bana ne dedi, ben ona ne dedim, bilmiyorum ki... Tek bildiğim Hayri'nin öldüğü. Laz kızı sonunda kıymış Hayri'ye. Olan bu işte! Gerisi boş!

Ertesi sabah gazetelere Tuna ile beraber bakıyoruz. Üzeri gazete kâğıdıyla örtülmüş, karların üstünde yatıyor Hayri. "Demek üçüncü sayfalara haber oldun be Hayri" diyorum.

Gazete kâğıtlarının altından bir ayağı ve ayağındaki her zaman giydiği siyah ayakkabısı görünüyor, siyah makosen. Gri bol bir pardösü giymiş.

Genç bir kadının resmi de var haberde. Demek Laz kızı bu! Simsiyah saçları yüzüne gözüne dağılmış, başı önünde, ellerini pardösününün cebine sokmuş. Bir kolundan sivil polis tutuyor.

"Âşığını, evinin önünde vurdu."

Kocaman bir başlık atılmış. Resimli bir üçüncü sayfa haberi.

Hemen yanına Hayri Kılıç'ın bir de küçük vesikalık fotoğrafı konmuş. Kirli sakallarıyla hafif gülümseyerek bakmış objektife. Kim bilir ne zaman çekildi bu resim?

Dün akşam işlenen cinayette, bir süredir birlikte yaşadığı sevgilisini evinin bahçesinde bıçakla delik deşik eden G.D. polisler tarafından suçüstü yakalandı. Bir süre polislere direnen ve zorlukla yatıştırılan G.D, Hayri Kılıç'ın eşinin ve çocuklarının çığlıklarıyla pencerelere üşüşen mahalle sakinleri tarafından linç edilmek istenince, polis otosuna bindirilerek olay mahallin-

den uzaklaştırıldı. Akşamüzeri tam evine girmek üzereyken işlenen cinayeti maktulün eşi ve çocukları saniye saniye izlediler. Ölümü göze alarak gözü dönmüş kadının önüne çıkan çocuklar çok uğraşsalar da babalarını kurtaramadılar. Olaydan sonra sinir krizleri geçiren gözü yaşlı eş ve çocuklar uzun süre sakinleştirilemedi. Getirildiği karakolda ifadesi alınan genç kadın, Hayri Kılıç'la bir süredir beraber yaşadıklarını, ona evlenme sözü verdiği halde, bundan vazgeçip onu terk etmeye kalkışınca, önce kendisini uyardığını, son olarak da dün akşam tekrar onu eşiyle yaşadığı eve girerken yakalayınca, yanında taşıdığı bıçakla ona saldırdığını söyledi. Hayri Kılıç evli ve üç çocuk babasıydı. Cinayeti işlediğini itiraf eden G.D. ilk ifadesinden sonra tutuklanarak cezaevine konuldu.

Haberi okurken iliklerime kadar ürperiyorum. Laz kızının onu zorlayacağını biliyordum ama bu kadarını beklemiyordum doğrusu. Yazık, çok yazık oldu Hayri'ye. Sanki olacakları biliyor gibiydi. Cezayı mıknatıs gibi çekti kendine. Bilinçdışının ona yazdığı kaderin önüne geçemedik.

"Ah bir tanısanız onu, kızarsa alnının ortasından çeker vurur insanı, şakası yok" diyordu. Şakası olmadığını bile bile kendini nasıl bir yangının içine attı!

Demek bu aşklar başkalarını yaktığı kadar seni de yaktı! Yazık oldu sana Hayri. Hiç kazanan olmadı bu oyunda.

İçimde derin bir hüzün duyuyorum. "Acaba bütün bunları önleyebilir miydim, benim de bu olanlarda bir sorumluluğum var mı?" diye düşünüyorum bir süre. Doktorluk işte böyle bir şey... İnsanların hayatına girerken bir sorumluluk yükleniyorsunuz.

Sonra Nalan geliyor aklıma. Dünden beri onu sık sık arıyorum ama telefonda konuşabileceğimiz bir şey kalmadı. Şimdi artık bekleme zamanı. İhtiyaçları olursa beni her zaman arayabileceklerini ve yanıma gelebileceklerini biliyorlar.

Ne kadar zor bir meslek benim yaptığım. Hiç iyi hissetmiyorum kendimi. Hepsi adına üzüldüm. En çok da Hayri'ye üzüldüm. Rüzgârın önünde savrulan bir yaprak gibiydi o. Onun rüzgârı biraz fırtına gibiydi. Duyguları hep çok güçlüydü ve o, bu duygularına dur diyemiyor, onların peşinden hiç hesapsız savruluyordu. Oradan oraya... Nalan'ı düşünmek şöyle dursun, o kendini, kendi hayatını bile düşünmeyen, hiçe sayan bir adamdı.

Pek çok yanlış yaptı. Ama yine de o bir insandı. Duyguları, hayalleri, bitmek tükenmek bilmeyen hırsları, tutkuları vardı. Yaşasa, kim bilir daha ne fırtınalar görecekti.

İtiraf etmeliyim, bir kadın olarak ben de kızmıştım ona. Onu çok bencil, kadınları sürekli aldatan, onlara haksızlık eden biri olarak görmüştüm. Karısını sevgilisiyle, sevgilisini bir sonraki sevgilisiyle aldatıyordu. Duyguları çabucak değişiyor, dün söylediğini bugün reddediyordu.

O hep hayatında heyecan arıyordu. Çok daha uzun yıllar hayatta kalabilen pek çok erkek, onun yaşadıklarının yarısını bile yaşamamıştır belki de. Her şeyin bir bedeli var. Bu söz hayatın her bölümüne yakışıyor galiba.

11

Hayri'yi kaybedeli üç dört ay oldu. Nalan ilk bir iki günden sonra bir daha aramadı beni.

Aylar sonra bugün yine Nalan'ın adını gördüm randevu defterinde. Hafif bir endişe kaplıyor içimi. Onu görmeyi ben de çok istiyorum. Hastalarımı içeri almaya başlıyorum ama aklım sık sık Nalan'a gidiyor.

Tuna Nalan'ı içeri almak için başını odama uzattığında, gözlerindeki nemi bana göstermemeye çalıştığını hemen fark ediyorum. Hep neşeli ve enerjiktir Tuna, ama onun ne kadar duygusal bir kadın olduğunu bilirim ben.

Kapı hafifçe vuruluyor ve Nalan görünüyor kapıda. Beyaz bir gömlek ve siyah etek var üzerinde. Onu ilk kez beyaz bir giysiyle görüyorum. Bu hoşuma gidiyor. Boynunda yine küçük kalpli kolyesi, ayaklarında tertemiz siyah ayakkabıları ve elinde küçük siyah çantası var. Bir süre kapıya sırtını dayayıp, öylece bakıyor bana. Yemyeşil gözlerinde sadece hüzün var.

Saçlarını ensesinde toplamış, hiç makyaj yok yüzünde ama yine de güzel. Galiba biraz kilo vermiş. Yine hüzünlü ama bir değişiklik var bugün Nalan'da. Yerimden kalkıp ona sarılıyorum. Bir süre başını omzuma yaslayıp, öylece duruyor. Hiç konuşmuyoruz. Sonra suçlu çocuklar gibi oturuyor yerine. İlk geldiği günkü gibi, yine elleri çantasının üzerinde birleşmiş, önüne bakıyor. Ben de yerime oturuyorum. Söze nereden başlayacağımızı ikimiz de bilmiyoruz.

Ben ona bir şey söylemek istemiyorum. O nasıl istiyorsa, öyle olsun. Bir süre sonra yavaşça başını kaldırıp, yumuşak, hafif ve hüzünlü bir sesle konuşmaya başlıyor.

"Hayri'yi kaybedince beni doğru dürüst arayan bile olmadı. Doğal olarak herkes eşini aradı. Ben onun hiçbir şeyi değilmişim meğer. Sevgilisi bile... Çünkü sevgilisi tarafından öldürüldü. Ben olayı kızlardan öğreniyorum. Ne garip değil mi? Babaları ölünce ilk önce akıllarına beni aramak geliyor."

"Evet, gerçekten garip... Demek seni kendilerine çok yakın hissediyorlar."

"Olaydan hemen sonra aradılar beni. Gittiğimde Hayri'yi yerden daha yeni kaldırıp ambulansa koymuşlardı. Evin önü çok kalabalıktı. Her kafadan bir ses çıkıyor, insanlar nereye saldıracaklarını bilmiyor, polislere kızıyorlardı. Meğer polisler kadını mahallelinin elinden zor almış. Zaten polis otosuna bindirene kadar epeyce hırpalamışlar kadını. O da hiç karşı koymamış, kaçmaya filan çalışmamış. Benim de aklıma hemen siz geldiniz ve oraya koşmadan önce sizi aradım. Çok rahatsız ettim mi sizi?"

"Aman rica ederim Nalan. Böyle bir durumda tabii ki beni arayacaksın. Çok iyi ettin aramakla ama ben de o kadar üzüldüm ki, telefonda sana faydalı olabildim mi, bilmiyorum."

"Olmaz mısınız Gülseren Hanım! Sizin sesinizi duymak, yanımda olduğunuzu bilmek bile çok iyi geldi bana. Telefonu kapattıktan sonra oraya nasıl gittim, bilmiyorum. Sanki bir an önce yetişirsem Hayri'yi kurtaracakmışım gibi adeta uçarak gittim yanlarına."

O gün telefonda konuştuklarımızı ben de pek hatırlamıyorum. Doktor da olsak, hepimiz içimizde bir kalp taşıyoruz. Ben de çok etkilendim bu ani ölümden...

"Onun öleceği hiç aklıma gelmezdi. Ben yaşça ondan büyük olduğum için, ondan önce öleceğimi sanırdım. Bir tek ölüm ayırabilirdi bizi. Ama o değil, önce ben ölecektim. Yine hayat yanılttı beni. Sizinle telefonda konuşurken iyi ki biraz içimi dökebilmiş, ağlayabilmişim çünkü oraya gittikten sonra bir daha ağlayamadım. Adeta dondum kaldım. Hele kızların ve Türkân'ın halini görünce bana daha güçlü olmak düştü. Hepsi de öyle perişandı ki... Hepsi birden bana sarılıyor, sanki ben babalarının bir parçasıymışım gibi bana sokularak benden medet umuyorlardı. Şaşkına dönmüştü insancıklar. Birbirimize sarıldık, onlar ağladı, bağırdı, çağırdı, ben de onları aklımca teselli ettim. Ev sahibi benmişim gibi her birine şekerli sular içirdim, yatırdım, kaldırdım, gözyaşlarını ben sildim. O gece sabaha kadar ev doldu doldu boşaldı. Ben de gelenlere hizmet ettim, yer gösterdim, çay yaptım."

"Ne iyi etmişsin Nalan."

"Demek bana söylediği şeyler doğruymuş. Kurtulamadı o kadından. Sonra yine kendimi suçladım. 'Benim yüzümden öldü Hayri. Onu rahat bıraksaydım, o kadınla belki de beraber olacaktı ve bu gencecik yaşında hayata veda etmeyecekti' dedim."

"Yapma Nalan, o kadının muhatabı zaten sen değildin. Sen olsan da olmasan da, bu macera böyle yaşanacaktı. Sana bu oyunda hiç rol vermediler. Olayları lütfen çarpıtma ve doğru yorumla."

"Böyle düşünmenize memnun oldum. Benim yüzümden ölseydi, buna dayanamazdım. Gülseren Hanım dünyada en son ölecek kişi oydu. Nasıl da hayat doluydu. Güçlü kuvvetli, enerji dolu bir adamdı. Hiç yorulmaz, pire gibi oradan oraya sıçrar dururdu."

"Haklısın, gerçekten de öyleydi."

"Bir kadın tarafından öldürülebileceğine inanmak çok zor. Hem de bıçakla... Nasıl oldu anlayamıyorum. O kadının elinden bıçağı alamadı demek ki... Ayrıca nasıl bir kadın bu böyle, insan sevdiğini öldürür mü? Zaten onun Hayri'yi sevdiğini sanmıyorum. Bir inat uğruna öldürdü adamı. Ya çocuklar, üstelik her şey onların gözlerinin önünde olmuş. Koşarak bir yerden geliyormuş Hayri, belki de kadından kaçıyordu. Tam evine girmek üzereymiş. Dışardan gelen sesleri duyunca Türkân ve çocuklar koşmuşlar hemen ama gittiklerinde Hayri zaten yerde yatıyormuş. Kalbinden bıçaklamış onu. Zaten başka yerinden darbe almamış. Sadece kalbinden... Kadın öldürmeye kararlıymış yani. Koca Hayri nasıl mani olamadı o kadına? Canavar gibi biri demek ki... Ben orada olsaydım, ne yapar eder, kurtarırdım onu. Belki ben ölürdüm ama o yaşardı... Günlerce gözüme uyku girmedi. Hayri'nin nasıl öldüğünü düşündüm durdum. Acaba ölürken beni düşündü mü, öleceğini hissetti mi, çok acı çekti mi? Bu arada tam yedi kilo birden verdim. Yiyemedim, içemedim, ağlayamadım bile. Meğer ağlayabilmek bile bir lüksmüş. Ben bu odada kaç günler, nasıl da ağladım, biliyorsunuz. Düşünün Hayri temelli gidiyor ve bu sefer ben ağlayamıyorum. Derken günler geçtikçe yavaş yavaş ağlamaya başladım. Nasıl güzel oluyormuş meğer ağlamak. Ağlamalara doyamadım."

"Haklısın, ağlamak çoğu zaman iyi gelir insana. Eskiler ağlamak insanın içindeki zehri dışarı akıtır derler. Doğru söylemişler."

"Yeni bir dönem başlıyor hayatımda. Bunun farkındayım. Hayri'siz, sevgisiz bir dönem. Zaten sevgiyle Hayri tanıştırmıştı beni. Yedi yıl meğer ne güzel şeyler yaşatmış bana. Her sabah kalkıp onun için dua ediyorum. Nur içinde yatsın inşallah."

Belki de Nalan'ın evine girerken gördü onu Laz kızı. Belki de o karşısına çıkınca paniğe kapıldı, evine koştu. Yine mi Nalan'ı korumaya çalışıyordu acaba?

Hiç sözünü kesmeden dinliyorum onu. Artık rahat rahat konuşabiliyor Nalan. Eskiden duygularını bu kadar rahat anlatamazdı. Benimle her şeyi paylaşabiliyor. Hayri'yi hep güzel şeylerle hatırlamak istiyor, bunu ben de destekleyeceğim. Ona kızmak şöyle dursun, tam tersi bu olanlardan bile kendini sorumlu tutuyor. Hayri bugün olmasa bile, bir gün onu bırakıp gidecekti. Nalan'ı bir zamanlar çok sevdiği doğru ama bu sevgi çoktan bitmiş, yerini bir alışkanlık, bağımlılık, biraz da suçluluk almıştı. Hayri yeni ufuklara, yeni heyecanlara doğru yelken açmıştı.

"Nalan son görüşmenizden bahsetsene biraz."

"Ölmeden bir gece önce uğradı bana. Yarın yine uğrarım, şimdi hemen gitmem gerek dedi. Çok telaşlı ve heyecanlıydı. On on beş dakika kalıp gitti. O gece benden sürekli özür diledi. Hatta, 'Ben senin yerinde olsam, böyle bir adamı affetmezdim, hüzün çiçeğim benim' dedi bana."

"Hüzün çiçeğim ha?"

"Ben üzülünce hep öyle derdi bana. O gece giderken de öyle dedi. 'Bu anlattıklarıma çocuk olsa inanmaz ama ne yapalım ki gerçek böyle. Bir gecelik hata bana çok pahalıya mal oldu. Kadın bıraksa kardeşleri bırakmıyor peşimi. Bu işin içinden nasıl çıkacağımı ben de şaşırdım' dedi. Sonra, tam kapıdan çıkarken, 'Bir süre buraya hiç gelemeyebilirim, telefonla da aramazsam merak etme, sen beni arama. Ben bir yolunu bulur, yine ararım seni. Bir gün kendimi affettireceğim sana. Bütün bunlar, seni üzdüğüm, sana haksızlık ettiğim için geldi başıma. Sen misin Nalan'ın kıymetini bilmeyen, dedi Allah ve bu belayı çıkardı karşıma. Beni merak etme, bana artık kızma ve affet ki, bu işlerin altından kalkabileyim' dedi ve beni yanaklarımdan öpüp öyle gitti. Giderken arkasından baktım, koşarak kayboldu. Arabasını bile getirmemiş veya başka bir yere park etmişti. Demek ki korkuyordu kadından. Yıllardır beraberiz onunla ama hiç o geceki kadar yakın olmamıştık birbirimize. İçinde hiç cinsellik taşımayan, tuhaf bir yakınlık vardı aramızda. O gece penceremin önünde oturup tek başıma hep Hayri'yi düşündüm. Onun koşarak kayboluşu, hiç gözümün önünden gitmedi. Ertesi sabah büyük bir sıkıntıyla uyandım. Elim sürekli telefona gidiyor, içimden hep onu aramak geliyordu ama arayamadım. Çünkü bana çok tembih etmişti onu aramamam için. Akşama doğru içimdeki sıkıntı biraz azaldı. Akşamüstü bir uyku bastırdı, hiç âdetim olmadığı halde saat altı gibi yattım. Hayri'nin öldürüldüğü sırada ben uyuyordum ve rüyamda Hayri'yle beraberdik. Deniz kenarında bir yerlere gitmişiz onunla. Akşam oluyor ve Hayri beni orada bırakıp gidiyor. Koşarak ayrılıyor yanımdan. Çok üzülüyorum. Ben buraları hiç tanımıyorum, yalnız başıma eve nasıl gideceğim diye düşünürken telefon sesiyle uyandım. İçimde yine o tuhaf sıkıntı vardı ve açık bıraktığım radyoda son zamanlarda dinlemeyi çok sevdiğim bir şarkı çalıyordu."

"Neydi o şarkı?"

"Çocukluğumda evde hep Türk müziği dinlendiğinden eski şarkıları hâlâ çok severim. Bilmem, bilir misiniz? Şöyle:

Kaçıncı faslı bahar bu, solar gider emelim.
Tadılmadan nice yıllar geçer, budur halim"

"Bilmez miyim, ben de severim eski şarkıları:

Çiçeklerin bana dal dal uzansa, değmez elim
Ben işte böyle bir aşkın esiriyim güzelim"

"Ay, nasıl da biliyorsunuz. Artık Türk müziği dinleyen de kalmadı. Sonrasını biliyorsunuz işte. Acı haberler galiba hep telefonla geliyor. Babamın haberi de bana telefonla gelmişti. Gazetedeki küçük vesikalık resmi gördünüz mü?"

"Gördüm."

"O fotoğrafı beraber çektirmiştik. İkimiz birlikte gitmiştik fotoğrafçıya. Çok keyifli günlerimizden biriydi. Bundan dört beş yıl önceydi. Sonra o yakınlardaki bir kebapçıda yemek yemiştik. O fotoğrafın, böyle bir haberin yanında yer alacağı, o zaman kimsenin aklına gelmemişti. Çocuklar beni arayınca şok geçirdim. İnsan böyle şeylere inanamıyor. O değildir, bir yanlışlık vardır filan dedim. Yüreğime inecekti az kalsın. Gazeteyi gördünüz değil mi? Tek ayağı ve ayakkabısı görünüyordu. Hep siyah makosen giyerdi. İçimden ılık ılık bir şeyler aktı. Sanki canım gitti. Hep kendimi sorguladım. Onun ölümünde benim payım neydi? Gerçekten benim ahım tutmuş ve Hayri benim yüzümden mi ölmüştü? Halbuki ben onu çoktan affetmiştim."

"Bunu ben de biliyorum. Sen onu affettin."

"Ama galiba o kendini affetmedi. Son gece söylediklerinden öyle anladım. O gece ona artık bu ilişkiyi sürdürmek istemediğimi söylemek istiyordum ama onu öyle heyecanlı ve telaşlı görünce bunu söylemekten vazgeçtim. Onu hâlâ seviyordum, o benim için çok değerliydi ama ona olan güvenim kırılmıştı bir kere. Bugün olmasa bile, bir gün bu ilişkinin biteceğini nihayet anlamış ve bunu kabul etmiştim. Büyü bozulmuştu artık. Onu kaybetmek, eskisi kadar korkutmuyordu beni. Ben onu terk etmeye hazırlanırken yine o erken davrandı ve bırakıp gitti beni. Siz, onu kaybedeceğimi çok önceden biliyormuş gibi, beni onsuzluğa hazırladınız. Onun ölümüne değil ama o olmadan yaşamaya hazırdım ben. Ona aslında teşekkür borçluyum. Bana sevmeyi, sevilmeyi öğretti ve daha da önemlisi sizinle, onun sayesinde tanıştım."

Gözlerinde acının izleri duruyor. Ömrü oldukça unutmayacak Hayri'yi. Nalan'da hep kadınsı, munis, yumuşak, korunmaya muhtaç bir yan var. Işığı bile güneş gibi değil, ay gibi... İnsanı okşayan, sakinleştiren bir ışık.

"Siz olmasanız, başıma gelen bunca acıyla nasıl başa çıkardım? Sanki beni bırakıp gideceğini bilir gibi, beni kolumdan tutup size getirdi. Bu tesadüf mü, altıncı his mi, nedir bilmiyorum ama aksi gibi ben de gelmemek için nasıl direnmiştim. Gelmeseydim, hayat nasıl farklı akacaktı. Acaba benim yerime Hayri mi öldü? Çünkü o zaman ölmek isteyen o değildi, bendim. Düşünüyorum da, hayat nasıl bir oyun oynadı bize. Ben Hayri'siz yaşayamam derken meğer hayat onu temelli alacakmış elimden ve beni onsuz yaşamayı öğreneyim diye size göndermiş. Geceler boyu işte hep bunları düşündüm. Ama sonunda yine de hep kendimi suçladım."

"Senin geçmişinde olduğu gibi, bu olayda da hiç rolün yok Nalan. Laz kızı Hayri'yi senin evine girerken değil, eşi ve çocuklarıyla yaşadığı eve girerken öldürmüş. Hayat seni bir şekilde korumuş işte. O kadının hesabı seninle değil, karısıylaydı. Sanırım seni hiç bilmedi. Hayri bu konuya çok özen gösterdi. Senin varlığından haberi olmasın diye baksana, senin evine girmesiyle çıkması bir oluyormuş."

"Evet, evet. Dedim ya, 'Bir süre hiç gelemeyeceğim. Beni arama, merak etme' dedi. Demek başına gelecekleri anladı. Olaydan sonra kızlarla da Türkân'la da çok sık görüştük. Çocuklarını alıp haftanın üç günü bize geldi. Hayri ölecek, ardından karısı ve çocuklarıyla birlikte gözyaşı dökeceğiz... Hiç böyle şeyler insanın aklına gelir mi?"

Ne kadar doğru söylüyor. Karısı acısını Hayri'nin yedi yıllık sevgilisiyle paylaşıyor.

Bir yandan da Nalan'ın söylediklerini düşünüyorum. Hayri, sevgilisi intihar etmesin diye zorla bana getiriyor ama biz böyle zannederken hayat bambaşka bir senaryo yazıyor. Ölen Hayri, kalan Nalan oluyor. Hani derler ya, "Siz hayal kurarken hayat sizin için plan yapmakla meşguldür" diye. Aynen öyle oldu.

Hayri'nin ölümü de bana bir tür intihar gibi geliyor. Kendi söylemedi mi bana, Laz kızının şakası yok, insanı alnının ortasından vurur diye. Bir tek neresinden vuracağını bilememiş. Kadın onu alnından değil, kalbinden vurmuş. Bu da çok anlamlı doğrusu.

Bu sefer de Laz kızına gidiyor aklım. Sadece kıskançlıktan onu öldürmüş olamaz. O kadın hayallerini kaybetti. Yıllardır kafasında bir gün kavuşurum diye beklettiği hayallerini... Hayri önce söz verdi ama sonra sözünü tutamadı. Ne Nalan'dan vazgeçebildi, ne de eşinden ve çocuklarından. O zaten hiç kimseyi ciddiye almıyordu ki... Canını bile!

Hayatın ya da bilinçdışının ona sıkı bir ceza ödeteceğini biliyordum ama bunu canıyla ödeyeceği benim de aklıma gelmedi.

Bu hayatın sırrına gerçekten aklı ermiyor insanın. Bir gün sonra başımıza neler geleceğini hiç bilemeden yaşayıp gidiyoruz işte. Çok sevindiğimiz bir olay, sonradan başımıza olmadık işler getiriyor. Bazen de bizi çok üzen olaylar önümüze hiç aklımıza gelmeyen yepyeni kapılar açıyor.

Nalan'da da durum böyle galiba! Şimdi çok acı çekiyor ama belki de bu kayıp, zamanla ona yepyeni kapılar açacak.

"Nalan, bugün ilk defa siyah yerine beyaz gömlek giymişsin."

"Demek fark ettiniz! Asıl şimdi giymem gerekiyor siyahları. Siyah yas rengidir. Bunu bile Hayri ölünce anladım. Zaten neden hep siyah giydiğimi soran bile olmadı. Hayri siyahları çok sevdiğim için giydiğimi sanırdı. Ben yas tutmaya yeni başlamadım ki... Doğduğum günden beri yas tutuyorum demek ki... Ben yas tuttukça, hayatımda üzüntü ve sıkıntı hiç eksik olmadı. İşte yine büyük bir acıyla karşı karşıyayım. Ama artık eskisi kadar zayıf değilim hayatın karşısında. Baksanıza, Hayri olmadan da yaşayabiliyorum. Eskiden her şeyden ödüm kopardı. Hiçbir şeye dayanamayacağımı sanırdım. Hastanelerin önünden geçerken içim bir tuhaf olur, cenazelere gitmekten ödüm kopardı."

"Hayri'nin cenazesine gittin mi?"

"Gittim tabii, gitmez olur muyum? Ama nasıl gittiğimi anlatsam, inanmazsınız."

"Sahi, nasıl gittin?"

"Aslında Türkân ve çocuklar gelmemi, o gün yanlarında olmamı çok istediler ama ben bunu göze alamadım. Cenazeye gelenler arasında ikimizi de tanıyan pek çok kişi olacaktı. Gitmesem, o da içime sinmedi. Çocuklara gelemeyeceğimi, cenazelerde hastalandığımı söyledim. Sonra da siyah bir manto giydim, başıma da büyük, siyah bir çarşaf geçirdim. Gözlerim hariç, bütün yüzümü kapattım. Gözüme de gözlük takınca, beni kimse tanımadı yine de beni tanımayacaklarından emin olmak için içime kat kat hırkalar bağladım. Böylece oldukça şişman, yaşlı bir kadın oldum. İnsanın toplum içinde yüzünü kapatması iyi oluyormuş. Hiç olmazsa tabutuna bakarken kimseden korkmadan acımı çekebildim. Ben herkese baktım, onlar beni görmedi. Sedat da gelmişti cenazeye."

"Eski eşin mi?"

"Evet! Önce gözlerime inanamadım. Yanındaki de sanırım Hayri'nin çocukluk arkadaşı Orhan'dı. Cumhuriyet savcısıymış. Geçen gün kulübe onu ziyarete gelmiş. Bir ara bana bahsetmişti ondan. Zaten olayı Orhan Bey üstlenmiş. Yasal incelemeleri o yapmış. Türkân'ın yanına gelip baş sağlığı diledi. Daha önce de onlarla konuşmaya eve gelmiş. Sedat uzaktaydı. Neden geldi, anlayamadım."

Ah bu Hayri ah! Nalan'a olayı kim bilir nasıl anlatmıştır. Sedat'ın neden geldiğini ben de anlayamadım. Acaba Orhan mı getirdi onu. Orhan işin aslını bilse gel demezdi. Hâlâ bilmediğimiz ne çok şey var.

Nalan kaldığı yerden anlatmaya devam ediyor.

"Cenaze çok kalabalıktı. Demek Hayri'nin çok seveni varmış. Gelenler çok üzgündü. Hele çocukların halini görseydiniz, üçü de perişandı. Hele büyük kız, yani Sanem! İçini çeke çeke nasıl da ağlıyordu."

"Sanem kaç yaşında?"

"On iki yaşında. Diğerleri daha küçük, belki de ne olduğunu anlamadılar bile. Türkân da çok yandı kocasına. Ben de el gibi uzaktan baktım işte. Oysa giden benim canımdı. Hayri beni terk etmeye kalkıştığında, içine düştüğüm paniği biliyorsunuz. Şimdi panik filan kalmadı."

"Haklısın. Ölüm insan ruhunu çok farklı etkiliyor çünkü gidenin bir daha asla geri gelmeyeceğini çok iyi biliyoruz. Bir zamanlar bana gelen şişman, hep terleyen, ilkokul öğretmeni bir kadın hastam vardı. Eşi binbaşıydı. Hep birlikte gelirlerdi. Çok evhamlı, kafasında her şeyi kuran, zaman zaman panik ataklar geçiren, senin gibi her şeyden korkan bir kadındı. Her sıkıntısında eşini arar, adamcağız işinden izin alıp yanına gelir, onu rahatlatmaya çalışırdı. Bir gün eşini aniden bir kalp kriziyle kaybetmiş. Ondan sonra bana son bir kere daha geldi. Ne panik kalmıştı kadında, ne de sıkıntı. Onun yerini derin bir keder almıştı. Sonra arada bir telefonla görüştük. Okuldan çıkar çıkmaz eve koşuyor, çoluğa çocuğa para yetiştirebilmek için mahalledeki kadınlara dikiş dikiyordu. Keder işte böyle bir şey. O kadar yoğun ki, o gelince diğerleri kaçacak delik arıyor."

"Bende de öyle oldu galiba. Korkmak filan artık aklıma gelmiyor. Siyah bile giymek istemiyorum. Benim siyahtan başka giysim yoktu. Bu üzerimdeki Hayri'nin bende kalan eski bir gömleği. Şimdilik alışverişe gidecek kadar iyi hissetmiyorum kendimi. O gömleği orasını burasını kesip düzelterek kendime göre yaptım. Sanki hâlâ üzerinde Hayri'nin kokusu duruyor gibi geliyor bana. Onu giyince daha iyi hissediyorum kendimi. Ama bir gün mutlaka gidip renkli giysiler alacağım kendime."

"Demek korkmuyorsun. İçeri girdiğin anda yüzünde, bakışlarında bir değişiklik hissettim ama ne olduğunu anlayamamıştım. Şimdi anladım. Gözlerinde hep görmeye alışkın olduğum korku yok olmuş."

"Ben korktukça hayat üzerime geliyor. Artık korkacak ne kaldı ki... Bu korku sanırım doğduğum gün yerleşmiş gözlerime. O gözler, ilk günler neler gördü bilmiyorum ama en azından sıcak bir kucak, sevgiyle bakan bir çift göz hiç görmedi. Bir de kızların hali beni çok üzüyor."

"Hayri'nin karısı ve kızlarıyla yakından ilgileniyorsun galiba. Bu ilişki nasıl kuruldu?"

"Bir bayramda Hayri hepsini toplayıp gelmiş. Önce ne yapacağımı şaşırdım. Hadi çocuklar neyse de, karısıyla tanışmak çok garibime gitti. Kadıncağızın hiçbir şeyden haberi yok. Yaptığımız tam bir sahtekârlık. Ben beceremem böyle şeyleri ama kadın bana nasıl yakınlık gösteriyor. Onlara kahve, çay, kurabiye filan ikram etmiştim. Türkân onları toplayıp mutfakta yıkamaya başladı. Bir yandan da benimle oradan buradan konuşuyor. Zamanla biz bu ziyaretlere hep birlikte alıştık. En yakın aile dostu olduk. Türkân bana bir şeyler öğretiyor, ben ona derken arkadaşlığımız ve dostluğumuz iyice ilerledi. Ben yıllarca Türkân'ın bu işlerden pek haberi yok sanıyordum. En azından bunu hiç dillendirmedi. Cenazede bile bana bir şey söylememişti. Ben bu konuda ondan hep çekinir, için için utanırdım. Geçen gün yine çoluk çocuk bizdeydiler. Türkân mutfakta bana, 'Üzülme Nalan Hanım, sakın o kadına filan kafayı takma. Hayri'nin gözü ilk günden beri senden başkasını görmedi. Onlar Hayri'nin boş hevesleriydi' demez mi? Kıpkırmızı oldum utancımdan, hemen mutfaktan dışarı attım kendimi. Çocuklar üçü birden salonda yerdeki halının üstüne oturmuş, bir şeyler yapıyorlardı. Ben de gidip oturdum yanlarına. Sonra Türkân da geldi yanıma, o bana sarıldı, ben ona, uzun uzun ağlaştık."

"İlginç bir kadın Türkân."

"Şimdi buna da alıştım. Artık her şeyi açık açık oturup konuşuyoruz ama hep yerde."

"Yani halının üzerinde!"

"Evet, bunu adet haline getirdik. İkimiz de yerde daha rahat ediyoruz. Koltuklarda oturup birbirimizin yüzüne bakarak konuşamıyoruz bunları. O bana sarılıyor, ben de ona. Arada bir saçlarımı kokluyor, Hayri'nin kokusu kalmıştır diye. Çok yanıyor kocasına."

"Başka ne diyor?"

"'Hayrime helal olsun' diyor. 'Zaten onun layığı ben değildim. Ben cahil bir köylü kızıyım. O ise senin koynuna köylü çocuğu olarak girdi, tam bir beyefendi olarak çıktı' diyor. 'Üvey anası onu zorla evlendirmese zaten beni almazdı. Talihim varmış da Hayri gibi bir adamın karısı olmuşum. Başka türlü şimdi köyde, güneşin altında tarlada çalışıyor olacaktım' diye anlatıp duruyor. O da çok sevmiş Hayri'yi. Ondan çok şey öğreniyorum Gülseren Hanım. O benden başka türlü sevmiş Hayri'yi."

"Nasıl yani?"

"Olduğu gibi, her şeyiyle... Her türlü yanlışı ve eksiğiyle sevmiş onu. Onu dinlerken kendi sevgimi ve aşkımı bir kere daha gözden geçiriyorum. Düşünsenize, eşinin benimle olan ilişkisini baştan beri biliyormuş. 'Büyük kadınsın sen' diyor bana. 'Israr etsen Hayri beni boşar, seni alırdı. Çoluk çocuk vız gelirdi Hayri'ye. Ama bak, Laz kızı beni boşatamadı. Gerçi Hayri beni boşasa da hiç itiraz etmezdim. Nasıl olsa bizi ihmal etmez, yine sever, yine bizi düşünürdü' diyor. Demek göz bile sahibine göre bakıyor, sahibine göre görüyor bazı şeyleri. Türkân aslında filozof gibi kadın da, kendi bilmiyor. Şimdi artık en yakın arkadaşım oldu. Bana sık sık uğruyor. Hayri'yi kaybedince maddi durumları biraz bozuldu. Ne de olsa aldıkları maaş azaldı. Kayınpederi yardım ediyor ama kızlar büyüyor. Artık onlara beraber elbise dikiyoruz. Derslerine de ben yardımcı olmaya çalışıyorum. O da bana bol bol yemek yapıyor, bazen evi bile temizliyor. Kardeş gibi olduk biz artık. Bir de iki yakın arkadaşım var. Arada bir de onlar geliyor. Onlarla da tanıştırdım Türkân'ı. Baştan çok şaştılar bu işe ama zamanla onlar da alıştı."

Hayretler içinde dinliyorum anlattıklarını. İnsan denen varlık ne kadar farklı birbirinden. Benim bildiğim koca ölünce geride kalan iki kadın birbirine kanlı bıçaklı düşman olur. Yıllardır dinlerim insanları, böylesini hiç duymamıştım. Bu iki kadın neredeyse bir mucize yaratmışlar.

Hayran olmamak mümkün değil. Türkân okuma yazması olmayan bir köylü kadını ama bize neler öğretti.

"Siz de hayret ettiniz değil mi bu işe?"

"Hem de nasıl!"

"Şimdi size yine hayret edeceğiniz bir şey daha söyleyeceğim. Hayri'nin cenazesinin ertesi günü Sedat aradı beni. Demin cenazede gördüğümü söylerken konu başka yöne kaydı, yoksa onu da söyleyecektim. Şimdi unutmadan söyleyeyim bari..."

"Sedat mı aradı?"

"Evet!"

"Ne dedi?"

"'Başın sağ olsun. Çok gençti ama kader böyleymiş. Bir ihtiyacın olursa beni her zaman arayabilirsin' dedi."

"Sedat'la ayrıldıktan sonra hiç görüştünüz mü?"

"Yok, beni ilk zamanlar çok sık arardı ama telefonları açmazdım. Zaten Hayri benim onunla görüşmemi yasaklamıştı. Ama o ilk günden beri hiç de benim düşündüğüm ya da korktuğum gibi davranmadı. Bana düşman olmadı. Sanki ondan ayrılmakta çok haklıymışım gibi davrandı bana. Oysa o evlilikte benim hiçbir şeyim eksik değildi. Tanıdığım pek çok kadın bundan daha kötü evlilikleri sürdürüyor. Sürdüremeyen bendim. Sedat belki de başka kadınlar için iyi bir kocaydı. Şimdi karısı ve iki oğlu var. Karısı belki de çok mutludur. Memnundur kocasından. Doymayan, bir türlü mutlu olamayan bendim. Düşünüyorum da, hep böyle mi yapacağım?"

"Nalancığım, ünlü bir söz vardır, 'Annesinin doyuramadığını hayat doyuramaz' diye. Hemen kendini suçlamaya başlama. Hayat sana ne verirse versin doymadığın doğru ama bak, Hayri seni bir yudum sevgiyle doyurabildi. O bir yudum sevgi herkesi doyurmaya yeter mi dersen, işte ona cevap veremem. Sevildiğini bilmek özellikle biz kadınlar için çok değerlidir. Bu bizim hayatımızın olmazsa olmazıdır. Ancak sevgi varsa, onu doğal kabul eder, bu sefer de başka şeylerin peşine düşeriz. Sen öyle yapmamışsın. Hayri'nin sevgisi ve aşkı sana yetmiş. Başka bir şey istememişsin. Demek ki o kadar da doyumsuz bir kadın değilsin. Sedat bu gerçeği görmüş olmalı ki, seni anladı. Sana yeteri kadar sevgi ve ilgi gösteremediğinin demek ki farkında."

"İnşallah öyledir çünkü ona da haksızlık etmek istemiyorum. Hayri'yi tanıdıktan sonra Sedat'ı baştan beri hiç sevmediğimi daha iyi anladım. İyidir, hoştur ama Sedat sevmeyi bilmez. Artık şunu çok iyi biliyorum, o beni değil kimseyi sevmez. Karşıma Hayri gibi biri çıkmasaydı, ben de bilmezdim sevmeyi. Tıpkı okuma yazmayı okulda öğrenmek gibi bir şey bu. Karşınıza öyle biri çıkacak ki, size sevmeyi öğretene kadar sizden vazgeçmeyecek. İnşallah Sedat da karısından sevmeyi öğrenmiştir. Biz evliydik ama ne o bana böyle bir şey verebildi, ne de ben ona."

"Her şeyi Hayri'den öğrendim diyorsun ama yanılıyorsun. Hayri de sevilmeyi bilmiyormuş. Onu da geçmişte çok seven, koruyan, kollayan, bağrına basan bir sahibi olmamış. Siz bunları birbirinizden öğrenmişsiniz. Hayri de tıpkı senin gibi çok sevilmek istemiş. Bu kadar yatırımı da sana zaten bunun için yapmış. Çünkü sen onun için herhangi bir kadın değildin. Laz kızı gibi biri tarafından çok sevilmek Hayri'ye yetmezdi, onu doyurmazdı. Ama senin gibi asla ulaşamayacağı bir kadın tarafından sevilmek, önemsenmek istedi o. Bunun için ciddi bir savaş verdi ve sonunda elde ettiği şeye çok değer verdi. İşte her şey böyle başlamış. Sonra da karşılıklı bu duyguları birbirinizde beslemişsiniz."

"Evet, çok güzeldi. Masal gibi bir aşk yaşattı bana Hayri. Hani masallarda da yalan dolan çoktur ya, işte böyle bir şey yani. Eğer öbür dünya diye bir şey varsa, ben ona hakkımı helal ediyorum. Huzur içinde yatsın. Ben de ölünce öbür dünyada yine birbirimizi buluruz diyorum. Hâlâ hayat beni çok korkutuyor. Sedat'ın araması bile hoşuma gitti. Uzak da olsa bir destek işte."

Bu arada Sedat'ın ne yapmaya çalıştığını da hiç anlamıyorum. Baştan beri beklenen tepkileri vermiyor. Karısının sevgilisinin cenazesine geliyor, sonra onu arayıp baş sağlığı diliyor, "Yardıma ihtiyacın olursa ara" diyor. Neden, neden yapıyor bunları? Sanırım bu ayrılıkta o da suçluyor kendini.

"Hayat işte hepimize bazen böyle güzel sürprizler yapar ve birbirini tamamlayacak iki kişiyi bir araya getiriverir. Sedat nasıl hayata bir sıfır galip başladıysa, Hayri de bu oyuna bir sıfır mağlup başlamış. Biri nasıl olsa galibim diye uzatmış bacaklarını yan gelip yatmış, öbürü de hiç olmazsa oyunu berabere bitirebilir miyim diye hep oyunun içinde kalmış. Yenilmekten korkmamış. O zaten yenik. Sen ise baştan bilmesen de, bu hayata iki sıfır mağlup başlamışsın. Siz Hayri'yle aslında aynı takımdansınız. Bu iki mağlup güçlerini birleştirince her şey çok değişmiş. Hayri sana nasıl ilaç gibi geldiyse, sen de ona ilaç gibi gelmişsin. Birbirinizin kıymetini bilmişsiniz. Ancak her oyun gibi bu oyunun da bitiş düdüğü çalalı çok olmuş. Allah baktı ki sizin bitireceğiniz yok, bu sefer de o çaldı bu düdüğü. Bize de hayatın kararlarına saygı duymak düşüyor çünkü düdüğü çalan hayatsa, biz geride kalanlara bunu kabul edip, hayatın yeni gerçeğine uymak düşer. Görüyorum ki sen de aynen bunu yapıyorsun. Bugün buraya ağlamaya, inlemeye değil, bu yeni gerçekle nasıl başa çıkacağını konuşmaya gelmişsin. Bu anlamda seni kutluyorum. Bravo sana!"

Benim bu sözlerime ne tepki vereceğini bilmiyor. Hem çok üzgün, hem de gözlerinin ışıkları artık eskisi gibi sönük değil.

"Şimdi ister köşene çekilir, hayatını ağlayarak, inleyerek, Hayri'nin yasını tutarak geçirirsin, ister oyundan çıkmaz, mücadeleye devam edersin. Bu da senin kararın."

"İyi ama içimdeki acıyı ne yapacağım? Hele sabahları içime bir ateş düşüyor, cayır cayır yanıyor içim. Hayri'siz bir güne başlamak öyle zor geliyor ki... Evin her köşesinde ondan bir iz var. O güzel günleri düşündükçe, onun ateş saçan gözleri, bana bakışları aklıma geldikçe deli olasım geliyor. Geriye bomboş, anlamsız bir hayat kaldı. Hiçbir şey beni içine alamıyor. Ben her şeyin dışındayım. Hayat akıp gidiyor ve ben onu uzaktan seyrediyorum."

"Çocukluğundaki Nalan yani camdaki kız gibi mi?"

Ben bunu söyleyince başını önüne eğiyor, elleriyle dizlerini döver gibi bir şeyler yapıyor.

"Evet, tam da öyle galiba."

"Ama yine de bu duygular sana bir yerlerden tanıdık geliyordu değil mi?"

"Sanki bütün bu acıların içinde garip bir huzur ve güven

var. Hem böyle yaşamak istemiyorum hem de içimden bir ses benim çektiğim bunca acıyı seviyor, beğeniyor, hatta aferin diyor. Acı çektikçe sanki yapmam gerekeni yapıyorum gibi geliyor bana."

"Bu duygu da geçmiştekilere benziyor mu?"

Elini çenesinin altına götürüp gözlerini kısarak büyük bir dikkatle düşünüyor.

"Benziyor... O zaman da o odada kendimi suçum her neyse, işte onun cezasını çekiyor gibi hisseder, hem Sarhoş Muharrem'i dört gözle camda bekler, hem de o orada olduğu sürece sanki ceza biter, sevinirdim. O gidince arkasından üzülerek bakar, bir yandan da içimden kendime kızmak gelirdi. Sanki cezaya ara verirdim onunla. Çekmem gereken cezaya. Yanlış yaptım duygusu gibi işte."

"Ne güzel anlatıyorsun Nalan. Sen gerçekten zeki, kendini ve duygularını çok iyi ifade eden bir kadınsın. Ceza ve acı çekmek, üzülmek, haksızlığa uğramak, reddedilmek, sevilmemek gibi duygular çok tanıdık değil mi? Yıllarca hep bu duygularla iç içe yaşamışsın. Nasıl tanıdık olmasın."

"Evet, öyleydi."

"Ama şimdi acıları ve cezaları durdurmaya, oyuna geri dönmeye çalışıyorsun. İşte bunlar çok yabancı sana. Kader motifin ne diyor biliyor musun, 'Yeter senden çektiğim. Zaten yedi yıldır beni bambaşka diyarlarda yaşattın. Ceza çekmek, üzülmek, sıkılmak, suçluluk duymak, pişman olmak yerine sen keyfine baktın. Beni artık evime geri götür. Sen de daha fazla tanımadığın diyarlarda dolanıp durma. Gel hep birlikte eski evimize, tanıdığımız duygulara geri dönelim. Bildiğimiz, ilk öğrendiğimiz gibi yaşayalım. Güzellikler bize yabancı. Oralarda başımıza neler gelir, biz o tanımadığımız ortamlarla nasıl başa çıkarız sonra. Kör de olsa, karanlık da olsa, soğuk da olsa onlarla yaşamayı, başa çıkmayı biliyoruz. Hem o karanlıklarda yaşamak bize bir yandan da huzur veriyor, bu da bizim evimiz, bizim kaderimiz diyor, gitme Nalan, gel!' diye bağırıyor sana."

"Ama yazık değil mi bana? Hayat beni hiç sevmedi zaten. Doğduğum günden beri başıma gelmeyen kalmadı. Tam mutlu oldum derken onu da elimden alıverdi. Ben acı çekmeyeceğim de kim çekecek? Haksız mıyım?"

Haksız mıyım!

"Haklısın Nalan. Git ve cezanı çek! Git, çocukluğunda yaşadığın duyguların aynısını yeniden yaşat kendine. Ölürken de ne kadar haklıyım diyerek öl..."

İçimden böyle söylemek geliyor ama ona bunları başka türlü anlatacağım.

"Haklısın Nalan, haklısın. Sadece sen değil ki, hepimiz bir şeylerde haklıyız. Haklı olmak bizi kurtarsaydı, her şey ne kadar kolay olurdu değil mi? Şimdi soralım bakalım, Türkân haksız mı, Hayri haksız mı, Sedat haksız mı, Koroğlu haksız mı ve Laz kızı haksız mı?"

İnanmaz gözlerle, oturduğu yerden heykel gibi bakıyor bana. Şaşırdı. Anlayamadı söylediklerimi ama anlayacak. O anlayana kadar da ben bekleyeceğim.

Biraz sonra uykudan uyanır gibi hafifçe kıpırdanıyor yerinde ve duyulur duyulmaz bir sesle bir şeyler söylüyor.

"Haklıdırlar belki de ama Laz kızı da mı haklı yani?"

"Laz kızı haklı mı, haksız mı, ona karar verecek olan tabii ki ben değilim ama bildiğim bir şey varsa Laz kızının kendini haklı gördüğü. O da içinden kendini haklı buluyor yani. Ona göre haksız olan Hayri. Bu işi kendini haksızlığa uğramış gibi hissettiği için, Hayri'ye çok kızdığı için yaptığından neredeyse eminim. Onun kendini haklı görmesi, yasalar önünde hiçbir şey ifade etmez. Öldürmenin mazereti mi olurmuş?"

"Ama öldürdü Hayri'yi."

"İnsanlar neden öldürür, neden katil olur diye hiç düşündün mü Nalan?"

"Aman Allah korusun. Böyle şeyleri düşünmek bile korkunç."

"Korkunç ama gerçek. Özellikle son yıllarda ülkemizde insanlar, en çok da erkekler sevdikleri kadınları öldürüyor. Çoğu terk edildikleri için öldürüyor o kadınları. Sanırım Laz kızı da böyle yaptı. Hayri'nin onunla evlenmeyeceğini anladıysa, kadının bütün hayalleri yıkıldı ve geçmişin öfkesini, kinini Hayri'den çıkardı."

"Hangi geçmiş? Daha onlar tanışalı şunun şurasında kaç ay oldu ki?"

"Ben Laz kızının kendi geçmişinden söz ediyorum. Geçmişte çok acı çekenler, sevilmeyen, sahiplenilmeyenler, hayatın haksızlık ettiği, hayatın adil davranmadığı insanlar daha kolay adam öldürür. Artık o son damlayı kaldıramaz ve içlerinde biriken, hayata karşı duydukları öfke bir kişiye yöneliverir. Kendisiyle ve hayatla barışık biri, terk edildim, sözünü tutmadı filan diye adam öldürür mü Nalan?"

"Cezasını çeksin inşallah."

Acı intikam ister. Nalan da tam olarak böyle hissediyor.

Ancak ben Laz'ı anlıyorum. Hiçbir şey öldürmeye mazeret olamasa da, yasalarda bunun cezası çok ağır olsa da, ben ki karıncayı incitmekten korkan biri olsam da, Hayri'nin ölümüne çok üzülsem de, bırakın insanı dünyadaki her türlü canlının yaşam hakkı olduğuna sonuna kadar inansam da, Laz'ı yine de anlıyorum.

O, Hayri'nin şahsında ona bunca haksızlık yapan, hep kötü yüzünü gösteren, hep umutlarını kıran, ona bir gün bile mutluluğu çok gören, düşman gibi davranan bu kaderi, bu yazıyı, bu hayatı öldürdü. Hiç gerçekleşmeyen ama içinde kıpır kıpır eden umutlarını öldürdü. Hayatın değer vermediği, giderek kendi gözünden de düşen, vicdanında her türlü cezaya layık gördüğü Laz kızını öldürdü.

Ben şimdi Nalan'a bunların hangisini anlatayım!

"Ona kızmakta çok haklısın Nalan. Hiçbir mazeret onu affettiremez zaten. Şimdi gelelim Türkân'a. Kadının kocasını, üç çocuğunun babasını elinden aldınız. Türkân haksız mı?"

Gözlerinin altından suçlu suçlu bakıyor yüzüme.

"Öyle bakma. Sen şimdi söyle bakalım, haklı mı, haksız mı?"

"Ama Gülseren Hanım!"

"Ben gerisini ilerisini sormuyorum. Türkân haklı mı, haksız mı?"

"Aman yapmayın ne olur!"

"Yapmayın ne demek? Kadının kocasını elinden aldın mı, almadın mı? Sakın o beni zorladı, onun yüzünden ben de evliliğimi yıktım gibi şeyler söyleme bana. Ben işe Türkân tarafından bakınca bunları görüyorum. Türkân haklı. Gelelim Sedat'a..."

"O haklı zaten."

"Güzel... Yani hakkı hakkına teslim etmeye başladın."

Bu sefer gözlerinin altından bakmıyor. Hafif, biraz da muzip bir gülümseme var gözlerinde.

"Koroğlu haklı mı?"

"O da haklı. Çok haklı."

"O zaman sıra sende. Seni zaten aylardır dinliyor ve en iyi seni tanıyorum. Sen de haklısın. Haklı olmak bugüne kadar sana ne kazandırdı Nalan. Şimdi de madem hayat seni sevmiyor, sana acı üstüne acı yaşatıyor, ne kadar haklıyım de ve çekil köşene. Otur camın önüne, ölene kadar bir yandan Hayri'nin, bir yandan kendi kadersizliğinin yasını tut. Kader motifin de seni tam olarak oralarda görmek istiyor zaten. Haklı olmanın huzuru içinde ağla dur."

"Bana neden kızdınız? Böyle olmayı ben ister miyim?"

"İstiyor musun bilmem ama tam olarak bunları yapmaya hazırlanıyorsun. Şimdi söyle bakalım, bu sefer de ben haklı mıyım?!"

Önce derin bir keder, ardından yine o muzip gülümseme yayılıyor gözlerine. Ben de derin bir oh çekiyorum, "Oldu bu iş" diyorum içimden.

"Siz de haklısınız."

"Oh be! Ben de haklıysam, o zaman bazı şeyleri değiştireceğiz. Suçu hayata yüklemekten vazgeç. Oyundan çıkmanın haklı sebeplerini arama. Sen böyle diyorsan bana da, 'Ne kadar haklısın Nalan, git, acının keyfini çıkar' demek kalıyor. Sen elini uzatmazsan, ben senin kader motifini değiştiremem. Yani kaderinin önünü kesemem.. Bıraksam yine camdaki kız olacaksın. Ben söyleyeceğimi söyledim. Şimdi otur, düşün. Neye karar veriyorsan ver ama bu kararın sorumluluğunu da hayata yüklemeye kalkma. Buna kader deme... Bu kader değil, kader motifin sana kaderini kendi elinle, kendi kararınla yazdırıyor. Uyan artık. Uyanmam diyorsan da sana iyi uykular..."

Sesim öyle yüksek çıkıyor ki, Nalan'la adeta kavga ediyorum. Bana kızdınız derken haklı kadın. O motifi görüp de sahibine gösteremezsem, ben hep böyle öfkelenirim. Çoğu hastam sonradan, "O gün beni iyi fırçaladınız" der. Böyle deseler de benim bu fırçalar sevgili hastalarıma her zaman iyi gelir. Çoğunun bu fırçalardan sonra aklı başına gelir.

Bir anda aklıma dün akşam bana ilk kez gelen o güzel doktor hanım geliyor. Kızcağızla daha yeni tanışıyoruz. Üstelik kalkmış, ta nerelerden gelmiş bana. Önemli bir sorunu var. Bu yüzden perişan etmiş kendini. Anlatıyor, anlatıyor, ben de dinliyorum ama olaya buradan bakarsa kızcağız daha çok ağlayacak. Bana tekrar gelebilmesi de çok zor. Bugün bir şeyler yaptım, ne âlâ, yapamazsam kız kendini süründürmeye devam edecek. Seansın son on beş dakikasına girince bana fena halde geldiler. O anlattıkça anlatıyor ve bu odadan hiçbir şey almadan, hayatını hiç değiştirmeden, kaldığı yerden yaşamaya, acı çekmeye devam edecek.

"Dur bakalım" dedim, "yeter, sus biraz ve beni dinle!" Aldım sazı elime, kıza bir fırça, bir fırça! Allah bilir o güne kadar böyle fırçayı anası babası bile atmamıştır ona. Sesimi de sonuna kadar açtım. Bir kerede, lafı hiç dolandırmadan ne diyeceksem dedim. Kız gözlerini açmış, hayretle bakıyor bana ama fırçanın dozu çok yüksek.

Sözüm bitince, "Hadi git artık. Bana kızacak mısın, ağlayacak mısın, ne yapacaksan yap ama bu kadın şimdi bana neden böyle yaptı diye düşünmeyi de ihmal etme. Sana kalsa bana derdini anlatıp cebin boş, çıkıp gidecektin. Şimdi ben senin cebine, iyi düşünürsen senin hayatını değiştirecek çok şey koydum. İster kullan, ister kullanma. Gerisine karışmam!" dedim. Kızcağız ağlayarak çıktı odadan.

O çıktı ama bu sefer de üzüldüm. "Acaba sadece onu dinlemekle yetinseydim daha mı iyi olurdu?" diye çok sordum kendime ama kız doktor. Yani bir şeyleri anlamak isterse anlar diye düşündüm. Zaten son hastamdı. Masamı şöyle biraz toparlayıp Tuna diye seslenerek dışarı çıkınca bir de baktım, kız salonda oturuyor. Ben çıkınca koşarak geldi yanıma. O bana sarıldı, ben de ona. "Söyledikleriniz çok doğruydu. Şimdilik elimden geleni yapacağım, sonra da size bir gün mutlaka yine geleceğim. Fırçalar iyi geldi bana" diyerek gitti.

O böyle deyince ben de rahatladım. İnşallah Nalan da onun gibi, söylediklerimi anlar.

Bakıyorum, Nalan başını önüne eğmiş, hiç konuşmadan oturuyor karşımda. Başı önünde olduğu için ne düşündüğünü, ne hissettiğini anlamıyorum. Anlamadıkça huzursuzluğum artıyor ve kendimi tutamayıp adeta gürlüyorum.

"Kaldır başını Nalan, kaldır. Saklama kendini. Ne düşünüyorsan onu söyle bana."

"Bu söylediklerinizi kafama adeta vura vura söylediniz. Ne yapmaya çalıştığınızı görüyorum. Bana, artık acı çekme, güzel yaşa diyorsunuz. Özet olarak bunu söylüyorsunuz. Bir yandan da benim bunları yapabileceğimden umudunuz yok. Bu da kızdırıyor sizi."

"Psikiyatrist kesilme başıma. Evet, aynen böyle düşündüm ve böyle yaptım."

"Yapın, hatta bu ara size daha sık geleyim. Her gün hiç sakınmadan vurun bana çünkü siz vurmazsanız benim nereye gideceğim belli. Siz bunu görüyor ve beni durduramayacağınızı düşündükçe hem üzülüyor, hem de kızıyorsunuz. İşte şimdi gidiyorum. Her sabah Hayri'ye dualarımı ettikten sonra bana söylediklerinizi tekrar tekrar düşüneceğim. Ben ne yapıyorum, hayatımı nereye doğru götürüyorum diye hep soracağım kendime. Cevabı bulur bulmaz da tekrar geleceğim yanınıza. Ne olur, benimle uğraşmaktan vazgeçmeyin. Dövseniz de, sövseniz de bunlara çok çok ihtiyacım var."

Yerinden kalkıp iyice sarılıyor bana, ben de ona.

Odadan çıkarken üzerindeki beyaz gömleğe biraz daha dikkatle bakıyorum. Demek Hayri'nin gömleği bu... Demek evde siyahtan başka bir giysisi yok. Ne güzel de dikmiş, kendine nasıl da yakıştırmış bu eski gömleği...

Ah Nalan, ahhhh!

12

Zaman akıp gidiyor. Her gün, mabet gibi gördüğüm bu kırmızı odada birbirinden ilginç, birbirinden şaşırtıcı ve gizemli yaşam hikâyelerini dinlemeye devam ediyorum. Dinlediklerimin çoğu bende derin izler bırakıyor. Onları hiç unutmuyorum.

Kral Kaybederse'deki kralların en yakışıklısı Kenan gibi, Fadi gibi, Handan Hanım gibi...

Hayata Dön'deki aylarca masal anlattığım Ala gibi, Faruk, Esma Sultan, Süreyya, Garip gibi...

Günahın Üç Rengi'ndeki Salih gibi, bana tespih çekmeyi öğreten Şevket Ağa gibi, başı çıplak, gözü yaşlı Meliha gibi...

Madalyonun İçi'ndeki çöp apartmanda yaşayan, birbirinden güzel talihsiz kızlar gibi...

Ve son olarak bu hikâyenin kahramanları Nalan ve Hayri gibi... Hayat bir şekilde onlarla yollarımızı kesiştirdi. Ben onların zihinlerinde bir yerlerde duruyorum, onlar da benim.

Hayri öleli aylar geçti ama onun karşımdaki koltuğa geniş geniş oturmalarını, elindeki araba anahtarını, tespihi ve başka ıvır zıvırı şangır şungur yandaki sehpaya atmalarını, ateşli bakışlarını, giymeyi pek sevdiği kırmızı montunu, bana yan yan bakışlarını unutmadım. Zihnimin bir yerlerine çakıldı kaldı. Benimle birlikte orada yaşamaya devam edecekler.

Nalan'dan bir süredir haber alamıyordum ama bugün geldi.

Salonda bekliyor. O daha odaya girmeden yine Tuna koşturarak giriyor içeri.

"Ayol Nalan Hanım'ı görmek beni kötü ediyor. Hep aklıma Hayri Bey geliyor. Çoğu zaman buraya beraber gelirler, Hayri Bey onu beklerken salonda benimle sohbet ederdi. Ayol dağ gibi adam nasıl da böyle aniden gidiverdi, hâlâ inanamıyorum. Kendini nasıl öldürttün be adam! Senin ellerin armut mu topluyordu. Alamadın mı elinden bıçağı. Hadi başkası olsa, şöyle çelimsiz filan biri olsa anlayacağım da, ben bu işi hâlâ kafamda bir yerlere oturtamıyorum. Onu baştan ben de pek sevmemiştim. İnsanı korkutan bir havası vardı. Sanki biraz sonra ne yapacağı belli değil gibi, gözleri hep öfkeli bakıyordu ama sonra..."

"Tuna! Bıraksam sabaha kadar konuşacak mısın?"

"Aman, siz de hemen kızıyorsunuz. İnsanı şöyle ağız tadıyla konuşturmuyorsunuz. Tamam, işte bitti. Hayri'ye siz hiç üzülmemişsiniz gibi..."

"Nalan bekliyor değil mi?"

"Bekliyor ama bugün yine bir tuhaf."

"Nasıl yani?"

"Ayol hem sus diyorsunuz, hem de konuş."

"Tuna şimdi konuş. Anlat lütfen."

"Ben de anlamadım. Hayri öldükten sonraki gelişinde korkmuştum. Kadıncağız kim bilir ne haldedir demiştim ama o gün beklediğimden iyi gelmişti. Şimdi yine salonda başı önünde oturuyor. Şaşkın bir hali var."

"Şaşkın mı?"

"Hı hı... Kaç kere yanına gittim, konuşmaya çalıştım ama tık yok. Başını hiç kaldırmadan oturuyor. Üzgün gibi de değil. Ben onun üzgün hallerini bilirim. Kafası mı karışık nedir, anlayamadım. Daha konuşayım mı?"

Ah Tuna, ah! Ayol insan bu kadar mı tatlı, bu kadar mı sevecen olur. Ben onun damarına basmaya bayılırım. Başlarda da söylemiştim, hastalar önce Tuna'nın göz muayenesinden geçer.

O her zaman doğruyu görür. Bana verdiği bilgiler de her zaman işe yarar.

Hafif kırgın bakıyor yüzüme.

"Konuş konuş, bakma sen bana. Ne de olsa deli doktoruyuz. Olacak o kadar. Bana verdiğin bu bilgiler var ya, benim her zaman çok işime yarıyor. Eee, ne de olsa sen de zamanla insan sarrafı oldun. Bak ne güzel anlatıyorsun."

"Biraz önce güzel anlatmıyor muydum?"

"O da güzeldi de... Bazen seni böyle uzun uzun dinlemeye tahammül edemiyorum işte."

"Siz de haklısınız. Akşama kadar birilerini dinlemek kolay mı? Ben şimdi size bir kahve daha yapsam, öfkeniz geçse, şu kadıncağızı da rahat rahat dinleseniz. Tabii, yoruldunuz bugün."

"Tamam, yap öyleyse."

"Bak, gülüyorsunuz. İyi ki başkasına değil de bana kızdınız. Siz kızın kızın, siz dinlemeseniz de ben sizi dinlerim."

Elleriyle birtakım işaretler yaparak, kalçasını kıvıra kıvıra, sitemkâr bir gülümsemeyle koşarak çıkıyor odadan.

Oh be Tuna, iyi ki varsın.

Hemen ardından başı önünde Nalan giriyor içeri. Yine eski siyah kıyafetleri üzerinde. Tuna haklı. Ne olmuş bu kadına. Yavaşça elimi sıktıktan sonra her zaman oturduğu camın önündeki koltuğa oturuyor.

Bugün gerçekten benim de kafam dağınık. Neden olduğunu ben de bilmiyorum. Efkârlı, hüzünlü hissediyorum kendimi. Aklım hep bu odaya uzun süre gelip giden eski hastalarımda. Unutamadıklarımda.

Allahtan, biz daha Nalan'la konuşmaya başlamadan Tuna elinde tepsiyle giriyor içeri. İkimize de kahvelerimizi özenle verdikten sonra çıkıyor. Kahvemden bir yudum alırken kahve kokusunu içime çekiyorum. Bu koku bana her zaman kendimi iyi hissettirir.

"Nalan, bugün neden başın yerde? Hani sen artık başını eğmeyecektin, ne oldu sana?"

"Sormayın, başıma neler geldiğini anlatınca siz de şaşırıp kalacaksınız. Hani size birkaç kere söylemiştim. Arada bir akşamları camdan aşağı bakarken bizim atölyenin resim hocası bizim sokaktan geçiyor, geçerken de hep bizim cama doğru bakıyor diye..."

"Ha, evet, çok iyi hatırlıyorum. Ne olmuş hocaya?"

"Son görüştüğümüzde sizden fırçayı yiyince hemen ertesi gün kalktım ayağa. Önce kitapçıya gittim. Kendime bir sürü güzel kitap aldım. Hani siz de dersiniz ya, geceleri kitap okumadan uyuyamam diye. Ben de öyle yapayım dedim. Daha sonra da hemen resim atölyesine düzenli olarak gitmeye başladım. Hatta alışverişe bile gittim. Kendime beyaz, bej filan bir şeyler aldım. Aklım sıra hayata teslim olmayacağım. Kendi adıma bir şeyler yapmaya çalışıyorum işte."

"Aferin sana, çok iyi etmişsin."

"Sağ olun. Ben böyle ayaklanınca halam da destekledi beni. Hemen ardından, mimarlık bürosu olan bir arkadaşım vardı, o geldi. 'İstersen hemen bizde işe başlayabilirsin' dedi. Nasıl sevindim. Hem seviniyorum, hem de bu kadar ara verdikten sonra acaba yapabilecek miyim diye korkuyorum. Derken ertesi hafta işe başlayacağım. Atölyedeki arkadaşlarıma veda etmeye gittim. 'İşe başlayacağım, artık buraya gelemem' filan dedim. Hocayla da vedalaştık. Akşamüzeri oradan çıktım, eve doğru yürüyorum, biri tuttu kolumdan. Arkamı bir döndüm, bizim hoca. 'Sizinle şuradaki kafede oturup birer kahve içebilir miyiz?' dedi. Bir tuhaf oldum. Çok zarif, beyefendi bir adamdır. 'Bu neyin nesi, ne kahvesi?' filan dedim içimden ama adam çok ısrarlı. 'Sizinle konuşmam gereken önemli bir konu var' diyor. İçimden gitmek gelmiyor ama bu kadar önemli deyince birlikte dediği kafeye gittik. Adam karşıma oturdu, konuşacak ama heyecandan konuşamıyor. Derken kahveler geldi. O yine kıvranıyor. Hık mık, derken baklayı ağzından çıkardı. Meğer bu adam kimmiş, biliyor musunuz?"

Allah Allah! Kim olabilir acaba? Aklıma kimse gelmiyor ama o bana dehşetle bakmaya devam ediyor.

"Meğer o benim babammış!"

Babası mı? Aman Allahım! Babası da nereden çıktı şimdi? Bu iyi mi, kötü mü, işte onu hiç bilemedim. Hayata bak! Sürpriz üstüne sürpriz!

"Yıllardır hep merak ettiğim, küçük resimde gördüğüm mahzun bakışlı delikanlı olduğu nereden aklıma gelsin! Meğer o adam işte benim babammış ve beş yıl önce Türkiye'ye gelmiş, beni bulmuş ve o zamandan beri hep benim peşimdeymiş. Ben de karşısında kuzu kuzu oturuyormuşum."

Yine ağlıyor. Kendimi onun yerine koyuyorum. Yıllar sonra ortaya çıkan böyle bir babanın karşısında insan ne hisseder acaba? Hem o normal bir baba da değil. Anneye, yani yeğenine tecavüz edip onu hamile bırakan adam. Düşünüyorum ama cevabı bulamıyorum. Kızar mı, sevinir mi, sitem mi eder, korkar mı, şaşırır mı yoksa hepsi birden mi olur?

"Ne tuhaf! Doğrusu böyle bir şey olacağı benim de hiç aklıma gelmemişti. Demek babanmış ha?"

"Gülseren Hanım biz o kafede iki saate yakın oturduk. Hikâyeyi baştan sona anlattı bana. Nasıl ellerime kapanıyor, nasıl hüzünlü, nasıl mahcup, görseniz."

"Ne anlattı sana Nalan?"

"Zaten adamı görseniz, öyle kibar, insanlara öyle saygılı,

öyle mahzun biri ki... Bizim atölyede çalışan bütün kadınlar bayılır bu adama. İnsanın yüzüne bakarken bile utanan, başı hep önünde gezen, hep tertemiz ve çok sade giyinen, dünyada okumadığı hiçbir kitap kalmamış, filozof gibi biri işte."

"Sen de sever miydin onu?"

"Ah Gülseren Hanım, sevmekten çok hep hayranlık duyardım ona. Kadınları bilirsiniz, dedikoduya bayılırlar. Sık sık onu konuşurlardı. Hatta bizim atölyenin müdavimlerinden Sevim Hanım âşıktı adama. 'Boş yere ümitlenme Sevim' derlerdi, 'bu adam dünya güzeli de olsa, hiçbir kadına başını kaldırıp da bakmamaya yeminli' diye dalga geçerlerdi kadınla. Öyle biri işte!"

"Tam da o resimdeki delikanlıyı anlatıyorsun."

"Şimdi ben böyle bir babanın kızı olduğum için gurur mu duymalıyım, yoksa başımıza bunca işi getirdiği, tüm sülaleyi yasa boğduğu, annemin ölümüne sebep olduğu için ondan nefret mi etmeliyim. İşte bunu bilemedim."

Tuna yanılmamış. Teşhisi doğru çıktı. Kadıncağız şaşkına dönmüş. Ne kadar haklı! Ne desem acaba? Ben de şaşkına döndüm.

"Sana neler anlattı Nalan?"

"Olayı anlatmıyor Gülseren Hanım. Ben de bir iki kere sordum ama sadece başını önüne eğmekle yetiniyor. Hatta bir seferinde bana, 'Anlatsam inanacak mısın?' dedi."

"Demek öyle dedi!"

"O bizim eve okumaya gelmeden birkaç yıl önce annesi rahmetli olmuş. 'Ben o zamanlar on altı yaşındaydım' diyor. Zaten annesinin ölümünden çok etkilenmiş. 'O yaşta dünyam karardı' diyor. Zaten onu tanısanız, öyle başka türlü biri ki, anneme bir kötülük edebilecek bir adam değil. Öyle mahzun, öyle kederli ki... 'Ben bu dünyada çekilebilecek ne kadar ceza varsa hepsini çektim, bundan sonra da çekmeye hazırım. Yeter ki sen beni affet' dedi. Zaten beni görmek, benimle konuşmak istemesinin de tek nedeni benden af dilemekmiş."

"Hay Allah! Amma da hüzünlü şeyler bunlar. Sen daha yeni Hayri'yi kaybetmişken, zor olmuştur. Her neyse, sonra?

"Sonra olay ortaya çıkınca yani annemin hamile olduğu anlaşılınca Metin Hoca ne yapacağını şaşırmış."

Ona Metin Hoca diyor. Baba demek çok zor! Hem... Nasıl desin ki...

"Sabah çıktığı eve bir daha dönememiş ve borç harç kendini Almanya'ya atmış. Orada ne bir tanıdığı, ne de cebinde parası varmış. 'Uçaktan inince havaalanında ne yapacağımı bilemeden, öylece kaldım' diyor. Sonra orada bir kafeye oturmuş, biraz sonra kafenin camını, çerçevesini indirmiş aşağı. Yani büyük olay çıkarmış. Bunu polisler hemen gelip yaka paça götürmüşler. Ardından cezaevi filan. Çok dayak yemiş, aşağılanmış. Burada yakın bir arkadaşı varmış. Bir tek onunla arada bir konuşur, neler olup bittiğini ondan öğrenirmiş. Bu resim işine hapiste başlamış. Rehabilitasyon programlarına sokmuşlar bunu da. Derken birkaç yıl sonra çıkmış hapisten. Resim atölyelerinde, orada, burada çalışmış ve hep yalnız yaşamış. Annemle babamın öldüğünü duyunca, Türkiye'ye dönüp beni görmeye karar vermiş. Birkaç yıl da para biriktirmiş ve beş yıl önce İstanbul'a gelmiş. Önce beni bulmuş. Hakkımda her şeyi öğrenmiş. Benim bu resim atölyesine gelip gittiğimi duyunca da buraya başvurmuş ve hoca olarak işe başlamış. Gülseren Hanım ben kaç yıldır giderim oraya, bana bunları hiç belli etmedi. Bir kere dahi kafasını kaldırıp dikkatle yüzüme bile bakmadı."

Hayret doğrusu. Bu nasıl hikâye böyle!

"Neler hissettin onu dinlerken?"

"Çok üzüldüm, içim titredi Gülseren Hanım. Ne hissedeceğimi de bilemedim ama ona kızarım sanıyordum, kızamadım. Hasta galiba. Zaten atölyede kadınlar onunla ilgili konuşmayı çok severdi. Kadınları biliyorsunuz işte, dedikoduya bayılırlar. Adamın bekâr olduğunu, yalnız yaşadığını, biraz garip bir tip olduğunu, resimlerinin her birinin ciddi bir sanat eseri olduğunu, İstanbullu zenginlerin bu resimlerden hiç olmazsa bir tane edinebilmek için sıraya girdiğini, hatta zamanında birine âşık olmuş da, hâlâ onu unutamamış da onun hasretinden yataklara düşmüş filan gibi daha pek çok dedikodu yapılırdı. O günler, bu adamın benim babam olduğu aklımın kenarından bile geçmezdi ama son zamanlarda hasta olduğu her halinden belli oluyordu. Yüzü sapsarıydı ve çok zayıflamıştı. Hatta o gün ona gerçekten de hasta mısın diye çok sordum. Hani bir yardıma filan ihtiyacı var mı gibisinden."

"Demek ona yardım etmeye de hazırsın."

"Öyle galiba..."

Böyle dedikten sonra sanki kendini garip bir şey yaparken yakalamış gibi başını yine önüne eğip düşünüyor. Eli ağzında. Yıllardır kafasında bir yerlere koyamadığı, bütün ailenin nefret ettiği, düşman bellediği birine yardım etmeyi düşünüyor olmak, kendini de şaşırttı.

Çok haklı, aslında bunun bu davranışı beni de şaşırtıyor. Yıllardır nefret ettiği bir adam karşısına çıkınca, kendisinin de hiç tahmin etmediği bir yaklaşım gösteriyor.

Bizim hastalarımız böyledir işte... Kendileriyle ilgili bilmedikleri pek çok şeyi, bu odada kendi ağızlarından çıkarken duyar ve öğrenirler.

"Çok sordum ama bir şeyim yok dedi. Ben inanmadım. Hem de çok hasta bence. Bir deri bir kemik kalmış adam.

Yüzü sapsarı. Bizim oralarda bir yerde yalnız yaşıyormuş. Beni bir daha rahatsız etmek istemiyormuş. Sadece bana bırakmak istediği bir şeyler varmış. Onları bir an önce al ya da aldır dedi."

"Neymiş onlar?"

"Yeni bir sır mı, bir hatıra mı, diye açıkçası ben de çok merak ettim. Hemen ertesi gün evine gittim ve onları aldım Gülseren Hanım."

"Sahi mi?"

"Zaten o gün bile ayakta zor duruyordu. Kafeden çıkıp da ayrılırken elimi bir sıkışı vardı, iki büklüm oldu adam. Utanıyor benden."

"Utanıyor mu?"

"Hem de nasıl? O utandıkça, karşımda yerlere kadar eğildikçe, çok fena oldum. Eve geldim, nasıl ağlıyorum! Halama bile bir şey söylemedim. Bütün gece neden olduğunu bilmeden hep ağladım. Sabah kalkar kalkmaz da doğruca verdiği adrese gittim. Geç gitsem evden çıkmış olur, diye sabahın köründe kapısındaydım. Eski bir apartmanın bodrum katında, küçük, karanlık bir evde oturuyor. Çok acıdım haline. Yerler taş, halı bile yok. Zaten evin iki odası var. Birinde ortada hastane yatağı gibi bir yatakla bir konsol, öbüründe de yıllardır yaptığı resimler duruyor. Bana tabloları tek tek gösterdi. Her biri ciddi bir sanat eseri ve çok güzel. Satsa, kim bilir kaç para eder ama çoğunu satmamış. 'İşte bunlar senin. Babandan kalan hatıralar diye kabul et. Lütfen bir an önce aldır' dedi."

"Demek sana elindeki en değerli şeyleri veriyor."

"Nasıl içim burkuldu, nasıl duygulandım, size anlatamam. Halini görüyorum, adamcağız perişan. Zaten yıllarca orada burada sürünmüş. Yarı aç yarı tok, hapishanelerde, batakhanelerde yaşamış. Çok çekmiş Gülseren Hanım, bunu anladım... Her ne yaşadılarsa, annem genç yaşta toprağın altına girerek o da toprağın üstünde oradan oraya savrularak, sürünerek, hem bedensel, hem de ruhsal çok büyük acılar çekerek ikisi de yaptıkları hatanın bedelini çok ağır ödemişler."

"Onu affetmişsin sen! Ne güzel!"

"O da öyle dedi Gülseren Hanım, 'Kızım beni affet!' dedi beni uğurlarken. Bana sarılmak ister gibi de bir hali vardı. Ben dondum kaldım. Acı çok derin olursa insan ağlayamıyor. Onun gözleri bana nasıl kederli bakıyor, bir görseniz ama o da ağlayamıyor. İçimden bir ses, ona bugün sarılmazsan, bir daha bu fırsatın hiç olmayacak dedi sanki... ve sarıldık. İkimiz de nasıl ağlıyoruz... Artık bunlar sevinç gözyaşları mı, yoksa içimizde yıllardır çöreklenen acı dışarı mı boşalıyor, ikimiz de anlamadık ama dakikalarca birbirimizi bırakamadık ve hep ağladık. Hadi ben neyse de, koca adam, bu kadar içten ağlar mıymış! Onun o ağlayışları hiç gözümün önünden gitmiyor. Bana kalsa adamı kolundan tutup zorla eve götüreceğim. Ağzıyla söylemese de bana davranışlarıyla çok şey söyledi Gülseren Hanım. Metin Hoca belli ki yaşadığımız o anın hayalini yıllardır kafasında kurmuş. Ben değil ama o, ne yaptığını çok iyi biliyordu. Sonunda ben ağlayarak çıktım oradan, sonra da resimleri aldırdım, paketlerini özenle açtım ve evin her yanına yerleştirdim. Gözümü resimlerden alamıyorum. Gülseren Hanım, insan aşkı ve cezayı birkaç fırça darbesiyle bu kadar mı güzel anlatırmış. Sanki resimlerin her biri konuşuyor sizinle. Ben baktıkça ağlıyorum, baktıkça ağlıyorum."

"Biraz anlatsana bana o resimleri, merak ettim. En çok hangi renkleri kullanmış?"

"Hemen hemen bütün renkleri kullanmış Gülseren Hanım ama en çok da kırmızının ve siyahın her tonu. Bir yandan kor gibi alevler fışkırıyor ama arkasında katran karası hareler var. Aşkını da, tutkusunu da, acısını, suçunu, cezasını da anlatmış resimlerde. Zaten benimle konuşurken de dilinden çok gözleriyle bir şeyleri anlamamı sağladı. Çok farklı biriydi Metin Hoca. Hayatta her zaman karşılaştığınız kişilerden değildi. Onun için yanından ayrıldığım andan itibaren içim onu tekrar görmek istiyordu Ertesi gün erkenden koşarak atölyeye gittim. Beni görünce arkadaşlarım da hayret etti. 'Nalan ne oldu sana, sanat damarın mı kabardı? Sen böyle erkenden gelmezsin' dediler ama benim aklım fikrim Metin Hoca'da. Hemen sordum, 'Metin Hoca gelmedi mi?' diye. 'Biz de merak ettik, hiç gecikmezdi' dediler. Biz hep birlikte onu beklerken atölyenin sahibi Nevriye Hanım girdi içeri. 'Metin Hoca'nın önemli işleri nedeniyle yurtdışına gitmesi gerekiyormuş. Bize de biraz önce haber verdi. Bundan sonra onun yerine ilk fırsatta yeni bir hoca bulacağız' dedi. Hepimiz donduk kaldık. Hele ben, nasıl bir hayal kırıklığı yaşadım anlatamam. Dün bulduğum babamı bugün kaybetmek içime oturdu. Kadınlar da biz yine Metin Hoca'yı isteriz filan diye çok tepki gösterdiler ama adam çekip gitmiş."

"Demek her şeyi ince ince planlamış."

"Evet Gülseren Hanım. Dedim ya, ne zaman, ne yapacağına çok önceden karar vermiş. Tabii ben kimseye belli etmeden hemen kendimi attım dışarı. Nasıl koşuyorum, hâlâ evdeyse onu yakalayayım diye... Eve gittim ama bir de ne göreyim, eşyaları kapıcı topluyor. 'Ne oldu Metin Hoca'ya?' diye sordum. Eşyaları ona bırakıp küçük bir bavulla sabahın köründe çıkıp gitmiş."

Off! Amma da dokunuyor insana. Ben dinlerken perişan oldum, Nalan kim bilir nasıl etkilenmiştir bunlardan.

"O ölmeye gitti Gülseren Hanım, ölmeye. Onu tanımadan önce intihar etmiştir belki de filan diyordum ama bu sefer bu bir tahmin değil. Zaten çok hastaydı. O yaptığı planı uygulamaya, hayata geçirmeye öyle kararlıymış ki, beni bulup o resimleri vermeden, benden af dilemeden ölmemeye söz vermiş. Görevini yerine getirmiş insanların huzuruyla gitti ölüme."

"Bence de öyle. Ölümü bile bekletmiş galiba."

"Ah Gülseren Hanım, ne kadermiş ya! Hayri de ölünce, 'Hayatın artık elimden alabileceği canımdan başka bir şey kalmadı' demiştim. Demek varmış!"

Hayat gerçekten de en değer verdiği her şeyi aldı elinden. Geriye bir tek canı kaldı. Şimdi o canı da verene kadar bu kadının huzurlu yaşaması için benim de bir katkım olabilse keşke...

"Eve geldim ama gözümden yaş, kafamdan merak eksik olmuyor. İstanbul'daki bütün hastaneleri tek tek aradım. Acaba oralarda bulabilir miyim diye ama bulamadım."

"Bulamazsın Nalan. O bulunmak istemiyor galiba."

"Haklısınız Gülseren Hanım. Her şeyi o kadar ince ince hesap etmiş ki..."

"Hasta haliyle sana yük olmak istememiş."

"İstemedi ama içim rahat değil. Hastane köşelerinde yalnız ölmesini istemiyorum, kıyamıyorum Metin Hoca'ya..."

"Demek Metin Hoca'ya, yani yeni bulduğun babana kıyamıyorsun. Sen çok iyi yürekli bir kadınsın Nalan. Hayatın kötülüklerinin sende izi kalmadı. Bu çok özel, çok ayrıcalıklı bir durum ve sen bunu başardın. Artık senin kimseye borcun kalmadı. Cezaysa, hepsini çektin. Artık affetme, özgür olma, hafifleme zamanı."

"Hafifleme zamanı ha?"

"Evet, hafifleme zamanı. Sen de babanı affederek başlamışsın işe. Daha önce Hayri'yi de affettiğini biliyorum. Affetmek insanı özgürleştirir, zincirlerini kırar. Hayat sevdiği kullarına bu çok özel hafifleme zamanını hayatlarının bir döneminde mutlaka verir. Bak, sana da öyle yaptı. Bakmayı bilirsen bu dediğimi göreceksin. Hani biraz önce dedin ya, canımdan başka alacağı bir şey kalmadı diye... Oysa o senin her şeyini tek tek elinden alırken, içinde taşıdığın ve yıllardır hayatı sana zehir eden kara kara taşları da söküp aldı. Hafifletti seni, özgür bıraktı. Şimdi artık nasıl istiyorsan, öyle yaşa dedi. Bunu iyice anlaman için de son olarak sana öldü sandığın babanı gönderdi. Senden af diletti. İyi düşünürsen, Hayri'yi almasını bile bu çerçevede yorumlayabilirsin. Hayri iyi ki öldü filan demiyorum. Sakın beni yanlış anlama. Onun ölümüne ben de çok üzüldüm ama ölüm her zaman bizim dışımızda, hayatın aldığı bir karardır. Bütün mesele hayatımızda bizim dışımızda gerçekleşen olayları bizlerin doğru yorumlayıp yorumlamadığımızdır. Hayat yapacağını yapar ve gerisine karışmaz. Şimdi ben, senin başına gelen her şeyi doğru yorumlamanı istiyorum. Acılar tazeyken bunu hemen yapmak kolay değildir. Kendine zaman ver ama hayatı doğru oku."

O gün bu konuda Nalan'la daha pek çok şey konuştuk. Hayri'yi, Türkân'ı, Sedat'ı, çocukları, gelmesiyle gitmesi bir olan babasını ve en çok da onu. Kader motifini bir kere daha anlattım ona, yani bırakırsa hayatın onu nereye götüreceğini. Bunları çok iyi dinledi Nalan. Hayatın sesini duymaya çalıştı. Umarım bu sesi duymuş, ona ne dediğimi anlamıştır.

Nalan odadan çıkınca gümbür gümbür bir ses geliyor kulağıma. Gök gürlüyor. Hemen camın önüne koşuyorum. Ben doğanın yaptığı zararsız gösterilere bayılırım. İşte yine şimşekler çakıyor ve bardaktan boşanır gibi yağmur yağıyor. Birkaç güvercin bizim camların önünü kendine siper etmiş, birbirine sokularak duruyor. İnsanlar oradan oraya koştururken trafik şimdiden tıkandı. Caddelerde su birikintileri olmaya başladı bile.

Yağmurun sesini dinliyorum. Yağmur bazen usul usul yağar. Onun sesi başkadır, huzur verir insana. Bugün çok hırçın. Bir şeylere kızmış gibi camları dövüyor. Güvercinler yerlerini beğenmeyip uçtu bile. Sağanak yağmur yerini doluya bırakıyor. Beyaz fındık gibi dolu taneleri trampet çalar gibi vuruyor camlara.

Merak ve heyecanla seyrediyorum bu manzarayı. Dedim ya, doğanın yaptığı gösterilere meraklıyım diye. Gece bu sese uyansam, yatağımdan kalkar bakarım. Doğanın sesini dinlerim, tıpkı bir konser dinler gibi.

Bir yandan da aklım Nalan'a söylediklerime gidiyor. Hayatın hafifleme dönemini anlattım ona. Galiba ben de hayatımın hafifleme dönemini yaşıyorum.

Artık eskisinden daha kolay "Hayır" diyebiliyorum ve ben "Hayır" deyince dünya dönmekten vazgeçmiyor. İstemediklerime "Dur" diyebiliyorum. Demek "Dur" deyince insanlar durabiliyormuş. Genç kızlığımdaki gibi daha çok gülüyorum. Özgürüm, bana şunu yap, bunu yapma diyen yok ve ben canım ne isterse öyle yapıyorum ama nedense canım en çok çalışmak istiyor.

Evde yalnızım ama hayatta yalnız değilim.

Yaşamayı, birilerinin gözündeki pırıltıyı, dudaklardan dökülen sevgi sözcüklerini ve insan denen bu muhteşem varlığı çok seviyorum. Beni hayata bağlayan çok şey var. Hastalarımı dinlemeyi, kitaplarımı yazmayı, televizyondaki dizilerimi izlemeyi çok seviyorum.

Çocuklarımı, torunlarımı, kardeşlerimi, yeğenlerimi, dostlarımı, arkadaşlarımı, tüm Madalyon ekibini çok seviyorum.

Pek çok şeyi pek çok seviyorum.

O zaman yaşamak daha keyifli oluyor.

13

Gidenler gidiyor ama hayat kalanlarla yoluna devam ediyor. Dün eşim Aydın'ın ölüm yıldönümüydü. Çocuklarla birlikte mezarının başına gittik. Aydın, o henüz yirmili yaşlardayken kaybettiği annesinin koynunda yatıyor. Bunu ben istedim. Onun ilk sahibi annesiymiş. Babasını zaten dokuz yaşında kaybetmiş. Annesinden sonra da onu ben devralmışım. Tam otuz dört yılın sonunda, ona en az annesi kadar şefkatle yaklaştıktan sonra onu tekrar sevgili annesinin kollarına bıraktım.

Onun orada yalnız kalmadığını hissetmek baştan beri içimi rahatlattı. Her zamanki gibi mezar tertemiz, pırıl pırıl ve her yanından çiçekler sarkıyor. Bunları kızım Yağmur yapıyor. O iyi bir çocuk. Vefalı.

Oradan çıkınca kliniğe gelemiyorum. Kendimi tekrar hayatın içine atabilmek için biraz zamana ihtiyacım oluyor. Ve bugün işte yine klinikteyim. Tuna beni yine kapıda karşılıyor. Heyecanlı. Belli ki bana anlatmaya hazırlandığı önemli bir şeyler var. Çişi gelmiş çocuklar gibi kıvranıp duruyor. Ben onun bu hallerini bilir ve onu böyle kıvrandırmaya bayılırım. Sadist miyim acaba?

Bir yandan da ona imrenmeden edemiyorum. Tuna bu hayatı hep keyifli, heyecanlı ve doya doya yaşadı.

"Tunacığım bir iki telefon görüşmem var. Sen benim kahvemi hemen yap, ben de bu arada o işleri halledeyim."

"Şey diycektim ama... Hemen söylesem de sonra şeytseniz..."

Hay Allah, daha fazla uzatamayacağım çünkü bu sefer söyleyeceklerini ben de merak ediyorum. Üstelik arkasında bir şeyler saklıyor. Hayırdır inşallah.

Önce yandan çarklı gülüyorum. Benim muzırlık peşinde olduğumu hemen anlıyor.

"Ayol aşk olsun, söylemiycem işte..."

"Söyle söyle. Sen bana bakma. Arada bir seni kızdırmazsam içim rahat etmiyor. Ne oldu, anlat bakalım."

Böyle diyerek birlikte odama geçiyoruz. Ben masama geçerken o da karşımdaki koltuğa keyifle oturuyor ve arkasına sakladığı kırmızı kurdeleyle bağlanmış kocaman bir kutuyu iki elinde tutmuş, bana gösteriyor. Bu bir hediye paketi ama kim gönderdi acaba?

"Bunu kim getirdi, biliyor musunuz?"

"Tabii ki bilmiyorum Tuna, söyle kim getirdi?"

"Ayol ben ortalığı düzeltirken sabahın köründe Nalan geldi."

"Nalan mı? O mu getirdi bunu?"

"O getirdi. Size çok selamı var. Ayol kadın bambaşka biri olmuş. Hani yolda görse tanımaz insan."

"Nasıl yani?"

"Üstündeki o kontes kıyafetlerini çıkarmış. Siyah, kumaş bir pantolon, beyaz, tiril tiril bir gömlek giymiş. Onun da üstünde çok güzel, küçük mavi bir ceket vardı. Saçlarını kısacık kestirmiş, bir de hafif renkli bir gözlük takmış, bambaşka, genç, modern bir kadın olmuş. Yarım saat kadar oturdu benimle. Ona güzel bir fincan kahve yaptım. Nasıl olsa bizden başka kimse yok diye birer de sigara yaktık. Kırk yıllık dostmuşuz gibi uzun uzun sohbet ettik. Ayol insan bu kadar mı değişir."

"Morali nasıldı?"

"Moralini bilmem de, kadının aklı başına gelmiş. Şimdi zaten bir mimarlık bürosunda çalışıyormuş ve işinden çok memnunmuş. Ben onu hep ağlarken gördüğüm için bu haline inanamadım. Kadının sanki yüzü değişmiş. Şunu benim yanımda açın da, size ne getirdiğini ben de göreyim."

Böyle diyerek kocaman, bordo kadifeyle kaplı yuvarlak, silindir gibi uzun kutuyu masamın üzerine koyuyor ve benden önce açmaya başlıyor. Ben de ayağa kalkmış, merakla bakıyorum kutuya. Kapağı açılınca içinde kat kat, jelatin kâğıtlara sarılmış bir şeyler görüyoruz. Önce harika bir kahve fincanı çıkıyor. Tabağı rengârenk işlenmiş, kendi kırmızı. Fincanı tabağa koyup havaya doğru kaldırıp bakıyorum. Ne kadar güzel! Üstelik küçük, yani tam da benim istediğim gibi. Sonra küçük bir tepsi, kutu kutu kahveler, rengârenk çikolatalar, lokumlar, badem şekerleri, kokulu mumlar ve en altta küçük, mercan bir tespih. Ucu gümüş ve üzerine adımın baş harfleri yazılmış. Bu kadın bunları sevdiğimi nasıl da biliyor.

Tam bitti derken kutunun tabanındaki küçük, pembe zarfı görüyorum. İşte en çok da bu zarf heyecanlandırıyor beni. Biliyorum çünkü o zarfta Nalan var. Heyecanla açıyorum, çok özenle seçilmiş o zarfı. Mektup mavi mürekkepli bir dolmakalemle yazılmış. Yazısı resim kadar güzel Nalan'ın.

Sevgili Gülseren Hanım,

Sizden sonra günlerce eve kapandım ve bana kaderimin çizdiği o yolu düşündüm. Yıllarca odasında oturup camdan hayata bakan o kızı düşündüm.

Sözleriniz kulaklarımda çınlarken gözlerim de babamın benim için yaptığı resimlerdeydi. İşte ta oralardan yani camdaki kızdan çıktım yola. Annem, anneannem, dedem, Hafize Ninem, halam, derken Sedat ve ailesi, sonra Hayri, ardından siz ve babam.

Hayri bana hiç tanımadığım sevgiyi, aşkı tattırmak için, siz benim katran karası hayatımı aydınlatmak için, babamsa acılara "dur" demek için gelmiş. Yıllardır içimde taşıdığım suçluluk, kusurluluk torbaları, sırtıma yüklenen günahlar yavaş yavaş boşalmaya başladı. Hafifledim.

Hani demiştiniz ya, hayat sevdiği kullara hafifleme dönemleri armağan eder diye. Bu armağanı bana da verdiğini hayretle gördüm. Demek dedim, hayat beni affetti, ben de hayatı.

Meğer hafif yaşamak ne kadar güzelmiş.

Ben şimdi başarılı bir mimarım. Mimar oldun da ne çiziyorsun derseniz, ben de babam gibi resim çiziyorum. O resimlerini tablolara, bense duvarlara çiziyorum. Çizmeye başlarken ne çizeceğimi ben de bilmiyorum. Sanki fırça benim elimde değilmiş gibi, karşısına geçip bakınca yaptıklarıma ben de inanamıyorum. Benim resimlerim artık karanlık değil. Aydınlandım ben.

Acının değil, yaşamanın, mutluluğun, huzurun tiryakisi olmaya çalışıyorum.

Kaderin beni götürdüğü yolun önüne duvar ördüm. Bambaşka, ışıklı yollar beni bekliyor. Ve bu ışığı siz yaktınız benim hayatıma.

Sizin de gözlerinizden ve yüreğinizden ışık eksik olmasın sevgili hocam.

Nalan

Tuna karşıma dikilmiş, ben mektubu okurken merakla bakıyor yüzüme. Biliyorum, orada yazanların beni üzüp üzmediğini anlamaya çalışıyor.

Gülerek kaldırıyorum başımı.

"Tunacım hazır vakit varken, ikimize de birer şekerli kahve yapsan, bir süre telefonlara da bakmasan, şöyle ağız tadıyla sohbet etsek seninle. Ne dersin?"

"Allah derim vallahi... Şu yeni gelen fincana yapayım sizinkini. Pek de güzelmiş. Çikolatalar da çok güzel görünüyor. Onlardan da yer miyiz?"

Başımla onu onaylayarak ve bir yandan da gülümseyerek bakıyorum yüzüne. Çocuk gibi seviniyor. Sadece o mu, ben de onunla birlikte çocuk gibi seviniyorum.

Sevinecek, mutlu olacak ne çok şey var hayatta!

Demek Nalan aylardır ona anlatmak istediklerimi sonunda anladı. Demek karanlık yollarda yürümekten vazgeçti. Demek kaderine dur diyebildi. Demek emekler boşa gitmedi. Denizden bir kum tanesi daha çıkarabildim.

Bu da beni sevindiriyor. Kolay mı, ömrümün büyük bir kısmını insanları dinleyerek, onların dertlerine derman olabilmek için geçirmişim. Kiminde büyük hayal kırıklıkları yaşamışım, kiminde işte böyle güzel haberler...

Yıllardır sanırım yüzbinden fazla insanının hayat hikâyesini dinledim. Sonuç olarak, terapist de olsam, ben de insanım. Ben de kendi yaşam maceramda öyle ya da böyle epeyce yaralanmışım. Zaten yara almadan bu dünyada yaşayabilmek mümkün mü? Ancak biliyorum ki insan bu yaralarla büyüyor, var oluyor.

Varoluşun da, kayboluşun da altındaki imza hep bu yaralara aittir. Başarılar da, yenilgiler de bu yaraların eseri.

Bir terapist olarak insanları dinledikçe, onların anlattığı hikâyelerin bir yerlerinde kendimi de gördükçe, o acılarla onlarla birlikte yoğruldukça, sadece onlar değil, ben de yoğun bir terapiden geçtim.

Artık onları da, kendimi de daha iyi anlıyorum. Kader yolumuz bizi her zaman başarıya ve mutluluğa götürmüyor. Ancak o yolun bizi nereye götürdüğünü bilmekse, bize düşüyor.

Ve son olarak hastalığın sevgisizlikten, şifanın ise her zaman sevgiden, şefkatten geldiğini çok daha iyi biliyorum.

Sevgiyle yaşanacak nice günlere...